北京市社会科学理论著作出版基金资助

杨齐贤、萧士赟《分类补注李太白诗》版本系统研究

张 佩 著

首都师范大学出版社
CAPITAL NORMAL UNIVERSITY PRESS

图书在版编目(CIP)数据

杨齐贤、萧士赟《分类补注李太白诗》版本系统研究/张佩著.—北京：首都师范大学出版社，2015.9

ISBN 978-7-5656-2440-7

Ⅰ.①杨…　Ⅱ.①张…　Ⅲ.①李白(701～762)－唐诗－诗歌研究　Ⅳ.①I207.22

中国版本图书馆CIP数据核字(2015)第159532号

杨齐贤、萧士赟《分类补注李太白诗》版本系统研究

张　佩　著

责任编辑　孙　琳

首都师范大学出版社出版发行

地　址　北京西三环北路105号

邮　编　100048

电　话　68418523(总编室)　68982468(发行部)

网　址　www.cnupn.com.cn

印　刷　北京集惠印刷有限责任公司

经　销　全国新华书店发行

版　次　2015年9月第1版

印　次　2015年9月第1次印刷

开　本　890mm×1240mm　1/32

印　张　12

字　数　284千

定　价　25.00元

自　序

跟一位教授聊天，她说道："博士论文往往会成为你学术的里程碑，不是因为它最好，而是因为它特别扎实，以后写作再多也很难找到那种倾尽全力的感觉了。"当时不以为然，觉得博士论文只是学术生涯的开端，奔腾年代还在后面。然而，读博后在站期间，婚姻、工作诸事提上日程，顿时明了教授所言真谛——全情投入，别是一种艰难。至于工作后，所谓"千年忧在，百味杂陈"，对时间与精力的调配愈发纳履踵决、捉襟见肘。

到了今年，更是彻底告别了"少女时代"，开始了准妈妈的全新历程，原先的科研计划都在给宝宝让路。吐到昏天黑地之时，脑海中会蹦出那句台词："你没有生过人，又怎么能够侈谈人生?"很好，如今终于领取了谈论人生资格证，感觉改起论文来虽然迂曲迟缓，但底气却充沛了许多。以更多的人生数据来参与作品营建总是不错的。于是，将博士毕业论文出版这件事真正落到实处，便成了我本年的一大主题。

其实，出版事宜早在2012年年底便已确定。2011年毕业时，文章已具雏形，时间紧迫，纰漏瑕疵自是不少。后根据答辩委员会陶文鹏、刘跃进、党圣元、左东岭、赵敏俐、李炳海诸师的意见，开始新一轮修改，终于在2012年夏天有了比较成熟的文本。2012年9月，在博导詹福瑞师、吴相洲师的推荐下，又幸得首都师范大学出版社王兰玉编辑的帮助，向北京市社会科学理论著作出版基金办公室递交了申请书。作品在自己熟识的老师之外，首次接受学界其他前辈和学术同人的检验，内心忐忑，不言而喻。直至2012年年底在北京市社科联网站上看到批准资助名单，方才安心，感觉数年“苦劳”之余，“功劳”也在逐步累积。当然，最感慨也最感激的还是詹师令我心无旁骛，坚持做李白研究。

也许是跨专业的缘故，读博转入中文系时，觉得一切新鲜，竟日读书不觉困倦，然于确立研究方向、建构学术体系诸事则了无概念。直至一年级末与詹师商量毕业论文题目，方感储备匮乏，气力不足。詹师言，就做李白古注本研究，以杨齐贤、萧士赟《分类补注李太白诗》为核心考察对象。当时觉得文献研究甚苦，不及纯理论来得洒脱，还努力为自己的懒惰开脱、争辩了一番。现在，每有学生当我面为自己学业巧言减负，便深有对镜之感，易地同人，昨日重现，实在好笑得很。

由于杨、萧注本此前并无精良的点校本面世，虽被广为征引然底本不一，删节本居多，且多为转引，于学术而言实乃一大憾事。故我研究的起点便是以日本尊经阁所藏元版《分类补注李太白诗》二十五卷为底本，以巴蜀书社影印蜀刻本《李太白文集》三十卷为校本，进行细致的点校。尽管工程浩大，但推进还算顺利，此前在历史专业、考古专业累积的学术能量亦得以迸发，点校地理名物、天文术数、历史事件、人物评传时颇为得心应手，也深深地感悟到杨、萧注释的丰富与扎实。

其虽受前人“汗漫琐碎”“冗繁无所创发”之诟病，然从文献学角度来看，保留了大量珍贵的信息，于白本诗而言也大有裨益——以往人以白诗俊逸潇洒、飘然不群为由，以为羚羊挂角，无迹可寻，故在章法脉络、声韵典故方面的研究并不深入。唐宋学人称颂太白天才之外，于个中三昧并无火中取莲之意，以致白诗的结集、注释等工作均不及杜诗深入。杨、萧注本的诞生则标志着对白诗在学理方面进行深入探索的可能性与可行性，也拓展了时人、后人在解读白诗思想内容时的思维领地。更为重要的是，杨、萧注本的刊刻印行，极大地提升了太白诗的传播效率——无论褒贬抑扬，还是采择摒弃，注释与本诗的融合都为后人提供了探讨创发的智识增长点，令唐末宋初一度萧条不彰的白诗研究重新焕发活力。于当下学界来说，如此精细周密的古注本重回学术视野，无疑是在王琦注本之外，予学人更多一种选择，更多一份帮助。对于太白诗的广大爱好者，旧注则更似一道福音，在阅读中破解信息障碍，海量增广见闻，无疑是“北窗高卧，光阴释然”的赏心乐事。

待至注释完毕，开始撰写篇章，我对白诗的认识也较刚入中文系时有了质的飞越，至少不再受前人思想裹覆，也无须在传统的话语体系内敲敲打打、小修小补。《分类补注李太白诗》及其删节本系统的形成，为我在稳定的研究范畴以内提供了广阔而立体的思维伸展空间。比如，萧士赟注释李白诗的动机与指导思想是什么？他采取的注释方法与体例是否真的与白诗匹配？郭云鹏校刻本系统和玉几山人校刻本系统缘何要更改原注，为何走着不同的道路？王琦在吸收杨、萧注过程中又有哪些不足与创发？……这些都是亟待解决的问题，也是我在撰写过程中思考的重点所在。

后来，我有心于乐府学、文字学以及诗艺解析等方面对注本研究进行深化，然博后转至法学院，深感文、法实难并驾齐驱，自己也是分身乏术。不过，失之东隅，收之桑榆，法学打开了一扇我预想之外的窗，令我以往的研究领域照进了别样的光芒。在思索中国道统与法统在近代的转型过程时，我梳理了先秦至民国的思想史、法律史、哲学史发展的脉络，突然发现注本研究中处于绝对核心地位的李白变得“普通”，他所遭遇的那些“特殊问题”是其他文士乃至历代文士共同面对的“寻常事”，而注释者是否抓住这一要害对太白诗文进行注解理当纳入注本价值考评以内——于白诗，于注本，于太白本人的评价都会减少偏执，变得相对允平。将文士置于道统、法统宏大体系内进行系统考察，也有助于改进学界对诗人或文学团体划分门户、各自为战的学术格局。故我先后申请了《李白与道统》（上部已出版）、《文士与道统》等省部级课题，从跨学科的角度开始进行李白研究。当然，如果没有此前的注本研究作为基础，这样的宏观探索很容易陷入从理论到理论的“空对空”局面。

2013年，我从中国政法大学博士后流动站出站，来到北京印刷学院新闻出版学院工作，教授语言类、思想史类课程，貌似再一次与太白挥袂告别。偶尔会想起当初自己负笈千里，来京求学的初衷——此生终老于唐宋文学，五年光阴，不长不短，理想却在时光与机遇的磋磨中变得异样而另类。新闻学科时髦的外表，与时俱进的性格，常令我这样的“古人”感到不适，在旁人看来大概也是特别不接地气吧。与詹师谈起自己又开始调整研究方向，他却觉得甚好，原本文献学与出版史便是紧密关联的，多一重视角，注本研究也会多一分丰满。是啊，在理想骨感时期，恩师指出向上一路，真是挽枯木于岁末，救鲋鱼于涸辙，令学生感激不尽。将来无论怎样，对太白的敬慕不会淡化，对唐宋文学的热爱不会停止，宛如溪流宛转入海，理想也是走“弯路”方可遇见吧。

琐琐陈言，通达心意，写入我青春的纪念册。

张　佩

2014年9月29日

撰于康庄中巷书不外借斋

摘 要

《分类补注李太白诗》二十五卷，宋杨齐贤集注，元萧士赟补注。这是现存最早的李白作品注本，非常珍贵。由于屡经明清人删节及重新编排，删节本流传又广，致使杨、萧注本的地位后为王琦注本所取代，本身的利用价值亦大打折扣。今人研究李白及白诗，常以杨、萧注作为参考，时有单篇论文发表，但系统的研究不足。故本论文将对《分类补注李太白诗》进行全面深入的研究。全篇由五章组成。

第1章对杨齐贤、萧士赟的生平及著述进行考察。由于声名不显，文献中经常将杨齐贤与其他“齐贤”混淆。杨氏实乃宋永州宁远(今湖南省宁远县)人，字子见。主要著述有《周子年谱》《集注李白诗》(《李太白诗注》)，前者已经散佚，后者借萧士赟《分类补注李太白诗》部分保存下来。其他所谓“传世之作”不见于经籍志及诸家目录。《集注李白诗》成书时间不早于嘉定十一年(1218)。元萧士赟(1251—1315)是《分类补注李太白诗》的注者，此书是李白诗现存最早的注本。其父萧立等(1203—1283)是南宋末年具有相当影响力的诗人，世父萧澥(1196—1264)是有一定声名的江湖派诗人。作为江西诗派后劲，萧氏一门有继承有突破，诗风呈现出多元化的倾向。萧士赟从家学中汲取养分，为注释李白诗积聚了充分的实力。

第2章主要分析元版《分类补注李太白诗》的注释方法与内容。萧士赟采用征引式的注释方法：第一，将疑似伪赝的作品移至卷末；第二，为杨齐贤注节文，择善而存；第三，补足杨注注释未尽者，混为一注；第四，专门为太白集八篇古赋作注；第五，对诗意的理解采取以意逆志的方式。此外，萧注中还有若干条隐含条例。杨注虽然带有萧氏修改的痕迹，然而还是能够细绎出二十五条凡例来。杨、萧注对作品内涵的把握基本到位，能指明理解诗意的焦点、难点所在，并对太白诗进行细致的校读。然而也有明显的疏漏或是注释不全面的地方。萧士赟注释李诗的动机与指导思想是：第一，弥补李诗注本少的缺憾；第二，在接受家族诗风，受师友启发的情况下，始终坚持以自己对李诗的独到理解进行阐释；第三，认为太白诗有法度，乃"圣于诗者"，并在注释中始终贯穿这一理念；第四，由于时代及个人因素，用强烈的爱国忠君思想诠释李诗。

第3章主要研究《分类补注李太白诗》删节本系统。《分类补注李太白诗》的删节本，大致可为两大系统，即郭云鹏校刻本系统和玉几山人校刻本系统。郭云鹏校刻本系统包括郭云鹏本、霏玉斋校刊本和四库全书本。郭云鹏认为元版《分类补注李太白诗》繁杂，遂将杨、萧注删减太半，不太顾及元版杨、萧注的凡例。但坚持摹刻精品的作风，仍然使郭本得以流传下来。霏玉斋本依照郭本增删而成，《四库全书》亦采用这个本子，二者均调整了郭本的版式，并做了一定的校勘工作。玉几山人本系统则包括玉几山人本、许自昌本。玉几山人本较好地保留了杨、萧注的原貌：第一，尊重杨、萧注的凡例，删节细致、有原则；第二，较好地订正了元版鲁鱼之误，也有多此一举，降低杨、萧注水平之误；第三，出现比元版杨、萧注多出引文的情况。许自昌本延续了玉几山人本的风格，也算删节有度。其对杨齐贤注保存较为完整，却将部分诗下的萧士赟注删减殆尽。

第4章深入探讨王琦本对杨、萧注的吸收。王琦本选用杨齐贤注共有58条，其中仅有18条以训释简单明了的词语为主，故未做任何改动。在剩下的40条中，王琦做了以下工作：第一，调整杨注的字句、行文顺序，使注释准确清晰；第二，对杨注中地理名物予以进一步考证；第三，将杨氏对诗句的注释摘选出来变成题下注；第四，对杨注进行校勘，指瑕纠谬；第五，谨慎对待杨氏所谓太白诗“首创”的地方；第六，将杨注中串讲的诗句和部分文献资料删去；第七，在解释诗意时，以杨注作为驳论对象，逐步建立起自己的见解与观点。王琦共征引了88条萧士赟注，未做任何改动的仅有10条。对其他78条的修改方式与杨注基本相同，更注重挖掘二人在理解诗意方面的共同之处与分歧。王琦在吸收萧注时下了一番苦功，虽有不足，却极大提高了萧注的利用率及参考价值，使其得以继续流传下去。

附录是一篇资料论，量化分析《分类补注李太白诗》所征引的集部文献。杨、萧注中大量征引四部典籍，其中次数最多的就是集部。引用集部文献总计5828次，是王琦征引次数的四倍左右。这其中难免出现不少疏漏与谬误，还有不少地方未注明引文出处。

目　录

表目录

附录

前　言

《分类补注李太白诗》二十五卷，宋杨齐贤集注，元萧士赟补注。这是现存最早的李白作品注本，非常珍贵。《四库全书总目》卷一四九《集部·别集类二》在此书解题中云："注中多征引故实，兼及意义，卷帙浩博，不能无失。然其大致详赡，足资检阅……其于白集固不为无功焉。"

杨齐贤，字子见，永州宁远（今湖南宁远）人，庆元五年（1199）进士，"两应制试第一；执政以贤良方正荐，授通直郎。"①一般认为他是第一位给李白诗作注的人，注有《李翰林集》二十五卷。惜其注本不得完整传下，仅借萧士赟《分类补注李太白诗》得以部分保存，因每段注前有"齐贤曰"，还不至于与士赟注完全混合而令观者难以辨别。萧士赟《分类补注李太白诗·序例》云："一日，得巴陵李粹甫家藏左绵所刊春陵杨君齐贤子见注本，读之，惜其博而不能约……"②，故而杨注留给后人的整体印象便是"博而不能约"。

继之者萧士赟，作《分类补注李太白诗》，附杨注后合刊

① ［唐］李白撰，［清］王琦注：《李太白全集》，北京：中华书局，1977年，第1688—1689页。

② ［唐］李白撰，［宋］杨齐贤集注，［元］萧士赟补注：《分类补注李太白诗》二十五卷，《古典研究会丛书·汉籍之部》第三十三卷，东京：汲古书院影印本，2005—2006年，第6—7页。

之。萧士赟，字粹可，号粹斋，又号冰厓（一作"崖"）后人，赣州宁都（今江西宁都）人，元初隐居不仕。其著述，史料记载并不一致，今人胡振龙认为："萧士赟在历史上主要是一个诗论家，其著作有二：一为品评诗歌的《粹斋庸言》，惜已佚；一为流传至今的《分类补注李太白诗》。"[①]据《分类补注李太白诗·序例》可知，萧氏对杨注进行了删节，"择其善者而存之"，又补注了"注所未尽"者，附注了八篇赋。流传至今的《分类补注李太白诗》大致如此。

因王琦辑注《李太白全集》被誉为集大成之作，《分类补注李太白诗》又屡经明清人删节及重新编排，删节本流传又广，杨、萧注本的地位为王注本所取代，而其本身的利用价值亦大打折扣。今人研究李白及李诗，常常以杨、萧注为参考，时有单篇论文发表，但系统的研究不足。那么，本文以杨齐贤、萧士赟《分类补注李太白诗》作为研究对象，其意义与价值在于：

第一，对杨、萧注本进行全面系统的研究。

全面关注杨、萧注的注释方法、特点、成就及存在问题，通过细致梳理注文，与其他注比对，汲取前人学术养分，逐步提炼出注本的精华所在，勾勒出其整体面貌，顺应李白研究复归"细读文本"的趋势[②]，使李白研究不断深化。

第二，有助于提升杨、萧注本的利用价值。

目前李诗注本主要有：宋杨齐贤集注、元萧士赟补注《分类补注李太白诗》，明胡震亨《李诗通》，朱谏《李诗选注》，林

① 胡振龙：《李白诗古注本研究》，南京：南京师范大学，2003年5月。

② 王友胜，艾初玲：《中国李白研究会第十三届年会暨成立二十周年纪念大会论文综述》，《唐代文学研究年鉴2008》，第12页。

兆珂《李诗钞述注》，清王琦《李太白全集》；近人瞿蜕园、朱金城校注《李太白集校注》，詹锳主编《李白全集校注汇释集评》，安旗主编《新版李白全集编年注释》等。除去近人注本，市面上可见的古注本仅有清王琦《李太白全集》一种。研究者在利用其他古注本时，缺乏高质量点校本作为参考，只得自行点校，有些甚至仅采用王琦本转引注文，这在一定程度上降低了注本的利用率，不便于细读文本，妨碍李白研究深化，也制约了李白诗歌接受史的研究。笔者以日本尊经阁藏元版《分类补注李太白诗》二十五卷为底本，以巴蜀书社影印蜀刻本《李太白文集》三十卷为校本，已经完成了点校工作，为后续研究打好基础。无论从文学、文献学角度来看，还是从古籍整理出版的角度来看，这都有助于提升杨、萧注本的利用价值。

近些年有学者研究推测，早于杨、萧，已有金人王绘为李诗作注①。但现存可见，《分类补注李太白诗》确为最早的注本。金开诚、葛兆光《古诗文要集叙录·李白集》认为："杨齐贤、萧士赟的《分类补注李太白诗》虽有一些缺陷，但仍不失为一个好的注本。正如《四库全书总目》所说：'注中多征引故实，兼及意义，卷帙浩博，不能无过；……然其大致详赡，足资检

① 胡振龙认为："据现有史料可知，大致在北宋末、南宋初，产生了历史上第一部李白诗注本《注太白诗》，只不过它出自金人王绘之手。绘字质夫，济南人，天会二年进士。《武涉道中》诗云'梧叶重胜迎日露，荞秧薄要护箱云'。人颇称之。仕至太常卿。有《注太白诗》行于世。清黄虞稷撰《千顷堂书目》卷三二'文史类'著录有金王绘《注太白诗》，未言卷数，注云'绘字质夫，济南人，天会二年进士'。而南宋注李白诗的杨齐贤生卒年月虽不可考，但其登进士第的时间为宋宁宗庆元五年，生活年代显然晚于王绘。因此，王绘堪称注李白诗第一人。遗憾的是，《注太白诗》未能流传下来，故其注释面貌我们无从得知。"（胡振龙：《读李白集古注本札记》，《文献》，2007 年第 3 期，第 24 页。）

阅览。'尤其是作为第一个李白诗注，它是有开创之功的。"①日本学者吉川幸次郎甚至说："这个宋、元的旧注本，公认比清代王琦的新注好得多。"②无论公允之谈，还是倾心赞誉，《分类补注李太白诗》作为首创之注，传播范围甚广，引起普遍关注，具有无法替代的价值与不可低估的地位。

明清人为李白诗文结集作注，多以杨、萧注本为基础。郭云鹏重刊萧本三十卷，删节杨、萧注而成；伪托宋严羽评点《李太白诗集》二十二卷，间列杨、萧二家语③；明朱谏《李诗选注》十三卷、《辨疑》二卷，大抵以杨齐贤、萧士赟《分类补注》为蓝本④，删补旧注而成；明林兆珂《李诗钞述注》十六卷，"欲突过萧士赟、杨齐贤注本"(《四库全书总目提要·别集类·存目》)；刘世教《合刻李杜分体全集》李诗四十二卷，虽然全部删去旧注，但诗歌编年及杂赋注仍同旧本；明胡震亨《李诗通》二十一卷，对杨、萧注痛加删减，予以纠谬订补；清王琦注《李太白全集》三十六卷，以《分类补注李太白诗》为底本，注意对杨、萧旧注的匡谬与吸收。

郭云鹏《重刻李翰林集后跋》云："是集三十卷，悉合别集

---

① 金开成，葛兆光：《古诗文要籍叙录》，北京：中华书局，2005年，第275页。

② ［日］吉川幸次郎：《关于汲古书院版和刻汉籍》全集第23卷，转引自［日］芳村弘道著，詹福瑞译：《元版〈分类补注李太白诗〉与萧士赟》，《河北大学学报》，1993年第2期，第22页。

③ 詹锳：《李太白集版本叙录(附表)》，《李白诗论丛》，北京：人民文学出版社，1984年，第8页。

④ 《温州经籍志》卷二十六："案荡南李诗选注，笺释文义，大抵以杨齐贤萧士赟分类补注为蓝本，而删其词义浅俗，不类白作，及虽系白作，而出于不经意者。以其不全录原本，故名选注。"(见詹锳：《李太白集版本叙录(附表)》，第9页。)

而成之者。缘旧本注繁杂，既仿迪功徐先生古风例，将不切题义者删去已半，且恨其文之不载，更以别集编次五卷附于诗后，俾成全书。”①四部丛刊影印此本，霏玉斋本又依照其增删而成，《四库全书》亦采用这个本子。芳村弘道又指出：“现在的许多学者是在把一部被删节的补注本作为未失原貌的本子来利用的。”②足见此本影响力之大。其以旧注繁杂为由，删削太半，极大地降低了补注本的文献价值与学术价值。但郭氏注意到杨、萧本没有录太白文，故对此进行补充，这是非常有必要的。

伪托严羽评点本重在诗意的阐发，引用过杨、萧语。因严羽、杨齐贤、萧士赟三人生卒年均须不详，笼统而言经历过南宋末年。据《分类补注李太白诗·序例》所云，是书成于元世祖至元辛卯(1291)。《皕宋楼藏书志》卷六十八又云：“……目录后有建安余氏勤有堂刊本印。是页版心有至大辛亥(1311)三月印一条。”③书为元刊元印本无疑。而学界推算严羽主要生活于宋理宗在位期间，至度宗即位时仍在世。宋度宗赵禥卒于咸淳十一年(1274)，严羽即便度宗卒后仍在世，亦罕有可能看到萧士赟补注。詹锳先生有《〈李太白诗集〉严羽评点辨伪》一文，列举诸多可疑之处，推断“所谓严羽评点不会出自严羽本人的手笔”④。陈良运撰《读严羽〈评点李太白诗集〉献疑》，在徐中玉、

① [唐]李白撰，[宋]杨齐贤注，[元]萧士赟补注：《分类补注李太白诗》二十五卷，序录一卷，目录一卷，[明]郭云鹏编《分类编次李太白文》五卷，跋一卷，台北：世界书局，1979 年，第 1334 页。

② [日]芳村弘道著，詹福瑞译：《元版〈分类补注李太白诗〉与萧士赟》，《河北大学学报》，1993 年第 2 期，第 22 页。

③ 转引自谢巍编撰：《中国历代人物年谱考录》，北京：中华书局，1992 年，第 105 页。

④ 詹锳：《〈李太白诗集〉严羽评点辨伪》，《李白全集校注汇释集评》，天津：百花文艺出版社，1996 年，第 28～29 页。

刘跃进等学者的研究基础上[①]，质疑崇祯翻刻本的来源，分析其悖于"沧浪"诗评之处，对其批评方法与批评话语亦深表怀疑，最终得出"前人沉默、不理睬《评点李太白诗集》，更增加了此书的可疑性"[②]这样的结论。徐中玉《严羽研究中的一些问题——陈定玉〈严羽集校〉序》中说："严羽尚有评李评杜之作，两位王氏（王嗣奭、王琦）尚及见之，即便是假托严羽的作品，仍有寻找证实的必要。若是真作，就更有研究的价值了。"[③]笔者认为徐先生所言甚是，即便此书为伪托之作，仍需谨慎对待，对书中所引萧士赟语给予重视。

朱谏的《李诗选注》，删补杨、萧注而成，附辨疑二卷以明删削之旨。朱注体例独到，"先解文义，次述兴意，微辞奥旨，灿然明白"[④]。且正式提出"李诗"概念。作为李诗辨疑专书，于本诗多有发明。在注释太白古诗及乐府诗方面，较为客观实在，避免了牵强附会的索引式注释方法。孙诒让《温州经籍志》卷二六称其"固足与杨、萧注同行也"，虽有过誉之嫌，但朱谏的努力不容忽视，为后世学者研究杨、萧注提供了借鉴。

---

① 刘跃进：《新发现的一批严羽评李白诗资料摭谈》，《文艺理论研究》，1988年第1期，第84页。

② 陈良运：《读严羽〈评点李太白诗集〉献疑》，《文艺理论研究》，2002年第5期，第71页。

③ 徐中玉：《严羽研究中的一些问题——陈定玉〈严羽集校〉序》，《社会科学战线》，1987年第2期，第277页。

④ ［清］丁丙：《善本书室藏书志》卷二十四引《嘉靖天长志》云："如朱子释经例，先解文义，次述兴意，微辞奥旨，灿然明白。"（［清］丁丙：《善本书室藏书志》，北京：中华书局，1987年。）

林氏《李诗钞述注》，四库馆臣评其“有本诗误者”①，近世学者指其抄袭他人注解评语，掠夺杨、萧注②。足见其有超越旧注的目的，却未下苦功，历来为人所轻视，于杨、萧注无甚功劳。

胡震亨《李诗通》于杨、萧旧注痛加删削，精简之余力求有所发明。《唐诗癸籤》卷三十二云：“注者有春陵杨齐贤、赣萧士赟两家，萧讥杨事辞不求所本，多取唐广德后事及宋儒诗词为解；乃萧之解李，亦无一字为本诗发明，却于诗外旁征博引传记，累牍不休，注白乐府引郑漈说尤谬，郑于乐府之不可考者，概分门类为遗声。李乐府从古题本辞本义妙用夺换而出，离合变化，显有源流。不溯之此为注，乃引郑勉强不通知说塞白焉！此等书第当付之祖龙，顾方行世未有议者，可叹也。”③胡氏对杨、萧注讥刺很深，不无偏颇，但他在注太白乐府方面注重梳理乐府诗题源流，努力把握其特质，弥补了旧注之不足。

王琦辑注的《李太白全集》被誉为集大成之作。据其序跋可

① 《四库全书总目提要》：“其书亦分体选钞，每篇首笺故实，终加阐发，亦颇以考订为事，欲突过萧士赟、杨齐贤旧本。然其中有本诗误者，如《王昭君诗》‘一上玉关道’，玉关与西域相通，非汉与匈奴往来之道。《怀子房诗》‘我来圯桥上’，东楚谓桥为圯，不应于‘圯’下加‘桥’字。有传写误者，如《拟古》‘因之寄金徽’，据《汉书·和帝纪》《唐书·地理志》，‘金徽’当作‘金微’，乃山名。《听新莺》‘百啭歌还过，茝石听新莺’，据《西都赋》‘茝石’当作‘茝若’，乃殿名。今注内皆未辨及。至于诗之必须注而后明者，如《拟古》之‘苍然五情热’，乃用《尔雅》‘春苍天’，郭注‘万物苍苍然’语，言五情苍然而生也。《开元寺赠衡岳僧》之‘五峰秀其骨’，乃用《传灯录》慧可大师一日头痛，其顶骨如五峰秀出事。今注内亦未证明，文义便不可晓。凡此不一而足，尚未可谓之善本也。”（［清］永瑢、纪昀主编，周仁等整理：《四库全书总目提要》，海口：海南出版社，第919页。）

② 胡振龙：《李白诗古注本研究》，南京：南京师范大学，2003年5月。

③ 裴斐，刘善良编：《李白资料汇编：金元明清之部》第2册，北京：中华书局，1994年，第442—443页。

知，王琦下功夫作注的原因之一便是杨、萧注冗繁驳杂，胡注又“未能尽正其伪”。故而王注对杨、萧注的考证择取更为细致，以至于取代了旧注的地位，被奉为绝对权威。

20世纪以来的杨、萧注研究情况是：

第一，今人对《分类补注李太白诗》的研究并不充分，论文、专著较少，日本与中国台湾学者对萧本关注更多一些。

詹锳先生《〈李白集〉版本源流考》，对萧注版本来源及流传情况做了详细的介绍。刘忆萱、管士光《李白新论》按照时代划分，叙述了各代对李白集的整理与校注。文章认为“萧氏于辨别李诗真伪确实下了功夫，故时有发明，但其注却很烦琐”，胡震亨对萧注的批评“虽然过苛，但也说明了萧本的弱点”，相比之下“《四库全书总目提要》的批评比较恰当”。① 申风《李集书录》“以李集为线索，简述其编纂付梓年代及有关书录记载，并按版本源流体系分类编排”②，其中对《分类补注李太白集》的版本及馆藏著述清楚，足资参考。日本学者芳村弘道著有《元版〈分类补注李太白诗〉与萧士赟》《关于元版系统的〈分类补注李太白诗〉》。刘崇德在《日本学者芳村弘道〈分类补注李太白诗〉研究述要》中评其为“以翔实的材料，透辟的分析，纠正了自清代王琦以来将玉几山人本系统的翻刻本当作原版系统的错误，并对萧本与宋蜀本、咸淳本的关系及萧本在注释上的特色，提出了新的见解，被日本汉学家视为李白研究的新成果”③。中国台湾学者李嘉瑜《元人对李白及其诗的诠释》首次

① 以上均引自刘忆萱，管士光：《李白新论》，太原：山西人民出版社，1987年，第298页。

② 申风：《李集书录》，《李白学刊》编辑部编：《李白学刊·第二辑》，上海：三联书店上海分店，1989年，第210页。

③ 刘崇德：《日本学者芳村弘道〈分类补注李太白诗〉研究述要》，刘崇德：《敝帚集》，保定：河北大学出版社，2001年，第138—139页。

对萧注的注释目的、诠释方式及不足之处进行了探讨①。中国台湾学者杨文雄专著《李白诗歌接受史》是另辟蹊径的接受史研究，作者在《后记》中说："（本书）以李白为个案，对其人、其诗的历代影响和被接受过程进行梳理和探讨，并对一些作品做出新的阐释，借此探讨历代读者的审美需求、接受者观念的转变和读者对作品的不同认识，从而判断一个作家在不同时代的精神坐标，同时也反映出不同时代的审美情趣、期待视野、社会思潮的发展变化。开拓李白研究的视野。"②全书分四章，作者在绪论中表明向"读者文学史"转化的意愿，接下来的三章则分别为李白效果史研究，李白《蜀道难》《梦游天姥吟留别》阐释史研究，李白影响史研究，较为详尽地描述了历代对李白诗的接受及李白对前人诗的接受情况。其中"宋人李诗辑注源流与变迁""明人李白相关作品之编纂""清人李白相关作品之编纂选注与王琦《李太白集》辑注之意义"等章节，大致论述了杨、萧注的特点，明清人结集作注对杨、萧注的删节与吸收情况。因作者已表明致力于开辟接受史研究的新视角，故用力于探索新路子，并非以注本研究为主，其版本源流考察及论述不够深入，只是泛化研究。胡振龙《李白诗古注本研究》是近年来研究李诗注本少有的佳作，他已经注意到"台湾学界和大陆一样，均没有专门研讨萧注的论著"③，故其书中《论萧士赟的〈分类补注李太白诗〉》一章用功较深，分别对萧士赟的家世、交游、

① 李嘉瑜认为："萧士赟对李白诗的笺释采取的是和《韵语阳秋》相同的诠释体系，他们都预设了李白诗中必定有关切时政。指涉事实的质素，笺释诠释的目的是要寻求作品语言之外的内容意义，以此种诠释系统解读作品，李白诗几乎句句都是比兴的使用，其所寄托的志意都成了儒家政教伦理上讽谕美刺的情志。"（李嘉瑜：《元人对李白及其诗的诠释》，《中山人文学报》，1999 年第 8 期，第 21 页。）

② 杨文雄：《李白诗歌接受史》，台北：五南图书出版公司，2000 年，第 532 页。

③ 胡振龙：《李白诗古注本研究》，南京：南京师范大学，2003 年 5 月。

著述、注释动机、诠释思想予以论述，且探讨了萧注对杨注的深化及对宋代诗学的接受。作为博士论文，胡振龙《李白诗古注本研究》并非传统框架式研究，走先搭架、后填充的老路，基本上采取问题研究的方式，不少章节已作为单篇论文发表。这一方面极大提高了论文的学术质量，另一方面在系统性上留下些许缺憾。对萧注的研究较前人有所突破，但仍不足以单独划分出来，作为“专门研讨萧注的论著”。胡振龙其后发表了《读李白集古注本札记》，认为“在杨齐贤之前已有李白诗注本问世”，即为南宋初金人王绘《注太白诗》，又在该文第二部分对杨齐贤《集注李白诗》所引《虞衡志》进行缺文考证，因所用文献不够充分，还有待进一步考证。① 胡振龙《李白佚诗文存目小辑》从各种记载中补辑李白诗文存目，诚如其所言“吉光片羽，亦足资考证”②。

第二，对杨、萧注的整体评价没有太大变化。

明胡震亨评说萧注，云：“萧之解李，无一字为本诗发明，却于诗外旁引传记，累牍不休……”《四库全书总目提要》评论道：“注中多征引故实，兼及意义，卷帙浩博，不能无失。然其大致详赡，足资检阅……其于白集固不为无功焉。”胡氏对萧

① 胡振龙考证：卷二二庐江主人妇杨注引《虞衡志》：“孔雀，生高山乔木之上，人探其雏育之。喜卧沙中，以沙自浴，自拍甚适。盖巢于山林，下浴海岸。雄者尾长数尺，生三年尾始长，金碧晃旐，时时自奋，张其尾团如锦轮，俗谓之‘朝’。朝无时，自晨至午皆朝。人聚观之，则奋迅不已，若矜衒者。”《虞衡志》，即南宋范成大淳熙二年撰《桂海虞衡志》，原本已佚，今传明刊本多有缺漏，有多种今人校注、校补本……明本《桂海虞衡志·志禽》云：“孔雀，生高山乔木之上，人探其雏育之。喜卧沙中，以沙自浴，拘拘甚适。雄者尾长数尺，生三年尾始长，岁一脱尾，夏秋复生。羽不可近目，损人。饲以猪肠及生菜，惟不食落。”与杨齐贤所引不同。杨齐贤与范成大生活年代相近，所引为原书无疑。（胡振龙：《读李白集古注本札记》，《文献》，2007年第3期，第24页。）

② 胡振龙：《李白佚诗文存目小辑》，《中国典籍与文化》，2003年第1期，第21页。

注的批评可归结为三个层次：第一，注释方法。他所谓“发明”，有诗史互证意味，期望在本诗与历史背景间找到更多深隐之意。可以说胡氏对“征引式”注释方法存在一定的偏见，这并不符合他的评估标准，故而连萧注在内容方面的贡献也一并抹杀了。第二，注释篇幅。胡氏既然已经认定“无一字为本诗发明”，对其所悉心征引的大量故实自然是感到烦倦的。第三，注释资料选用。胡氏认为对他人传记的征引，完全可以简化，无关乎诗意的部分大可删去，“于诗外旁征博引”实非必要。他的观点有其合理性，但却忽略了注释的主要目的之一便是为观者解读诗意提供更完备的信息。而四库馆臣给萧注以较为温和的评价，仍是以此三层次为判断依据，只是见识不同罢了。清代考据学发展迅速，“多征引故实”的文献学价值得到认可，自在情理之中。只不过，无论胡震亨还是四库馆臣均未认同萧注对李白诗本意的发明，“于白集固不为无功”的评价十分笼统，且有勉强合格的意味。古人的看法对今人的认识必然有一定的导向作用。詹锳先生在《〈李白集〉版本源流考》中认为胡震亨之评“不为过也”，但主要以“曾氏所考次第竟因此而颠乱……萧注虽云正杨氏之失，而亦不无冗泛踳驳处”为论述依据。文章中，詹先生对萧注的注释意图、方法及影响力，则有充分的估量，认为：“萧氏辨别真伪，使后世读者知所抉择，意诚善矣。”又云：“《分类补注李太白诗》是元、明两代最通行的李白诗集注解，明朝屡经翻刻，甚至当时朝鲜和日本都有汉文翻刻本，可见其影响之大。”①对萧注重要性的强调为接下来注本研究细化奠定了良好的理论基础。日本学者的文章及胡振龙《论萧士赟的〈分类补注李太白诗〉》，虽对以往评价提出质疑，提

① 詹锳：《李太白集版本叙录(附表)》，《李白诗论丛》，北京：人民文学出版社，第8页。

出新的见解，但整体上仍然不敢逾越。杨、萧注研究始终徘徊在其他研究的边缘地带，未能回归本体解读。

(1)李白诗歌传播接受研究。这方面文章具有代表性的是张浩逊《历代李白诗歌接受论述》①，该文概括了自唐至清李白诗歌的接受状况，虽提及杨齐贤《李白诗集注》，但仅作为宋人对李诗贬抑态度的注解。论元代时，提到元曲作家对李白人生的关注、元代诗人对李白奇思妙想的模仿，却未述及《分类补注李太白诗》对李诗传播的贡献与萧士赟的诗学观。

(2)版本研究。汪桂海《元刻唐宋人别集》②吸收了以往《分类补注李太白诗》版本系统研究的成果。文中详细介绍了元建安余氏勤有堂刻本的版本图录情况，补充了杨齐贤、萧士赟的生平资料及余志安与勤有堂的刻书活动。文章与先前诸文一样，是版本考、书录的性质，侧重文献整理。

(3)注释学研究。李红霞《注释学与诗文注释研究》将萧注归于传统诗文笺注形式，认为："萧士赟《分类补注李太白诗》继承了李善《文选》的注释风格，重视典故出处，也常常征引文献释义，在这一点上与胡震亨的评赏式之注完全不同。但萧士赟在注释中却常常用李白诗歌阐发自己的感慨激昂，与李善《文选》和宋代诗注相比，主观色彩非常浓厚……与宋代以来'六经注我'的思想是一致的。"作者仅将萧注作为研究元明诗文注释特点的对象之一，对萧注的认识仍旧浮于表面，受传统萧注评价的影响。在下文中提及"(元、明)注释者很少把语句、名物典制、典故、章旨意的解释融为一体，往往各有侧重"③

① 张浩逊：《历代李白诗歌接受述论》，《盐城师范学院学报》，2007年第1期，第48页。

② 汪桂海：《元刻唐宋人别集》，《文献》，2006年第4期，第113页。

③ 以上均引自李红霞：《注释学与诗文注释研究》，北京：中国大地出版社，2008年，第122页。

倒是很有见地，对萧注研究具有启发性。

本文的内容与研究方法如下：

第 1 章《分类补注李太白诗》著者考。据《分类补注李太白诗·序例》、清人辑《宋元学案补遗》、王琦辑注《李太白全集·跋五则》等资料，我们对杨齐贤的生平仅能得知一二，史书中又无记载，故而须旁及其他资料。本文将钩稽《湖南通志》《永州府志》《宁远县志》《零陵地区志》《贤良进卷》《制科进卷》《宋元学案》《宋人传记资料索引》《宋明理学家年谱续编·周子年谱》《宋人年谱丛刊》等资料，对杨齐贤的家世、交游、著述、撰著《分类补注李太白诗》年代等予以考证。通过《江西通志》《赣州府志》《宁都县志》《吴文正集》《识冰厓公诗集拾遗》《萧冰厓诗集拾遗》《明一统志》《古今图书集成》《叠山集·萧冰崖诗卷跋》等资料，进一步考证萧士赟的生平著述。杨、萧注中经常提及唐代某地在注者生活年代的名称及变化情况，又喜征引当时可见，后来散佚的山经地志、乡邦文献资料，这些也都提供了一些可以参考的证据。

第 2 章《分类补注李太白诗》的注释方法与内容。本章重点考察杨、萧注的注释方法与内容。以往涉及杨、萧注的研究往往将注释凡例、注释内容、注释动机及指导思想混同起来，难免陷入先验式的研究。即，先从《分类补注李太白诗》的序例中找出“章究其意之所寓”“句考其字之所原”“或疑其赝作，则移置卷末”“择其(杨注)善者而存之”“为赋作注”等注释原则，再从杨、萧注本中找出例子分别予以填充。这样会造成以下几种负面影响：第一，那些不符合所谓原则的注文，便自然从研究视野中淡出，它们所占比例不小；第二，杨注始终处于萧注的附属地位，萧注又自始至终以杨注为参照物，二者各自的特点显示不出来，研究者最终也只是给予优劣判断；第三，忽略了注释与李白诗句的具体联系，只是关注了注释方法是否符合序例陈述的原则；第四，忽略了杨、萧注对前代诗文注释方式的继承与创新；第五，未能体会出注者对前人李诗批评的吸收或反驳。因此，笔者拟弥补这些不足之处，对杨、萧注进行全面细致的考察。

第3章《分类补注李太白诗》删节本系统考。对于《分类补注李太白诗》的原本系统与删节本系统，日本学者做了大量的工作，但还不充分。[①] 对于删节本的版本情况、刊刻者的生平、删节校勘方法、删节过程中的得与失、删节本的优劣等问题没有全面且深入地予以探讨。笔者在每节采取“总—分”的方式，即先谈主要校刻本的版本流传情况，实录其版式特征，考察刊刻者的生平及著述、刊刻书籍情况，概论删节本对元版的修改原则等，再在第二部分“注释分析”中以个案的方式，分析具体的删节情况，研究其是否合理，对杨、萧注有无贡献。这样就避免了以往研究流于粗率宽泛的不足，具体到李白诗文，杨、萧注释细节，有助于对删节本系统进行更为细致深入的探研。

第4章王琦本对杨、萧注的吸收。王琦辑注的《李太白全集》被誉为集大成之作。据其序跋可知，王琦下功夫作注的原因之一便是杨、萧注冗繁驳杂，胡注又“未能尽正其伪”。故而王注对杨、萧注的考证择取更为细致，以至于取代了旧注的地位，被奉为绝对权威。笔者在细致对比两个注本之后，将王注在吸收旧注上的得失概括为：第一，能够较为公正地看待杨、

① 刘崇德：“需要指出的是，由于中日学术界的交流尚欠密切，不得及时看到对方的材料，使双方的研究工作受到一定的局限。比如芳村弘道先生谈到毛晋汲古阁本《李翰林集》时，就不知道詹锳、杨庆华先生介绍的国内藏本；分析萧本与宋蜀本的关系时，也未能参考二位先生对这两个本子的详尽比较。”（刘崇德：《日本学者芳村弘道〈分类补注李太白诗〉研究述要》，刘崇德：《敝帚集》，保定：河北大学出版社，2001年，第145页。）

萧注；第二，考察了杨、萧注本的版本源流。第三，采择杨、萧注精华，予以深化或是简而述之；第四，对存疑之处，细加考辨；第五，时有辨伪不当；第六，删汰太多；第七，吸收杨、萧注却未注释清楚；第八，鉴别力有不及杨、萧之处。

附录为《分类补注李太白诗》征引集部文献考。主要对杨、萧注中征引集部文献的数量予以统计，采取量化分析的方法。这有助于分别探索杨、萧二人的知识结构及文献征引特色。笔者主要采取表格的方式，按照不同的划分方法(诗人、著作或单篇作品)，对征引集部文献的数量、征引中出现的疏漏及未注明出处的文献予以直观的展示。

第1章 《分类补注李太白诗》著者考

在进入注本的研究与探讨之前，我们必须首先清楚了解杨齐贤、萧士赟的生平，从而对注本得以产生的较小范围的文化背景有个整体的认识。这其中不仅要对注者本人的情况进行细致爬梳，还要充分考察其家世、交游等重要因素。

一、杨齐贤生平考略

杨齐贤，史书无传，吉光片羽仅得窥其生平梗概。《宋元学案补遗别附》卷二，《四库全书总目》卷一四记载："杨齐贤，宋宁远人，字子见。宁宗庆元五年(1199)进士。官至通直郎。颖悟博学。有《分类补注李太白集》。"明高儒《百川书志》卷十四(集志三)记载："杨齐贤《集注李白诗》二十五卷。"[①]惜其早已亡佚，部分保存于萧士赟的《分类补注李太白诗》中。

由于杨齐贤声名不显，文献所载"齐贤"众多，很容易产生混淆。第一，曹州(今山东菏泽)张齐贤。乾隆《大清一统志》卷一百八十"西安府"条："(宋)杨齐贤，曹州冤句人。至道中知永兴军。时合门祇侯赵赞以言事得幸，提点关中刍粮，所为多豪横。齐贤论列其罪，卒抵于法。"[②]此段记载出自《宋史》卷二

① [明]高儒等：《百川书志　古今书刻》，上海：古典文学出版社，1957年，第203页。

② [清]穆彰阿，潘锡恩等纂修：《大清一统志1》，上海：上海古籍出版社，2008年，第4册，第43页。

百六十五《李昉吕蒙正张齐贤贾黄中列传》，此人实乃北宋著名政治家张齐贤(942—1014)①。张齐贤，字师亮，先后在地方和中央担任过许多重要职务。第二，永平(今云南永平县)杨齐贤。《吴文正集》卷五十《通州重修文庙碑记》："永平杨齐贤由丰润县教谕来为通州学正，思振厥职。……至治二年(1322)七月役兴，八月绩成。……今齐贤又以余暇率所辖三河县之民修其县之庙学，概可书也。"②此事《通县志》亦有记载："元大德二年(1298)，知州赵居礼建通州儒学于州治西(大成街今北京花丝镶嵌厂内)。元至治二年(1322)，学正杨齐贤续修。"③清人刘锡信所撰《潞城考古录》云："右金三人(一见本传，二见金史)：学正杨齐贤，州长速郎吉大，州之参李也先。"④永平杨齐贤政绩显著，颇具影响力。第三，安宁(今云南安宁市)杨齐贤。乾隆《云南通志》卷二十上"明弘治壬子科中式四十五名"(附顺天中式一名内贵州十六名)："杨齐贤，安宁人。"⑤此为明代人无疑。这三个人中，第二位最容易给后人造成混乱，将《集注李白诗》的撰者杨齐贤彻底归为元人。《天禄琳琅书目》卷六元版集部："《分类补注李太白诗集》(一函五册)，唐李白著，元杨齐贤集注……杨齐贤无考。"⑥清储大文撰《存研楼文集》卷

---

① 《二十五史(百衲本)》第六册《宋史》下，杭州：浙江古籍出版社，1998年，第822页。

② 又见《畿辅通志》卷九十七吴澄《通州重修文庙碑记》。

③ 上海书店出版社编：《中国地方志集成·北京府县志辑 6》，上海：上海书店出版社，2002年，第724页。

④ [清]刘锡信：《潞城考古录》，北京：中华书局，1985年，第15页。

⑤ [清]永瑢，纪昀等编：《文渊阁四库全书》，第569—570册，第684页。

⑥ [清]于敏中：《天禄琳琅书目》，上海：上海古籍出版社，2007年，第334页。

八："元杨齐贤《李诗集注》：玉门关在唐沙州炖煌郡寿昌县西北。"①

目前，对杨齐贤记载最"全面"的当属零陵地区地方志编纂委员会编《零陵地区志》，然而其中却存在不少问题：

> 杨齐贤(1181—1269)，字圣玲，号子见，宁远县双板桥乡人，自幼聪颖，7岁能文，记忆力特强，入目之文，经久不忘，有神童之称。齐贤17岁取秀才，18岁中举人，两次考试均得第一；南宋宁宗庆元五年(1199)，中进士，由于同科连中三榜，钦赐"丹桂联芳"四字；初选户部主事，后升员外郎；宁宗嘉泰二年(1202)，改任通直郎授谏议大夫。
>
> 杨齐贤在宁宗、理宗两朝历官48年，又久居闲职，有充足时间从事游览和著述，走遍全国主要名山胜地。他著述颇多，传世之作有《青莲诗选》《进卷八略》《周子年谱》《蜀枢集》《李太白诗注》等，尤以《李太白诗注》(二十五卷)最为著名，是宋、元、明三代最通行的李诗注本，清乾隆时收入《四库全书》。《四库全书》在总目提要中评论说："杜甫集自北宋以来注者不下数十家，李白集注宋元人所撰集者今惟(唯)此本(指杨本)行世而已。"
>
> 淳祐九年(1249)，杨齐贤以老致仕，理宗为表彰他的功绩，钦赐一块书写有"贤良方正"四字的锦帛，以荣其归，后又在县城赐建牌坊，书刻"丹桂联芳"四字。②

① ［清］储大文：《存研楼文集》卷二十上，［清］永瑢，纪昀等编：《文渊阁四库全书》，第1327册，第157页。

② 零陵地区地方志编纂委员会编：《零陵地区志》下册，长沙：湖南人民出版社，2001年，第1617页。

该书记载湖南省零陵地区的历史和现状，上限起自1825年(清道光五年最后一部《永州府志》)，下限到1995年年底。这也就不可避免地存在地志文献共同的问题——随着时间推移，追加不少前代文献不载的信息，有些甚至只是传闻，并无确实可信的依据。这种“累积”以滚雪球的方式形成，貌似“全面”，实则可信度不高，必须详加甄别。

第一，方志中出现自相矛盾的地方。南宋宁宗庆元五年(1199)，杨齐贤正好18岁。如果诚如上文所言“18岁中举人”，又如何同一年再“中进士”?

第二，钦赐“丹桂联芳”四字、钦赐“贤良方正”锦帛之事，宋、元、明文献中并无记载，不知编纂方志者以何为据。在现有资料不足的情况下，这还有待于进一步考察。

第三，除《李太白诗注》外，《青莲诗选》《进卷八略》《周子年谱》《蜀枢集》已不可见。宋人度正所编《周子年谱》，为现存最早之周敦颐谱，自序称尝见宋杨齐贤所草年谱，而系事多误，因重编之。足见，杨齐贤所编《周子年谱》已佚。《青莲诗选》《进卷八略》《周子年谱》《蜀枢集》，亦不见于经籍志及诸家目录。

第四，齐贤所撰《周子年谱》虽已散佚，但从度正所编年谱亦可窥得一斑。《周敦集》录度正《书太极图解后》:

> 来怀安，又得蒲传正《清风集》……一日，与今夔路运司帐干杨齐贤相会成都。时杨方草先生年谱，且见嘱以补其阙，刊其误。杨，先生之乡士也，操行甚高，记览亦极详博。意其所考订，必已精审，退而阅之，其载先生来吾乡岁月颇自差舛，甚者以周恭叔事为先生事，又以程师孟逸行诗为赵清献诗。于是，屡欲执笔，未暇也。及来重

庆，官事稍闲……[1]

按：度正《潼川府东关县社稷坛记》落款："嘉定丙子正月甲子日，奉议郎新权发遣怀安军兼管内劝农事山阳度正记。"[2]可知，度正知怀安军在嘉定九年(1216)正月。又其《跋濂溪序彭推官宿崇胜院诗后》云："嘉定十二年冬，邸吏报至，正蒙恩知重庆军府事。"[3]则度正知重庆在嘉定十二年(1219)冬。那么，杨齐贤编《周子年谱》应在度正知怀安之后，知重庆之前，大致在嘉定十一年(1218)。

杨齐贤于此年前后担任过夔路运司帐干。夔路，北宋真宗咸平四年(1001)始置，治所在夔州(今四川重庆奉节县)。运司，即转运司，是中央计司(预算机构)的派出机构，主要职责为监督所管辖的州军的上供年额的征收和运输，负责本路州军财政经费的调拨和开支。而"帐干"为推官的别称，类似于幕僚，没有多少实权，有挂职的意味。故而杨齐贤并不用直接管理繁忙的财政业务，《地区志》言其"久居闲职"，倒颇为准确。北宋许将有《成都运司西园亭诗》，由诗名便可知成都早已有转运司的办公地点。度正与齐贤相会于成都，并非二人有意相约此地，或是碰巧遇见，而是度正有意拜访。所谓"时杨方草先生年谱"，从侧面说明齐贤在成都时日不短，有较为稳定的处所，也有更多时间观察蜀地的风土人情，收集李白散佚诗文及逸闻事迹。

① [宋]周敦颐著，谭松林，尹红整理：《周敦颐集》，长沙：岳麓书社，2002年，第99页。

② [宋]度正：《性善堂稿》卷十，《四库全书珍本初集·集部·性善堂稿4》，第20页。

③ [宋]度正：《性善堂稿》卷十五，《四库全书珍本初集·集部·性善堂稿4》，第37页。

近人舒大刚《再论李白生卒年问题》称："杨齐贤与周敦颐同乡，曾为周作《年谱》，被誉为'记览极详博'。""记览极详博"是评价齐贤本人还是《周子年谱》？细味度正之语，"记览极详博"是度正在阅读过《周子年谱》之前，对杨氏的评价。这个评价和"乡士""操行甚高"一样，是时人对杨齐贤的总体认识，度正也是慕此声名而来。他对齐贤作品的看法则出于个人体验，认为有"年代差舛"、张冠李戴等不足。尽管之前杨氏嘱其补阙刊误，已透露出作品并不完美，但年谱质量不尽如人意的程度还是超出度正的预想。这才使他放下"美玉于前"的思想包袱，有了"屡欲执笔"编订年谱的信念。无独有偶，萧士赟《分类补注李太白诗·序例》云："一日，得巴陵李粹甫家藏左绵所刊春陵杨君齐贤子见注本，读之，惜其博而不能约，至取唐广德以后事及宋儒记录诗词为祖，甚而并杜诗内伪作苏东坡笺事已经益守郭知达删去者，亦引用焉。"这也是萧氏为李白诗作注的缘由之一。

那么，我们可以将杨齐贤的学术风格概括为以下几点：第一，广博详细；第二，博而不能约；第三，舛错颇多，考辨不细；第四，著作选材眼光独到。前三点，笔者会在《杨齐贤注释凡例》一节详加论述，此处重点谈一下第四点。杨齐贤作《李太白诗注》《青莲诗选》，这在当时研杜之风盛行的情况下，是稍显"冷清"的工作；为理学派开山鼻祖周敦颐编写年谱，又在理学极为繁荣之时迎合了热点，且走在了他人之前；写《蜀枢集》《进卷八略》当是发挥在蜀地任职的优势，充分展示自己在书写呈文、奏章方面的技巧心得。选材之好，保证了杨氏作品具有很强的参考价值，为他人深入发掘奠定了良好的基础。他在书写时也将"记览极详博"的特色发挥得淋漓尽致，有效保存了一部分当时人或许觉得冗繁驳杂，但于后人却甚为珍贵的文献资料。舒大刚《再论李白生卒年问题》中认为杨氏"看到过李白诗中尚存在含有广德以后史事的诗篇”，而萧士赟对杨注所引“广德以后事”大加删削的根本原因是“固守李白卒于宝应元年说”，这种“固守”是萧氏“错误的成见”。萧士赟是否错误还有待深入考证，不宜轻下断言。但杨氏看到过太白更多诗篇却极有可能，他“记览极详博”的特点是研究《分类补注李太白诗》时必须高度重视的。

二、萧士赟生平考略

1. 萧士赟一门生卒年代考

萧士赟是《分类补注李太白诗》的注者。其父萧立等是南宋末年具有相当影响力的诗人，作品被誉为“南渡以后高品”。其世父萧澥是南宋末年有一定声名的江湖派诗人。然而三者生卒年代，史料中没有确切的记载。

《江西通志》卷五十一“淳祐十年庚戌方逢辰榜”载：“萧立等，宁都人，辰州判。”卷九十四云：

> 萧立等，字斯立。宁都人，淳祐进士。知南城县，历南昌推官、辰州判，有惠政。遭世乱，归隐萧田，自放于诗，著有《冰厓集》，罗伦序之，谓南渡以后高品也。①

又云：

> 萧士赟，字粹可。立等仲子，笃学工诗，与吴文正公友善，著《诗评》二十余篇及《冰崖集》《李白诗补注》行

① 雍正《江西通志》卷九十四《人物》引《宁都先贤传》，[清]永瑢，纪昀等编：《四库全书》，第 513—518 册，上海：上海古籍出版社，2003 年。

于世。①

这里对萧氏父子的情况做了简要的介绍，我们也对二者生平有了大致的了解。只是难免对《冰厓集》(《冰崖集》)的作者产生一些疑问。《千顷堂书目》卷二十九："萧士赟《冰崖诗集》。"《四库全书总目提要》："士赟，字粹可，宁都人。笃学工诗，与吴澄相友善。所著有《诗评》二十余篇及《冰崖集》，俱已久佚，独此本(《李太白集分类补注》)为世所共传云。"看起来，《冰厓集》的著作权判给了萧士赟。无独有偶，萧立等九世从孙萧敏所写《识冰厓公诗集拾遗》云："公之流芳《李太白诗注》，匹休世世矣。"则又将《李太白诗注》划归萧立等名下。

年代久远，材料众多，出现混淆在所难免。今人胡振龙在《李白诗古注本研究》中用了相当篇幅证明《冰厓集》的作者为萧立等，而萧士赟的主要作品是《庸斋粹言》及《分类补注李太白诗》。实际上，这些著作的归属权很明显，几乎谈不上"争议"。有两条材料足以作为确证，首先是南宋谢枋得所作《萧冰崖诗卷跋》：

> 诗有江西派而文清昌之，传至章泉(赵蕃)、涧泉(韩淲)二先生，诗与道俱隆。自二先生没，中原文献无足证，江西气脉将间断矣。幸而二先生所敬者有涧谷罗公在，巍巍然穹壤间之鲁灵光也。冰崖乃涧谷(罗椅)所知诗家，因取其诗二十六卷刊以示余，逃虚空而闻跫音也。观其诗可以知其人。岁在癸未，清明日龙虎山敬题卷后。②

① 雍正《江西通志》卷九十四《人物》引《白志》，[清]永瑢，纪昀等编：《四库全书》，第513—518册，上海：上海古籍出版社，2003年。

② [宋]谢枋得：《谢叠山集》，北京：中华书局，1985年，第32页。

岁在癸未，即元世祖至元二十年(1283)。谢枋得生卒年为南宋理宗宝庆二年(1226)至元世祖至元二十六年(1289)，写题跋时为57岁。他与萧立等并不熟悉，“观其诗可知其人”一句除赞赏冰厓诗外，也暗示二者素未谋面。明赵鹤龄《重刊萧冰厓先生诗集序》所云：“原有集二十六卷，诗家取而刊以行于世，叠山谢先生见而跋之于后。”这个诗家正是涧谷罗椅，他是江西诗派后劲赵蕃与韩淲所敬之人。而萧立等“乃涧谷所知诗家”，用今天的眼光来看，是为权威人士所推重的，故而谢枋得愿意为其诗集作跋。至于《冰厓集》的结集，有两种可能：1283年时，如萧立等还在世，当是他自己编撰完毕后交给罗椅；若已过世，当为其家人或是罗椅结集而成。无论哪种情况，作者为萧立等无疑。

第二条重要材料便是《分类补注李太白诗·序例》，萧士赟自称“秋日韇金精山北冰厓后人粹斋萧士赟粹可”①。作者的自称是极为可靠的证据，面对父亲，断不敢以“冰厓”为号，称“冰厓后人”则合情合理。《分类补注李太白诗》流传度很高，为学人所熟悉，作者是萧士赟没有异议。九世从孙萧敏所言“公之流芳《李太白诗注》”若不是一个常识性的错误，就是萧敏想表明萧家的家学绵延不断，子嗣将前人的优良传统发扬光大，而前辈也可凭借后人的著作美名流传。

近人整理史料对萧立等的生平著述做了一些补充，杨家骆主编《宋人传记资料索引》：

> 萧立等，字斯立，宁都人。淳祐十年(1250)进士，知南城县，调南昌推官，移判辰州，遭世乱，归隐萧田。有

① 同类引文均见[唐]李白撰，[宋]杨齐贤集注，[元]萧士赟补注：《分类补注李太白诗》二十五卷，东京：汲古书院影印本，2005—2006年。

集。子萧士赟，为李白诗分类补注，行于世。①

又谭正璧编《中国文学家大辞典》：

萧立之，一名立等，字斯立，号冰崖，宁都人，生卒年均不详，景定末前后在世。登淳祐十年（公元一二五〇年）进士。仕至通守。归隐后，专力于诗。尝为谢枋得所知。立之著有诗集二十六卷，今存三卷，（四库未收书目）传于世。②

又廖盖龙、罗竹风、范源主编《中国人名大辞典·历史人物卷》：

萧立等，南宋赣州（今属江西）宁都人，一名立之，字斯立，号冰厓。淳祐进士。历知南城县、通判辰州。宋末，参加抗元斗争。宋亡，隐居不仕。诗宗江西派。著有《萧冰厓诗集》。③

又曾枣庄编《中国文学家大辞典·宋代卷》：

萧立等，……谢枋得称其诗宗江西派，为涧谷罗椅所知。明赵鹤龄序称其诗为南渡后之高品，律诗“清劲奥

① 杨家骆主编：《宋人传记资料索引》，台北：鼎文书局，1980年，第4040页。

② 谭正璧主编：《中国文学家大辞典》，上海：上海书店，1981年，第835页。

③ 廖盖龙，罗竹风，范源编：《中国人名大辞典》，上海：上海辞书出版社，2004年，第539页。

妙”。如《偶成》《第四桥》等作，饶有理趣；《茶陵道中》《杜鹃》《秋日》《桃源》等，格高调卑，尤为感人。著有《冰崖诗集》二十六卷，已佚。明弘治十八年九世孙敏辑刊《冰崖公拾遗》三卷，有《四部丛刊》影印明弘治十八年刻本。《全宋诗》卷三二八五至三二八七录其诗三卷。事迹见萧敏《识冰崖公诗集拾遗》《嘉靖赣州府志》卷九。①

《宋人传记资料索引》据《宋诗纪事》补充了萧立等之子萧士赟的著述情况。《中国文学家大辞典》言及萧立等归隐后“专力于诗”“为谢枋得所知”等事。《中国人名大辞典·历史人物卷》将以往记载中简单的“遭世乱”扩充为“宋末，参加抗元斗争。宋亡，隐居不仕”。《中国文学家大辞典·宋代卷》最为全面，征引谢枋得《萧冰崖诗卷跋》内容，指明萧立等“诗宗江西派”，明代赵鹤龄序称其诗为“南渡后之高品”。此外，简要点评了萧立等的诗作，并对《冰崖诗集》的版本流传情况做了说明。讹误之处在于，《中国文学家大辞典》将谢枋得题跋中所称“（萧立等）为涧谷罗椅所知”这一信息转换成“（萧立等）尝为谢枋得所知”，虽无甚大碍，却降低了资料的准确度。前人的研究为后人打下良好的基础，笔者将在此基础上纠谬补正，进一步考察萧立等的生平。

萧立等的生卒年代，史料中没有确载，然《萧冰厓集拾遗》存诗三百余首，交往人员近九十位，不少诗作有准确系年，这都为确定诗人生平提供了不少线索。《壬午元日试笔有怀十翁楚山先生两章奉寄》：

① 曾枣庄编：《中国文学家大辞典·宋代卷》，北京：中华书局，2004 年，第 776 页。

其一

年似渭滨人样子，竹房深夜一灯青。老来有妇能言语，元亮无言亦典刑。诗到夔州尊绝倡，人瞻鲁殿几沧溟。写添涧谷成三老，洛下风流可得成。

其二

记前壬午甫能冠，甲子周回有此年。方寸可耕宁要地，须臾母死尚观天。史无一事贤黄宪，士有终身感鲁连。万里梅花一樽酒，青山不尽水无边。①

萧冰厓大约生活于南宋理宗朝，诗中又云“记前壬午”，那么他一生经历了两个壬午，即南宋宁宗嘉定十五年(1222)与元世祖至元十九年(1282)。作诗时，诗人年事已高，则此壬午为后者。在1222年时，冰厓刚过20岁，则其出生年月当在宋宁宗嘉泰三年(1203)左右，1282年时快80岁。“其一”言“写添涧谷成三老”，涧谷，即罗椅。《宝祐四年登科录》卷二云：“罗椅，字子远，小名天骥……年四十三，十二月十五日寅时生。”向前推算，是嘉定七年(1214)生，至元十九年时为69岁。另一首诗《寄罗涧谷》称“同是人间七十余”，当作于《壬午元日试笔有怀十翁楚山先生两章奉寄》不久前，对罗椅的年龄取了约数。《冰崖诗集》后由罗椅交给谢枋得，虽不能确定冰厓当时已逝，但罗椅比他年岁小些则可确定。诗中言“年似渭滨人样子”，也从侧面体现作者到了姜太公垂钓渭水滨的年龄。而“洛下风流”在此可确解为“洛社风流”，说明自己与十翁、涧谷都

① 同类引文见［宋］萧立之撰：《萧冰崖诗集拾遗》三卷，《续修四库全书》卷一三二一《集部·别集类》。

年逾古稀，几近耄耋，是士大夫老而贤者①。

同年所作还有《壬午九日士资自广运铁南雄归途过家士贽士赟有诗因用韵》：

> 惊心节物首重回，尚觉昏云暗未开。旧向醉余狂客帽，今犹健在倒莲台。菊如杜老开偏晚，客胜后山期不来。碌碌阿奴俱在目，剩锄菘韭种蒿莱。

本年重阳节，父子四人难得聚在一起。"今犹健在"的感慨，使得"碌碌阿奴俱在目"在喜悦的氛围之上平添了一份人世聚少离多的惆怅。吴澄《故县尹萧君墓志铭》："君(萧士资)生于淳祐辛亥之冬，卒于延佑丁巳之夏。二年十一月廿七日，葬于里之吟田长山头。予与君父子兄弟交游四十载，父兄既没而君独存……"②则萧士资生于1251年，卒于1317年。1317年之前，萧立等、萧士贽、萧士赟都已去世。吴澄《故县尹萧君墓志铭》："建昌、广昌尹承乱离后，井里荒残，抚字有方，户增狱简。遭父丧，去官，再尹辰州卢溪寔五溪蛮洞之地……"萧士资

① 《宋史·文彦博传》："(文彦博)与富弼、司马光等十三人，用白居易九老会故事，置酒赋诗相乐，序齿不序官。为堂，绘像其中，谓之'洛阳耆英会'，好事者莫不慕之。"宋司马光《洛阳耆英会序》："昔白乐天在洛，与高年者八人游，时人慕之，为九老图传于世。宋兴，洛中诸公继而为之者凡再矣。皆图形普明僧舍。普明，乐天之故第也。元丰中，文潞公留守西都，韩国富公纳政在里第；自余士大夫以老自逸于洛者，于时为多。潞公谓韩公曰：'凡所谓慕于乐天者，以其志趣高逸也，奚必数与地之袭焉。'一旦悉集士大夫老而贤者于韩公之第，置酒相乐，宾主凡十有一人，既而图形妙觉僧舍，时人谓之'洛阳耆英会'。"宋欧阳修、梅尧臣等在洛阳时组织诗社。欧阳修《酬孙延仲龙图》诗："洛社当年盛莫加，洛阳耆老至今夸。"清赵翼《新春招程霖岩汤蓉溪二丈暨庄学晦家缄斋小集》诗："作诗传他年，或可洛社继。"

② 同类引文均见李修生主编：《全元文》第15集，南京：江苏古籍出版社，1999年。

两为邑宰之间，萧立等去世。以冰厓生年，壬午年仍健在及士资卒年这三个可靠指标为基准，参考吴澄所记萧立等去世背景，再结合谢枋得《萧冰崖诗卷跋》，足以确定冰厓卒年在 1283 年。综上所述，萧冰厓的生卒年代约为宋宁宗嘉泰三年(1203)至元世祖至元二十年(1283)。

至于萧士赟的生卒年代，须借助其友人吴澄的文章予以考证。吴澄《宁都州判官彭从事平寇记》云："延佑二年(1315 乙卯)六月，赣宁都州寇作。……予之友萧士资具书述士民之意，来征予文。"又《故县尹萧君墓志铭》："兄(士赟)与大兵遇而止元师。李公奇其才，全其生，询其家世，益加敬重，君(士资)亦受知焉。李公镇卢陵，命君招抚宁都降汀寇，有功剡上，随达官入觐，授从仕郎。"此次寇作在 1315 年，萧士资作为士民代表请吴澄写文章以记彭从事平寇之功，后又受李公之命招抚降寇。他受知于李公，主要是因为萧士赟抗元有功，且萧家家世显赫。那么，1315 年之前士赟当在世。萧士赟《分类补注李太白诗·序例》曰："注成不忍弃置，又从而刻诸枣者，所望于四方之贤师友是正之，发明之，增而益之……"又在篇末注明"至元辛卯"，即成书于 1291 年。《皕宋楼藏书志》卷六十八云："……目录后有建安余氏勤有堂刊本印。是页版心有至大辛亥(1311)三月印一条。"陆心源所藏这个元刊元印的本子印成时，有心将著作付梓的萧士赟当还在世。1317 年，士资去世时父兄皆没，故可初步推算士赟卒于 1315 年左右，生年当不晚于 1251 年，至少活了 64 岁。

萧立等的兄弟萧澥是南宋末年有一定声名的江湖派诗人。其生卒年代不详，但萧立等《和曾楚山忆苍山韵五首》却提及与其生卒年有关的人与事：

其一

诗来读罢亦伤神，惆怅两翁苍与芸。聚首当时惭我少，只今一老独深云。

其二

芸翁到死不停笔，死去萧然一室居。不似王恭无长物，半楼诗板半楼书。

其三

梅边石磴竹边亭，尚记谈谐步晚晴。梦断犹疑翁未死，小窗犹听读书声。

其四

人谓苍翁只有诗，却于世道早知几。鞑舞胡□句辛有，伊川后有……。

其五

两翁教□(疑为‘吾’)句中眼，语到……摇松露写溪藤。

按：第一，“两翁苍与芸”指曾苍山与萧澥。《江西通志》卷九十四：“曾原一，字子实，兴宗孙，举于乡。尝与从弟原郕同师庐陵杨伯子。绍定庚寅，避乱钟陵，与戴石屏诸贤结江湖吟社。及归，偕其叔父益之倾资产筑城以御寇，隐苍山，构万松亭，有诗号《苍山集》，人多宗之。宁都古称诗国，今东城构诗巷相传为二曾庐处。”曾原一即是曾苍山。“聚首当时惭我少，只今一老独深云”说明苍山与芸庄年龄比冰厓大一些，较冰厓先离世。

第二，芸庄与苍山在诗歌创作上用力很深，前者是“到死不停笔”，后者则达到“人谓苍翁只有诗”的境界。“两翁教□(疑为‘吾’)句中眼”表明二者曾教授冰厓诗法，萧家在诗歌创作与鉴赏方面有努力研习的优良传统。

第三，萧澥与曾原一生卒年相仿，且都经历了绍定庚寅(1230)之乱。曾原一与戴复古(1167—1252?)为同时代人，萧澥亦同。据《嘉靖赣州府志》所载，萧澥嘉定九年丙子(1216)领乡荐。结合当时考试情况来看，考生乡试中试年龄至少在20岁左右，又萧冰厓与兄长辈比起来自惭“年少”，则萧澥出生不晚于1196年。

《嘉靖赣州府志》卷九记载萧澥嘉靖九年丙子(1216)领乡荐；《万历吉安府志》卷五载其为淳祐七年(1247)进士；《江西通志》卷五一，淳祐六年丙午(1246)解试，淳祐七年丁未(1247)张渊微榜，景定五年甲子(1264)解试，均有萧澥之名。吴澄《故县尹萧君墓志铭》云：“君(萧士资)之世父讳澥，五试礼部，特奏授户曹。”萧冰厓有《归至三衢怀芸庄兄留京》诗，云：“午热犹疑夏，宵寒不似秋。独归仍念远，久客得无愁。白酒寸寸市，黄花处处楼。不缘风雨色，吾欲理扁舟。”足见，兄弟俩都在临安做过官，萧澥归隐比较晚一些。从萧立等所有言及萧澥的诗歌来看，萧澥归隐虽晚，却早去世几年。萧澥的纪事诗主要反映绍定庚寅(1230)之乱前后政局与个人遭际，并无萧立等《己卯秋社》那样因国祚已移而备感沉痛的作品。那么，萧澥当卒于1264至1279年间。

萧澥的著述主要是《竹外蛩吟稿》，已佚，现散见于陈起《江湖后集》，元汪泽民、张师愚同编《宛陵群英集》。《江湖后集》卷一五收录萧澥诗30首，有小传云：“澥字汎之，自号金精山民，有《竹外蛩吟稿》。按，金精山在赣州宁都县，《道书》三十五福地也，澥盖赣之隐者。”《宛陵群英集》卷十一录其诗6首，萧澥名字下注曰：“原注金精山民。”除第一首《戍妇词》能确定是萧澥所作外，其他6首绝句仅是附在其名下，绝句前有注曰：“按永乐大典内，凡系失名失题无考者附后。”《宛陵群英集》卷十二又录萧澥《商妇怨》诗一首。以上各集所收并无重出者，故萧澥名下现有诗38首。《全宋诗》录其诗33首。此外，萧澥还校正过《中兴禅林风月集》。此集原题为《若州孔汝霖编集，芸庄萧澥校正》，具体成书年代难定，但选本以“中兴”为名，具有时代特色，当与南宋理宗时代多种版本《中兴江湖集》同时，无疑编纂于晚宋，内容主要是与江湖派诗风颇近似的僧诗①。至于萧澥的字，萧敏《识冰厓公诗集拾遗》称：“公(萧立等)兄弟四人，长讳讯之，号芸庄。”近人所编《宋人传记资料索引》《中国文学家大辞典·宋代卷》又称其“字泛之”。当以宋人陈起《江湖后集》所记最为准确。后人所写“讯之”“泛之”，恐是因字形相近所致讹误。古人取字，讲究与名紧密联系。“澥”为海，“汛”为长水、泛滥之意，最为相符。

因《竹外蛩吟稿》已佚，现存传记资料不多，萧澥生平交游情况大致如下。《吴文正集》卷十八《澹轩康氏族诗稿序》：“矩山徐经孙，雪坡姚勉，止庵林实夫，芸莊萧澥，冰厓萧立等亦有题句跋语，一时闻人相与盛矣哉。……翁康氏，讳应弼，字辅德。”萧澥、萧立等为康应弼的诗稿写过题句及跋语。《江西通志》言康应弼是龙泉人，平生精力于诗，与同时诗人多有倡和题跋②。江湖诗人胡仲弓有《柬萧芸庄》诗：“十载江湖梦，鸿飞不到君。近闻吟思苦，半为宦情分。往事随流水，怀人看暮云。相逢又相别，安得细论文?”表现了两位诗人交往时间长，且彼此挂念之情，其友谊之真挚可见一斑。萧立等《和曾楚山忆苍山韵五首》中已言萧澥与曾原一熟识。另一首《题丁松冈诗集》云：

① 张如安，傅璇琮：《日藏稀见汉籍〈中兴禅林风月集〉及其文献价值》，《文献》，2004年第4期，第30页。

② 《江西通志》卷七十六：“康应弼，字辅德，龙泉人。平生精力于诗，所著有《淳祐稿》《宝祐稿》《开庆稿》《景定稿》。同时诗人，如吕耐轩、李义山、李蒙泉、徐矩山、姚雪坡诸公皆有倡和题跋。其子同老合而命之，曰《澹轩康氏诗稿》。”

松冈胸中亦块垒，劲气少与崆峒平。白头一脱力百斛，中有徂徕风雨声。芸兄儿时戏同队，宰木阴风吹昼晦。翁身与诗寿而昌，细读灯前为九拜。

丁松冈传记资料不可考，诗中言其少时“胸中有块垒”“劲气平崆峒”，到了晚年仍是老当益壮、气力充盈。“芸兄儿时戏同队，宰木阴风吹昼晦”，言萧澥与丁松冈儿时便已相识，在一起玩耍。丁松冈创作不休，其身“与诗寿而昌”时，萧澥过世许久，坟墓上的树木都已经郁郁森森，白昼吹晦。丁松冈的诗也写得很出色，使得冰厓细读之后，极为崇敬与叹服。萧澥现存诗中只有《过东平悼曾英甫》一首言及友人：“前时来客此山居，同醉梅边酒几壶。不道后来成死别，影堂吟落一灯孤。”萧澥客居东平时，与曾英甫梅边饮酒，交情甚笃。综上所述，现可考萧澥交往之人有康应弼、胡仲弓、曾原一、丁松冈等人，多是诗人。

2. 萧士赟一门诗风考

萧立等在南宋末被视为著名诗人，诗作见重于时。宋吴澄《故县尹萧君墓志铭》评价道：“（萧立等）诗宗江西派，绝句有唐人风致。”宋谢枋得《萧冰崖诗卷跋》称其诗“逃虚空而闻跫音”，是难得的佳品。元刘埙撰《隐居通议》称萧立等为“江西名诗人”[①]。元王义山《稼村类稿》卷四《黄草塘诗选序》：“渝川大小山（萧山、萧泰），赣萧冰厓近世派西江者。草塘黄君以诗求正于二山，且求正于冰厓，三君子大手笔也。”明罗伦《萧冰厓诗集序》，明赵鹤龄《重刊萧冰厓先生诗集序》称其诗为“南渡以

① ［元］刘埙：《隐居通议》卷十一“辨秋胡妇”条云：“陈号自堂，萧（立之）号冰厓，皆江西名诗人。”

后之高品”，律诗“清劲奥妙”。萧敏《识冰厓公诗集拾遗》云：“当国朝洪武初，知公诗见重于时。”

诸位诗家达成的共识是萧立等“诗宗江西派”，近人在撰写诗人小传时亦对此表示认同。这在无形中忽略了诗人在诗歌创作上，除继承前人以外所做出的开拓与创新。冰厓诗格高调卑，饶有理趣，呈现出多种多样的面貌，部分诗作极具个人特色。

冰厓《落梅诗》是集中流传度颇高的一首。明杨慎《升菴集》卷五十九“落梅诗”条云：

> 冰崖萧立等《落梅诗》云：“玉龙战退鹿胎干，好在晴沙野水看。舞翠梦回仙袂远，射雕人去露檐寒。连环骨冷香犹暖，如意痕轻补未完。谁在高楼吹笛处，轻衫当户独凭阑。”此诗工致似李义山，后六句皆用美人事，甚奇，不类晚宋之作。当表出之唐诗“新柳园林鹅毳色，落梅田地鹿胎斑”。①

明徐应秋《玉芝堂谈荟》卷二十九“晓霞妆”条：

> ……二事（魏文帝美人薛灵芸事，孙和邓夫人事）颇相类，宋莒公诗有“娇脸补痕劳獭髓”，苏子瞻有“玉颊何劳獭髓医”，萧立等《落梅》诗有“连环骨冷香犹暖，如意痕轻补未完”。……②

此诗起句不俗，使用“玉龙战退”“鹿胎干”这样抽象的意象。宋

---

① ［明］杨慎撰：《升庵集》，上海：上海古籍出版社，1993 年，第 613 页。
② ［明］徐应秋：《玉芝堂谈荟》，上海：进步书局，1912—1949。

张元《雪》诗："战退玉龙三百万，败鳞残甲满天飞。"壮丽非凡，气魄宏大。冰厓转而以此形容落梅漫天飘飞的绮丽景象，添得一种阴柔之美。鹿胎最初是指一味补益养血的中药，后亦用来为花命名，如宋陆佃撰《埤雅》卷十八记芍药珍品，中有"鹿胎红"者，花名取自其红中泛紫的色泽。此处"鹿胎干"形容落梅花瓣干枯而颜色渐淡。"好在晴沙野水看"在空间上拉开了诗人与梅树的距离，使梅有了"宛在水中央"之感。接下来六句将梅视为"伊人"，用美人事次第道出。"獭髓补面"的典故并不生僻，宋庠、苏轼在诗中仍然保留典故本意，即"娇脸""玉颊"有天成之美，即便因意外留下淡淡的伤痕，也别有一番韵味。冰厓诗则跳出窠臼，侧重那份挥之不去的残缺，则尾联"轻衫当户独凭阑"的寂寞愈发清冷凄然。此诗诚如杨慎所言，真得李义山神髓，要眇宜修、沉博绝丽。

《冰厓集》中像这样风格或手法近义山之作不少，如《初见郴倅院云心》《云心遣示雨凉古句，用旧韵再次奉答》《送陈广文西山楮衾》《次韵答庐陵张新恩》《树老》《湖海》《近有》及几首《失题》诗等，表达的情感纠结复杂，难以具陈。江西诗派尊杜学杜，但此宗派中杰出的诗人却在创作实践中勇于自省，变创旧论，逐步形成鲜明的个人特色，比如吕本中、陆游、杨万里。即便黄庭坚也有《观王主簿家酴醾》那样诗风类晚唐的另类之作。冰厓诗宗江西诗派，在才学与法度上固然下功夫，但却秉承南宋诸公的探索精神，将诗学功夫引向外部世界，不断添入灵动因素。这些风格近李商隐的作品，所表现出的精神实质却俨然是经历过国家衰亡之人特有的。

冰厓诗中"梅花"出现频率极高，却没有重复相似之感，其形象随着诗人遭际的变化而变化。《月下观梅独酌》直言"一生爱梅"，在"北风掠地""南楼鼓寒"的情况下独自观梅，因"醉眼看花越更奇"，而萌生对梅赋诗的雅兴，兴高以致忘归，无怪乎“牵衣儿女”要不断催促。由诗中子女年少，可知写于南宋亡国之前，此时“梅”还是作为诗人兴起吟咏的对象。《谢包宏斋著述科目之荐》云：“红泉碧涧石齿齿，菖蒲著梅弄径蕊。我思脱我马口衔，归去从公给薪水。”在决心不再仕进，脱去俗务羁绊之时，梅与水石山林一道成了诗人希望携手同归的友人。《丙辰岁起》写于1256年除夕，构思接近王维《九月九日忆山东兄弟》。在雪意复苏、云阴天暗的时节，诗人因“微官远兄弟”而做起了“故园梅花梦”，想象家人“不眠应守岁”的热闹场面。梅花此时便是诗人故乡的亲人。《寄题邹氏观梅亭二首·其二》：“诗人爱梅说道理，弄影团香未觉难。枝上乾坤参得透，不妨来此倚阑干。”诗人此诗作于晚年，已经厌倦了以弄影团香、流连风雅的态度写梅。至于“枝上乾坤”是什么？《寄题邹氏观梅亭二首·其一》末句“不看南枝看北枝”已经暗示了答案，是一份怀揣希冀，忍耐寒冷的魄力。反观《落梅诗》，其背后深隐着江山飘零的痛楚，弥漫着难以平抚的伤感。诗人在创作中，注重从局势变化、生命体验中汲取鲜活的养分。

萧澥现存38首诗全部为绝句，其中七言绝31首，五言绝7首。七言绝包括《江湖后集》所选30首，《宛陵群英集》所选《商妇怨》。五言绝除《戍妇词》外，剩下6首因失名失题挂在萧澥名下。萧澥诗按题材大致可划分为以下几类：

(1)读书咏史：《读史》(二首)、《读秦纪》《写乐府昭君怨后》《读文君白头吟》。

(2)纪事：《绍定庚寅纪事五首》《寇中逃山》(二首)、《度九曲岭》《客中月夜》《常山舟中》《还安舟中》《韶口山家》《避乱山家》(二首)、《乱后过隆教寺》《乱定到邑》。

(3)闲适：《睡起》《雪晴》《南皁》《春日杂咏》《失题》。

(4)咏物：《提壶》《咏归桥》《鹿山兽也，亦受羁于人》(二首)。

(5)拟作：《昭君词》《商妇怨》《戏效玉台体》《江上东日效石湖杂咏体》《戍妇词》。

(6)题诗：《题东篱采菊图》《题或林尼院壁》。[①]

从几首吟咏昭君的作品可以看出，萧澥秉承传统诗教，思想比较正统。以往诗人无论站在家国或是美人哪一方，都会流露出些许红颜薄命的感叹。萧澥却坚定地站在保全国家的立场，认为昭君出塞是完全正确的选择，所谓“会得吴宫西子事，汉家此策全未疏”(《昭君词》)。而对昭君个人而言，不被丹青所误的话，她的命运也无非是“琵琶到老一宫嫔”(《写乐府昭君怨后》)。这种正统的思想也体现在他对男女情感的认识上，《读文君白头吟》：“不顾此身轻夜驰，晚年吟苦亦奚为。从来簪折瓶沈事，已在双鬓暗合时。”文君夜奔是不自持在先，晚年吟苦是吞苦果在后，在双鬓暗合、浓情蜜意之时就该料想到簪折瓶沈、遭人抛弃的后果。《戏效玉台体》将薄幸抛人的根源依然归结在“忆君还似恨君多”之上，既然是女子心甘情愿做出错误的选择，那就无须抱怨“到得恨时无奈何”。

这种正统源于诗人习惯冷静深刻地去看问题，在其他类诗歌中表现得更彻底。《读秦纪》：“筑了连云万里城，春风弦管醉中听。凄凉六籍寒灰里，宿得咸阳一火星。”道破荣华富贵转瞬化为轻埃浮尘的人世沧桑。在纪事类作品中，作者记载了绍定三年(1230)发生寇乱后，自己在避难途中所见所闻、所思所感。诗人真实地记录了乱后衰飒萧条的场面，所谓“前村不复炊烟起，长是清明寒食时”“前日人家无间断，颓墙破灶草莱中”“风动绿林千里乱，星垂黑气万家灾”。也写了自己当时危险的处境，有“风枝露叶亦惊疑”的恐惧，有婴孩“偏是怕时方

① 见《江湖后集》，商务印书馆《四库全书》工作委员会编：《文津阁四库全书》第454—456册，北京：商务印书馆，2005年。

始啼”的慌乱，甚至有“此身自幸少人知”的侥幸心理。与此同时，他思索了盗贼作乱后民困饥寒的原因，“稻粱平地寇难防”是地理条件不利于防御，“大都郡邑初轻视”是政府粮食储备不足。

与诗人正统思维相符的是，他的诗歌创作手法也是不蔓不枝，简捷有效。首先，诗人甚少用冷僻典故，更不刻意求奇。除读书咏史类不能回避用典外，其他各类都是从生活实践中直接选择素材。《避乱山家》：“野人生长在高山，道路崎岖轻往还。长是五更炊未熟，已笼鸡鸭送林间。”士大夫对平民生活往往比较陌生，一旦实际接触了，哪怕是再平常不过的事，都觉得新鲜。山民为生计磨炼出的强大生存能力、麻利做事风格，诗人根本不具备。出之笔端，则自然而然流露出同情与敬佩。《乱后过隆教寺》：“纸窗破碎网蜘蛛，古铁香炉灰半无。吟得诗成无笔在，闲寻枯炭壁间书。”观者几乎能看到诗人在破败场景中拾起枯炭写诗的场面。其次，诗人不讲究字面的华丽，功夫用在构思之上。《提壶》：“望断碧云无白衣，一春长是独醒时。烦君卷舌东风里，休劝饥人食肉糜。”不直言忍耐孤独与饥饿的痛苦，转而写对提壶鸟聒噪声的厌倦，却道尽一切难言。《雪晴》：“一雪晓来旋放晴，瓦沟余滴响中庭。开窗已上三竿日，满岭松梢醉未醒。”绝句构思新颖，以“瓦沟滴水”言其开始消融，以“松醉未醒”表现还未消尽。

综观萧立等与萧澥两位诗人，诗风相去甚远，但却有不少共同之处。第一，他们在诗歌创作方面非常勤奋，倾注了大量心血。《萧冰厓诗集拾遗》三卷存诗三百余首，平均每卷达百首，二十六卷本当存诗二千六百首左右。萧澥《竹外蛩吟稿》已不可见，从他集所选作品可以看到诗人无论身处何种境地都坚持诗歌创作，原集中诗歌数量当不逊于其弟。第二，萧氏重视读史书，注意以史为鉴来观察自己所处的时代。萧立等《开元天宝杂咏》不同于一般咏史诗，更似读书笔记。在诗前对史事有较为详细的记载，且选择的吟咏对象独特，如妖蜡、灯婢、冰山、玉有太平字、美人呵笔、射团、风流阵、游仙枕、金函、移春槛、辟寒犀、有脚阳春、红冰、长汤十六所等；涉及的人物众多，有宁王、杨国忠、明皇、贵妃、宋璟、李白、宫女等，笔锋奇而立意正，创作意图贴合宋末时局，读来意味深长。萧澥读书咏史类作品上文已经分析过，更喜从宏大视角来观，出之以冷峻的笔法。第三，二者的诗歌风格沿着不同方向发展，并非刻意，完全是符合自己性格的。萧立等与时人交往甚繁，现三卷中出现近百号友人，有活跃在政坛与文坛的重量级人物，如文天祥、罗椅、吴澄等，还有裱褙匠、医士、相士、炼丹士、隐者等各行人士。萧澥自号"金精山民"，《江湖后集》以"金精山在赣州宁都县，道书三十五腹地也"推测"澥，盖赣之隐者"。隐者这个身份对萧澥来说并不确切，毕竟他有相当长一段时间的出仕经历。不过，萧澥诗甚少与士大夫唱和之作，从《中兴禅林风月集》可推知他与僧人有往来，其诗山林气重，台阁气轻。第四，萧氏对江西诗派的诗学传统有继承，更有突破。萧立等诗作为"南渡后高品"，高在转益多师，以活法入诗，而不是沉浸在对前人技巧法度拘谨的效仿之中。萧澥诗以简驭繁，挖掘生活素材，步出宗派版图更远。

萧氏认真严谨与自由活跃的诗歌创作风尚为晚辈营造了良好的发展空间。吴澄《故县尹萧君墓志銘》称萧士资"器识超异，绍宋学文艺最优"，所著诗文有《吹剑吟》《北觐纪咏》《卢溪客语》。惜乎诗文散佚，今已不可见。吴澄《萧粹可〈庸言〉序》云：

观书贵乎有识，而学者之病有二：卑者安于故常，高者喜于新奇。安故常则踵讹而习陋，喜新奇则创意而凿说，二者皆非也。予与赣萧君粹可交游二十载，听其议论，辄推服焉。盖其观书如法吏刻深，情伪立判，搜抉微杳，毫发毕露。有评诗二十余条，曰《粹斋庸言》，乃其善者机耳。如是而观书，真有识者也。非安于陋，喜于凿者也。君名士赟，诗人冰厓公之子，能诗固其余事云。

按：第一，《钦定续文献通考》《四库全书总目提要》所云"诗评二十余篇"当是吴澄所言"评诗二十余条，曰《粹斋庸言》"。

第二，吴澄与萧家兄弟均有交往，与其弟士资更为亲密，对萧氏一门的情况特别熟悉。将萧立之定位为"诗人"，淡化其曾经的通判身份。他认为萧士赟首先是评论家，其次才是诗人，写诗搞创作并不类其父，"能诗固其余事"。

第三，萧士赟特点：读书认真仔细，冷静有理性，善于鉴别真伪，做深入考察，考证精当。吴澄推服其议论，对士赟这种秉持研究态度的读书态度与方法表示赞同，因为不会走向安于故常、有意凿说这两个极端。这种素质为其注李白诗奠定了良好的基础。萧士赟自己在《分类补注李太白诗·序例》亦言及家学及自己的注诗态度：

仆自弱冠知诵太白诗，时习举子业，虽好之，未暇究也。厥后乃得专意于此；间趋庭以求闻所未闻，或从师以蕲解所未解。冥思遐想，章究其意之所寓，旁搜远引，句考其字之所原，若夫意之显者，概不敷衍，或疑其赝作，则移至卷末，以俟具眼者自择焉：此其例也。

萧士赟在二十岁时，开始读李白诗，且产生了浓厚的兴趣。因当时习举子业，只能忙里偷闲通读，不能深究。后来能专意于此，"趋庭以求闻所未闻""从师以蕲解所未解"。此时，士赟年纪已不小，仍孜孜以求，希望从父辈师长那里获得更多信息。随后便本着极为严谨的态度开始思索，设置注解李诗最合理的方法。可以说，萧氏兄弟在诗学创作与研究方面，皆能从家学中汲取养分，并得到父辈的支持，可以按照预先设想自由发展，本着严谨认真的态度最终取得成功。

三、萧士赟家谱

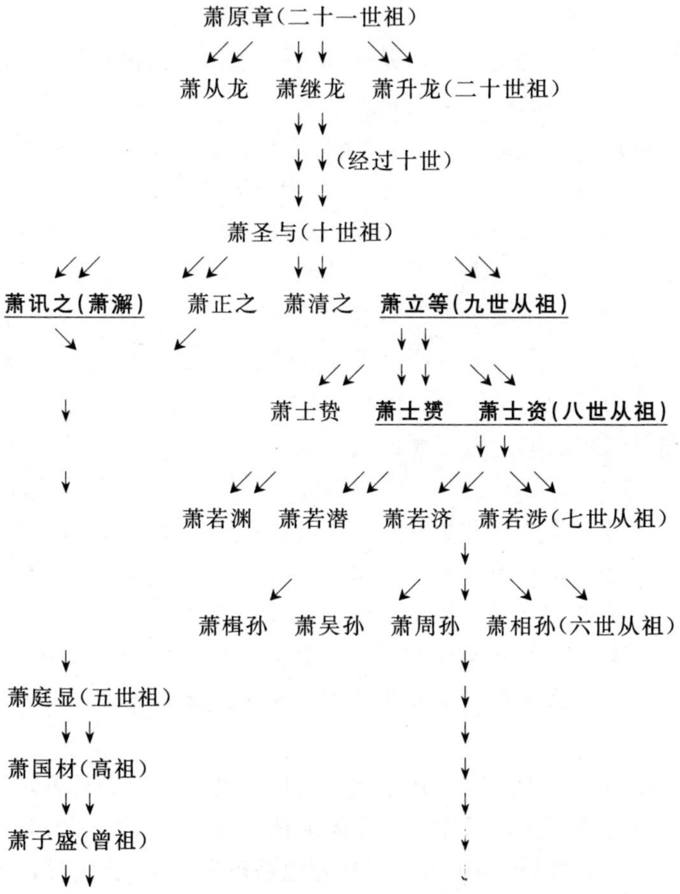

萧大章(祖)　　　　　　　　　　　　　　↓

↙↙　↘↘　　　　　　　　　　　　　　　↓

萧乘龙(父)　萧元龙(仲父)　萧仪凤(从兄弟)　萧岐凤(从兄弟)

↙↙　↘↘

萧毓　萧敏(萧立等九世从孙)

此谱主要依据是萧立等九世从孙萧敏《识冰厓公诗集拾遗》(附于《萧冰崖诗集拾遗》后),笔者在此基础上做了补充、整理等工作。双箭头所指为嫡亲血缘关系,如萧士贽、萧士赟、萧士资三人是萧立等的儿子;萧若渊、萧若潜、萧若济、萧若涉均为萧士资的儿子。单箭头所指没有直接对应关系,仅代表家族分支。字体加重且有下划线的部分,特指萧敏文章中重点提及的代表性人物。

第2章 《分类补注李太白诗》的注释方法与内容

顾炎武《日知录》卷二十"书家凡例"条云："古人著书凡例，即随事载之书中。《左传》中言'凡'者，皆凡例也。《易》乾、坤二卦用九、用六者，亦凡例也。"①也就是说，古人注书如写书，是有义例的。杨齐贤、萧士赟二人在注释李诗时各有一套注释凡例，这是探研《分类补注李太白诗》内容之前必须首先掌握的。

一、元版《分类补注李太白诗》纂例

(一)萧士赟注凡例

元版《分类补注李太白诗》在《序例》中自言注释之例，但只是粗陈梗概，未能指明者尚多。笔者将结合萧士赟《序例》，细绎元版《分类补注李太白诗》，钩稽掇拾，以类相从；对个别注例附加按语，进行细致考证，务求从宏观、微观两方面对本书注例进行全面考察。

1. 自明注释之例

为便于分析，先将萧士赟《分类补注李太白诗·序例》全部引用如下：

① [清]顾炎武著，[清]黄汝成集释，秦克诚点校：《日知录集释》，长沙：岳麓书社，1994年，第727页。

唐诗大家数李、杜为称首。古今注杜诗者号千家，注李诗者曾不一二见，非诗家一欠事欤？仆自弱冠知诵太白诗，时习举子业，虽好之未暇究也。厥后乃得专意于此；间趋庭以求闻所未闻，或从师以蕲解所未解。冥思遐想，章究其意之所寓；旁搜远引，句考其字之所原。若夫意之显者，概不敷衍；或疑其赝作，则移至卷末，以俟具眼者自择焉。此其例也。一日，得巴陵李粹甫家藏左绵所刊春陵杨君齐贤子见注本，读之，惜其博而不能约，至取唐广德以后事及宋儒记录诗词为祖，甚而并杜诗内伪作苏东坡笺事已经益守郭知达删去者，亦引用焉。因取其本类此者为之节文，择其善者存之；注所未尽者，以予所知附其后，混为一注。全集有赋八篇，子见本无注，此则并注之。标其目曰《分类补注李太白集》。吁！晦庵朱子曰：太白诗从容于法度之中，盖圣于诗者。则其意之所寓，字之所原，又岂予寡陋之见所能知？乃欲以意逆志于数百载之上，多见其不知量矣！注成不忍弃置，又从而刻诸枣者，所望于四方之贤师友是正之，发明之，增而益之，俾笺注者由是而十百千焉，与杜诗等，顾不美欤！其毋诮以注虫鱼幸甚。至元辛卯中秋日赣金精山北冰厓后人粹斋萧士赟粹可。

萧士赟在《序例》中所言注释体例可以概括为以下几个方面：

第一，采用征引式的注释方法。征引式由李善《文选》开启，以钩稽故实、征引出处来达到解说词义的目的；以直接援引旧文、旧注、成句与故实，来探明词语源流，而将说解语意与阐明文意融于其中。征引式训诂的两种重要特点是：注重注释点的选择，注重引文的选择①。萧士赟言“章究其意之所寓”“旁搜远引，句考其字之所原”便符合征引式的基本要求。“若夫意之显者，概不敷衍”，表明文意显者不再作注。反而言之，除此之外的注释点，只要意思略有不明便加以注解；引文自然也要达到能充分阐明意思的目的，力求周全细致。

第二，疑似伪赝的作品移至卷末。这种做法稍微调整了曾巩当初给太白诗所做的排序。在具体执行的过程中，萧氏还删去曾巩在李诗题下注出的地名。所谓“疑似伪赝”也往往是出于注者揣摩，并未提供确凿证据。从另一方面来看，这也开太白诗辨伪先河，为后人提出待解决的问题和一些基本的依据。

第三，为杨齐贤注节文，择善而存。对此，萧氏采取的处理手法是：在某些地方指明自己删去杨注的原因，顺便保留了一小部分杨氏原文；大多数情况下直接“择善而存”，不再注明删去原因。

第四，补足杨注注释未尽者，混为一注。注释中以“齐贤曰”“士赟曰”将二注分开，直观上比较清晰。但萧氏自云“混为一注”，故必须对句下只有“士赟曰”之处详加甄别，其中或有部分杨注。

第五，因为杨齐贤没有为太白八篇古赋作注，萧氏遂有意弥补了这一缺失。古赋八篇被安排在第一卷，又因赋体辞藻繁复，典故密集，故萧氏注赋用功颇深，几乎不放过任何一个注释点，且尽其所能征引大量引文。注赋过程中，萧氏建立起一套完整的注释体例，为注解太白诗歌奠定了坚实的基础。这部分将在下文具体论到，兹不赘述。

第六，为书题名《分类补注李太白集》。现存元版题名《分

---

① 参考王宁，李国英：《李善的〈昭明文选注〉与征引的训诂体式》，赵昌智，顾农主编：《李善文选学研究》，扬州：广陵书社，2009年，第44—48页。

类补注李太白诗》，删节本系统因郭云鹏补充太白文，故称《分类补注李太白诗文》。这些与萧氏自述略有差异。

第七，对诗意的理解采取以意逆志的方式。宋人非常看重说诗者主观的作用，北宋程颐说："善学者要不为文字所梏，故文义虽解错而道理可通行者不害也。"①南宋朱熹《四书章句集注》解释孟子的话："言说诗之法，不可以一字而害一句之义，不可以一句而害设辞之志，当以己意迎取作者之志，乃可得之。"②"以意逆志"从孟子创立之初到朱熹重新阐释，其内涵发生变化，诗者主观作用在逐步加大。萧氏在《序例》中引用朱熹语，认可他对太白"圣于诗者"的看法，并将其作为自己注太白诗的一种思想指导与总体方针。因此萧氏的"以意逆志"从根本上便具有很强的主观色彩，在努力向一个事先确立好的注释目标靠拢。

2. 注释中隐含的条例

李善注释《文选》采取了征引这一训诂体式。李善注的凡例散见于注释中，每于某一情况始见之处发凡起例。如班固《两都赋序》："或曰：赋者，古诗之流也。"注："《毛诗序》曰：诗有六义焉，二曰赋。故赋为古诗之流也。诸引文证，皆举先以明后，以示作者必有所祖述也。他皆类此。"③《两都赋序》："以兴废继绝，润色鸿业。"注："言能发起遗文，以光赞大业也。《论语》，子曰：兴灭国，继绝世。然文虽出彼而意微殊，不可以文害意。他皆类此。"李善以"他皆类此"表明自己作注的

① 《河南程氏外书》卷九，[宋]程颐，程颢著，王孝鱼点校：《二程集》，北京：中华书局，1981 年，第 375 页。

② 《孟子集注》卷九万章章句上，[宋]朱熹：《四书章句集注》，北京：中华书局，1983 年，第 306 页。

③ [梁]萧统编，[唐]李善注：《文选》，上海：上海古籍出版社，1986 年，第 1 页。

条例，但凡遇见此类情况，均以这种方式来处理引文。同样采取征引式，萧士赟并无这样明显的“信号”，但在具体的注释过程中，他却有一套谨严的方法。

1)释词句

(1)以“其详又见下注”“并见前”等省略部分内容

如果阐释某一词语不够详细透彻，便以“其详又见下注”或“又见下注”标明。如《大鹏赋并序》：“脱鬐鬣于海岛，张羽毛于天门。”士赟曰：“《淮南子》：以恬养性，以漠处神，则入于天门。其详又见下注。”

若上节注中已经注释清楚了，下文不再赘述，直接注“并见前”或“又见前。”《大鹏赋并序》：“激三千以崛起，向九万而迅征。”士赟曰：“水击三千里，抟扶摇而上者九万里。并见前。”此外，“并见前”还细分为多种层次：“并见前注”“并见某篇注”“并见上句”“并见某卷注”“上句见题注”。如《明堂赋》：“于是横八荒，漂九阳，扫畔换，开混茫。”士赟曰：“八荒、混茫，并见《大鹏赋》注。”《明堂赋》：“将欲考有洛，崇明堂，惟厥功之未辑兮，乘白云于帝乡。”士赟曰：“上句见题注。”《明堂赋》：“掣金龙之蟠蜿，挂天珠之硉兀。”士赟曰：“此二句见题注。”

标明“事见前”，以此省略前面已经注释过的内容或压缩概括引文内容。《大鹏赋并序》：“此二禽已登于寥廓，而斥鷃之辈空见笑于藩篱。”士赟曰：“《庄子》：斥鷃笑之。事见前。”

(2)以“又”“又曰”等代替名称、进行连续征引

在同一节注文中，先引某书完毕，再引此书其他文字时用“又曰”，以代书名。如《大鹏赋并序》：“块视三山，杯看五湖。”士赟曰：“《列子》：地积块耳。又曰：王俯而视之，其宫榭若累块积苏焉。三山，海中三神山也。”

连续引同一作者诗文时，以“又”连接，然诗句并非出自同

一首。如《古风·其二十二》："胡马顾朔雪，躞蹀长嘶鸣。"士赟曰："鲍照诗：胡风吹朔雪，千里渡龙山。又安能躞蹀垂羽翼。"按：《文选》卷三十一南朝宋鲍明远《学刘公干体》："胡风吹朔雪，千里度龙山。"《鲍明远集》卷八《拟行路难十八首》其六："丈夫生世会几时，安能蹀躞垂羽翼。"故，"又"字前后的诗文出自鲍照不同诗篇。类似之例，比比皆是，如《古风·其三十七》："群沙秽明珠，众草凌孤芳。"士赟曰："《楚辞》：君弗度而弗察兮，使芳草为薮。又欲荼荠不同亩兮，兰芷幽而独芳。"《古风·其四十一》："飘飘入无倪，稽首祈上皇。"士赟曰："《庄子》：天有六极、五常，帝王顺之则治，逆之则凶。九洛之事，治成德备，监照下土，天下载之，此谓上皇。又广成子曰：'得吾道者，上为皇，下为王。'"

(3)全称、简称、省略等方法相结合处理特殊名称

①针对书名、文献

书名有时采取全称，有时则为简称。如《大鹏赋并序》："及读《晋书》，睹阮宣子《大鹏赞》，鄙心陋之。"士赟曰："《晋书》：阮修，字宣子，咸之从子也。"《大鹏赋并序》："左廻右旋，倏阴忽明。"士赟曰："《晋·天文志》：天左行，日月右行。随天左转，譬之蚁行磨上。"

征引同一部书却用多种名字。如《大鹏赋并序》："戏旸谷而徘徊，冯炎洲而抑扬。"士赟曰："东方朔《十洲记》：炎洲在南海中，地方二千里，去北岸九万里。"《大鹏赋并序》："刷渤澥之春流，晞扶桑之朝暾。"士赟曰："东方朔《主洲三岛记》：扶桑在碧海之中，地多林木，叶皆如桑。"《悲清秋赋》："吾将采药于蓬丘。"士赟曰："东方朔《十州三岛记》：蓬丘即蓬莱山。"这里所引东方朔著作为同一部，书名有《十洲记》《主洲三岛记》《十州三岛记》。"主州"为"十洲"之讹，但在萧注中出现过几次。

引用文献名称不固定，有时写全称，有时具体到某篇名，有时用简称。如《大鹏赋并序》："尔其雄姿壮观，映背河汉。"士赟曰："《史记》曰：斯事天下之壮观。"《拟恨赋》："昔如汉祖龙跃，群雄兢奔，提剑叱咤，指挥中原。"士赟曰："《史记·高帝纪》：上曰：'吾以布衣提三尺剑取天下。此非天命乎？'"《野田黄雀行》："萧条两翅蓬蒿下，纵有鹰鹯奈若何。"士赟曰："《史》：项羽诗曰：虞兮虞兮奈若何！"按：对史部书籍的引用尤其如此，《史记》简称《史》，《汉书》则为《汉》《前汉》，《晋书》则是《晋》；《唐书》简称《唐》，《新唐书》《旧唐书》往往混称为《两唐书》。

引用文献只标明篇目，不注明作者。《愁阳春赋》："天光清而妍和，海气绿而芳新。"士赟曰："《归田赋》：仲春令月，时和气清。"《悲清秋赋》："登九疑兮望清川，见三湘之潺湲。"士赟曰："《湘中记》曰：九嶷山在营道县北，九山相似，行者疑惑，故名之曰九嶷山。"《悲清秋赋》："余以鸟道计于故乡兮，不知去荆、吴之几千。"士赟曰："《南中八志》云：交趾郡治龙编县，自兴古鸟道四百里。"按：《归田赋》作者为东汉张衡，《湘中记》为晋罗含，《南中八志》佚名撰。

个别地方不注明文献出处，与自己的话混合在一起，实则撮引自别处。如《送王屋山人魏万还王屋》："钓台碧云中，邈与苍岭对。"士赟曰："苍岭在台州仙居县西北五十里，高五千丈。"按：宋王象之《舆地纪胜》卷十二《两浙东路·台州景物上·苍岭》："在仙居县西北九十里，高五千丈，周围八十里……"此外，直接引某人语，不注所出。如《古风·其一》："正声何微茫，哀怨起骚人。"士赟曰："扬子云曰：美哉斯文！聆清和之正声。"按：《文选》卷四十八汉扬雄《剧秦美新》："镜纯粹之至精，聆清和之正声。"

②针对诗文作者、注释者

注释中人名并不固定，有的用其名，有的用字号或其他称谓。如《前有樽酒行》："青轩桃李能几何，流光欺人忽蹉跎。"士赟曰："曹操诗：对酒当歌，人生几何。"《拟恨赋》："于是仆本壮夫，慷慨不歇，仰思前贤，饮恨而殁。"士赟曰："曹孟德诗：慨当以慷，忧思难忘。"《剑阁赋》："望夫君兮安极，我沉吟兮叹息。"士赟曰："魏武帝《短歌行》：但为君故，沉吟至今。又延颈长叹息。"按：曹操(155—220)，字孟德，庙号魏武帝。

引用他人注文时，有时点明注者，有时则不冠其姓名。如《大鹏赋并序》："烛龙衔光以照物，列缺施鞭而启途。"士赟曰："扬雄《羽猎赋》：霹雳列缺，吐火施鞭。应劭曰：列缺，天隙电照也。"《大鹏赋并序》："块视三山，杯看五湖。"士赟曰："《周礼》曰：扬州，其浸五湖。注云：太湖，方五百里，故曰五湖。"

征引诗句一般只标出作者，不写准确诗名。如《拟恨赋》："此人忽见愁云蔽日，目断心飞，莫不攒眉痛骨，抆血沾衣。"士赟曰："曹植诗：良人行从军。江淹《别赋》：边郡未和，负羽从军。又诗：君行在天涯。……虞羲诗：瀚海愁云生。"《拟恨赋》："已矣哉，桂华满兮明月辉，扶桑晓兮白日飞。"士赟曰："庾信月诗：星桥视桂华。阮嗣宗诗：明月耀清晖。"

③针对特定文体

对赋的名称注释较为准确。如《拟恨赋》："与天道兮共尽，莫不委骨而同归。"士赟曰："江淹《恨赋》：人生到此，天道宁论？司马迁《悲士不遇赋》曰：天道悠昧。鲍照《芜城赋》：天道如何？吞声者多。又千龄兮万代，共尽兮何言？又莫不埋魂幽石，委骨穷尘。"

引用《楚辞》，大部分不注出具体篇目。如《惜余春赋》："水荡漾兮碧色，兰葳蕤兮红芳。"士赟曰："《楚辞》：上葳蕤以防露。”按：此句出于汉东方朔《七谏》：“上葳蕤而防露兮，下泠泠而来风。”《惜余春赋》：“飘扬兮思无限，念佳期兮莫展。”士赟曰：“《楚辞》：心飞扬兮浩荡。又与佳期兮夕张。”此二句分别出自屈原《九歌·河伯》：“登昆仑兮四望，心飞扬兮浩荡。”《九歌·湘夫人》：“登白薠兮骋望，与佳期兮夕张。”①

引用魏晋人的诗歌，大多出自《文选》，尤其是李善注《文选》，但仅有个别地方特别指明诗文出处。《古风·其二十二》：“胡马顾朔雪，躞蹀长嘶鸣。”士赟曰：“《选·古诗》：胡马依北风。”

有时仅注明某位作者所书某文体名称，不注明全称。如《古风·其三十七》：“浮云蔽紫闼，白日难回光。”士赟曰：“曹植表：注心皇极，结情紫闼。”《玉壶吟》：“烈士击玉壶，壮心惜暮年。”士赟曰：“贾谊策：行出乎烈士。”

(4)分层次处理注释点

①针对较为简单的词语及诗句

对于较为简单明了的词语，不再单独列出，直接引用前人诗文予以注释。如《大鹏赋并序》：“一鼓一舞，烟朦沙昏。”士赟曰：“《扬子》：鼓舞万物，其性风雷乎？王僧达诗：黄沙千里昏。”有时萧氏会直接注明，不特别引用文献资料。如《剑阁赋》：“咸阳之南，直望五千里，见云峰之崔嵬。”士赟曰：“贾山《至言》：起咸阳而西至雍。即长安也，唐建都于此。”《明堂赋》：“惟开元廓海寓而运斗极兮，总六圣之光熙。”士赟曰：“开元，元宗年号。……六圣者，高祖、太宗、高宗、中宗、睿宗，至元宗而六也。”

②针对较为重要、复杂或者难以解释清楚的词句、典故

对重点字词在考辨中进行训释。如《明堂赋》：“武义烜赫

① [汉]王逸撰《楚辞章句》卷二《九歌·河伯》，《九歌·湘夫人》。

于有截，仁声馺(先合切)沓乎无疆。”士赟曰：

按《诗》赫兮烜兮，咺字当作烜字。《尔雅》释《诗》者曰：赫兮烜兮，威仪也。郭璞注云：貌光宣。陆德明《音义》曰：赫，火格反。烜，吁远反。烜者，光明宣著，今并作咺字，音同。宋《五十先生释疑》韵二十阮烜字下注曰：《诗》赫兮𬀩兮。昔太学私试，魁冯炎《天秉阳垂日星赋》云：日晕烜赫。又大学公试，《天子当阳赋》李宏父云：不有重明之烜赫。皆此烜字。则知唐宋以前，《诗》之咺字皆此烜字。作晅字者，后录。宋朝旧讳故，遂改之月。予尝疑此咺字，因注及之。

考证词语时，注曰：“按某当作某……今就厘证之。”如《大鹏赋并序》：“燀赫乎宇宙，凭陵乎昆仑。”士赟曰：“按烜赫当作燀赫。《庄子》曰：惊扬而奋鬐，白波若山，海水震荡。声侔鬼神，燀赫千里。《世本》作烜字。传写者作此炟字之误，人解不得，遂作烜字。今就厘正之。”

以“未详出处”标出难以训释的语典或事典。如《明堂赋并序》：“要离欻矅而外丧，精视冰背而中迷。”士赟曰：“精视事，未详出处。”

用“以喻……者”“此言……如”，指明某词在诗中所比。如《大猎赋并序》：“蠛蠓过而犹碍，蟭螟飞而不度。”士赟曰：

宋玉《小言赋》：凭蚋眦以顾盼，附蠛蠓以遨游。《甘泉赋》：浮蠛蠓而撇天。《尔雅》：蠛蠓。郭璞曰：小虫似蚋，喜乱飞。《庄子》：其犹酰鸡与。郭象注曰：酰鸡者，瓮中之蠛蠓。《列子》：江浦之间生么虫，其名曰焦螟睫，弗相触也；栖宿去来，蚊弗觉也。蠛蠓、蟭螟皆虫之至微细者，以喻网之密也。

又“行彪号以鹗睨兮，气赫火而敌烟。”士赟曰：

《尔雅》云：彪，白虎。鹗，雕属。此言猎徒气盛，如彪之号，如鹗之睨也。

③针对大段诗文语句

注释一段诗文，先分释词语，再引前人诗文释句。如《大鹏赋并序》：“五岳为之震荡，百川为之崩奔。”士赟曰：“五岳，泰、衡、嵩、华、恒也。《庄子》：白波若山，海水震荡。木华《海赋》：五岳鼓舞而相磓。又嘘吸百川，惊浪雷奔，吹浪则百川倒流。谢灵运诗：圻岸屡崩奔。”

先征引典籍原文，再引相关注文。如《大鹏赋并序》：“簸鸿蒙，扇雷霆，斗转而天动，山摇而海倾。”士赟曰：“《庄子》：云将……适遭鸿蒙。注云：自然元气也。一云：海上气也。”

尽量选择同类体裁来解释诗文语句，引用其中与原句一样或相似的部分。如《大鹏赋并序》：“溟涨沸渭。”士赟曰：“扬雄《长杨赋》：汾沄沸渭。”《大鹏赋并序》：“不矜大而暴猛。”士赟曰：“郭璞《江赋》：鳆鲵顺时而往还。《论语》：用之则行，舍之则藏。”《明堂赋》：“壮不及奢，丽不及素。”士赟曰：“《东都赋》：奢不可踰，俭不能侈。”按：这种方式有时会出现一个问题，即句式极为相似，但意思相差甚远，最后一例便如此。

(5)采用多种类型的题下注

题下注的内容主要是解题(主要用于乐府)、某类题材的沿袭状况、背景知识(有些题下注前写“士赟曰”，有些不写)。如《拟恨赋》题下注：

《文选》：江淹尝叹古人遭时否塞，有志不伸，而作恨赋。太白此作，终篇拟之云。

《明堂赋》题下注：

按《唐史》：武德初定令，每岁季秋祀五方上帝于明堂。五天帝配五人帝，五官并从。祀讫于贞观之末，未议立明堂。季秋大享则于圜丘行事。永徽二年又奉太宗配祠明堂，有司遂以高祖配五天帝，太宗配五人帝。……开元五年，幸东都，将行大享之礼，以武太后所造明堂，有乖典制，遂折，依旧造干元殿。太白此赋，想在未折之先也。

《狱中上崔相涣》题下注：

士赟曰：南丰先生叙曰：明皇幸蜀，永王璘军节度东南。太白卧庐山，璘迫致之。璘败丹阳，太白奔亡至宿松，坐系寻阳狱。宣抚大使崔涣与御史中丞宋若愚验治，以为罪薄宜贯，而若思愚赴河南，遂释白囚，使谋其军事，上书肃宗荐白才可用，不报。

2)释音韵

(1) 于诗句中用反切法标出音韵

如《大鹏赋并序》："背業(逆法切)太山之崔嵬，翼举长云之纵横。"《大鹏赋并序》："历汗漫以夭矫，塌阊阖之峥(初耕切)嵘(乎萌切)。"

(2) 注释声韵，除在正文中标明反切外，在诗句下注文中亦予以注释如《明堂赋》："淳风沕（亡弗切）穆，鸿恩滂洋。"士赟曰："颜师古曰：滂洋饶广也。洋音羊，又音祥。"

（3）采取同音字注音的方法，与反切法配合

在诗句中标出，在注释中又详加阐释。如《大猎赋》："别有白猸（音眉）、飞骏，穷奇、貙（春俱切）獌（音瞒）。"士赟曰："《音义》曰：獌，本亦作貘，芒奸切，又音万林，音幔。"《大猎赋》："趫（丘妖切）乔林，擞（匹灭切）绝壁，抄獑（自咸切）猢（户吾切），揽貊（莫白切）蝈（音国）。"

3）释诗意

（1）串讲诗句

对意思较为明显的句子，直接注出句意，不再对单个词语详加注释。如《大猎赋》："虽秦皇与汉武兮，复何足以争雄。"士赟曰："此言，虽秦皇、汉武帝皆穷奢极侈之君，不足比拟也。张衡《东都赋》曰：七雄并争。"

在注释中串讲诗意。如《惜余春赋》："春不留兮时已失，老衰飒兮逾疾。恨不得挂长绳于青天，系此西飞之白日。"士赟曰："陆士衡《叹逝赋》：时飘忽兮不再，老晼晚其将及。《楚辞》刘向《九叹·远逝篇》云：贯鸿蒙以东朅兮，维六龙于扶桑。此二句即向之意，特造语之不同耳。"

串讲诗句之意时注重与题注相呼应。《大猎赋》："暴殄天物，是谓不道。乃命去三面之网，示六合之仁。已杀者皆其犯命，未伤者全其天真。虽剪毛而不献，岂割鲜以粹轮。"士赟曰："此即题注所谓'群兽相从不尽杀，已被射者不重射。不射其面，不剪其毛。凡出表者不逐之'之意。"

（2）补充材料

在注释中补充太白作诗的背景。《悲清秋赋》："念佳期之浩荡，渺怀燕而望越。"士赟曰："《楚辞》：登白岭（当为薠）兮骋望，与佳期兮夕张。谢玄晖诗：佳期怅何许。《楚辞》：怨灵

修之浩荡。又志浩荡而伤怀。意太白时在荆湘，故怀燕而望越也。”

对于比较稀见的文献资料，会特意详录全文。如《古风·其十六》，士赟曰：“按此篇是用《吴越春秋》‘楚昭王问风胡子’，《晋书》‘张华答雷焕书’之事而成诗。其间，‘芙蓉’字却出《越绝书》。今子见所引张华事，是矣。而所谓吴王闻剑于薛烛者，不载出处，详味，似是《越绝书》。语句复尔乖讹，岂当时率尔不经点对邪？抑不祖《越绝》而它有传记如此邪？虽然，二书者不家有之，因详录全文于后。《吴越春秋》曰：吴王有女滕玉，因谋伐楚，与夫人及女会蒸鱼。……昭王大悦，遂以为宝。《越绝书外传记·宝剑篇》曰：昔者越王勾践有宝剑五，闻于天下。客有能相剑者，名薛烛。王召而问之，……虽复倾城量金，珠玉竭河，犹不能得此一物，有市之乡二、骏马千匹、千户之都二，何足言哉！”

(3)增补杨齐贤旧注

若杨齐贤注已经将词语解释清楚，则补注全诗寓意。如《古风·其十三》：“驺虞不虚来，鸑鷟有时鸣。”齐贤曰：“驺虞，白虎黑文，尾长于躯，不食生物，不履生草，可谓有仁心也。《毛诗》：仁如驺虞则王道成。《玉篇》：鸑鷟，凤之属。《说文》：鸑鷟，神鸟也。周兴，鸑鷟鸣于岐山。”士赟曰：“此乃喻圣贤不虚生，其出也有时。”

杨注中已经阐释过的词语典故，萧氏补注其他文献的相关记载，提供更多可供参考的说法。如《古风·其十三》：“安知天汉上，白日悬高名。海客去已久，谁人测沉冥。”齐贤曰：“《博物志》：昔有旧说天河与海通。近世有人居海渚者，年年八月有浮槎去来，不失期，人有奇志，立飞阁于槎上，多赍粮，乘槎而去。……竟不及登岸，因还至蜀，问君平，曰：‘某年月日有客星犯牵牛宿。’计年月，正是此人到天河时也。”

士赟曰："《荆楚岁时记》：汉武帝令张骞使大夏寻河源。……后至蜀问君平，君平曰：'某年某月客星犯牛女。楮机石为东方朔所识。'"但有些地方或可以称为"于篇外累牍不休"，如齐贤曰："《晏子春秋》曰：景公游牛首山，北临其国，流涕曰：'若何去此而死！'"士赟曰："《列子》：齐景公游于牛山，北临其国城，而流涕曰：'美哉国乎！郁郁芊芊，若何滴滴音步郎切或作滂滂去此国而死乎？使古无死者，寡人将去斯而之何？'……景公惭焉，举觞自罚；罚二臣者，各二觞焉。"

若不赞成杨氏见解，则首先概述其观点，再提出不同意见，从而进行考辨。也就是说，萧氏一部分补注是建立在反驳杨氏观点的基础上，具有驳论性质。如《古风·其十四》："李牧今不在，边人饲豺虎。"齐贤曰："今以鲜于仲通为剑南节度，张虔陀为云南太守，可以戢豺虎哉？"士赟曰："此诗杨子见以为讨合罗凤之事，非也。云南乃西南边，此诗专指北边而言，当为哥舒翰攻吐蕃石堡城之事而作也。《唐史》：天宝六载，上欲使河西、陇右节度使王忠嗣攻吐蕃石堡城。……其后十余岁，匈奴不敢近赵边城。《汉·张耳陈余叙传》：据国争权，还为豺虎。"

(4)表达个人观点

使用感情色彩强烈的评论之辞，借他人酒杯浇自己块垒。如《古风·其十五》，士赟曰："'飞来双白鹤'篇曰：五里一反顾，十里一徘徊。太白少有高尚之志，此诗岂出山之后，不为时相所礼，有轻出之悔欤？不然何以曰'方知黄鹤举，千里独徘徊'吁？读其诗者，百世以下犹有感慨。"《古风·其二十一》，士赟曰："此篇，感叹之诗也。高才者知遇之难，卑污者投合之易，古犹今也。士负才而不遭，能不读其诗而为之吞声叹息也欤？"如《古风·其二十二》，士赟曰："此篇，感叹之诗也。高才者知遇之难，卑污者投合之易，古犹今也。士负才而不遭，能不读其诗而为之吞声叹息也欤?”《古风·其二十七》，士赟曰：“此诗比兴与二十六首同，意谓怀才抱艺之士，唯恐未见用之时而老之将至。思得君子而附离，与共爵位而用世也。士有志而不遇者读之，能不一唱三叹而有余悲也邪?”

“似为……而作”以推测的语气表达自己的观点。观点不一定放在篇末表达，也会在注释诗句时及时点明。如《古风·其二十四》：“路逢斗鸡者，冠盖何辉赫。鼻息干虹蜺，行人皆怵惕。”士赟曰：“太白此诗，似为此等而作。”《古风·其二十四》篇末，士赟曰：“此篇讽刺之诗，盖为贾昌辈而作。末句谓世无高识者，故莫知此等之为跖行，而太白辈为贤人也。亦太白不遇而自叹欤?”《古风·其二十九》：“圣贤共沦没，临歧胡咄嗟。”士赟曰：“此诗其作于安史乱离之后，遭难被黜之时乎?不然，何有羡乎古人之高飞远举者邪?其志亦可哀矣。”

专门针对时人见解之弊而发言论，通过分析诗意澄清白诗主旨，阐明自己的观点。如《古风·其四十一》：“朝弄紫沂海，夕披丹霞裳。”士赟曰：

> 此篇人多疑两句为不类，起句殊不知正是取法《选》。诗体如“朝发邺都桥，暮济白马津”“朝发广莫门，暮宿丹水山”“晨策寻绝壁，夕息在山栖”“朝旦发阳崖，景落憩阴峰”“晓日发云阳，落日次朱方”“朝游游曾城，夕息旋直卢”之类，皆起句也。而其文法则又皆自《楚辞》中来，如“朝发轫于天津兮，余济乎西极”“朝驰予马乎江皋，夕济乎西澨”是也。此篇自为一首无疑。

在注释中反复强调某个观点。如《古风·其二十三》，士赟曰：

> 此篇大意谓人生在世，少而壮，壮而老，老而死，犹春而夏，夏而秋，秋而冬，四时代谢，功成者去，理之常也。奈何畏死，恋恋斯世，常怀不足之叹而谬用其心哉。既如此，不知止足，则百年之内，唯当夜夜游宴，以流连光景而已。识者观之，岂不大可笑欤？太白此诗，言不尽意而意在其中。非圣于诗者，孰能与此！

《古风·其五十三》士赟曰：

> 岂太白时亦微闻其事，位卑分疏，欲谏不可，故作是诗，引古喻今以讽其上欤？太白爱君忧国之意亦可尚矣。读诗者宜细味之。

按："圣于诗""爱君忧国"在萧注中屡屡出现，是萧氏解读太白诗时深信不疑的观点。

综上所述，萧士赟在注释太白诗时形成了一套完整的注释体例，对传统注释体例有继承也有创新。今人注书，体例杂乱，往往不成规矩，或可借鉴元版《分类补注李太白诗》凡例。

（二）杨齐贤注凡例

萧士赟对杨齐贤注做了大幅度的调整，我们现在所见杨氏注文已非原貌。整理杨注的凡例，必须首先明确萧氏都删去了杨注哪些地方，大致勾勒出其原貌。萧士赟《分类补注李太白诗·序例》云：

> 一日，得巴陵李粹甫家藏左绵所刊春陵杨君齐贤子见注本，读之，惜其博而不能约，至取唐广德以后事及宋儒记录诗词为祖，甚而并杜诗内伪作苏东坡笺事已经益守郭知达删去者，亦引用焉。因取其本，类此者为之节文，择

其善者存之；注所未尽者，以予所知附其后，混为一注。全集有赋八篇，子见本无注，此则并注之。

按：第一，杨注本来的特点是“博而不能约”，故其原本篇幅当数倍于目前所见。第二，杨注中包含“唐广德以后事及宋儒记录诗词”，这里或存有太白更多作品，无论是佚诗还是后人拟作，都汇聚起来编入太白集中。第三，杨注中保留了郭知达删去的内容，主要是“杜诗内伪作苏东坡笺事”。第四，萧氏对于杨注的处理手法大致有三：一是节文，二是存其善者，三是与己注混合。其中“混为一注”最难甄别，混同的不仅是内容，在格局与注释方法上也会做出相应调整。第五，杨氏没有注释古赋八篇。在这种情况下，杨注凡例难免会带上萧氏更改过的痕迹，也不能完全体现出杨齐贤最初的编撰方案与方法；且集中又无杨氏自序，笔者仅能细绎前后，将此篇附在萧注凡例之后，依次举明于下。

1. 以撮引或概括内容的方式征引文献，较少大段转引

如《古风・其二》：“蟾蜍薄太清，蚀此瑶台月。圆光亏中天，金魄遂沦没。”齐贤曰：“按《唐书》，王皇后久无子而武妃有宠。后不平，显诋之，遂废。武妃进册为惠妃，欲立为后。潘好礼谏止之。太白诗意似属乎此。”

2. 能用自己的话表述的地方便不再征引文献资料

《古风・其三》：“秦皇扫六合，虎视何雄哉！飞剑决浮云，诸侯尽西来。”齐贤曰：“始皇立二十五年定荆，置会稽郡。二十六年虏齐王建，初并天下。……秦在关西，齐、楚、燕、赵、韩、魏皆在关东，故云西来。”

《古风・其四》：“药物秘海岳，采铅青溪滨。”齐贤曰：“五岳四海灵药所产，而不轻以畀人。青溪之铅乃可采耳。”

《古风・其七》：“愿餐金光草，寿与天齐倾。”齐贤曰：“晋

咸和九年，华青童赐魏夫人石精金光化形灵元。”

《古风·其十一》：“春容舍我去，秋发已衰改。……吾当乘云螭，吸景驻光彩。”齐贤曰：“春容，苍颜也。秋发，白发也。……吸景，吸日月之景以驻吾之颜采。”

《古风·其十三》：“驺虞不虚来，鸑鷟有时鸣。”齐贤曰：“驺虞，白虎黑文，尾长于躯，不食生物，不履生草，可谓有仁心也。”

《古风·其十四》：“胡关饶风沙，萧索竟终古。”齐贤曰：“胡关，胡虏之关。如雁门关、玉关、阳关之类，诸胡出入之门。”

3. 开门见山指明诗意或句意，不一定放在篇末

《古风·其四》：“凤飞九千仞，五章备彩珍。”齐贤曰：“此篇，太白自况也。贾谊作《吊屈原赋》：凤凰翔于千仞兮，览德辉而下之。《山海经》：丹穴山有鸟，状如鹤，五彩，名曰凤。《春秋元命包》曰：周成王时，凤凰来舞于庭。”

《古风·其十》：“齐有倜傥生，鲁连特高妙。”齐贤曰：“此篇盖慕鲁仲联之为人排难解纷，功成而无取也。按《史记》其略曰：鲁仲连，齐人也，好奇伟倜傥之画策，……遂辞平原君而去，终身不复见。”

《古风·其二十八》：“华鬓不耐秋，飒然成衰蓬。”齐贤曰：“人之容色易变，如时景易过。草绿俄白，旦昼俄夜。不觉苍鬓，飒然成衰蓬矣。刘备见髀里肉生，慨然流涕曰：‘日月如流，老将至矣。而功业不建，是以悲耳。’”

4. 以“据……乃”“据……当为”“据……则”句型清晰表明根据什么材料，得出何种结论

《古风·其四》：“吾营紫河车，千载落风尘。”齐贤曰：“《抱朴子》曰：丹砂可为金河车，可作银子，得其道可以仙身。《阴真君歌》曰：北方正气名河车。据此，河车乃药。”

《古风·其四》:“时登大楼山,举手望仙真。”齐贤曰:“据太白《代内赠诗》云:估客发大楼,知君在秋浦。则大楼当在秋浦。”

按:前者置于材料之末,具有总结性质;后者依句解说,有推测性质。

《古风·其十四》:“阳和变杀气,发卒骚中土。三十六万人,哀哀泪如雨。”齐贤曰:“据《吐蕃传》:天宝二年,吐蕃与合罗凤联兵攻泸南。剑南节度杨国忠,方以奸罔上,自言:‘破蛮众六万于云南,拔故洪州等三城,献俘口。’则南诏之横贯,吐蕃助之也,时罗凤北臣吐蕃。”

5. 在分别解释词语时会穿插阐释整句意思,并不一定放在篇首或篇末

《古风·其四》:“尚恐丹液迟,志愿不及申。徒霜镜中发,羞彼鹤上人。”齐贤曰:“《抱朴子》曰:考久视之方,莫不以还丹、金液为大要。丹液之愿既不获伸,则揽镜徒见白发,羞彼仙人之控鹤者。《天台赋》:王乔控鹤以冲天。”

6. 探讨句意时会引征太白本诗

《古风·其五》:“我来逢真人,长跪问宝诀。粲然启玉齿,授以炼药说。”齐贤曰:“太白《金陵送权十一序》云:‘吾希风广成,荡漾浮世。素受宝诀,为三十六帝之外臣。四明逸老呼余为谪仙人。’盖实录耳。”

《将进酒》:“天生我材必有用,千金散尽还复来。”齐贤曰:“太白《上裴长史书》曰:昔东游维扬,不逾一年,散金三十余万,有落魄公子,悉皆济之。”

《将进酒》:“岑夫子,丹丘生,将进酒,杯莫停。”齐贤曰:“丹丘生,即元丹丘。太白有《元丹丘山居诗序》曰:元丹丘家颖阳,新卜别业,其地北倚马岭,连峰嵩丘,南瞻鹿台,极目汝海。”

《春日行》："三十六帝欲相迎，仙人飘翩下云軿。"齐贤曰："太白《送权十一序》曰：吾素受宝诀，为三十六帝之外臣。"

7. 引用他人注释也会高度概括

如《古风·其七》："去影忽不见，回风送天声。"齐贤曰："《庄子》：天籁。注言天声，甚详。"

8. 征引文献与阐释句意自然结合

如《古风·其九》："齐贤曰：《庄子》云：昔者周梦为胡蝶，栩栩然胡蝶也。不知周之梦为胡蝶与，胡蝶之梦为周与？胡蝶则必有辨矣。一体之间尚有变异，万事岂能坚牢哉！"

9. 引用某诗人作品，不具体到诗篇名称

引用《诗经》中作品，有时称《毛诗》，有时则直称其篇目名。

《古风·其九》："青门种瓜人，旧日东陵侯。富贵故如此，营营何所求。"齐贤曰："阮嗣宗诗：昔闻东陵瓜，近在青门外。《汉书》：霸城门，民间谓之青门。《史记·萧相国世家》：邵平者，故秦东陵侯。秦破，为布衣，贫，种瓜于长安城东。瓜美，时谓东陵瓜夫。《营营青蝇》又曰：不知我者，谓我何求。鲍明远诗：营营市井人。"

按："昔闻东陵瓜，近在青门外"出自阮籍《咏怀诗十七首（五言）·昔闻东陵瓜》；"营营市井人"出自鲍照《行药至城东桥》①。杨氏注出作者，不言诗篇名称。"不知我者，谓我何求"，出自《诗经·国风·王风·黍离》②。对于出自《诗经》的作品，杨氏直接写其篇目，但这里以为此句出自《营营青蝇》，大谬。

---

① 见《文选》卷二十三阮嗣宗（阮籍）《咏怀诗十七首（五言）》："昔闻东陵瓜，近在青门外。连畛距阡陌，子母相钩带。五色曜朝日，嘉宾四面会。"《文选》卷二十二鲍明远（鲍照）《行药至城东桥》："扰扰遊宦子，营营市井人。"

② ［汉］郑玄笺，［唐］陆德明音义，［唐］孔颖达疏：《毛诗注疏》卷六《国风·王风·黍离》："知我者，谓我心忧；不知我者，谓我何求。悠悠苍天，此何人哉！"

《古风·其十》："名月出海底，一朝开光耀。"齐贤曰："江淹诗：光耀世所希。"

按："光耀世所希"出自阮籍《咏怀·青鸟海上游》："朝云乘变化，光耀世所希。"并非江淹之诗。可见，这种仅注出诗人而不具体到诗名的做法经常会造成"张冠李戴"的情况。

《古风·其十四》："木落秋草黄，登高望戎虏。"齐贤曰："《毛诗》：何草木不黄。"

按：《毛诗注疏》卷二十二《小雅·何草不黄》："何草不黄，何日不行。"则杨注云"何草木不黄"，"木"为衍文。

10. 有时注明篇目却不言作者，盖以其众所周知也

《古风·其十四》："李牧今不在，边人饲豺虎。"齐贤曰："《七哀诗》：盗贼如豺虎。"

按：《文选》卷二十三张孟阳（张载）《七哀诗二首·其一》："季世丧乱起，贼盗如豺虎。"则杨氏所引为西晋张载所写，不过将"贼盗"二字倒错而成"盗贼"。

11. 以"二说不同，并存之"，点名所录文献对同一事物的记载不同，慎重起见，并存之

《古风·其十五》："燕昭延郭隗，遂筑黄金台。"齐贤曰："《史记》：燕昭王谓郭隗曰：'齐因孤之国乱而袭破燕。诚得贤士以共国。雪先王之耻，孤之愿也。'隗曰：'王必欲致士，先从郭隗始。况贤于隗者，岂远千里哉！'于是，昭王为隗改筑宫，而师事之。《上古图经》曰：黄金台，易水南十八里。燕昭王置千金于台上，以延天下士。谓之黄金之台。王隐《晋书》曰：段匹磾（脱"讨"）石勒，进屯故安县故燕太子丹金台上。二说不同，并存之。"

按：《史记》与《上古图经》所载黄金台，是指燕昭王为招天下贤才而建造。王隐《晋书》却认为黄金台为燕太子所建。据史料考证，燕昭王于公元前 311 年即位，至公元前 279 年执政

33 年。其即位后着手以卑身厚币招徕人才。公元前 284 年联合各国攻齐，占领 70 余域，推测筑台时间起于公元前 310 年。当时只言筑台而无“黄金”二字，自南朝宋鲍照《放歌行》“岂伊白璧赐，将起黄金台”始见黄金台之名。尽管燕昭王筑黄金台一说被广为接受，但王隐所云也不容忽视。杨氏以“二说不同，并存之”的方式，在注释中保留大量类似的不同记载，极具参考价值。

12. 对于字面比较明白的诗句，直接阐释其深层含义

《古风·其十五》：“珠玉买歌笑，糟糠养贤才。”齐贤曰：“太白意谓，吴姬越女，资其一歌笑，则不惜珠玉之费。至于贤人才士，则待之以糟糠。其好色而不好德如此，则贤者将远去，徘徊顾望而不肯辙下。”

《古风·其三十》：“玄风变太古，道丧无时还。”齐贤曰：“玄素之风，变乎太古。大道沦丧，不可复还。季世之人以荣枯得丧为一身之损益，唯名利是趋。”

《蜀道难》：“问君西游何时还，畏途巉岩不可攀。”齐贤曰：“自秦入蜀，曰西游。”

13. 诗中异文不在句中标明，而在注释中指出

此种方式或为萧士赟作补注时有意而为。

《古风·其十五》：“方知黄鹤举，千里独徘徊。”齐贤曰：“鹤，一作鹄。《楚辞》：黄鹄之一举兮，知山川之纡曲。再举兮，睹天地之园方。临国中之众人兮，托回飚乎尚羊。……苏子卿诗：黄鹄一远别，千里顾徘徊。”

按：杨注中征引《楚辞》、苏武《古诗四首·其二》[1]，均以“黄鹄”作为注释点，没有征引与“黄鹤”相关的文献。而萧士赟

---

① [梁]萧统编，[唐]李善注：《文选》卷二十九苏子卿(苏武)《古诗四首·其二》：“黄鹄一远别，千里顾徘徊。胡马失其群，思心常依依。”

曰："《韩诗外传》：田饶曰：夫黄鹤一举千里，集君华池，啄君稻粱，君犹贵之，以其从来远也。鸡有五德，君轻之，以其今夜。'飞来双白鹤'篇曰：五里一反顾，十里一徘徊。太白少有高尚之志，此诗岂出山之后，不为时相所礼，有轻出之悔欤？不然何以曰'方知黄鹤举，千里独徘徊'吁？读其诗者，百世以下犹有感慨。"无论引文还是评论均立足"黄鹤"一词。概杨氏原书要么为"方知黄鹄举"；要么注出异文，为"方知黄鹤(一作鹄)举"，萧氏作补注时，将诗句中异文调整至杨注中。

14. 对于记不确切的诗句，有时不标作者及篇名，仅标出大致出处

《古风·其十八》："衣冠照云日，朝下散皇州。"齐贤曰："《选·诗》：春色满皇州。"

《飞龙引·其二》："后宫婵娟多花颜，乘鸾飞烟亦不还。"齐贤曰："《文选》云：垂条婵娟(当作媛)。"

按：前一例引文出自《文选》卷三十谢玄晖《和徐都曹》诗："宛洛佳遨游，春色满皇州。"后一例则出自《文选注》卷四张平子(张衡)《南都赋》："结根竦本，垂条婵媛。"杨氏仅注明《选·诗》《文选》，比较宽泛。

15. 在同一节注中，先引某人某书毕，后再引他文，则用"又曰""又"衔接，然而前后内容不一定出自同一篇目

《古风·其二十二》："感物动我心，缅然动归情。"齐贤曰："张景阳诗：感物多所怀，沉忧结心曲。又曰：感物多思情。"

按：前一句出自张景阳(张协)《杂诗十首·其一》："感物多所怀，沉忧结心曲。"后一句出自《杂诗十首·其六》："感物多思情，在险易常心。"①

《古风·其二十三》："人生鸟过目，胡乃自结束。"齐贤曰：

① 《文选》卷二十九张景阳《杂诗十首·其一》《杂诗十首·其六》。

“张景阳诗：人生瀛海内，忽如鸟过目。又荡涤于邪志，何为自结束。”

按：前一句出自张景阳(张协)《杂诗十首·其二》：“弱条不重结，芳蕤岂再馥。人生瀛海内，忽如鸟过目。”①后一句出自《古诗一十九首·东城高且长》：“荡涤放情志，何为自结束。燕赵多佳人，美者颜如玉。”②则杨注以古诗混入张景阳作品，谬甚。

《古风·其二十八》：“不及广成子，乘云驾轻鸿。”齐贤曰：“《庄子》：广成子曰：‘我修身二千百岁，吾形未尝衰。’又连叔曰：‘藐姑射之山有神人，肌肤若冰雪，绰约若处子。吸风饮露，乘云气，驾飞龙，而游乎四海之外。’”

按：晋郭象注《庄子注》卷四《在宥》：“广成子曰：‘……我守其一以处其和，故我修身千二百岁矣，吾形未常衰。”杨注“二千百岁”当作“千二百岁”。《庄子注》卷一内篇逍遥游第一：“连叔曰：‘……藐姑射之山有神人居焉，肌肤若冰雪，绰约若处子，不食五谷，吸风饮露，乘云气御飞龙而游乎四海之外。”

16. 征引同一文献，采用不同的书名或题名

《古风·其二十七》：“燕赵有秀色，绮楼青云端。”齐贤曰：“《罗敷艳歌》：秀色若可飡。”

《古风·其二十七》：“眉目艳皎月(当作日)，一笑倾城欢。”齐贤曰：“《艳歌》：淑貌耀皎月。”

按：《文选》卷二十八：“《日出东南隅行》，或曰《罗敷艳歌》。”杨注所谓《艳歌》当是《罗敷艳歌》的简称，与《史记》简称为《史》一样。

① 《文選》卷二十九张景阳(张协)《杂诗十首·其二》。

② 《文選》卷二十九《古诗一十九首·东城高且长》。

17. “见某注”，以此免去重复注释之烦琐

《古风·其三十》：“但识金马门，谁知蓬莱山。”齐贤曰：“蓬莱山，见《其七》注。”

《古风·其四十八》“但求蓬岛乐，岂思农扈春。力尽功不赡，千载为悲辛。”齐贤曰：“始皇三十年之碣石，使韩众、侯公、石生求仙人不死之药。详见前诗注。”

《公无渡河》：“有长鲸白齿若雪山。”齐贤曰：“鲸鱼，见二卷注。”

18. 标出乐府题名，却不注出作者名字，仅将其视为同一题材

如《古风·其三十四》：“《北门行》：投驱报名主，身死为国殇。”

按：《文选》卷二十八鲍明远《乐府诗八首·出自蓟北门行》：“……时危见臣节，世乱识忠良。投躯报明主，身死为国殇。”杨注不声明出自鲍照乐府，且简称题名为《北门行》。

19. 在注释中加入自己以往所写的专题式评论

《古风·其五十一》，齐贤曰：“太白意以商纣比怀王，屈原同比干。窃尝论之：微子、箕子皆商之宗臣。马融谓‘微子，纣之庶兄。箕子、比干，纣之诸父。’禄位丰盛，社稷所寄焉者。其心晓然知纣之不可扶，周之不可遏，各自靖以献于先王。微子抱祭祝以归周，心主于存周祀也。箕子佯狂为奴，心主于传达法也。比干强谏而死，心主于纣之改行也。屈原与楚同姓，仕怀王，为三闾大夫。三闾之职，掌王族三姓，曰昭、屈、景。《元和姓纂》：屈，楚公族芈姓。楚武王子瑕，食采于屈，因氏焉。屈原序其谱属，率其贤良，以属国士。入则与王图议国事，出则监察群下，王甚珍之。同列大夫上官、靳尚妬害其能，共谮毁之。王疏屈原，原作《离骚》以讽谏。其后秦欲伐齐，齐与楚从亲，蕙王患之，令张仪事楚王与怀王会。原以秦虎狼之国

不可信，不如无行。王卒行，秦因留王。其子襄王立，复用谗言，迁原于江南。原放在草野，作《九章》，援天引圣以自证，终不见省。义不可以他往，遂赴汨罗，自沉而死。盖亦比干之志也。人谁不死，得其死为难。原与比干真得死者矣。”

20. 较之萧注，杨注在征引他人注时尽量清楚地标明注释者姓名

《古风·其五十六》：“清辉照海月，美价倾皇都。”齐贤曰：“谢灵运《游赤石进帆海诗》：扬帆采石华，挂席拾海月。李善引《临海志》注云：海月大如镜，白色。李(当作刘)向注云：石华附石生，海月如镜，皆中食，中(当作故)采拾之。”

《远别离》：“九疑联绵皆相似，重瞳孤坟竟何是。”齐贤曰：“《汉·纪》：望祀虞舜于九疑。张揖曰：九疑在零陵营道县。文颖曰：九疑山，半在苍梧半在零陵。如淳曰：在苍梧冯乘县。师古曰：文说是也。其下九峰形势相似，故曰九嶷山。”

21. 许多地方不注明出处，与自己的话混在一起，实则仍为征引文献

《送王屋山人魏万还王屋》：“眷然思永嘉，不惮海路赊。挂席历海峤，回瞻赤城霞。赤城渐微没，孤屿前峣兀。”齐贤曰：“谢灵运出为永嘉守，郡有名山水，肆意游遨，遍历诸县，所至辄为诗咏以致其意。”

《送当涂少府之长芦》：“维舟至长芦，目送烟云高。”齐贤曰：“梅福为南昌尉，弃官去，人传以为得仙。”

《送友人游梅湖》：“情催泛海船。”齐贤曰：“谢安与孙兴公诸人泛海戏。风起浪涌，吟啸自若。”

按：此三段注文分别出自《宋书·谢灵运传》《汉书·梅福传》《晋书·谢安传》。考诸原文，梁沈约撰《宋书·谢灵运传》：“谢灵运……出为永嘉太守。郡有名山水，灵运素所爱好。出守既不得志，遂肆意游遨，遍历诸县，动踰旬朔，民间听讼不

复关怀。所至辄为诗咏，以致其意焉。”汉班固撰《汉书》卷六十七《杨胡朱梅云传》：“梅福，字子真，九江寿春人也。少学长安，明《尚书》《榖梁春秋》，为郡文学，补南昌尉。……福一朝弃妻子去九江，至今传以为仙。”《晋书》卷七十九《谢安传》：“谢安，字安石。……尝与孙绰等泛海，风起浪涌，诸人并惧，安吟啸自若。”较之萧士赟注，杨注不标明引文出处的情况更多。以《分类补注李太白诗》第十六卷为例，萧注仅有两处未注明，而杨注则有二十二处之多(详见附录《〈分类补注李太白诗〉征引集部文献考》)。

22. 训释声韵——在节注中标出声韵，采用同声相训的方式

《远别离》：“九疑联绵皆相似，重瞳孤坟竟何是。”齐贤曰：“师古曰：……嶷，音疑。”

《战城南》：“去年战桑干源，今年战葱河道。”齐贤曰：“《汉·地志》：代郡，桑干县。音干。”

《行行且游猎篇》：“金鞭拂雪挥鸣鞘。”齐贤曰：“鞘音筲，鞭鞘也。”

按：或许杨氏在诗句中也用反切注过声韵，萧氏作补注时一并使用，只是不再特别声明注者。

23. 训释声韵——在节注中运用反切注音，不在诗句中标出

《乌夜啼》：“黄云城边乌欲栖，归飞哑哑枝上啼。”齐贤曰：哑，于雅切，不言也。又乌格切，笑声。

《行行且游猎篇》：“双鸧迸落连飞髇。”齐贤曰：“《尔雅》：髇，呼交切。”

24. 有时不引作品原文，直接征引注文

《天马歌》：“曾陪时龙蹑天衢，羁金络月照皇都。”齐贤曰：“王逸曰：缰在口为鞿，络在头为羁。”按：萧注一般都是先引

文献，再引注释，直接引注文的情况很少。

25. 注释乐府，萧注几乎每篇下都有解题。与之相比，杨注解题则少得多。仅有《行路难》《箜篌谣》《雉朝飞》《上云乐》《夷则格上白鸠拂舞辞》《鞠歌行》《采莲曲》《结袜子》《古朗月行》《君子有所思行》《白马篇》《怨歌行》《玉阶怨》《大堤曲》《清平调词三首》《秦女卷衣》《出自蓟北门行》《高句骊》《子夜吴歌》《估客行》《少年行》《长歌行》22 篇，在太白 112 首乐府中，占不到 11%。

杨氏解题也不如萧氏那么规范和富有针对性。第一，仅注出诗歌另一题名，与乐府题本身含义无关。如《怨歌行》，齐贤曰："一作《长安见内人出嫁，令余代为怨歌行》。"究其语气，极有可能是由太白自注转化而来。第二，某些解题只能视为题下注。如《玉阶怨》，齐贤曰："谢朓《玉阶怨》：夕殿下珠帘，流萤飞复息。"第三，注释没有细致梳理材料。如《清平调词三首》解题，全部转引乐史序。第四，征引文献比较随意。某些有探源性质，但仅仅是点到为止。如《出自蓟北门行》，齐贤曰："鲍明远有《出自蓟北门行》。"《少年行》，齐贤曰："陆士衡有《结客少年场行》。"某些不标出引文出处，如《估客行》，齐贤曰："齐武布衣时，游樊、邓。登祚后，忆往事作此歌，被之管弦。"有些征引过于简单粗率，不够细致准确。如《子夜吴歌》，齐贤曰："《唐礼乐志》：子夜，晋曲也。"

二、萧士赟注释李诗的动机与指导思想

萧士赟注释李白诗，有很明确的注释动机与指导思想。他在《分类补注李太白诗·序例》中云：

> 唐诗大家数李、杜为称首。古今注杜诗者号千家，注李诗者曾不一二见，非诗家一欠事欤。仆自弱冠知诵太白诗，时习举子业，虽好之未暇究也。厥后乃得专意于此；

间趋庭以求闻所未闻，或从师以蕲解所未解。……吁！晦庵朱子曰：太白诗从容于法度之中，盖圣于诗者。则其意之所寓，字之所原，又岂予寡陋之见所能知！乃欲以意逆志于数百载之上，多见其不知量矣。注成不忍弃置，又从而刻诸枣者，所望于四方之贤师友是正之，发明之，增而益之，俾笺注者由是而十百千焉，与杜诗等，顾不美欤！

萧氏认为与"千家注杜"相比，注李诗者甚少，乃诗家一大憾事，遂欲尽其所能弥补这一缺憾。萧氏所云"注杜诗者号千家"，并非虚言。宋人编辑杜甫诗者，最先是孙仅，为私人别录本。其后有苏舜卿、王洙、王安石、刘敞四家。南宋以后，各种注本蜂拥而出。主要有：(1)黄长睿《校订杜工部集》，以编年为例。(2)赵次公注本，清末沈曾植称其："用思精密，其说繁而不杂。"(3)《王状元集百家注编年杜陵诗史》三十二卷，托名王十朋，称百家注本。(4)郭知达《杜工部诗集注》，又称《九家集注杜诗》，其中大量引用王洙注。世传王洙《注杜诗》是杜甫诗的第一个注本，为创始之作。原书已佚，注文散见于今存各种宋人杜诗集注。南宋以后著录此书，多称为王洙注。然而，所谓王洙注，实际上是邓忠臣注①。(5)《分门集注杜集》

① 见邓小军《邓忠臣〈注杜诗〉考——邓注的学术价值及其被改名为王洙注的原因》："世传王洙《注杜诗》，是杜甫诗的第一个注本，创始之作。原书已佚，注文散见于今存各种宋人杜诗集注。南宋以后著录此书，多称为王洙注，如胡仔《苕溪渔隐丛话》后集卷八杜子美四：'《注杜工部集》，则内翰王原叔所注也。'《分门集注杜工部诗》卷首《集注杜工部诗姓氏》：'太原王氏名洙，字原叔，翰林学士，兵部郎中、知制诰、史馆修撰，注子美集，先古诗，后近体，计三十六卷。'《宋史》卷二百八《艺文志》：'王洙《注杜诗》三十六卷。'但是早自宋金之际以后，则有吴激、祝简、元好问等人的记述与考辨，认为所谓王洙《注杜诗》是邓忠臣所注。而学术界一直将信将疑。近年梅新林先生发表《杜诗伪王洙注新考》，证明所谓王注实为邓注，具有重要价值。"(《杜甫研究学刊》，2002年第1期。)

二十五卷，大约成书于宋宁宗(1195—1224)年间，不知何人所编。此书分类而编，分类的依据多为自然风物，如花草、竹、木、星河、雨雪……这种分类实则毫无道理，琐细非常。(6)黄希、黄鹤父子编辑的《补注杜诗》三十六卷，嘉定丙子(1216)成书，编年较为精审。(7)蔡梦弼会笺《杜工部草堂诗笺》五十卷，外集一卷。所采文献甚富，汇聚众说；因刊刻次数颇多，内容稍异。对杜诗进行全面的评点也始于宋代，现存最早的有刘辰翁《须溪批点杜工部诗注》二十二卷，明初刻本①。综合起来看，宋人对杜集的研究工作已经全面展开，在补遗、校勘、编年、注释、集注五方面均付出了努力，取得了不小的成果，为后世奠定相当深厚的基础。

太白诗文集至宋则分为两大系统：一是以宋咸平元年(998)，乐史所编《李翰林集》三十卷(诗二十卷，文十卷)为源。后人用宋敏求本补充过，在宋代最主要的版本是南宋咸淳己巳(1269)刻本。另一个是以宋敏求编、曾巩重编的《李太白文集》三十卷(碑序一卷，诗二十三卷，文六卷)为源，在宋代最主要的版本是蜀刻本。此外的"当涂本"，基本上还是从两大系统中演化而来，虽然篇目次第略有不同，诗歌数目有所增减，但大体上相差不多。而到嘉定十一年(1218)前后，杨齐贤还在担任夔路运司帐干，观察蜀地的风土人情，收集李白散佚诗文及逸闻事迹。则最早的李诗注本成书不早于1218年②。至于给李白集作评点的，宋代主要是伪托严羽所作的，成书时间当不晚于宋度宗赵禥卒年咸淳十一年(1274)③。足见，有宋一代，太白集在结集、注释、评点三方面均不及杜诗发达，尤其是后两

① 参看金开诚，葛兆光：《古诗文要籍叙录》，北京：中华书局，2005年，第291页。赵荣蔚：《唐五代别集叙录》，北京：言实出版社，2009年，第136页。

② 参看论文第一章第一节《杨齐贤的生平考略》。

③ 参看论文前言部分关于古代杨、萧注研究的论述。

者起步就晚了许多。

那么，造成这种巨大差距的原因是什么呢？

首先，宋人对李、杜诗风格及创作方式的理解比较偏执。认为杜甫诗喜用典故、熟语，堪称“无一字无来历”。其创作技巧复杂，又多牵扯社会动荡兴衰，个人流离播迁，不搞清楚典故及创作背景，便不能充分理解杜诗深意。因此，阅读杜诗急需好的刊刻本、注本及评点本。相比之下，李诗貌似要“容易”一些，书卷功夫不深，没有那么多语言障碍，亦不灌注过多家国历史，用典也甚少选择极为冷僻者。即使没有注本协助，也不会太妨碍理解诗意。

其次，李、杜及其诗歌在宋代境遇截然不同。前者几乎取得了满堂喝彩的效果，而后者则有些“冰炭同炉”的意味。欧阳修在《太白戏圣俞》(一作《读太白集效其体》)中写道：“太白之精下人间，李白高歌《蜀道难》。蜀道之难难于上青天，李白落笔生云烟。……下看区区郊与岛，萤飞露湿吟秋草。”①又云：“杜甫于白得其一节，而精强过之。至于天才自放，非甫可到也。”②黄庭坚《题李白诗草后》：“余评李白诗如黄帝张乐于洞庭之野，无首无尾，不主故常，非墨工椠人所可拟议。”③张戒《岁寒堂诗话》：“杜子美、李太白、韩退之三人，才力俱不可及，……太白多天仙词，退之犹可学，太白不可及也。”④张表臣《珊瑚钩诗话》卷一：“李唐群英，惟韩文公之文，李太白之

---

① [宋]欧阳修：《欧阳修全集》卷五，北京：中华书局，2001 年，第 86—87 页。

② [宋]欧阳修：《欧阳修全集》卷一二九，北京：中华书局，2001 年，第 1968 页。

③ [宋]黄庭坚：《山谷题跋》，丛书集成初编本，卷二《题李白诗草后》。

④ [宋]张戒：《岁寒堂诗话》卷三，《丛书集成初编》，北京：中华书局，1985 年，第 3 页。

诗，务去陈言，多出新意。”①这些赞誉主要针对太白诗充沛的才力，无可匹敌的表现力。尤其是欧阳修，他对太白的认可，更深层次上来说，是在强调诗歌创作中“天分”“天才”的重要性。另一方面，在称颂李白才华的同时，宋人对李白的人格存在偏见，近乎苛责。惠洪《冷斋夜话》卷五“舒王编四家诗”条引用王安石之语：“然其(太白)识污下，诗词十句九句言妇人、酒耳。”②《苕溪渔隐丛话》前集卷六《钟山语录》云：“荆公次第四家诗，以李白最下，俗人多疑之。公曰：‘白诗近俗，人易悦故也。白识见污下，十首九说妇人与酒，然其才豪俊，亦可取也。’”③喜好妇人与酒者，非太白一人；乐于将其作为诗歌创作题材者，《诗经》《离骚》以下不胜枚举。若以此作为判定“识见污下”的依据，恐前人作品当删削太半，污下者当盈纸累牍。况太白集言女子之处并不太多，断然不似王安石所说比例。即便写女子，也并不局限在娱乐怡情、玩赏淫乐范畴之内，有勇毅果敢的侠女，有热心馈赠的老妇，有温柔娴静的妻子，还有求仙修道的高士……至于言酒，魏晋诸人岂不更甚？古人非为酒而言酒，多借以抒情言志、浇心中块垒，荆公自己也不能免俗。苏辙《栾城集》第三集卷八《诗病五事》：“李白诗类其为人，骏发豪放，华而不实，好事喜名，而不知义理之所在也。语用兵，则先登陷阵，不以为难；语游侠，则白昼杀人，不以为非。此岂其诚能也哉？白始以诗酒奉事明皇，遇谗而去，所至不改其旧。永王将窃据江淮，白起而从不疑，遂以

① [宋]张表臣：《珊瑚钩诗话》，[清]何文焕辑：《历代诗话》上册，北京：中华书局，1981年，第450页。

② [宋]释惠洪：《冷斋夜话》，《丛书集成初编》，北京：中华书局，1985年，第23页。

③ [宋]胡仔：《苕溪渔隐丛话》前集，北京：人民文学出版社，1962年，第37页。

放死。今观其诗固然。唐诗人李、杜称首，今其诗皆在，杜甫有好义之心，白所不及也。”[①]葛立方《韵语阳秋》卷十：“李白乐府三卷，于三纲五常之道，数致意焉。……徐究白之行事，亦岂纯于行义者哉！永王之叛，白不能洁身而去，于君臣之义为如何？既合于刘，又合于鲁，又娶于宗，又携昭阳、金陵之妓，于夫妇之义为如何？至于友人路亡，白为权窆；及其糜溃，又收其骨，则朋友之义庶几矣。”[②]苏、葛二人指太白“不好义”，不是“纯于行义者”，其所列事例并非不可靠，而是观者单纯从负面来看，自然得不出正面的结论。葛立方的批判更是经不起细究，拿古代男子习以为常的生活方式言事，则近乎苛责；对刮骨而葬的迁葬方式不甚了解，从而大加批判，则近乎主观、盲目。陆游则一边驳斥“伪荆公”之言，一边诟病其为人：“世言荆公《四家诗》，后李白，以其十首九首说酒及妇人，恐非荆公之言。白诗乐府外，及妇人者实少，言酒固多，比之陶渊明辈，亦未尝为过。此乃读白诗不熟者，妄立此论耳。《四家诗》未必有次序，使诚不喜白，当自有故。盖白识度甚浅，观其诗中如‘中宵出饮三百杯，明朝归揖二千石’‘揄扬九重万乘主，谑浪赤墀金锁贤’‘王公大人借颜色，金璋紫绶来相趋’‘一别蹉跎朝市间，青云之交不可攀’‘归来入咸阳，谈笑皆王公’‘高冠佩雄剑，长揖韩荆州’之类，浅陋有索客之风。集中此等语至多，世俱以其词豪俊动人，故不深考耳。又如以布衣得一翰林供奉，此何足道，随云：‘当时笑我微贱者，却来请谒为交亲。’宜其终身坎壈也。”[③]陆游批评的方向有所转变，

① [宋]苏辙撰，曾枣庄，马德富校点：《栾城集》下册，上海：上海古籍出版社，2009 年，第 1552 页。

② [宋]葛立方：《韵语阳秋》，北京：中华书局，1985 年，第 73 页。

③ [宋]陆游撰，李剑雄，刘德权点校：《老学庵笔记》卷六，北京：中华书局，1979 年，第 79 页。

他所说的“识度浅”，不再纠结于“人伦纲常”，而是针对太白的性格及处事方式。这些算是“软性指标”，仁者见仁智者见智。欣赏者可称其“豪放不羁”“潇洒翩然”“傲岸不屈”“桀骜不驯”，不欣赏的人则可说其“不拘小节”“任性放浪”“傲慢无礼”“放肆嚣张”。这是一个解读视角的问题，没有统一的标准、绝对的好恶。

然而，无论赞誉、批评是否得当，都代表了当时主流话语的观点。这些在政坛、文坛分量极重的人士，势必会对他人接受评判李白及其诗造成相当大的影响。支持李白者阵营的缩小，带来的无疑是学人对注释李诗兴趣的减弱，既然诗风粗率，人格不合于“义”，又何必下苦功夫学习，不如研学杜诗来得稳妥。

最后，便是至关重要的宋代时局及群体心态因素。中国历史上没有哪个朝代是处在绝对安全的环境中，来自周边异族的挑衅从来就没有间断过。这种“不安全”在宋代表现得倍加突出，由于同时代的辽、金、西夏等国的强大，使北宋政权一直处于外族的威胁之中。北宋初期一直与辽交战，但并未收复失地。至公元1004年，“澶渊之盟”的缔结才使北方获得稍许安宁，然而这种“宋兄辽弟”的和谐场面是以北宋每年向辽交纳“岁币”作为代价的。这期间，无论粮食收成丰歉、年景好坏，定期交纳“岁币”是雷打不动的规矩。北宋中期，宋仁宗康定元年(1040)到庆历二年(1042)期间，西夏皇帝元昊对宋发动多次大规模的军事进攻，双方损失都很大，结果在1044年(庆历四年)订立和约，史称“庆历和议”。元昊接受册封，愿意称臣，但北宋每年须给西夏“岁赐”。也就是说，这个“君臣关系”与之前的“兄弟情谊”一样，也是有前提的。

这种方式的“议和”在秦、汉、隋、唐比较少见。前朝在战事上取得过辉煌的胜利，可以说，汉民族相当骁勇善战(对匈奴的抵御与驱逐，直接改变了欧洲乃至世界历史的进程），也有合理的军事制度作为支撑。从宋太祖“杯酒释兵权”开始，宋代便形成了一种对武将的强烈防范意识。“更戍法”造成军中“兵不识将，将不识兵”的危机，而打仗必须依照“阵图”的教条方式更是雪上加霜，致使北宋军队不再具有前朝威武雄壮的气势、取得最终胜利的强大实力。与武将的沉沦相比，文人士大夫阶层取得了前所未有的地位。宋代庞大的官僚机构、繁复的职官制度便是旁证。文士主持大局，注定了“忠君爱国”会被上升到崭新的高度。偏偏文士的“爱国”基本上在意识形态领域内徘徊，具有指导意义，实践上则稍弱。文士一方面对本国议和的不平等性质心怀不满，抱着收复失地的坚强决心；另一方面却只能作为参战将领的后盾，无法亲临实战。文人参与度最高的只能是政治改革：庆历三年(1043)，宋仁宗采纳了范仲淹的十项改革主张，实行“庆历新政”；熙宁二年(1069)二月，王安石开始推行新法，采取一系列改革措施。二者都涉及军队改革，前者主张加强武备；后者更是提出具体的“裁兵法”(整顿厢军及禁军)、“将兵法”(废除“更戍法”，提高军队战斗力)、“保马法”(鼓励西北边疆人民代养官马)、“军器监法”(设军器监，负责监督制造武器)。只是每次改革都在保守派的反对声浪中，在长期的战乱影响下，逐渐走向沉没，没能取得实质上的成功。宋朝在恢复原先的统治之后，一步步走向衰亡。

在这样的时代局势下，文人们内心的激荡可想而知，群体心态发生剧变，大不同于以往。由于国家统一强盛而形成的优势心理明显削弱，取而代之的是对家国民生更多的忧虑与揪心，心态转向内敛。此时，文学所肩负的社会责任超越以往，“文以载道”的功能凸显出来；文人士大夫阶层亟须树立起有说服力的精神典范以图自强自立，这就势必要对古圣先贤进行一番筛选。诚如林继中先生所言：“对典范的尊崇是中国文学的重要特色，也许还是中国人的一种思维模式。……自中唐至北宋，诗人们一直在寻找本时代的最高典范，而北宋人的自立精神就寓于遴选乃至改造这一典范之中。”①杜甫便是在与其他诗人的“竞争”中，最终胜出的一位。苏轼《王定国诗集叙》：“古今诗人众矣，而杜子美为首，岂非以其流落饥寒，终身不用，而一饭未尝忘君也欤?”②作为宋代文坛领袖，苏轼这个“一饭未尝忘君”的赞誉分量非常重。秦观《淮海集》卷第二十二《韩愈论》：

杜子美之于诗，实积众家之长，适其时而已。昔苏武、李陵之诗，长于高妙；曹植、刘公干之诗，长于豪逸；陶潜、阮籍之诗，长于冲淡；谢灵运、鲍照之诗，长于峻洁；徐陵、庾信之诗，长于藻丽。于是杜子美者，穷高妙之格，极豪逸之气，包冲淡之趣，兼峻洁之姿，备藻丽质态，而诸家之所作所不及焉。然不集诸家之长，杜氏亦不能独至于斯也，岂非适当其时故耶？……孔子，圣之时者也，孔子之谓‘集大成’。呜呼，杜氏，韩氏亦集诗文之大成者与！③

张戒《岁寒堂诗话》：

王介甫只知巧语之为诗，而不知拙语亦诗也。山谷只

① 林继中：《文化构建文学史纲(中唐—北宋)》，西安：三秦出版社，1994年，第168—189页。

② ［宋］苏轼撰，孔凡礼点校：《苏轼文集》卷十，北京：中华书局，1986年，第318页。

③ ［宋］秦观撰，徐培均笺注：《淮海集笺注》，上海：上海古籍出版社，1994年，第753页。

> 知奇语之为诗，而不知常语亦诗也。欧阳公诗专以快意为主，苏端明诗专以刻意为工，李义山诗只知有金玉龙凤，杜牧之诗只知有绮罗脂粉，李长吉诗只知有花草蜂蝶，而不知世间一切皆诗也。惟杜子美则不然，在山林则山林，在廊庙则廊庙，遇巧则巧，遇拙则拙，遇奇则奇，遇俗则俗，或放或收，或新或旧，一切物，一切事，一切意，无非诗者。故曰“吟多意有余”，又曰“诗尽人间兴”，诚哉是言。①

秦观、张戒对杜甫诗的论述，能够从侧面展现出这个“筛选”的过程。前者采取了“类比法”，后者则采用了“对比法”。秦观列出众家之长，包括高妙、豪逸、冲淡、峻洁、藻丽等。诗歌风格之间本无所谓高下，然每种风格能被发挥至何种程度却有可比性。杜诗便集诸家之长，将每种风格演绎到登峰造极的境地，成为集大成者。实际上，与其他诗人一样，杜诗也有自己最为突出的风格——沉郁顿挫。而这个风格未必与“集大成”直接对应，不是各种风格简单叠加或是混合杂糅就能造就的，其中也浸润了诗人纸面以外的功夫。即张戒所云“知世间一切皆诗”，随物赋形、收放自如。然而张戒为凸显杜诗的优越性，不惜罗列出一堆对其他诗人作品浅薄、片面的认识(李义山只知“金玉龙凤”，何来《夜雨寄北》《登乐游原》；李长吉只知“花草蜂蝶”，又何苦写《老夫采玉歌》《苦昼短》……反证俯拾皆是)。盖秦、张二人除了对杜诗真正的赏爱之外，在“伦理—心理”模式的作用下，先入为主认为杜甫写诗得的是“大道”，其他诗人各执“一端”罢了。

① [宋]张戒：《岁寒堂诗话》卷上，丁福保辑：《历代诗话续编》上册，北京：中华书局，1983 年，第 464 页。

这个“大道”，是儒学范围内的，符合宋儒的评判标准：道德第一，审美第二。李白道德上已备受苛责，自然不会成为这方面的楷模。由于“道德”先输一程，在“审美”上的优势也不明显了。胡仔《苕溪渔隐丛话》前集卷六引《遯斋闲览》：“或问王荆公云：‘编四家诗，以杜甫为第一，李白为第四，岂白之才格词致不逮甫也?’公曰：‘白之诗歌，豪放飘逸，人固莫及；然其格止于此已，不知变也。至于甫，则悲欢穷泰，发敛抑扬，疾徐纵横，无施不可……”[①]太白笔力变幻莫测，唐人已承认其“横被六合，力敌造化”(李阳冰《草堂集序》)，“为诗格高旨远，若在天上物外”(裴敬《翰林学士李公墓碑》)。盖太白那种超越儒家道德审美的“自由”与“变化”，沿袭庄周一路，是不大符合宋儒审美理想的。

当然，并非没有人发现李、杜诗研究方面的这种失衡。去宋代未远的萧士赟便不满于此，且将酝酿已久的想法付诸实践，力图弥补这一诗家憾事。然而，他并没有因为立志注释李白诗而采取一套与之完全相适应的方法。宋人的群体心理与审美倾向对萧士赟产生重大影响，他运用的是一种“沿袭”“不割裂”的处理手法，即以注释杜诗的心态与方法来注释李白诗。

第二，萧士赟在接受家族诗风，受师友启发的情况下(所谓“间趋庭以求闻所未闻，或从师以蕲解所未解”)，始终坚持以自己对李诗的独到理解去进行阐释。萧立等有首写李白的诗：

> 开元盛时月，曾照谪仙醉。有月尚可饮，仙人渺千祀。不恨仙人死，恨此明月非。徘徊复徘徊，目断青山

① [宋]胡仔：《苕溪渔隐丛话》前集，北京：人民文学出版社，1962年，第37页。

矾。(《赋曾氏醉月亭》)[①]

此诗效太白诗风，用了宋人在写纪念李白的诗时惯用的手法。宋人理解的“李白体”比较单一，即“飘逸不群”“明白如话”。诗话、笔记中常提及“李白体”，虽无准确定位，但诗人们似已达成一致的看法。一旦写有关李白的诗作，便李太白附身一般，无论自己性格是内敛还是外放，都极尽所能要表现出“豪气”“奇气”“仙气”。如欧阳修《太白戏圣俞》(一作《读李白集效其体》)：“开元无事二十年，五兵不用太白闲。太白之精下人间，李白高歌蜀道难。蜀道之难，难于上青天，李白落笔生云烟。前期万险不可攀，却视蜀道如平川。……”[②]苏泂《金陵杂兴二百首》其五：“江南堤柳拂人头，三月吹花特地愁。却忆旧时狂李白，题诗曾遍酒家楼。”[③]徐铉《寄饶州王郎中效李白体》：“珍重王光嗣，交情尚在不？芜城连宅住，楚塞并车游。别后官三改，年来岁六周。银钩无一字，何以缓离愁。”[④]萧士赟“自弱冠知诵太白诗”，专意于此的年龄不能算早。读诗之前很难保证头脑“白纸一张”，不可避免接受其父及时人对“李白体”的认识。然而，通观萧氏注释，很少见他用时人喜用语去解读太白诗。像是要颠覆太白传统形象一般，萧氏致力于挖掘太白身上符合儒家道德与审美的要素。在注释李诗时秉承认真严谨

---

① [宋]萧立之：《萧冰厓诗集拾遗》卷中，《续修四库全书》卷一三二一《集部·别集类》，上海：上海古籍出版社，2003 年，第 32 页。

② [宋]欧阳修：《欧阳修全集》卷五，北京：中华书局，2001 年，第 86—87 页。

③ [宋]苏泂：《泠然斋诗集》卷六，中央图书馆筹备处辑：《四库全书珍本初集：二百三十种》第 1580 册，上海：商务印书馆影印本，1934—1935 年，第 25 页。

④ [宋]徐铉：《骑省集》卷二，《四部备要·集部》，上海：中华书局据宋明州本校刊，1920－1936 年，第 6 页。

的态度，坚持“无一字无来处”的理念，选择征引式注释方法，甚少泛泛点评。其父作为江西诗派后劲，伯父萧澥又是道德感强烈的人，萧士赟受家族诗风的熏陶，有理由以杜甫的标准来审视李白，力求塑造出“圣于诗”的形象，展现出其诗“有法度”的一面。

除有选择地向父辈学习外，萧士赟从好友吴澄那里得到不少启发。吴澄是元代著名的理学家，他在《萧粹可〈庸言〉序》中说道：“予与赣萧君粹可交游二十载，听其议论，辄推服焉。盖其观书如法吏刻深，情伪立判，搜抉微杳，毫发毕露。”二人交往密切，时常交流读诗心得，对彼此特点了如指掌。所谓“观书如法吏刻深”，是吴澄比较推崇的，他自己在读太白诗时也处处留心诗法。如《吴文正公集》卷十《丁晖卿诗序》：“李太白天才，间气神俊，超然八极之表，而从容于法度之中，如夫子之从心所欲而不逾矩，故曰‘诗之圣’。槌黄鹤楼倒鹦鹉洲，此以梦语观太白者。”①他选择从比较理性的角度来看，而非执着于太白诗中一二“梦语”。类似研究孔子者，不主张从“吾与点也”（《子路、曾皙、冉有、公西华侍坐》）来考察夫子的精神追求。卷十一《唐诗三体家法序》中，吴澄又曰：“于一家之中则有诗法，于一诗之中则有句法，于一句之中则有字法。谪仙号为雄技，而法度最为森严。”此外，吴澄以理学家的眼光评判太白诗，在辨别真伪时尤其如此。他在《邬迪诗序》中云：“太白《古风》压卷，若《悲来乎》《笑矣乎》，非太白诗，伪作也。”②这里主要是规劝邬迪作诗切莫流于粗率，虽以倜傥俊逸闻名，仍应效法前人稳健沉稳、用语要精工之处。萧士赟在这点上与吴澄不谋而合，其注《猛虎行》曰：“按此诗似非太白之作，用

① [元]吴澄：《临川吴文正公集》卷十，明宣德十年(1435)刻本。
② [元]吴澄：《临川吴文正公集》卷十一，明宣德十年(1435)刻本。

事既无伦理，徒尔肆为狂诞之辞，首尾不相照应，脉络不相贯串，语意斐率，悲欢失据，必是他人之诗窜入集中，岁久难别。前辈识者苏东坡、黄山谷于《怀素草书》《悲来乎》《笑矣乎》等作，尝致辩矣。愚于此篇亦有疑焉，因笔于此以俟知者。”吴、萧二人自然也有产生分歧之处，吴澄对太白是否闻“道”持怀疑态度，其《题李太白二诗后》云：“太白尝见司马子微，亦闻所谓坐忘者乎？倘得闻之，虽不饮一滴而百虑俱捐，岂必如刘伯伦、阮嗣宗哉！惜乎其有仙才而未闻道也。”①吴氏认为太白还不够通达，未臻于“无待”之境。萧士赟却对太白对“道”的领悟力深信不疑，且每每将太白饮酒阐释为遣怀之举，甚至是心系国家君主的一种表达方式。

第三，萧氏认为太白诗有法度，乃“圣于诗者”，并在注释中始终贯穿这一理念。之所以形成这种看法，萧氏主要是接受了朱熹的观点。朱熹云：“李太白诗非无法度，乃从容于法度之中，盖圣于诗者也。”②萧氏不仅在《分类补注李太白·序例》中提及此语，在具体解读太白诗时亦常用到。如评《古风·其三十一》(郑客西入关)：

> “秦人相谓曰，吾属可去矣”，此两句是暗用《史》所谓侯生、卢生，相与谋曰：“始皇为人，天性刚戾，乐以刑杀为威，秦法不得兼。方不验，辄死。贪于权势至如此，未可为求仙药。”于是乃亡去之事。脱胎换骨，了无斧凿痕迹。非圣于诗者，孰能与于此乎？

评《陪族叔刑部侍郎晔及中书贾舍人至游洞庭五首》其一：

① [元]吴澄：《临川吴文正公集》卷五十八，明宣德十年(1435)刻本。

② [宋]黎靖德：《朱子语类》卷一四〇，北京：中华书局，1986 年，第 8 册，第 3328 页。

此时贾至贬岳州司马，与白均是逐臣，邂逅而为洞庭之游，作是诗也。亦屈原睠顾宗国，系心怀王之意乎?……寄兴深远，无非爱君忧国之意。而全不着迹，其得《国风》之体欤！晦庵所谓“圣于诗者”矣。

评《拟古十二首》其一：

此篇伤时穷兵黩武，行役无期度，男女怨旷不得遂其室家之情，感时而悲者焉。哀而不伤，怨而不诽，真有国风之体，此晦庵之所谓“圣于诗者欤”！

评《寓言三首》其三：

此篇闺思诗也。良人从军，滔滔不归，感时触物而动怀春之思者欤？绿杨、海燕，以起兴也，宛然国风之体，所谓圣于诗者，此哉！

萧氏将朱熹所云“圣于诗”具体化了，包括好几层意思。首先，“脱胎换骨，了无斧凿”。众所周知，这是黄庭坚诗论的一个重要观点。以此来观，“圣于诗”有化用典故纯熟、游刃有余的意思，主要还是针对诗歌创作手法而言。其次，寄兴深远，爱君忧国，得《国风》之体。这里已不单是形式问题，而是深入到了诗歌内容与主题，渗入浓厚的儒家道德观念。第三，感时而悲，哀而不伤，怨而不诽。强调作诗缘事而发，非凭空造语，且评论时政时应遵循传统诗教。第四，注重起兴，先为外物所动，后生真实感慨。这又是就创作技巧而言。那么朱熹的“圣于诗”本意指什么？我们借他人之言来分析，杨诚斋云：

“李太白之诗，列子之御风也。杜少陵之诗，灵均之乘桂舟驾玉车也。无待者，神于诗者欤？有待而未尝有待者，圣于诗者欤？”[①]杨氏将“神于诗”“圣于诗”分别划在李白、杜甫名下，很合二人“诗仙”“诗圣”的身份。列子所驭无形无相，灵均所驭亦非凡尘车骑。相对于“神于诗”，“圣于诗”虽“亦真亦幻”，毕竟有踪迹可循，是一种可以学习的创造法则，即朱熹所云“从容于法度”。只不过，朱熹率先将“圣于诗”判给太白，突破了前人所持诗仙不可学的束缚。然而转换思路所造成的与太白原有形象定位间的差距，却给后人理解“圣于诗”提供了很大的空间。萧士赟所引入的新鲜成分，统观起来，仍然是紧紧围绕“爱国忠君”“心系家国”这个坚实的核心。

比如萧注中频繁出现“身在江海之上，心居乎魏阙之下”这句话。其出自《庄子·让王》：“中山公子牟谓瞻子曰：‘身在江海之上，心居乎魏阙之下，奈何？”[②]因天子及诸侯宫门外筑有高楼，其下两旁悬布法令，故代称朝廷。后多此句来形容臣民忠君，关心国事。是否忠君爱国这一点，历来为人所重，成为人物品藻、诗文鉴赏的重要标准之一。宋代尤甚，如：宋余靖撰《武溪集》卷五《韶州新修望京楼记》：“君子访境也皆绝，其命名也必古；‘身居江海之上，心存魏阙之下’，故临其西楼，曰望京之楼。”[③]宋苏颂撰《苏魏公文集》卷四十三《再乞致仕》：“日薄虞渊，视光阴而已逼；心存魏阙，役魂梦以徒劳。”[④]卷

① [明]杨慎：《升庵诗话》卷十一，丁福保辑：《历代诗话续编》中册，北京：中华书局，1983 年，第 850 页。

② [清]郭庆藩撰，王孝鱼点校：《庄子集释》，《新编诸子集成》，北京：中华书局，1961 年，第 979 页。

③ [宋]余靖：《武溪集》，北京图书馆古籍出版编辑组编：《北京图书馆古籍珍本丛刊 85》集部·宋别集类，北京：书目文献出版社，1998 年，第 79 页。

④ [宋]苏颂著，王同策等点校：《苏魏公文集》上册，北京：中华书局，1988 年，第 637 页。

四十五《同天节进银绢》其二："心存魏阙，姑因物以达诚；人比华封，更望云而致祝。"①宋彭汝砺撰《鄱阳集》卷六《书怀》："心存魏阙安危际，名在丹台伯仲间。"②宋周必大撰《文忠集》卷一百二十二《到阙上殿乞郡或奉祠札子》："臣闻子牟心存魏阙，望之意在本朝，人臣爱君，古今一也。"宋洪适《盘洲文集》卷六十五《会南恩守傅侍郎致语》："心存魏阙，嘉季子之来归。"③……萧士赟注中则有五处以"身在江海之上，而心存魏阙之下"来阐释李白诗的主旨。

卷七《梁园吟》："洪波浩荡迷旧国，路远西归安可得。"士赟曰："此乃太白触景而吟阮籍《蓬池咏怀》之全句耳。……唐都长安在西，白远离京国，故发'西归安可得'之叹也。所谓身在江海而心存魏阙者欤。"萧氏此解得旨，点出此为触景生情之作，又指明以抒自己怀抱为核心。《昭昧詹言》卷十二云："因见梁园有阮公、信陵、梁王诸迹，今皆不见，足为凭吊感慨。……此却从自己游历多愁说入，又自解不必如此。所谓借他人酒杯，浇自己块垒。死活仙凡，全在如此。……此却以自己为经，偶触此地之事，借作指点慨叹，以发泄我之怀抱，全不专为此地考古迹发议论起见。所谓以题为宾为纬……"④方东树的主要观点与萧氏大体一致，只是对抱负的理解更加宽泛一些，并未确指为"忠君"。詹谱系此作于天宝四载乙酉(745)，是年夏天，初遇杜甫于东都，因相偕与高适辈游梁宋。诗中有

① [宋]苏颂著，王同策等点校：《苏魏公文集》上册，北京：中华书局，1988年，第665页。

② [宋]彭汝砺：《鄱阳集》，见[清]永瑢，纪昀等编：《文渊阁四库全书》，第1101册，第249页。

③ [宋]洪适：《盘洲文集》，见[清]永瑢，纪昀等编：《文渊阁四库全书》，第1158册，第547页。

④ [清]方东树著，汪绍楹校点：《昭昧詹言》，北京：人民文学出版社，2006年，第252—253页。

“平头奴子摇大扇，五月不热疑清秋”句，故知白三月放还，五月已至梁宋，深秋与高、杜二人同游。杜甫《寄李十二白二十韵》所云“醉舞梁园夜”，即此事也①。太白此时此地，当百感交集，结句“东山高卧时起来，欲济苍生未应晚”，表明在经过一番沉思之后，仍然选择振作，要努力实现抱负。这个抱负较之以往挂念“魏阙”的成分更加浓重一些，但始终贯穿着太白个人的功业之心。《唐宋诗醇》以范传正所云“欲耗壮心”之论来解释《梁园吟》，大概是忽略了太白心中有不可或缺、永不放弃的抱负②。相比之下，萧注的观点虽狭，却有可取之处。

此外，士赟以“身在江海之上，心居乎魏阙之下”注释卷十六《金乡送韦八之西京》，卷二十一《挂席江上待月有怀》，卷二十二《安州应城玉女汤作》的主旨，也都可通。只是以此解《怀仙歌》，就显得太过牵强。太白本诗为：“一鹤东飞过沧海，放心散漫知何在。仙人浩歌望我来，应攀玉树长相待。尧舜之事不足惊，自余嚣嚣直可轻。巨鳌莫载三山去，我欲蓬莱顶上行。”士赟注曰：

> 此诗太白睠顾宗国，系心君王，冀复进用之作也。“一鹤”自喻，“仙”比人君，“玉树”比爵位。时肃宗即位于灵武，明皇就逊位。时物议有非之者。太白豪侠旷达之士，亦曰法尧禅舜自古有之，何足惊怪！彼为是嚣嚣者，不知古今直可轻也。末句，其拳拳安史之灭，宗社之安，或者用我乎。身在江海，心存魏阙，白有之矣。

① 见詹锳：《李白诗文系年》，北京：人民文学出版社，1984年，第60页。

② 范传正：《唐左拾遗翰林学士李公新墓碑并序》，[唐]李白撰，[宋]宋敏求，曾巩等编：《李太白文集》(三十卷)，《李太白文集丛编》之一，成都：巴蜀书社影印宋蜀刻本，1986年，第4页。

太白向来把学道求仙认得很真，此诗题名“怀仙”，内容也分寸不离，当为即兴咏叹之作。肃宗至德元载丙申，即天宝十五载(756)，七月肃宗即位灵武，尊玄宗为太上皇。若依从萧氏的观点，此诗当作于肃宗即位后不久，物议正酣之时。也就是太白隐居庐山屏风叠之前，往来宣城当涂溧阳，旋之剡中那段时间。这些地方大致在长安东南方向，太白若诚心以“仙鹤”自比，倒不如将“蓬莱”改成“日边”，直接向“西北”飞，能更快赴“仙人”之约。若“仙人”真为君王，“玉树”真是“爵位”，“应攀玉树长相待”作何解？难道是“站在爵位上翘首以盼”？以此来观，“攀”字不若改为“端”“拿”更好些，也显得君主有诚意。既然“古今直可轻也”，江山难免改容，又何苦“拳拳安史之灭，宗社之安”？萧注矛盾之处自现，句句勾连时政的解法显得荒诞不经。

综观历代穿凿附会的说诗方法，有三种途径：一曰“字字穿凿，篇篇扭捏”，拘泥于字句，几成“诗谜”(清贺贻孙《诗筏》)；二曰附会政治事件，把诗全都看成关系国家政治生活的影射之作；三曰附会心学性理，如痴人说梦①。萧注在这里的附会方法有些得三者“精髓”，尤其是第二种。“附会政治事件”是对文学须有为而作的极端理解。王夫之《唐诗评选》指出，诗“亦有无为而作者”，若处处以政治历史比附，其后果不仅牵强附会，而且“舞文陷人机智”，为政治迫害制造口实。此类弊病，以政治家说诗最为常见。

笔者已在第一章考证过萧士赟身世，他主要是一个诗人及评论家。在宋末元初那种江山易主的环境下，在家族、友人深厚的爱国情感熏陶下，他成为一个有着强烈忠君爱国意识的

① 参看王先霈，王又平主编：《文学理论批评术语汇释》，北京：高等教育出版社，2006年。

人。而他也不惮于带着这种遗民诗人眷恋家国的情感来解读太白诗，力求使其达到与杜诗并驾齐驱的思想高度。如王琦所言："后之文士左袒太白者，……以杜有诗史之名，则择李集中忧时悯乱之辞而捃摭史事以释之，曰此亦可称诗史。以杜有'一饭未尝忘君'之誉，则索李集中思君恋主之句，而极力表扬曰'身在江湖，心存魏阙'与杜初无少异。"王琦这段文字简直像是专门针对萧氏而发，而他对这种解读太白诗的方式，会造成何种后果，也有着更为清晰的认识，故云："岂知论说杜诗而沾沾于是，颠倒事实，强合岁时，昔人已有厌而辟之者。何乃拾其牙慧，而又为李集之骈拇枝指哉！"萧氏解《怀仙歌》，恰是抛开太白本意，而强行注入自己主观意愿，才造成这种严重的失误。

第四，引领风气之先，使笺注李诗者"由是而十百千焉，与杜诗等"。胡振龙在细致分析萧士赟注释动机与诠释思想后，总结道："萧士赟和其他李白诗注家不同，他注李诗带有浓厚的主观色彩和感性倾向，这既表现在他有意识地提升李白诗歌的思想高度，将'每饭不忘君''食息不忘君'的忠君高帽不恰当地戴在李白头上，又表现在他把不遇之感倾注于注释之中，感慨之辞随处可见。但事物总是有两面性，'以我注李，注中有我'既是萧注的特点，又是萧注的缺点。它宛如一把双刃剑，弄不好会刺伤自己。实践证明，萧士赟将先验的'李白忠君'思想诠注到诗篇中的做法并不成功。"①胡振龙所言有理有据，继承了前人对萧注的看法，并大胆挑明解读"不成功"这一点。然而，成功与否并不能作为评判是非的唯一标准。只有搞清楚萧氏缘何执着于先验的"李白忠君"思想，方可下结论。

如果说北宋人的爱国具有"防患于未然"的性质，那么南宋

① 胡振龙：《李白诗古注本研究》，南京：南京师范大学，2003 年。

人的爱国则更像一曲凄厉哀伤的挽歌。元陶宗仪《辍耕录》卷第四“发宋陵寝”条：“唐君，名钰，字玉潜，会稽山阴人。……岁戊寅，有总江南浮屠者杨琏真珈祜恩横肆，……十二月十有二日，师徒役顿萧山，发赵氏诸陵寝。至断残肢体，攫珠襦玉匣，焚其胔，弃骨草莽间。……唐(钰)痛愤亟……乃具酒醪、市羊豕，邀里中少年若干辈狎坐轰饮。……唐惨然具以告，愿收遗骸共瘞之。众谢曰诺。”[①]此事发生于宋端宗景炎三年戊寅(1278)，是岁宋端宗卒，左宰相陆秀夫立卫王赵昺为帝，与少傅张世杰共同秉政，改元祥兴。赵氏诸陵寝主要集中在会稽山附近，宋理宗死后当然也是埋在这个地方，而他死时离南宋整个国家败亡不过几十年的时间。杨琏真珈是个胡僧，他盗发了南宋六帝的陵寝。宋理宗的尸体被挖掘出来后面目如生，传说是因为尸首中灌有水银，而为了贵重的水银，这伙盗墓贼便将理宗的尸体倒挂在树上，三天三夜，水银流干之后，理宗的头颅也被人砍去。其他很多皇帝与皇后的坟墓亦被挖掘糟蹋，未能幸免。

而在祥兴元年(1278)六月，帝昺迁居新会崖山；九月，葬端宗于此，陵号永福。祥兴二年(1279)陆秀夫负帝溺海。(据《宋史纪事本末》卷一〇八)南宋此时真正灭亡，元人占领了天下。皇陵遭受奇耻大辱、国家轰然倾覆，这些悲惨之事给宋末之人带来了巨大而沉重的打击。在南宋光景正好的岁月里，文人们雅兴所致，经常参加以写诗词为主的聚会。这些文人雅集充分发挥出“诗可以群”的作用。亡国之后，“诗可以群”之效倍增，只是气氛不再悠游从容，游戏宴乐更是一扫而尽，剩下的都是哀悼故国败亡、慨叹无力回天的内容。萧冰厓、萧澥均经

---

① [元]陶宗仪：《辍耕录》，《丛书集成初编》，北京：中华书局，1985年，第63页。

历过江山易主。《冰厓集》中有不少类似《落梅诗》的作品，含蓄幽怨，表现出亡国之人痛彻肌骨的哀伤。萧澥更是南宋末年有一定声名的江湖派诗人，与其他遗民诗人交往甚密，作品保存在陈起《江湖后集》，元汪泽民、张师愚同编《宛陵群英集》中。

萧士赟出生在南宋理宗淳祐十一年(1251)之后，青少年时光是在这种沉重的气氛下度过的。与长辈们黯然失落的态度不同，年轻人在爱国情绪的催动下，容易萌生奋进斗争的想法。这就需要一个可行的途径来付诸实践。弱冠知诵李诗的萧士赟，想通过注释李诗将一种深邃的爱国情怀与不屈的民族精神传扬下去，并非纯粹想借此扩大个人声名。“与杜诗等”也不单单是想在文坛“双子星”之间搞平衡，而是将李诗纳入儒学期待视野之内，最大程度将“忧国忠君”的思想挖掘出来。这个过程与宋人将杜甫打造成道德典范一样，都有重塑乃至歪曲的成分在内。凭借“观书如法吏刻深，情伪立判”的造诣与水准，萧氏对李诗本来的清俊面目与飘逸的风格当是一清二楚，仍然采取“夺仙入圣”的手法，非图标新立异，而是对内心强烈家国之思的遵从。后世人在时代背景转换的前提下，再去看注释中那些情绪澎湃的感慨之辞，那些浸润着很强主观色彩的解读，很轻易就能看出与本诗的不协调，会得出“不成功”的结论。然而依当时时局来看，这种注释理念的贯穿也不失为一种为太白诗积聚高人气的有效方式。

三、杨、萧注对作品内涵的把握

1. 指明理解诗意的焦点、难点所在

现以《永王东巡歌》为例，予以细论。组诗《永王东巡歌十一首》关乎李白后期从政，历来争议不断，几如聚讼。杨、萧注中已率先提出了几个争论点。

第一，《其九》是否伪作。

杨齐贤曰："按此诗正当十首，第九首乃伪赝之作。"萧士赟于《其九》题下注曰："合十一篇而观此篇，用事非伦，句调鄙俗，别是一格。伪赝无疑，识者必能辨之。"遂开辟了一处"诗家必争之地"，但后世"识者"均将注意力放在搜取证据辩证"伪赝"上，反倒疏忽了对率先发难者进行一番深入的考察。先录太白本诗于下：

> 祖龙浮海不成桥，汉武寻阳空射蛟。我王楼舰轻秦汉，却似文皇欲渡辽。

这里涉及四个人物：祖龙（秦始皇），汉武，我王（永王璘），文皇（唐太宗）。除"我王"之外，其他三人均是皇帝。永王尚未建立辉煌功业，何德何能与历史上杰出的帝王相提并论？唯一的共同点便是四者均为"贵胄"。萧氏认为第九首用典不伦不类，概是以四者并列看起来怪异，不够妥当罢了。而运用典故无须层层符合、处处匹配，只要某个层面相通便可。太白咏贵妃以巫山神女、赵飞燕作比，当是出于同样的用典方式——既然都是伴君左右的绝代佳人，且时人作诗寻常用到，有何不可诉诸文字？这也就是说太白在创作时，有时会率先注重典故的"相通""相同"之处，不大计较细节上的差异，或是太在意典故中涉及人物的分量是否相当。

那么，"句调鄙俗"又从何谈起？诗中涉及四个事件。第一，祖龙浮海。齐贤曰："《齐地纪》：秦始皇作石桥，欲过海看日出处。有神人能驱石下海，石去不速，神辄鞭之。"士赟曰："《史·秦始皇帝纪》：今年祖龙死。苏林注曰：祖，始也。龙，人君象，谓始皇也。又浮江下，观藉柯，渡海渚。"王琦注："《水经注》云：《三齐略记》曰：始皇于海中作石桥，海神为之树柱。始皇求与相见，神曰：'我形丑，莫图我形，当与帝相见。'及入海四十里见海神。左右莫动手，工人潜以脚画其状。神怒曰：'帝负约，速去。'始皇转马还，前脚犹立，后脚随奔，仅得登岸。画者溺死于海。"注家所选文献记载看起来相似，实则不同。杨注言"神人驱石"，萧注言"浮江渡海"，王注则是始皇因海中造桥一事勾连出一串与海神的恩怨。究竟哪个典故更合适？尽管七绝不要求对仗工整，但"祖龙浮海不成桥，汉武寻阳空射蛟"对仗甚巧，细究起来亦能归入宽对，"祖龙"对"汉武"、"浮海"对"寻阳"、"不成桥"对"空射蛟"。诗句可译释为"祖龙浮海桥不成"。王注可以充分解释"不成"的原因，却不能说清"浮海"的目的。杨注所引指明始皇造桥的目的是"欲过海看日出处"，萧注侧重始皇行程，目的为视察江山。第二，汉武射蛟。齐贤曰："汉元封五年冬，行南巡狩。登灊天柱山，自寻阳浮江，亲射蛟江中，获之。舳舻千里，薄枞阳而出。枞阳，江州射蛟浦上积水，相传汉武教楼船于此。"王琦注："《汉书·武帝纪》：元封五年冬，行南巡狩，自寻阳浮江。亲射蛟江中，获之。"瞿蜕园、詹锳注释亦同。汉武射蛟以成功宣告结束，而此行的目的为"巡狩"。第三，文皇渡辽。杨注："唐高宗上元元年八月称天皇，而未尝渡辽，渡辽乃文皇也。"萧注："按天皇当作文皇，盖高宗称天皇，未尝伐辽。"《旧唐书·太宗本纪》："贞观十九年二月庚戌，上亲统六军发洛阳。……五月丁丑，车驾渡辽，甲申，上亲率铁骑与李世勋会围辽东城。"正言太宗渡辽事。太宗渡辽的目的诚如为讨桀骜之夷，征不庭之国，辅王室以正四方。

从三位帝王出行的结果来看，只有始皇浮海遇挫，汉武和太宗均取得成功。若以目的观之，唯有太宗之行有利于江山社稷，而始皇汉武均为好大喜功，巡狩求仙的"浪游"，故是否功德圆满根本无关紧要。太白遂径直以"不成""空"作为评判。那么，与太白息息相关的第四件事——"永王东巡"，便自然似太宗之举而非秦皇汉武之游。杨、萧在具体注释诗句时，还比较准确，只是综合起来没有做出正确的判定，仍然陷在用典不伦不类这一点上，忽略四人出行目的的异同才是太白落笔的重心所在。

萧氏又称《其九》“别是一格”，这是他“合十一篇而观此篇”后得出的结论。后世有人接受了这种观点，明人游潜《梦蕉诗话》称：“公然以天子之事，为永王比拟，不无启其觊僭之心。”[1]遍翻史书，罕见启人恶念，以此种大张旗鼓、尽人皆知的方式；居心叵测，还能诉诸磊落清白、匀如贯珠的文字。清奚禄诒曰：“东巡歌读之再四，断为伪作。因笔力不似太白，而中多轻语，况太白被胁，岂有心情更作诗耶！”[2]然而“被胁”本是托词，奚氏信以为真，反以歌诗为伪，盖疏于考察。这组诗的特点很鲜明，不求意蕴绵长，唯图曲尽人意、酣畅淋漓。每首都体现出太白对此次出巡的热情与信心，有种对某事“深信不疑”的气质，何曾来得半点“受胁”痕迹？而诗人自信的来源并非巡游本身，而是最终要实现的目的——收复失地，恢复山河。杨、萧以其伪赝，概是将此诗视为政治缩影，解得过于质实，索隐甚深，反倒不得要旨。

第二，“天子”指玄宗还是肃宗。

组诗中“天子”指谁？永王璘事件，关键在于此。杨、萧没有做出明确的解释，却在征引中间接地表明了自己的观点。在题下注中，萧士赟引《新唐书》，王琦引《旧唐书》。萧注几乎全部征引，王注则是有选择的。两唐书对永王璘“造反”的记载，无论篇幅长短，都有含糊其词的地方，为后人认识事件性质留

① ［明］游潜：《梦蕉诗话》，《丛书集成初编》，北京：中华书局，1991 年，第 21 页。

② 转引自詹锳主编：《李白全集校注汇释集评》第 3 册，天津：百花文艺出版社，1996 年，第 1156 页。

下很大的空间。萧注征引信息量更大的《新唐书》，恰是看重了《旧唐书》所未载的那部分内容[①]，在《其五》注中，士赟曰："此诗白欲讽永王为勤王赴难之举，如本传中所载广琛等语是也。"萧注将这种观点贯穿在组诗的阐释中，《其一》注重词句彼此勾连，颇富启发性：

其一

永王正月东出师，天子遥分龙虎旗。楼船一举风波静，江汉翻为雁鹜池。

士赟曰：《诗·棫朴》：周王于迈，六师及之。笺云：谓出兵征伐也。二千五百人为师。《周礼·春官·司常》：交龙为旗，熊虎为旗。《尔雅·释名》：熊虎为旗，将军所建，象其猛如龙虎也。《西京记》：武帝昆明池习水战，中有戈船、楼数百艘。此咏永王出师，首篇表之以"天子遥分龙虎旗"者。夫子作《春秋》，书王之意也。太白忠君之心于此可见。百世之下未有发明之者，故书于此。"江汉翻为雁鹜池"者，但形容上句。雁鹜且安迹于江汉，其静可知。而杨子见乃引吴元济《鹅池》为注事，非矣，今删去。[②]

---

① 《新唐书》卷八十二列传第七十一玄宗诸子："广琛知事不集，谓诸将曰：'与公等从王，岂欲反邪？'上皇播迁，道路不通，而诸子无贤于王者。如总将淮锐兵，长驱雍、洛，大功可成。今乃不然，使吾等名绌叛逆，如后世何？众许诺，遂割臂盟。"（[宋]欧阳修，宋祁撰：《新唐书》，北京：中华书局，1975 年，第 3612 页。）

② [唐]李白撰，[宋]杨齐贤集注，[元]萧士赟补注：《分类补注李太白诗》二十五卷，第 147 页。

被萧注删去的“鹅池”事，出自《旧唐书·李愬传》，又见《新唐书·李愬传》和《资治通鉴·唐纪五十六》。李愬为擒获吴元济，巧妙利用城旁鹅池地理条件，叫战士击鹅，用鹅鸣声掩盖军事行动，最终达到目的。这个典故中鹅声嘈杂与“风波静”的气氛相去甚远。而王注引《太平御览》及王筠诗，以梁孝王雁鹜池为释。萧注未征引材料，只是分析了两句关系，做出“雁鹜且安迹于江汉，其静可知”的解释。抛开字面，探究隐含的意义，倒使诗意更易理解。萧注体会到“天子遥分龙虎旗”对于组诗的引领作用，又以“夫子作《春秋》，书王之意也”比李诗，认为太白将永王排除在“乱臣贼子”之外，领“天子”之命，行“出兵征伐”之义。既然得到天子肯定，那么永王的行动在太白看来确为排除纷乱的正义之举。“正义”与否，《降永王璘庶人诏》很能说明问题。《唐大诏令集》卷三十九《降永王璘庶人诏》:

诏曰：臣子之节，君亲是奉。或志怀干纪，当义在灭私，盖前王所以持法割恩、垂涕行戮，言念及此，叹息弥深。顷以凶孽乱常，关畿暂阻，朕乘舆南幸，遵古公避狄之仁；皇帝受命北征，兴少康复夏之绩。犹以藩翰所寄，非亲莫可。永王璘，谓能堪事，令镇江陵，庶其克保维城，有俾王室。而乃弃分符之任，专用钺之威，擅越淮海，公行暴乱。违君父之命，既自贻殃；走蛮貊之邦，欲何逃罪？据其凶悖，理合诛夷，尚以骨肉之间，有所未忍。皇帝诚深孝友，表请哀矜。虽绾绶全体，礼可行于曩制而削土。匆王事亦着于前史。昔广州有罪，因废为人，常山免诛，爰将徙地，是用矜其万死屈于九刑，宜宽伏锁之命，俾黜析珪之典，可悉除爵土，降为庶人，仍于房陵郡安置，所由郡县，勿许东西。朕存训诱勖之，忠孝不虞，孱懦遂至昏迷。申此典章，弥增愧叹。①

第一，此诏以“降罪”为目的，却将永王的“罪行”写得甚为潦草。“违君父之命”算是定性，与开篇“臣子之节，君亲是奉”呼应。不安心执行命令，这就有违臣子之节。“君亲”也不单指玄宗，还包括肃宗。一个“乘舆南幸”，一个“受命北征”，朝中无君的情况下，“以藩翰所寄，非亲莫可”当是二人达成的共识。那么，“令镇江陵”无论是谁亲自发出，当同时得到另一位的支持。其次，诏书先说“持法割恩、垂涕行戮”，后则落重墨于如何宽大处置，还特别举出前例，倒像是专门向肃宗求情一样。此外，玄宗认为永王“孱懦遂至昏迷”，与《唐书》所载“有窥江左之心”不同。故知，玄宗始终认为永王所作所为并非“蓄意”，而是因为没有强大稳健的心智。

第二，如果说玄宗对永王的处罚是“有所为”却不深究，肃宗则正相反。《新唐书》卷八十二：“璘未败时，上皇下诰：‘降为庶人，徙置房陵。’及死，侁送妻子至蜀，上皇伤悼久之。肃宗以少所自鞠，不宣其罪。谓左右曰：‘皇甫侁执吾弟，不送之蜀而擅杀之，何邪?’由是不复用。”②肃宗是在明知永王已死的情况下“不宣其罪”的，也没有“伤悼久之”，只是象征性地对皇甫侁表示不满，处罚方式不过“不复用”罢了，并未明确追究“擅杀”之罪。此后，代宗即位不久便为永王平反昭雪。《旧唐书》卷十一《代宗本纪》宝应元年(762)：“五月……丁酉，御丹凤楼，大赦……棣王琰、永王璘并与昭雪。”这也从侧面说明永王的“罪孽”并不深重，甚至根本就不能成立，故而为其平反并不需要拖延许久，刻意等待最有利的时机。这是自然而然就能

① [宋]宋敏求编：《唐大诏令集》(一百三十卷残存一百零七卷)，北京：商务印书馆，1959 年，第 179—180 页。

② [宋]欧阳修，宋祁撰《新唐书》，北京：中华书局，1975 年，第 3613 页。

办到，不会受到朝臣阻挠的事。

这样看来，太白对永王的判断是正确的，他亲身经历了一段史书记载不详的历史。而杨、萧对“天子”“帝”等称呼不注其具体指代，该对自己所持“太白忠君爱国”的观点丝毫不疑，“天子”是玄是肃，都不影响太白的忠诚。即便后来失败了，也是政治眼光问题，并不妨碍太白初衷。

第三，诗中昭阳殿、鳷鹊楼的位置。

《其四》：“龙盘虎踞帝王州，帝子金陵访古丘。春风试暖昭阳殿，明月还过鳷鹊楼。”齐贤曰：“《西都赋》曰：昭阳特盛。《汉书注》：鳷鹊楼在云阳甘泉宫外。谢玄晖诗：金波丽鳷鹊。”士赟曰：“《上林赋》：过鳷鹊，望露寒。张揖曰：昭阳、鳷鹊，楼殿名，皆在长安。此四句诗意是讽永王，谓金陵亦古帝都，今为丘墟。王其访此，当触景而思昭阳、鳷鹊之在长安者，风月亦无人管领也。黍离之悲，蔼然见于言外。”二者都认为“昭阳殿”“鳷鹊楼”在长安。王琦则不以为然，认为：“皆谓金陵之昭阳殿、鳷鹊楼也。旧注以为在长安者，非是。”①瞿注完全接受了王氏的观点。詹注进而解之为“南朝宫观”，且补充谢朓《暂使下都夜发新林至京邑赠西府同僚》“金波丽鳷鹊，玉绳低建章”作为论据。盖是借鉴了严评本载明人批语，所谓：“金陵无昭阳、鳷鹊，玄晖诗是借说，殊无谓。不若用六朝宫殿名应上二句亲切，若指长安，则更支离难通。”郭沫若《李白与杜甫》：“这首表明永王已经到过金陵，使‘龙盘虎踞’的六代帝都又恢复了生意。春风着手在吹暖着昭阳殿，明月从新又照亮了鳷鹊楼。李白本有迁都金陵的主张，故加意写出金陵的复

① ［唐］李白撰，［清］王琦注：《李太白全集》，北京：中华书局，1977 年，第 429 页。

活。”[①]这是将“金陵说”解说得更加圆满。

细读太白诗，“春风试暖”“明月还过”，不一定非要实指本地景致。首先，诗中已言明所访为“古丘”。朱谏曰：“此承上三吴而言永王出师向金陵也。金陵之地，钟阜石城，龙盘虎踞，自古帝王之州也。六朝既往，变为丘墟，昔者王气今已衰矣。永王南巡于金陵，不过访问前代帝王之丘墓而已矣。……愿无留滞于金陵，久居于外方，急于勤王，以匡社稷，使乘舆早得以返正，上皇不久于蒙尘可也。”[②]想永王至金陵时间仓促，至一处凭吊已尽显其诚，何必访问完丘墓，再刻意观赏一番前朝后妃居所。萧氏体会到诗句中“访古丘”与“春风试暖”“明月还过”间有个“触景生情”的衔接点，而不是囿于“金陵”这个质实的方位，整首被理解为实景再现一般。

第四，“五色光”“小山”是写实还是抽象。

《其三》：“雷鼓嘈嘈喧武昌，云旗猎猎过寻阳。秋毫不犯三吴悦，春日遥看五色光。”《其十》：“帝宠贤王入楚关，扫清江汉始应还。初从云梦开朱邸，更取金陵作小山。”其中“五色光”“小山”并不难解释，只是杨、萧注有些脱离诗意，在词语本义与引申义中做出了错误的选择，对后世注家也产生了误导。注解“五色光”：

> 士赟曰：《汉·高帝纪》：望其气皆为龙，成五色。《史记正义》：京房易兆曰：“何以知贤人隐？”颜师古曰：“四方常有大云，五色具而不雨，其下贤人隐矣。”魏文帝诗：丹霞夹明月，华星出云间。上天垂光彩，五色一

① 郭沫若：《李白与杜甫》，北京：人民文学出版社，1971 年，第 92—93 页。

② ［唐］李白著，［明］朱谏注：《李诗选注》卷五《永王东巡歌》，《续修四库全书》据南京图书馆藏明隆庆六年刻本影印，第 1305 册，第 627 页。

何鲜。

王琦注：《越绝书》：军上有气，五色相连，与天相抵，此天应，不可攻，攻之无后。《南史·王僧辩传》：贼望官军，上有五色云。

詹锳注：五色光，《越绝书·外传纪·军气》："军上有气五色相连，与天相抵，此天应不可攻，攻之无后。"又《南史·王僧辩传》："贼望官军，上有五色云。"

考诸征引文献原文，《汉书·高帝纪》："亚父范增说羽曰：'……吾使人望其(刘邦)气，皆为龙，成五色，此天子气。'"这里的五色云气乃"龙气"，当然不是刘邦身上散发出来的，而是范增借此来说服项羽。颜师古所云则为昭示贤人出现的"祥云"。魏文帝《芙蓉池作诗》用"五色"形容云霞绚烂之美。王注、詹注征引《越绝书》《南史》，其中得到"五色云"与"军队"关系更加紧密，似乎更加贴近太白诗境。实际上，文献中的"五色云"，都有一层神秘的色彩，用在帝王身上就是"谶纬"，用在军队出征无非"祥符"罢了。

太白诗中的"五色光"显然要纯粹得多。此诗前两句"雷鼓嘈嘈""云旗猎猎"乃太白亲闻亲见，他当时身在楼船之上。"秋毫不犯三吴悦"则是船队行驶过程中，诗人看到两岸欢闹的人群。《旧唐书》卷一百七列传第五十七玄宗诸子："十五载(756)……十二月，擅领舟师东下，甲仗五千人趋广陵。……吴郡采访使李希言乃平牒璘，大署其名，璘遂激怒。……乃使浑惟明取希言，季广琛趣广陵攻采访使李成式。"[①]以此记载来看，这个"秋毫不犯"简直像是笑谈，而"三吴悦"更是无从谈起。诗家也常以此为据予以诟病。然而永王奉旨赴镇，名正言顺，人心

① ［后晋］刘昫等：《旧唐书》，北京：中华书局，1975年，第3265页。

向背不辨自明。太白又以文士身份入幕，自然不会参与一线战场的战斗，他所见的多是严整威武的行军场面。先入为主地认为永王军队“秋毫不犯”，周边民众“欢欣鼓舞”也是很正常的。那么，末句“春日遥看五色光”是视角变化，构思出两岸之人望见楼船，正与第二句“云旗猎猎过寻阳”呼应。“五色光”可以指晴天丽日下愈发耀眼的云旗，也可以更广泛地指代包括雄壮军容在内的现场实景。

如果说运用文献中的字面义来解“五色光”勉强可通，以此来注释“小山”便断难凑泊了。齐贤曰：“王逸《楚辞序》曰：《招隐》者，淮南小山之所作也。”士赟曰：“《汉书》：淮南王安为人好书，招致宾客数千人。八公之徒咸慕其德，各竭才智，著述篇章，分其辞赋，以类相次，或称大山，或称小山。犹诗有大雅、小雅也。”足见，萧氏补注时可能根本未加分析，便在原有基础上增加了更多信息。詹锳注：“小山，朱注：‘淮南好宾著书，或称大山，或称小山，李白借言以为宝山也。’王注：‘小山，用淮南王小山事，然借作山岭用，与古说不同。’郭沫若《李白与杜甫》：‘李白有《白毫子歌》，首二句：“淮南小山白毫子，乃在淮南小山里。”又说“小山连绵向江开，碧峰巉岩绿水回”，则“小山”分明是山名……显示了永王有以江宁为根据地的用意。’”①深得其旨。小山在这里只是借言山岭，与“淮南小山”那样的辞赋创作群体无甚关系。

2. 对太白诗进行细致的校读

第一，萧氏当主要以南宋咸淳刊本《李翰林集》对杨齐贤注本所收李白诗进行校勘②。咸淳本中没有以下十首诗：《杂言

① 郭沫若：《李白与杜甫》，北京：人民文学出版社，1971 年，第 96 页。

② 真正的南宋咸淳本早已亡佚。[唐]李白：《景宋咸淳本李翰林集》三十卷，札记一卷，扬州：江苏广陵古籍刻印社影印清光绪三十四年(1908)刻本，1980 年。

用投丹阳知己兼奉宣慰判官》《南陵五松山别荀七》《观鱼潭》《自广平乘醉走马六十里至邯郸登城楼览古抒怀》《月夜金陵怀古》《金陵新亭》《庭前晚开花》《宣城长史昭赠余琴溪中双舞鹤诗以见志》《暖酒》《江夏送倩公归汉东》。这些诗，萧本中同样没有，比如宋蜀本在卷十八《与诸公送陈郎将归衡阳并序》一诗下，即为《江夏送倩公归汉东并序》，萧本此卷无此诗并序。而萧本在选择诗句异文方面，也与咸淳本大体一致。但从杨齐贤注可以清晰地看到，他原来所用底本的诗文与萧本出入颇大（详见《删节本系统考论》一章，此处不予赘述）。萧氏在进行校读的过程中，直接依照咸淳本进行更改，并未对杨氏底本进行保留。此外，《菩萨蛮》《忆秦娥》二词，首见于当涂咸淳本《李翰林集》①。分别位于卷四"乐府中"最后、卷五"乐府下"《清平调词三首》与《估客行》之间。萧氏则将其置于《分类补注李太白诗》卷五"乐府"的最后。本章第一节中已指出，萧注凡例之一便是将存疑的篇目置于卷末，此处便是一例。或有人疑杨本已经有此二词，然两词题下及诗句下并半条杨注，与萧氏的删减原则不符。萧注此二词比较精简，没有对单个词语进行训释，只是征引前朝诗句罢了。然而《菩萨蛮》的题下注却特别值得称道，士赟曰："按此二词，至今其调犹存，其所自始乎？"郁贤皓先生说："此二词首见于咸淳本《李翰林集》，从而使李白词被称为'百代词曲之祖'，此乃当涂咸淳本《李翰林集》的重要贡献。"实际上，咸淳本分散录入此二词，还不至于诱发如此大胆的评价，倒是士赟这个谨慎的揣测率先提出了这一极为重要的"词祖"问题。

第二，萧氏对个别字词进行考证，并予以厘正。如卷一

---

① 参看郁贤皓：《影印当涂本〈李翰林集〉序》，李白研究所整理：《李翰林集：当涂本》，合肥：黄山书社，2004年，前言第4页。

《大鹏赋》："燀赫乎宇宙，凭陵乎昆仑。"此句注曰：

> 士赟曰：萧注本云：按"烜赫"当作"燀赫"。《庄子》曰：警扬而奋鬣，白波若山，海水震荡，声侔鬼神，燀赫千里。《世本》作"烜"字，传写者作此"炟"字之误，文解不得，遂作"烜"字，今就厘正。①

瞿蜕园，朱金城《李太白集校注》：

> 〔燀赫〕：燀，两宋本、缪本、咸本俱作"炟"。《文苹》作"赫奕"。按：炟即烜字避宋讳缺笔。

宋代避讳甚为严格，生活于宋末元初的萧士赟对避讳应当非常熟悉。今人认为"炟即烜字避宋讳缺笔"，未免有些草率。据萧士赟《分类补注李太白诗·叙例》云："仆自弱冠知颂太白诗。"足见他手头有的本子当为北宋刊本或是南宋中期的本子。神宗元丰三年(1080)，苏州知州晏知止将曾巩考次的李白集交由毛渐刊行，这是李白集的第一个刻本，世称苏本。北宋年间又有据苏本翻刻的蜀本。南宋以后各种李白集大抵以此为祖本。虽然七世以内须避讳，宋代避讳字又喜用"□"、缺笔、同音字代替，但"恒""桓"等均以缺末笔常见，此处是否为缺笔讳还不能完全肯定②。"炟"字从年代看，或需避讳，但从避讳方法来看，并不合惯例。萧士赟所看本子直接为"烜赫"，没有避

① 瞿蜕园，朱金城：《李太白集校注》，上海：上海古籍出版社，1980 年，第 3 页。

② 参看《四部丛刊续编》所录《淳熙重修文书式》讳字表，近人陈垣《史讳举例》；王建撰：《中国古代避讳史》，贵阳：贵州人民出版社，2002 年，第 185—188 页。

讳。他对前代版本中的“炟”改为“烜”，做了一番考证，认为这是传写之误，后人纠谬以为“烜”。

第三，萧氏整理出了一批重出诗。如卷十八《白云歌送友人》，士赟曰：“此诗已见第六卷，特首尾数语不同。而此则尾语差拙，恐是初本未经改定者，今两存之。”这里萧氏所指的当是卷之七歌吟《白云歌送刘十六归山》，写“第六卷”概是记错了卷数。卷二十四《感兴八首·其四》，士赟曰：“按此篇已见二卷古诗四十七首，必是当时传写之殊。编书者不能别，姑存于此卷耳。观者试以首一句比并而论，美恶显然，识者自见之矣。”卷二十四《感兴八首·其七》，士赟曰：“按此篇已见二卷古风三十六首，但有数语之异。是亦当时衲本、传本之殊，编诗者不忍弃，两存之耳。”萧氏的优点是，虽知其重出，然不忍弃置，一并存于集中，以俟巨眼者。不足之处在于：偶尔记错诗作卷数；简单指出诗作差别，不予细论，以“尾语差拙”“美恶显然”等语一笔带过；未能将太白集中所有重出诗歌找出，如卷十二《赠钱征君少阳》与卷十八《送赵云卿》无任何差异，自然也可算是重出诗。但士赟并未在注释中标出，仅在标题旁注出“一作《送赵云卿》”。此外，《感兴八首·其六》与《古风五十九首·其二十七》也极为相似。

3. 注中明显的错误及疏漏

《古风·其十八》(“天津三月时”)萧注引《三辅记》谓“天津”指咸阳，无疑是常识性的错误。天津在这里指洛阳“天津桥”，《元和郡县志》卷五有详细记载。

《上皇西巡南京歌十首·其八》：“天子一行遗圣迹，锦城长作帝王州。”士赟曰：“一行，僧人也。唐史载玄宗狩蜀至成都，过此问桥名，左右对曰：‘万历桥。’上因叹曰：‘开元末，僧一行谓朕曰：更二十年，国有难，陛下当远游至万里之外。此是也。’由是驻跸成都。一行谶之，明皇实之，故曰天子与一行遗此圣迹也。”僧一行之事，唐史有记载，萧氏征引当有本也，然用在这里却极为牵强。既然诗中言“遗圣迹”，动作的发出者只能是天子一人。“一行”可解释为玄宗一离开长安便出行蜀地，既与僧人谶语无关，也不能指“天子一行人马”(那些随从同样不适合“圣迹”二字)。无怪乎朱谏在《李诗选注》卷五驳之：“穿凿甚深，且已僧与天子并称可乎!”胡震亨《李诗通》卷五更是指其“傅会谶语，以为指僧一行，殊谬。”

《分类》卷四《白纻词三首・其一》：“扬清歌，发皓齿，北方佳人东邻子。且吟《白纻》停《绿水》，长袖拂面为君起。寒云夜卷霜海空，胡风吹天飘塞鸿。玉颜满堂乐未终，馆娃日落歌吹蒙。”这首诗，胡振龙《李白诗古注本研究》评道：“此将‘馆娃日落歌吹蒙’句归入其一，不确。”①他认为这是萧士赟划分诗句时犯的严重错误，依据大概是王琦注。王琦曰：

> 鲍照《白纻辞》：“朱唇动，素袖举，洛阳少年邯郸女。古称《绿水》今《白纻》，催弦急管为君舞。穷秋九月荷叶黄，北风驱燕天雨霜，夜长酒多乐未央。”太白此篇句法概全拟，萧本以“馆娃日落歌吹蒙”一句续作末句，便不相类。今从古本。

实际上，此句续作末句，并非士赟之误，他只是采用了与王琦不同的版本罢了。王注中频频提到的“古本”，指宋蜀本，而萧氏此处选用的是咸淳本。宋蜀本将末句归入《其二》作为首句，且作“馆娃日落歌吹深”；此外，“扬”作“杨”，“歌”下有小字注“一作音”。萧本所用太白诗与咸淳本完全相同，只不过咸淳本末句之下有小字注：“‘蒙’一作‘深’。一本此一句是第二

① 胡振龙：《李白诗古注本研究》，南京：南京师范大学，2003 年。

首首句。”这里特别指出的“一本”当指宋蜀本。因此，末句如何划分是选择哪种版本的问题，王琦、胡振龙均误以为是萧氏之误，谬甚。然而，萧士赟错不在此，彼处却犯了自相矛盾的错误。王注云此篇句法全拟鲍照，并非原创，而是借鉴了萧注。士赟曰：

> 太白此词全篇句意间架并是拟鲍明远者。今录鲍辞于后，可参看之：朱唇动，素袖举，洛阳少年邯郸女。古称《绿水》今《白纻》，催弦急管为君舞。穷秋九月荷叶黄，北风驱雁天雨霜，夜长酒多乐未央。杜少陵所谓“俊逸鲍参军者”，其此之谓欤。

足见，王氏几乎全盘舶来，不过是在语言组织上做了些调整罢了。士赟既然已经发现太白诗全从鲍照处来，彼此参校一下，就该选择依照宋蜀本来处理末句。

《白纻词三首·其三》：“吴刀剪彩缝舞衣，明妆丽服夺春晖。”齐贤曰：“《古今注》：吴大帝有宝刀三，一曰百练，二曰青犊，三曰漏影。”古时以吴地做刀最为锋利，故张华诗赞曰：“吴刀鸣手中，利剑严秋霜。”[①]杨氏所云若拿来注释张华诗大致不差，只是用这样的冷兵器裁衣匪夷所思，特别注出吴大帝宝刀更是令人绝倒。这里萧氏纠正了杨注，注曰：“鲍照《白纻舞歌辞》：吴刀楚制为佩袆。”方才顺诗意，合情理。

4. 注释不全面、理解不到位的地方

卷四《妾薄命》：“汉帝宠阿娇，贮之黄金屋。咳唾落九天，随风生珠玉。宠极爱还歇，妒深情却疏。长门一步地，不肯暂

① [西晋]张华：《博陵王宫侠曲二首》其二，见[宋]郭茂倩：《乐府诗集》卷六十七，北京：中华书局，1979年，第967页。

回车。雨落不上天，水覆难再收。君情与妾意，各自东西流。”

首先，齐贤对“九天”的注释不完整，也很单薄。曰：“王逸注《天问》曰：东方皞天，东南阳天，南方赤天，西南朱天，中央钧天。”这里征引王逸注，不能说有误，只是不全面，不能充分阐释“九天”。九天，谓天之中央与八方。《楚辞·离骚》：“指九天以为正兮，夫唯灵修之故也。”王逸注：“九天，谓中央八方也。”[①]汉扬雄《太玄·太玄数》：“九天：一为中天，二为羡天，三为从天，四为更天，五为睟天，六为廓天，七为减天，八为沉天，九为成天。”[②]《吕氏春秋·有始》谓天有九野：中央曰钧天，东方曰苍天，东北曰变天，北方曰玄天，西北曰幽天，西方曰颢天，西南曰朱天，南方曰炎天，东南曰阳天[③]。太白此句诗是将“汉帝宠阿娇”的情形以夸张的手法充分展现出来，则“九天”在这里不仅有“大”之意，还有“高”的意思。《孙子·形篇》：“善攻者动于九天之上。”梅尧臣注：“九天，言高不可测。”[④]联系到武帝和阿娇，“九天”在这里还可引申指宫禁；且唐人喜以“九天”代之。王维《和贾舍人早朝大明宫之作》诗：“九天阊阖开宫殿，万国衣冠拜冕旒。”[⑤]杨巨源《圣寿无疆词》之九：“晴光五云叠，春色九天深。”王涯《宫词·其七》：“为看九天公主贵，外边争学内家装。”[⑥]杨注即使不注

① [宋]洪兴祖：《楚辞补注》，北京：中华书局，2006 年，第 9 页。

② [汉]扬雄撰，[宋]范望注：《太玄经》，上海：上海古籍出版社据明万玉堂翻宋本影印，1990 年，第 89 页。

③ 许维遹集释：《吕氏春秋集释》上册，《新编诸子集成》，北京：中华书局，2009 年，第 279—280 页。

④ 李零编译：《孙子译注》，北京：中华书局，2009 年，第 36—37 页。

⑤ [唐]王维撰，陈铁民校注：《王维集校注》，北京：中华书局，1997 年，第 488 页。

⑥ [宋]郭茂倩编：《乐府诗集》第九十一卷，北京：中华书局，1979 年，第 1280 页。

出引申义，也该完整注出本义，而不是写明“五天”便没有下文了。

其次，士赟对全诗主旨的理解，有刻意比附之嫌。士赟曰：

> 太白之诗其旨出于《国风》，往往寄兴深远。欲言时事，则借古喻今。此诗虽言汉武之事，而意则实在于明皇王后也。二后事迹，前后一辙，虽各以无子、巫蛊、厌胜废，然究其所原，实卫子夫、武惠妃争宠，有以激之也。陈后之废，相如作《长门赋》；王后之废，王諲作《翠羽帐赋》，冀以讽帝，而夫妇之天卒莫能回。太白此诗其作于《翠羽帐赋》之后乎？不然何以有“雨落不上天，水覆难再收。君情与妾意，各自东西流”之语哉。辞意凄断，读之令人感叹。

萧氏似乎很喜欢以明皇王后事注解李诗，前有《古风五十九首·其二》，后有《妾薄命》。《古风五十九首·其二》因此被系于开元十二年(724)。然而，时年二十四的李白尚未出蜀，何苦一而再再而三关心此宫闱之事，汲汲于效仿王諲作《翠羽帐赋》讽帝？《批选唐诗》评《妾薄命》：“艳情雅调，愈俗愈佳。”《李杜二家诗钞评林》：“绵绵有情，诵之惘惘。”[①]究竟妙在何处？《唐诗镜》：“末二语善乎国人之怨，朴貌深衷。”《唐诗快》：“(末二句)忽作庄语，不异棒喝。”故知，此诗末二句乃精髓所在，尽得《国风》体态。那么士赟所言“太白之诗其旨出于《国风》，往往寄兴深远”是领略旨意之语，言其“欲言时事”“借古

① 转引自陈伯海主编：《唐诗汇评》，杭州：浙江教育出版社，1995 年，第 1715 页。

喻今”也不差。只是对“今”的理解太过质实生硬，使此“辞意凄断，读之令人感叹”的佳作变成纯粹政治事件的回音。支持士赟者寥寥可数，《严羽诗话》：“《妾薄命》提醒宠妒无用，末二句从此生（‘宠极’二句下）。”[①]《围炉诗话》云：“《妾薄命》，刺武惠妃之专宠也。”[②]其他诗家则持不敢苟同的态度。《唐宋诗醇》曰：“御评：因题见意，与《白头吟》同，不必妄傅时事也。‘雨落不上天’以下，一意折旋，可以发人深省。”[③]赵文哲《媕雅堂诗话》：“‘咳唾落九天，随风生珠玉’二语殆其自赞。”[④]如其所言，此诗可以理解为“因题见意”手法创作的精品，形容尽态，妙于语言，动人心以情，明世态以理。也可以理解为借男女情事，写君臣遇合之不易。结合太白遭际，此诗或写于赐金遣还后不久。所谓“昔日芙蓉花，今成断根草”，享尽人臣荣宠与陡然恩断义绝，相去不远，怎能不凄婉缠绵，倍添感慨？

① ［宋］严羽：《严羽诗话》，吴文治主编：《宋诗话全编》第 9 册，南京：江苏古籍出版社，1998 年，第 8743 页。

② ［清］吴乔：《围炉诗话》，郭绍虞编选，富寿荪校点：《清诗话续编》上册，上海：上海古籍出版社，1983 年，第 517 页。

③ 乾隆御选：《唐宋诗醇》上卷，北京：中国三峡出版社，1997 年，第 40 页。

④ 詹锳主编：《李白全集校注汇释集评》第 2 册，天津：百花文艺出版社，1996 年，第 656 页。

第3章 《分类补注李太白诗》删节本系统考

《分类补注李太白诗》的删节本，大致可分为两大系统，即郭云鹏校刻本系统和玉几山人校刻本系统。郭云鹏校刻本系统包括郭云鹏本、霏玉斋本和四库全书本。郭云鹏认为元版《分类补注李太白诗》繁杂，遂将杨、萧注删削太半，不太顾及元版杨、萧注的凡例。但坚持摹刻精品的作风，仍然使郭本得以流传下来。霏玉斋本依照郭本增删而成，《四库全书》亦采用这个本子，二者均调整了郭本的版式，并做了一定的校勘工作。玉几山人本系统则包括玉几山人本、许自昌本。玉几山人本较好地保留了杨、萧注的原貌，许自昌本延续了这种风格，也算删节有度。

一、删节本系统之郭云鹏校刻本

1. 概述

郭云鹏是一个在文献资料中屡被提及，但准确记载甚少的人。叶德辉《书林清话》：

> 东吴郭云鹏济美堂。嘉靖癸卯(二十二年)，刻《分类补注李太白诗》三十卷，见丁《志》。(云后有云鹏自跋，并“嘉靖癸卯春元月宝云堂梓行”小木记。)嘉靖己未(三十八年)，刻《曹子建》集十卷，见丁《志》。无年号刻《河东先生

集》四十五卷、外集二卷、《附录》二卷、《集传》一卷，见孙《记》、陆《志》、丁《志》；（云每卷尾有“东吴郭云鹏校寿梓”篆文木记，版心有“济美堂”三字。）刻《欧阳先生文粹》二十卷、《补遗》十卷，见《天禄琳琅》十（云云鹏跋，题“宝善堂梓行”。德辉按：此与所刻《李》集木记相同，非仅济美堂矣。）、丁《志》（作《欧阳先生遗粹》）。①

按：第一，郭云鹏很喜欢使用类似“东吴”这样宽泛的籍贯②。在《分类补注李太白诗》第一卷卷首自称“吴会后学郭云鹏”；在“分类编次李太白文卷之二十六”之后，仍题“吴会郭云鹏”。至《重刻李翰林集后跋》，则略略调整为“吴人郭云鹏”。《欧阳遗粹后序》又自云“东吴后学”。无怪乎《文献通考》《四库全书总目》均称其“爵里未详”。王琦《李太白集辑注跋》言及云鹏，只说“吴中郭氏”，这里叶德辉也只道“东吴郭云鹏”。近人著作为慎重起见，索性称呼“明济美堂郭氏”，将“济美堂”这样响亮的名号作为郭云鹏较为可靠的修饰。乾隆《天禄琳琅书目》卷十：

① 叶德辉：《书林清话》，北京：北京燕山出版社，2008年，第134—135页。

② 秦汉会稽郡治在吴县，郡县连称为吴会。清赵翼《陔馀丛考·吴会》：“西汉时会稽郡治本在吴县，时俗以郡县连称，故云吴会。”东汉分会稽郡为吴、会稽二郡，并称吴会。后亦泛称此两郡故地为吴会。《后汉书·蔡邕传》：“邕虑卒不免，乃亡命江海，远迹吴会。”《三国志·吴志·孙贲传》：“时策已平吴会二郡。”宋苏轼《喜刘景文至》诗：“平生所乐在吴会，老死欲葬杭与苏。”《金史·完颜纲传》：“僭称位号，偷生吴会。”唐以后，俗亦称平江府（今江苏苏州）为吴会。元陆友仁《吴中旧事》：“府署之南名吴会坊。”清纳兰性德《渌水亭杂识》卷一：“世多称平江为吴会，意谓吴为东南一都会也。自唐以来如此，今郡中有吴会亭，府治前有吴会坊。”

按云鹏自标吴会，而《吴中志》乘不见其名，书中但称校刊、编次前后俱不自为序跋。以后《欧阳文粹》一书证之，亦称云鹏校刊，而序跋俱无，则疑云鹏者第书肆中刻梓鬻市人耳。特此本模印精洁，远出前部之上，当亦书林良贾也。

此处，“自标吴会”这样模糊的书写籍贯方式，与“不自为序跋”“序跋俱无”一道，成为推测云鹏为“书肆中刻梓鬻市人”“书林良贾”的证据。清李卫等撰《畿辅通志》卷六十五明举人“万历乙卯(1615)科”条：“郭云鹏，高阳人。”明代高阳县属北平布政使司①，又万历年间(1573—1620)中举人，故词人与主要活跃在明世宗嘉靖(1522—1566)年间的吴人郭云鹏显系两人。

第二，郭云鹏于嘉靖年间校刻了不少作品，叶德辉亦在《书林清话》卷五“明人刻书之精品”中举出了“东吴郭云鹏济美堂”。现见于记载的有：嘉靖癸卯(1543)，《分类补注李太白诗》三十卷；嘉靖丁未(1547)，《欧阳先生文粹》二十卷、《欧阳遗粹》十卷；嘉靖己未(1559)，《曹子建》集十卷；无年号刻《河东先生集》四十五卷、外集二卷、《附录》二卷、《集传》一卷。清张之洞《书目答问》卷四记载：“柳集四十五卷，龙城录二卷，外集二卷，附录二卷，集传一卷。唐柳宗元。明嘉靖郭云鹏重刻宋本，天启壬戌柳氏再刻本。”②近人吴文治、谢汉强主编

① 高阳，明洪武元年(1368)，高阳县属北平布政使司；明洪武三年(1371)，因为水涝，高阳由旧城(原高阳县城)西迁至丰家口。洪武八年(1375)省入蠡县，十三年(1380)复置。1460年，知县鲁能修筑高阳城池。天启四年(1624)高阳共有98个自然村，编为91个乡，设11社3屯。

② [清]张之洞撰，范希曾补正，徐鹏导读：《书目答问补正》，上海：上海古籍出版社，2001年，第198页。

《柳宗元大辞典》云："《济美堂本河东先生集》简称'济美堂本'。明人郭云鹏于嘉靖年间所刻。此书实际是'百家注本''五百家注本'和'郑定本'的翻刻本。郭云鹏刻此书时，对《外集》和《附录》做了一些改编的工作。有人认为此书是'明济美堂郭氏复刻宋世彩堂本'，这是一种误解。柳州博物馆藏有此版本。"①卢贤中撰《中国图书学》："嘉靖间私人刻书尤为风行，……郭云鹏济美堂刻有《柳河东集》等，这些书都是摹刻宋本。"②

那么这些书的质量到底如何呢？首先来看《欧阳先生文粹》《欧阳遗粹》。郭云鹏《欧阳遗粹后序》云：

> 鹏计《欧阳文忠公集》总一百三余十卷。其文瀚漫，既不可以篇数深味之，尤见纯而正，典而雅，锋采隐伏不外见，有古人遗风，诚为学者宗匠。传之者，宜尽存而弗削也。龙川陈先生亮，伊何畤拔仅百三十篇？要之，其殆有见云尔。若鹏则弗忍舍置，于是会合诸英选暨厥子孙家藏全集，反复阅越岁。更取阅根义理，事切要务者八十三篇，别汇十卷，窃名《遗粹》附之。又不敢秘以自私，并录寿梓，俾公文流藩衍，得与韩、柳、苏集齐驱，博雅君子，咸得丕式，是亦庶乎其可矣。然不自量，妄敢去取其文，使之不尽传于世，则鹏之负罪岂不重欤？时公告就，谨以愚志岁月志焉。嘉靖丁未中元日东吴后学郭云鹏敬跋。③

① 吴文治，谢汉强主编：《柳宗元大辞典》，合肥：黄山书社，2004 年，第 507 页。

② 卢贤中：《中国图书学》，合肥：安徽大学出版社，2004 年，第 235 页。

③ 转引自洪本健编：《古典文学研究资料汇编·欧阳修资料汇编》，北京：中华书局，1995 年，第 583—584 页。

郭云鹏对欧阳修极为推崇，认为他“诚为学者宗匠”，因此，对于欧公的文章应该“尽存而弗削”。怎样“尽存”？郭氏做了如下工作。一是会合散见文章，取材自“诸英选”，即前人所编各种欧阳修选集；二是搜集“子孙家藏全集”，即从欧阳修后人手中获取部分罕见的文稿；三是经年批阅筛选，以“根义理”“切要务”为原则，最终敲定“八十三篇，别汇十卷”，取名《欧阳遗粹》；四是刊刻出版，采取“附骥”的方式，同陈亮《欧阳先生文粹》一并付梓。那么这样“反复越岁”，倾注郭氏心血的作品，后世又是怎样评价的？乾隆《天禄琳琅书目》卷十云：“以后《欧阳文粹》一书证之，亦称云鹏校刊，而序跋俱无，……特此本模印精洁，远出前部《分类补注李太白诗集》之上……”这里对《欧阳遗粹》没做评论，直指其重刊陈亮《欧阳文粹》略显草率，“序跋俱无”，但模印水平比此前《分类补注李太白诗集》要精良得多。乾隆《钦定续文献通考》卷一百九十八：“云鹏自序以陈亮《欧阳文粹》所收太隘乃为补录，然不及亮本之精。”又《四库全书总目》卷一百七十四云：“《欧阳遗粹》十卷（编修励守谦家藏本），明郭云鹏编。……此则全从本集（陈亮《欧阳文粹》）采出。字句既无可互证，又其精不及亮所录，而其博又不及修所自定《居士集》，实两无所取，故析出，别存其目焉。”《四库全书》几乎彻底否定了郭云鹏本的价值。

回过头再看郭本《分类补注李太白诗》三十卷。郭云鹏《重刻李翰林集后跋》云：

是集三十卷，愚合别集而成之者。缘旧本注坐繁杂，既仿迪功徐先生古风例，将不切题义者删去已半，且恨其文之不载，更以别集编次五卷附于诗后，俾成全书。冀四方观者庶免瀚漫分散之叹焉。①

郭云鹏首先认为旧本，即元版《分类补注李太白诗》“繁杂”。于是以明徐祯卿点评太白古风的方式为范例，将杨、萧注“不切题义者删去已半”。其次，郭氏对旧本未录太白文深感遗憾，于是“以别集编次五卷附于诗后”。最终的目的便是免去观者因旧注“瀚漫”而不得不分散精力之苦。清王琦《李太白集辑注跋》谈及郭本时云：

> 流传于世者，唯萧氏注本为多。……明嘉靖间，吴中郭氏取而重刊之，以其注之泛且复也，删节约半，于古风五十九首增入徐昌谷评语，又取杂文五卷另为编次附其后，共成三十卷。②

清陆心源《仪顾堂续跋》云：

> 郭云鹏刊本，增杂文为三十卷，注则删削过半，有全章削去者，有一章削去四五百言而留一二句者，又增以“祯卿曰”云云，使古书面目几无一存，殊为谬妄。③

这里面有一个关键的问题便是卷二古风徐祯卿评语。王

① ［唐］李白撰，［宋］杨齐贤注，［元］萧士赟补《分类补注李太白诗》二十五卷，序录一卷，目录一卷，［明］郭云鹏编《分类编次李太白文》五卷，跋一卷，台北：世界书局，1979 年，第 1334 页。

② ［唐］李白著，［清］王琦注：《李太白全集》，北京：中华书局，1977 年，第 1687 页。

③ ［清］陆心源著，冯惠民整理：《仪顾堂书目题跋汇编》，北京：中华书局，2009 年，第 491 页。

琦、陆心源都谈到“增入徐昌谷评语”“增以‘祯卿曰’”，而翻检郭本时，很容易发现除此之外，还有未署名的新注。王、陆二人并非未注意到“新注”，概以其均为徐祯卿语罢了。且二人均对“仿”字不加留意，而郭氏这个模仿同县人徐祯卿评点古风的举动，极有可能超越“删萧增徐”的范畴，扩大到亲自动笔书训释诗句、解读篇章。日本学者芳村弘道疑此出自郭云鹏之手①，是有一定道理的。

对于郭本，王琦很客观地陈述了一下此本大致情况，陆心源则直斥其“使古书面目几无一存，殊为谬妄”。结合前人评价《欧阳先生文粹》《欧阳遗粹》，不难发现几个问题。一是郭氏刊刻甚少得到太高的评价，以中下评语居多。济美堂、宝善堂成为嘉靖间私人刻书的代表，概以摹刻宋元本数量之多取胜，且郭氏具有一定的专业素养。二则郭氏刊刻的初衷并未得到后世太大的认可。这可能是他在序跋中所写的“反复阅越岁”的劲头与实际上付出的努力并不对等，要么就是勤勉而碍于自身见识的捆缚，未能取得最好的效果。不过，此本影响力颇大，我们也有必要对这个最初的删节本细加梳理及探研。

国家图书馆古籍馆藏《分类补注李太白诗》（十二册）三十卷，明嘉靖二十二年（1543），吴会郭氏宝善堂刻本。每页8行，每行17字，小字双行同，白口，左右双边，单鱼尾。首卷次序：李阳冰《唐翰林李太白诗序》、乐史《别集序》、李华撰《故翰林学士李公墓志并序》、刘全白撰《唐翰林李君碣记》、宋敏求《后序》、曾巩《后序》。目录题为《分类补注李太白诗目录》，其下依次写：春陵杨齐贤子见集注，巅萧士赟粹可补注，吴会后学郭云鹏校刻。目录顺序与元版无异，最后有“目录终”

① 见[日]芳村弘道撰，詹福瑞译：《元版〈分类补注李太白诗〉与萧士赟》，《河北大学学报》，1993年第2期，第22页。

三字，下有“嘉靖癸卯元日宝善堂梓印”。卷一卷首，如下：

分类补注李太白诗卷之一
　　春陵杨　齐贤　子见　集注
　　赣萧　士赟　粹可　补注
　　吴会后学郭　云鹏　校刻
古赋八首
　大鹏赋并序

从卷二至卷二十五，仅写卷名及类别。卷之八类别为“歌吟五十三首”，而元版未标“五十三首”书目。自卷二十六至三十为郭氏所编太白文，卷二十六卷首，如下：

分类编次李太白文卷之二十六
　　吴会郭云鹏万程编次
表三首书六首总九首

卷二十七之后只写卷名、类别及篇数，不再写编次者名。卷末附有郭云鹏所书《重刻李翰林集后跋》，再次加盖“嘉靖癸卯元日宝善堂梓印”。笔者现以国图古所藏十二册本为主要依据，分析郭云鹏本的删改情况。

2. 注例分析

(1)历汗漫以夭矫，塌(宋蜀本作“豗”，咸淳本作“豗”，郭云鹏本作“排”)阊阖之峥(初耕切)嵘(乎萌切)。

士赟曰：《淮南子》：徙倚于汗漫之宇。又吾与汗漫期于九垓之外。《抱朴子》：经乎汗漫之门，游乎窈眇之野。郭璞《江赋》：吸翠霞而夭矫。注：夭矫，飞腾貌。阊阖，见前天门注。《楚辞》：下峥嵘而无地。《广雅》曰：峥嵘，高广貌。

郭云鹏本：士赟曰：夭矫，飞腾貌。峥嵘，高广貌。

按：第一，“塌”，郭氏将其改作“排”。此处，宋蜀本、咸淳本均作“羾”，王琦注本亦作“羾”，下有小字注：“许本作塌。”见于其他文献处，《白孔六帖》作“塌”；《古今事文类聚》作“羾”；《唐文粹》、《古赋辩体》、康熙《御定历代赋汇》则均为“排”[1]。萧士赟注中并未深究此处异文，径选“塌”字，且未做任何注解。王琦注释“羾”字，曰：“扬雄《甘泉赋》：登椽栾而羾天门。苏林注：羾，至也。”考诸字典，羾有二义，一是飞的声音，二是到，均以《甘泉赋》句为例。“塌”当动词讲，主要有倒下、下垂之意。《广雅》：“塌，堕也。”寒山诗：“任风吹蓦塌，再竖卒难成。”[2]杜甫《苏端薛复筵简薛华醉歌》：“忽忆雨时秋井塌，古人白骨生青苔，如何不饮令心哀。”[3]“排”本义推挤，推开。《说文》：“排，挤也。”《广雅》：“排，推也。”《史记·樊哙列传》：“哙乃排闼直入。”[4]诸葛亮《梁父吟》：“力能排南山。”[5]反观太白本诗，此句极言大鹏能飞到九天之上，在

① ［唐］白居易原本，［宋］孔传续撰：《白孔六帖》卷九十四“瑞官三大鹏附”条云：“塌阊阖之峥嵘。”［宋］祝穆撰：《古今事文类聚》后集卷四十二李白《大鹏赋并序》：“羾阊阖之峥嵘。”［宋］姚铉编：《唐文粹》卷七李白《大鹏赋并序》：“排阊阖之峥嵘。”［元］祝尧编：《古赋辩体》卷七唐体李太白《大鹏赋》：“排阊阖之峥嵘。”康熙《御定历代赋汇》卷一百二十八“鸟兽”唐李白《大鹏赋》（有序）：“排阊阖之峥嵘。”

② ［唐］释寒山：《寒山诗集》，《日本宫内厅书陵部藏宋元版汉籍影印丛书》，北京：线装书局，2001 年，第 106 页。

③ ［唐］杜甫撰，［清］仇兆鳌注：《杜诗详注》卷四，北京：中华书局，1979 年，第 293 页。

④ 《史记》卷九十五《樊郦滕灌列传》第三十五。

⑤ ［三国］诸葛亮著，［明］诸葛义，［明］诸葛倬辑：《诸葛孔明全集》，北京：中国书店据世界书局 1936 年版影印，第 95 页。

异文中，“豗”字无疑是最妥帖的。郭氏将“塌”替换成“排”，仍然没有做出最恰当的选择。

第二，剔除所征引文献出处，单刀直入解释词汇。

①郭本删去郭璞《江赋》，只用其注文，这违犯了萧注凡例之一——针对同一个注释点，先征引典籍原文，再引相关注文①。郭本中类似的例子很多，如：

《大鹏赋并序》：“簸鸿蒙。”士赟曰：“《庄子》：云将……适遭鸿蒙。注云：自然元气也。一云：海上气也。”郭本作：“士赟曰：鸿蒙，自然元气也。一云，海上气也。”

《大鹏赋并序》：“任公见之而罢钓，有穷不敢以弯弧。莫不投竿失镞(作木切)，仰之长呼。”士赟曰：“《庄子·外物篇》：任公子为大钩巨缁，五十犗以为饵。……任公子得若鱼，离而腊之，自淛河以东，苍梧以北，莫不厌若鱼者。《帝王世纪》曰：帝羿有穷氏与吴贺北游。贺使羿射雀……羿抑首而愧。故羿之善射，至今称之。”郭本作：“士赟曰：任公子为大钩钓鱼，而大鱼食之。任公子得若鱼，离而腊之，自淛河以东，苍梧以北，莫不厌若鱼者。帝羿，有穷氏与吴贺北游。贺使羿射雀，……故羿之善射，至今称之。”

《拟恨赋》：“晨登太山，一望蒿里。”士赟曰：“《事物纪原》：汉武帝时，李延年分《挽歌》为二曲：《薤露》送王公贵人，《蒿里》送士大夫庶人。”郭本修改为：“士赟曰：《挽歌》：《薤露》送王公贵人，《蒿里》送士大夫庶人。”

按：这三段文字中，郭氏分别删去了《庄子》《庄子·外物篇》《帝王世纪》《事物纪原》等萧注所引书名，对引文内容也压缩到极致，只保留自己认为重要的部分。

②针对“峥嵘”这个注释点，不仅删去《楚辞》《广雅》的名

① 详见《萧士赟注凡例》第 9 条。

称，连《楚辞》中语句也裁汰了。萧注采取围绕一个注释点，从不同角度征引好几条文献的方式，力求充分阐释词义。郭氏几乎摒弃了这种注解方案，往往采取点到为止的方式，如：

《大鹏赋并序》："烛龙衔光以照物，列缺施鞭而启途。"士赟曰："《山海经》：钟山之神，名曰烛阴，视为昼，瞑为夜，吹为冬，呼为夏。身长千里，人面，蛇身，赤色。又名烛龙。天不足西北，无阴阳消息，故有龙衔火精以照天门也。谢惠连《雪赋》：烂兮若烛龙衔曜照昆山。扬雄《羽猎赋》：霹雳列缺，吐火施鞭。应劭曰：列缺，天隙电照也。《淮南子》：电以为鞭策。"郭本作："士赟曰：《山海经》：钟山之神，名曰烛阴，又名烛龙，衔火精以照天门。列缺，天隙电照也。"

按：此段萧注节文包括"烛龙衔光""列缺"两个注释点，围绕前者的引文有《山海经》、谢惠连《雪赋》，围绕后者的有扬雄《羽猎赋》、应劭注、《淮南子》。针对前者，郭氏仅撮引《山海经》文字，彻底删去《雪赋》内容，概以其不过"锦上添花"之笔，不能直接阐释词义。对于后者，先是彻底删去《淮南子》，然后抛开《羽猎赋》，不提应劭名，径直引用注释内容。

《愁阳春赋》："若乃陇水秦声，江猿巴吟。"士赟曰："《后汉书·地理志》：汉阳郡陇州有大坂名陇坻。注曰：《三秦记》其坂九回，不知高几许，欲上者七日乃越，高处可容百余家，清水四注下。郭仲产《秦州记》曰：陇山东西百八十里，登山岭东望秦川，四五百里极目泯然，山东人行役升此而顾瞻者，莫不悲思，……。此言陇水之鸣咽如秦声，江上之猿啼如巴人之吟也。"郭本作："士赟曰：《三秦记》其坂九回，不知高几许，欲上者七日乃越，高处可容百余家。清水四注下。此言陇水之鸣咽如秦声，江上之猿啼如巴人之吟也。"

按：这段萧注节文主要解释"陇水秦声"，郭氏压缩引用《后汉书·地理志》注文内容，给人造成直接引自《三秦记》的错觉。至于郭仲产《秦州记》则彻底删去，使得较之应劭注，内容加充实的引文荡然无存。这些无疑使萧注的文献价值大幅度降低。类似这种类型的“精简”，在郭本中不胜枚举。

第三，删除部分注释点，使萧注全面细致的特色大打折扣。这就是造成陆心源所说“使古书面目几无一存，殊为谬妄”的关键原因之一。此句太白诗中“汗漫”“阊阖”是比较重要的词汇，郭氏删去《淮南子》《抱朴子》引文，也就变相体现出他认为“汗漫”根本没有阐释的必要，观者都知道其准确含义。此外，将“阊阖，见前天门注”删去，再一次无视萧注凡例，认为既然前文已释，何必多此一举。实则，这是对旧注严谨态度与严密注释方法的一种否定。

(2)《明堂赋》题下注

士赟曰：按唐史，武德初定令，每岁季秋，祀五方上帝于明堂。五天帝配五人帝，五官并从祀。讫于贞观之末，未议立明堂。季秋大享则于圜丘行事。永徽二年，又奉太宗配祠明堂，有司遂以高祖配五天帝，太宗配五人帝。下诏造明堂，内出九室之样。显庆元年，礼官议太宗不当配五人帝。太尉长孙无忌等议：以高祖躬受天命，奄有神州，……为国始祖，抑有旧章。太宗道格上玄，功清下黩，拯率土之涂炭，布大造于生灵，请准诏书，宗祀于明堂，以配上帝。……从之。乾封初，复议立明堂。或云九室，或云五室，以议不定又止。武后垂拱四年二月，毁东都之乾元殿，就其地造明堂。因下诏曰：“时既沿革，莫或相遵。自我作古，用适于事。今以上堂为严配之所，下室为布政之居。……来年正月一日，可于明堂宗祀三圣，以配上帝。”其月，明堂成，号为万象神宫。天授二年正月乙酉，日南至，亲祀明堂，合祭天地，以周文王及武氏先考妣配，百祀从祀，并于坛位以茅布席而祀。武太后又于明堂后造佛舍，高百余尺。始造，为大风振倒。俄又重营，其功未毕。证圣元年正月丙申夜，佛堂灾，延烧明堂，至明而尽。未几，复令依旧规制重造明堂，凡高二百九十四尺，东西南北广三百尺。上施宝凤，俄以火珠代之。明堂之下围绕施铁渠，以为辟雍之象。天册万岁二年三月，造成，号为通天宫。四月，又行亲享之礼，大赦，改元为万岁通天。明年九月，又享于通天宫。……开元五年，幸东都，将行大享之礼，以武太后所造明堂，有乖典制，遂拆，依旧造乾元殿。太白此赋，想在未拆之先也。

郭云鹏本：太白此赋，想作于未拆乾元殿之先也。

按：萧士赟所大段转录关于唐代明堂的文字，主要目的是介绍太白所吟咏对象的历史及特征，并非单纯考证赋书写的时间。郭本只保留最后一句，盖是错解了萧氏的意图。那么，萧氏如此详尽地引用，是多余还是必须呢？

考诸文献，唐杜佑撰《通典》卷四十四“礼四·吉三·大享明堂”条：“大唐武德初定令。每岁季秋，祀五方上帝于明堂，以元帝配，五人帝、五官并从祀。……开元五年，行幸东都，将行大享之礼，以武太后所造明堂有乖典制，遂拆，依旧造乾元殿。”[①]萧注除删节及个别字句上有出入外，完全征引自《通典》。之所以不注明，盖参考了新旧唐书、《资治通鉴》等。《通典》作为第一部也是成就最高的一部典章制度专史，向后人提供了详尽、系统的典章制度史料。其中《礼典》占据了很大的篇幅，几乎给人以全局失衡之感，但这个“不足”也恰好说明，此

① ［唐］杜佑：《通典》，北京：中华书局，1984年，第256—257页。

部分是撰写者占有资料最充分，表述最全面、最可靠的。那么，萧注以此为据，足以向观者展示唐时明堂的确立及历史沿革，以便消除文化背景障碍，从而更好地解读太白赋。

复观《明堂赋》。其序称“臣白美颂，恭惟述焉”，无疑作于翰林供奉时期，玄宗亲阅，行文用典，结构设置自当倍加妥帖。序寥寥几句，简单勾勒出明堂沿革脉络，至正文便施以重彩，力求宏大而完备。其文路为：

有唐创立基业（伊皇唐之革天创元也，……虹蜺灭而日月张）——太宗（钦若太宗，继明重光。……仁声駁沓乎无疆）——高宗、天后、中宗（若乃高宗绍兴，……遵先轨以继作兮，扬列圣之耿光）——玄宗（则使轩辕草图，羲和练日。……始圣谟于我皇）——多角度赋写明堂（观夫明堂之宏壮也……威政兴灭，表示贤愚）——天子在明堂的活动（于是王正孟月，朝阳登曦。……群臣醉德，揖让而退）——明堂的政教内涵（而圣主犹夕惕若厉……此真所谓我大君登明堂之政化也）——以史为鉴，讽谏帝王（岂比夫秦赵吴楚，争高竞奢……况瑶台之巨丽，复安可以语哉）——升华美赞（敢扬国美，遂作辞曰：……俨若皇居而作固，穷千祀兮悠哉！）

可以说每一步骤都与历史结合紧密，涉及帝王世系、建筑形制、天文地质、器物珍玩、人文形态、礼乐风俗、前朝变革。对于后人而言，在阅读前没有扎实的历史背景知识作为铺垫是很难把握全篇，充分理解字句及文意的。萧氏在作题下注时已充分考虑到观者需要，遂对史书大段征引，这是非常有必要的。郭本删去大量类似的文化背景注解，实则极大降低了萧注的参考价值。

（3）郭云鹏引徐祯卿语及未署名新注

表 3-1　郭云鹏引徐祯卿语及未署名新注

出处		郭云鹏引徐祯卿语	未署名的新注
《古风·其一》	题下注	此篇白自言其志也。	—
	“自从建安来，绮丽不足珍。”	此申首一句意。	—
	“希圣如有立，绝笔于获麟。”	此申首二句之意。	—
《古风·其二》：“桂蠹花不实，天霜下严威。”		士赟所引是也。白意似本于此。	—
《古风·其三》	“铭功会稽岭，骋望琅琊台。”	此二句言秦皇极游观之乐。	—
	“刑徒七十万，起土骊山隈。尚采不死药，茫然使心哀。”	此言秦皇极土木之欲。	—
	“徐芾载秦女，楼船几时回？但见三泉下，金棺葬寒灰。”	此以上言秦皇惑于神仙之说而卒不免于死也。	—
《古风·其四》	“横绝历四海，所居未得邻。”	此以凤喻至人也。言凤飞则凌千仞，身则备五色，虽来仪于周秦之郊而可羁挂，以比至人能全身远害也。	—
	“吾营紫河车，千载落风尘。”	落脱也，谢也。	—
《古风·其五》题下注		此篇语意与上亦相类，盖白真有慕于仙而作也。	—
《古风·其六》	题下注	此篇言塞下事，或有所感于时而作也。	—

续表

<table>
<tr><th colspan="2">出处</th><th>郭云鹏引徐祯卿语</th><th>未署名的新注</th></tr>
<tr><td>《古风·其六》</td><td>“岱马不思越，越禽不恋燕。情性有所习，土风固其然。”</td><td>岱北、越南，鸟兽各有所恋，以比去家就戍，非人之情也。</td><td>—</td></tr>
<tr><td colspan="2">《古风·其七》：“去影忽不见，回风送天声。”</td><td>天声，即笙音以至高，故言天。齐贤以为天籁，非也。</td><td>—</td></tr>
<tr><td rowspan="2">《古风·其九》</td><td>题下注</td><td>此篇叹世事之难保，而人贵达理以自守也。</td><td>—</td></tr>
<tr><td>“青门种瓜人，旧日东陵侯。富贵故如此，营营何所求。”</td><td>—</td><td>富贵无常，昔时为侯，今焉为圃，任缘而已。终日营营，复何求哉！</td></tr>
<tr><td rowspan="3">《古风·其十一》</td><td>题下注</td><td>此篇悲年命也。</td><td>—</td></tr>
<tr><td>“黄河走东溟，白日落西海。”</td><td>—</td><td>大秦之西乌迟国，乌迟国之西复言有海。</td></tr>
<tr><td>篇末</td><td>—</td><td>太白之意谓黄河东走，白日西落，不舍昼夜，青春容色倏忽摧谢。不如长松贯四时而不改柯易叶。自非服炼九鼎，食精养神，累积长久，安能变形而仙哉。</td></tr>
</table>

续表

出处		郭云鹏引徐祯卿语	未署名的新注
《古风·其十二》	题下注	此篇盖有慕乎子陵之高尚也。	—
	“松柏本孤直，难为桃李颜。”	此兴而比也。	—
《古风·其十三》	题下注	此篇白自托于君平之词也。	—
	篇末	白意盖以驺虞、鸑鷟比君平而叹世人之莫识也，安知其高名乃如白日之悬于天汉而牛女皆知之。然海客之去已久，又谁能测其幽深之道哉！末二句亦借以自寓之意也。	—
《古风·其十四》题下注		此篇之意萧说近是。	—
《古风·其十五》题下注		此篇刺时贵也。	—
《古风·其十六》题下注		此篇白自况也。	—
《古风·其十七》题下注		此篇讽不知止也。	—
《古风·其十八》	题下注	此篇讽时贵也。	—
	“黄犬空叹息，绿珠成衅雠。”	黄犬应前贵宠之言，绿珠应前歌舞之言。	—
	“何如鸱夷子，散发棹扁舟。”	鸱夷应前功成身退之言。	—
《古风·其十九》	题下注	此篇刺元宗也。	—
	“恍恍与之去，驾鸿凌紫冥。”	此设言也。揖神仙、凌紫冥，明其洁身而去乱也。	—

续表

出处		郭云鹏引徐祯卿语	未署名的新注
《古风・其二十》题下注		此篇曰欲谢亲友而事远游也。	—
《古风・其二十一》题下注		此篇白自伤之词也。	—
《古风・其二十二》	题下注	此篇白感时思归之词也。	—
	“感物动我心，缅然动归情。”	此兴也，言水别陇头则幽咽而流，马思边地则躞蹀而嘶，况我之在外，感时物之变化，能不缅然怀归乎。	—
	“急节谢流水，羁心摇悬旌。挥涕且复去，恻怆何时平。”	且复去言行尚未已也。	—
《古风・其二十三》题下注		此篇言人当及时为乐也。	—
《古风・其二十四》题下注		此篇讥时贵也。	—
《古风・其二十五》题下注		此篇刺时也。	—
《古风・其二十六》题下注		此篇萧说是也。	—
《古风・其二十七》题下注		此篇与上同意。	—
《古风・其二十八》	题下注	此篇亦慕仙之词也。	—
	“草绿霜已白，日西月复东。”	此二句言方春而秋，倏日而夜。	—
《古风・其二十九》题下注		此篇白厌世乱而思去之之词。	—

续表

出处		郭云鹏引徐祯卿语	未署名的新注
《古风·其三十》	题下注	此篇伤玄风之寂寥也。	—
	篇末	白言太古尚玄，今其风变矣。风变则道丧矣，何时能返本乎。何也？盖以小人竞趋于名利之途，君子雕琢乎诗礼之术，纷纭汩乱，安能成清净无为之化哉。	—
《古风·其三十一》题下注		此篇白恶世而思隐，故自托于秦人也。	—
《古风·其三十三》题下注		此假庄生之言以况也。	—
《古风·其三十四》	题下注	萧说是也。	—
	“羽檄如流星，虎符合专城。”	专城，郡国守吏也。	—
《古风·其三十五》题下注		萧说是也。	—
《古风·其三十六》题下注		此白自伤才不遇世，思远举以全身也。	—
《古风·其三十七》题下注		白此诗其作于高力士谮毁之后，明皇放黜之时乎。	—
《古风·其三十八》题下注		此亦太白自伤之词也。	—
《古风·其三十九》题下注		萧说是也。	—
《古风·其四十》题下注		萧说近是。	—

续表

出处		郭云鹏引徐祯卿语	未署名的新注
《古风·其四十一》题下注		此亦游仙篇。	—
《古风·其四十二》题下注		萧说近是。大抵白志在疏逸，不在禄位，故有是言。至谓供奉翰林之时，忽动江海之兴，则滞矣。	—
《古风·其四十三》	题下注	萧说是也。	—
	“淫乐心不极，雄豪安足论。”	淫乐二句言人君好荒淫佚乐，则虽其气度超迈，亦何足论哉。	—
《古风·其四十四》题下注		此篇亦似太白被黜而作。	—
《古风·其四十五》题下注		萧说近是。	—
《古风·其四十六》题下注		此诗交刺其君臣也。	—
《古风·其四十七》题下注		此篇刺时也。	—
《古风·其四十八》题下注		萧说是也。	—
《古风·其四十九》题下注		此太白遭谗摈逐后之诗也。	—
《古风·其五十》题下注		此篇讥世人之不辨美恶也。	—
《古风·其五十一》题下注		萧说近是。	—
《古风·其五十二》题下注		此篇白自伤也。	—
《古风·其五十三》题下注		萧说是也。	—
《古风·其五十四》	题下注	此篇哀时也。	—
	“晋风日已颓，穷途方恸哭。”	穷途恸哭，萧解未善。言风既颓矣，途既穷矣，方可恸哭而已。	—

续表

出处	郭云鹏引徐祯卿语	未署名的新注
《古风·其五十五》题下注	此篇讥人之好色而不好仙术也。	—
《古风·其五十六》题下注	此篇白自伤被黜也。	—
《古风·其五十七》题下注	萧说是也。	—

按：徐祯卿(1479—1511)，字昌谷，一字昌国，常熟梅李镇人，后迁居吴县(今江苏苏州)，明代文学家，被人称为“吴中诗冠”，是吴中四才子之一，也是“前七子”之一，有《迪功集》《谈艺录》等著作传世。《谈艺录》开篇云：“诗理宏渊，谈何容易；究其妙用，可略而言。”①故此书仅载其论诗宗旨，较少针对某一诗人作品进行专门的、集中的点评。但明郭云鹏校刻本《分类补注李太白诗》卷二古风部却引用了徐祯卿若干评注，弥补了这一不足，也为解读李白诗保存了珍贵的借鉴资料②。近人对李白集在明代的刊刻、评点、流传等情况进行了全方位的考察，却未对徐祯卿注予以足够的重视，故有必要对其进行深入考论。

徐氏评注作年考略

考与徐祯卿交游过的人员，其友人袁仁《毛诗或问》卷首序提到过曾与祯卿点校古籍、讨论诗歌一事：

① [明]徐祯卿：《谈艺录》，范志新：《徐祯卿全集编年校注》卷六，北京：人民文学出版社，2009年，第755页。

② [唐]李白撰，[宋]杨齐贤集注，[元]萧士赟补注：《分类补注李太白诗文》，郭云鹏宝善堂刻本，明嘉靖二十二年(1543)。

余闻之先人，诗必以三百篇为准，云汉魏之五言、唐人之近体诗也乎哉。余友徐昌谷、孙太初辈奕奕骚坛。尝与订古人之逸韵，校时髦之声律。挥麈雌黄，颐可解也。及谭《毛诗》，则训诂外不能措一词矣。①

首先，从参与者孙太初的特殊经历，可以大致确定他们相聚的时间。孙太初，即孙一元。明刘麟撰《孙太初墓志铭》：

太初讳一元，太初其字也……十三读老氏书……辞家去入太白山。……既数年东入华，南入衡，又东登岱，又南入吴会，此至爱其山川。学士遁迹其间，殆且十年……与名流相倡和，驰其声于四方。其初至吴兴，与吴甘泉游，时年二十有九，尚未有室。②

明殷云霄撰《太白山人传》称：

孙一元，字太初，关中人。年十三诵古六经文，不为举子章句……其为十八，则入终南山，继入太白山嚼草木，居息大石崖下。……一无可好尚，独喜为诗。诗喜唐人音节，凡感佚思作，可喜可愕可悲可嗔一以寓之，发之以豪纵恣肆时。出入畦径曰："吾舍此益与世绝。"③

据此推知：孙氏十三岁离家，十八岁入终南山，至二十九

① 范志新：《徐祯卿全集编年校注》，北京：人民文学出版社，2009 年，第 898 页。

② [明]刘麟撰：《清惠集》卷八，见四库全书本。

③ 见《增定太白山人漫稿》附录殷云霄撰文，明万历三十九年(1611)刻本。

岁时方初至吴兴。孙氏生于成化二十年(1484)①，至吴地则在弘治十六年(1503)。其爱吴会山川，流连“殆且十年”，又喜与名流唱和，声名远播。在弘治十六年至正德八年(1513)间，与徐祯卿、袁仁共同校订古今诗歌当可坐实。尽管从这三人现在的集子中看不到相互唱和的作品，徐、孙二人甚至只字未提校诗之事。范志新将此次聚会时间定于1507年，地点定在苏州②，实际上，从刘麟的记载就可知道，自与吴甘泉交游开始，孙氏便与吴中诸子结缘。至于苏州倒极有可能，祯卿吴人，孙太初又遁迹吴会十年，则袁仁在苏州与他们校读古今诗歌甚为合理。那么，我们可以初步推断这次相会的地点在苏州，时间为弘治十六年以后。弘治十六年之后，无论具体哪年徐、袁、孙三位相聚，其探讨记录下的一切内容自然不会出现在徐氏弱冠所著的《谈艺录》中。

徐祯卿极有可能在这次相会中为李白诗写了评注，且范围不止于古风部分。从《毛诗或问·序》可知，袁、徐、孙三位所做的工作主要有：第一，“订古人之逸韵”，这里的“逸韵”除了指造诣高超的诗歌外，当还包括一部分需要辑佚的零散诗文。第二，“校时髦之声律”，即对诗歌中不协律，或是有碍诗意的字词进行查漏补缺、弥缝声韵等调整。第三，训诂注释。所谓“训诂外不能措一词”，足见训诂肯定包括在内。第四，解读诗意，即“挥麈雌黄”之类。由序言可知，他们论诗校订的内容以《诗经》为主，兼及汉魏五言诗、唐人近体等。然郭云鹏本仅录

① 《广印人传》：“孙一元(明)(一四八四至一五二〇)，字太初，自称关中(今陕西)人。好老氏书，辞家入太白山，因号太白山人。工为诗，与名流倡和。性喜学书，印多自制。”叶铭：《广印人传》，十六卷补遗一卷，清宣统三年西泠印社刻印本。

② 范志新：《徐祯卿全集编年校注》，北京：人民文学出版社，2009年，第990页。

其注李白诗古风部分，没有涉及近体。这就有潜在的可能，即徐祯卿为李白诗歌所做的工作更多，不单是撰写评注；涉及的范围也更广，似不止于古风。

郭云鹏搜集徐注的来源与动机

另一个值得注意的问题是，郭云鹏所见的徐氏评注从哪里来？此当从徐祯卿集的编纂情况入手。

徐祯卿年十六撰《新倩集》，弱冠著《谈艺录》《叹叹集》。此三集成书刊行的年代最早为弘治十二年(1499)，至迟便为弘治十六年(1503)①。

正德六、七年(1511—1512)，李梦阳刊豫章七卷本《迪功集》。此本是徐氏《迪功集》的第一刻。

正德十五年(1520)徐伯虬刊家塾七卷本《迪功集》。家塾本将诗歌数量由原来的 189 首，增为 191 首，其他仅行格与李刻本不同。

嘉靖二十一年(1542)，长洲皇甫涍刊《迪功外集》二卷本。皇甫涍《外集序》云："征访遗文，得徐君诗百余篇于其家，予删其半刻之，为《迪公外集》。"此集分上下两卷，卷上收诗 34 首，卷下收 66 首，实收诗足百首。

嘉靖二十二年(1543)，郭云鹏刊刻《分类补注李太白诗》三十卷。那么，他能参考的只有本年以前的徐集版本，即豫章本、家塾本和皇甫涍刊本。可以肯定的是，这三个本子均以徐祯卿的诗歌作品为主，虽有增补，但不涉及评点诗文的内容。明顾璘(1476—1545)称："(祯卿)专门诗学，究订体裁，……其所研索，具在《谈艺录》中，可谓良工独苦者欤！"②可见，当时人也认为徐祯卿诗歌评论的成就悉数归于《谈艺录》。故从

① 徐祯卿同里人阎秀卿在其《二科志》中最早著录《叹叹集》的相关情况，而《二科志》成于弘治十六年。

② [清]黄宗羲编：《明文海》卷一百二十三明顾璘：《国宝新编传赞》。

《谈艺录》中是找不到评点太白诗的痕迹的。因此，最有可能的情况就是，徐祯卿评注并非刻意而为，且篇幅短小，在当时并未引起太大影响，祯卿自己也不以为意。故逝后，友人便着重搜集整理其诗歌作品，而未将散见的评注归结聚拢。

明徐𤊹《徐氏笔精》卷七“徐氏文人”条云：“古今文人之盛，惟徐氏历代不乏。……盛明四家则有徐祯卿……此皆丁极盛之时而文士辈出、名震霄壤者。至于单词片语流传文苑，不可胜纪矣。”①排除从业已刊刻的徐集中发掘评注的情况，郭云鹏所录徐祯卿语大致属于这种“单词片语流传文苑”者。郭云鹏刻本中以“吴会后学”“吴会郭云鹏”署名，作为吴中人，郭氏也有搜集前辈遗作的热情与便利条件。

吴人向来尊重前贤，徐祯卿作为个中翘楚，自是备受推崇。皇甫汸怀念昌谷，言：“昔贤今异物，述德最怜君。”②王世贞更直以“吾昌谷”称之，其《郢垩集序》云：“明献吉、仲默以至于鳞，乃能以其北之完气而修辞，而吾吴昌谷亦稍裁其南之藻辞而立骨，庶几彬彬质文君子哉。”③王穉登《论诗书》：“武宗之时，文士辈出。……长才实力，则徐不逮李（梦阳）；清声古色，则李不逮徐。……吾吴土风清嘉，民生韶俊，故其诗冲和蕴藉，政自不能一律齐也。”④他从风土习俗、人文环境角度去诠释徐祯卿诗风，充满了对吴中才子的赏爱，对吴地“人杰地灵”的自豪感。作为吴人，郭云鹏对徐氏也是极为尊敬，在《重刻李翰林集后跋》中直言“仿迪功徐先生古风例，将不切题意者删去已半”。

---

① ［明］徐𤊹：《徐氏笔精》，《丛书集成续编》第17册，上海：上海书店，第551页。

② ［明］皇甫汸撰：《皇甫司勋集》卷十七《徐子九见访得闻迪功遗事》。

③ ［明］王世贞撰：《弇州四部稿续稿》卷四十一《郢垩集序》。

④ 《明文海》卷一百六十王穉登《论诗书》。

此外，李白诗歌在明代的翻刻也比较繁荣，郭氏作为贩书商，自然要为增加自己刊刻本的分量及知名度做出一番努力，故深入搜索各家藏本，或转引自其他人的作品也极有可能。在明代，李诗评注本的编纂兴盛期从明初宣德绵延至明末天启。最早者为赖进德《李杜诗解》三卷，宣德刻本[①]。其后，嘉靖年间便有五个刻本，依次为：元人郑鼒《李翰林诗范德机批选》四卷、王维桢(1507—1556)《李律七言颇解》一卷、汪旦(1535)《评选李杜诗》[②]、胡缵宗(1480—1560)《李诗近体》《李诗绝句》。除去郑鼒，王、汪、胡三位皆为明人，且生卒年代基本晚于徐祯卿。那么，徐氏评注当属于明人评点中较早者，而郭云鹏于嘉靖癸卯(1543)刊刻的《分类补注李太白诗》，亦应包括在内。

李白集在明代的刊布盛况，与明代诗学的复古思潮及唐诗学发展进程基本一致。“复古尊唐”为明代诗学的主流，作为唐诗典范的李白诗日益受到重视。“前七子”领袖李梦阳、何景明提倡“诗必盛唐”，并努力学习李诗，李诗声望渐高。嘉靖间“后七子”承而推之，李白地位继续攀升，李集与评注本的刊刻形成高潮[③]。徐祯卿为“前七子”之一，又身为“吴中四才子”中一员，他南北贯通的身份，雄健与清丽结合的诗风，显得尤为瞩目。郭云鹏身处“后七子”繁荣的年代，配合李白诗地位逐步上升的趋势，及时搜集代表性人物的评注是至关重要的。

---

① 黄虞稷撰：《千顷堂书目》卷三十二：“赖进德《李杜诗解》三卷，宣德时万安人，官凤翔府推官。”

② 汪旦生卒年不详，但他于嘉靖十四年(1535)，中式乙未科三甲进士。故知，生卒年肯定晚于徐祯卿。

③ 以上主要参考誉高槐：《明代李白集刊布述略》，《中南大学学报》，2010年第6期，第112—113页。

徐祯卿评注李诗的内容及价值

明了徐注基本情况之后，笔者接下来细论评注内容。徐氏评注用语简洁流畅，涉及方方面面，大致可分为以下几类。

第一，题下注。计有 51 条，内容主要是点明全篇主旨。其中一部分以判断的形式出现，云“萧说近是”“萧说是也”，有 14 条。剩下 37 条则以精简的笔墨，指明太白诗主旨所在。如《古风·其一》，祯卿曰：“此篇白自言其志也。”《古风·其十五》，祯卿曰：“此篇刺时贵也。”《古风·其二十》，祯卿曰：“此篇曰欲谢亲友而事远游也。”这部分徐氏直陈己见，非缘萧注而发。

第二，句下注。计有 21 条，内容有如下数种。

①直接点明诗句主旨。如《古风·其三》：“铭功会稽岭，骋望琅琊台。”祯卿曰：“此二句言秦皇极游观之乐。”《古风·其四十三》：“淫乐心不极，雄豪安足论。”祯卿曰：“淫乐二句，言人君好荒淫乐佚，则虽其气度超迈，亦何足论哉。”

②说明句间关系。如《古风·其一》：“自从建安来，绮丽不足珍。”祯卿曰：“此申首一句(大雅久不作)意。”又“希圣如有立，绝笔于获麟”。祯卿曰：“此申首二句(吾衰竟谁陈)之意。”《古风·其十八》：“黄犬空叹息，绿珠成衅雠。”祯卿曰：“黄犬应前贵宠之言，绿珠应前歌舞之言。”又“何如鸱夷子，散发棹扁舟”。祯卿曰：“鸱夷应前功成身退之言。”

③对旧注做出判断。如《古风·其二》：“桂蠹花不实，天霜下严威。”祯卿曰：“士赟所引是也。白意似本于此。”《古风·其七》：“去影忽不见，回风送天声。”祯卿曰：“齐贤以为天籁，非也。”

④阐释单个词语。《古风·其四》：“吾营紫河车，千载落风尘。”祯卿曰：“落脱也，谢也。”《古风·其七》：“去影忽不见，回风送天声。”祯卿曰：“天声，即笙音以至高，故言天。”

《古风·其三十四》："羽檄如流星，虎符合专城。"祯卿曰："专城，郡国守吏也。"

⑤分析创作手法。《古风·其十二》："松柏本孤直，难为桃李颜。"祯卿曰："此兴而比也。"《古风·其十九》："恍恍与之去，驾鸿凌紫冥。"祯卿曰："此设言也。"《古风·其二十二》："感物动我心，缅然含归情。"祯卿曰："此兴也。"

第三，篇末注。计有 2 条，在《古风·其十三》《古风·其三十》之后，概括全诗内容，深味其中之意。比如《古风·其十三》，祯卿曰："白意盖以驺虞、鸑鷟比君平而叹世人之莫识也，安知其高名乃如白日之悬于天汉而牛女皆知之。然海客之去已久，又谁能测其幽深之道哉！末二句亦借以自寓之意也。"太白此诗咏史，作于开元间未遇之时。徐氏认为仁兽不虚来、圣贤不用世的深层原因，乃是高名天地可鉴，却不为世俗权力所认可；连当初寻访君平的海客，也不复存在，竟落了个无人问津的惨淡收场。萧士赟则以太白用严君平自比为由，称其"自负之意亦深"①。较之萧注，徐注抓住太白诗中萧索低沉的情绪，对诗歌主旨的理解更加准确、深入。

混杂在徐注中未署名的注释共有 3 条。其注者是谁，又出自何处？日本学者芳村弘道疑此出自郭云鹏之手，且模仿徐注②，是有一定道理的。

第一条，《古风·其九》："青门种瓜人，旧日东陵侯。富贵故如此，营营何所求。"注曰："富贵无常，昔时为侯，今焉为圃，任缘而已。终日营营，复何求哉！"郭本中，此条系于"齐贤曰"之下，同一版本系统的霏玉斋本《分类补注李太白诗》

① ［唐］李白撰，［宋］杨齐贤集注，［元］萧士赟补注：《分类补注李太白诗》，第 174 页。

② ［日］芳村弘道撰，詹福瑞译：《元版〈分类补注李太白诗〉与萧士赟》，《河北大学学报》，1993 年第 2 期，第 22 页。

亦将其归于杨注。然而，元版及玉几山人校刻本系统中“齐贤曰”之后并无此句，故当为郭氏所增添①。

第二条，《古风·其十一》：“黄河走东溟，白日落西海。”注曰：“大秦之西乌迟国，乌迟国之西复言有海。”郭氏同样将其混入杨注，但元版中依然没有。宋赵彦卫撰《云麓漫钞》卷九引《博雅》云：“昆仑墟赤水出东南陬，河水出其东北陬，洋水出其西北陬，弱水出其西南陬。河水之入东海，三水入南海。张骞渡西海至大秦，大秦之西乌迟国，乌国之西复有海，西海之滨有小昆仑，高万仞，方八百里。”②元版杨注只择其部分：“黄河出昆仑山，东北陬入东海。……汉张骞渡西海之滨，有小昆仑高万仞，方八百里。”盖郭氏在校刻时，补入此句。

第三条，《古风·其十一》篇末，注曰：“太白之意谓黄河东走，白日西落，不舍昼夜，青春容色倏忽摧谢。不如长松贯四时而不改柯易叶。自非服炼九鼎，食精养神，累积长久，安能变形而仙哉。”元版篇末注释中并无此句。综观全篇，应为郭氏从前四句句下注释移置而来，是杨齐贤语。这种随意挪动注释位置的做法，郭本中很多，容易引起“不知所出”的误解。

现今所见到的徐氏评注，只能从郭本《分类补注李太白诗》中择出。四部丛刊影印郭本，霏玉斋本又依照其增删而成，《四库全书》亦采用这个本子，足见此本影响力之大。徐注看似普通，然则寥寥数语，抓住要害，率先对杨、萧注释进行选择、评判，更能从简明扼要的评点方式上影响后人。郭云鹏不唯古风部分效仿徐氏，整本删减都侧重诗意阐发、评点，而对

① [唐]李白撰，[宋]杨齐贤集注，[元]萧士赟补注：《分类补注李太白诗》二十五卷，《古典研究会丛书·汉籍之部》第三十三卷，东京汲古书院影印本。薛仲邕：《唐翰林李太白年谱》，玉几山人刻本，明嘉靖二十五年。

② 赵彦卫：《云麓漫钞》，《丛书集成初编》，北京：中华书局，1985 年，第 249 页。

细致的训诂、声韵不大重视。

他在《重刻李翰林集后跋》中写道："是集三十卷，愚合别集而成之者。缘旧本注坐繁褋，既仿迪功徐先生古风例，将不切题意者删去已半。"比如《明堂赋》题下注，萧士赟用了 604 字撮引《旧唐书》卷二十一对唐代明堂建制沿革的记载，最后提到："太白此赋，想在未拆之先也。"郭云鹏仅保留了这一句，注曰："太白此赋，想作于未拆乾元殿之先也。"唯补充原注中所提"乾元殿"而已。又如注《大鹏赋》，元版所引太白诗句为："历汗漫以夭矫，塌閶阖之峥(初耕切)嵘(乎萌切)。"萧士赟依次征引《淮南子》《抱朴子》《江赋》《楚辞》《广雅》，分别对"汗漫""夭矫""閶阖""峥嵘"进行训诂。而郭本注曰："夭矫，飞腾貌。峥嵘，高广貌。"文献出处完全删去；就连诗句中萧氏对"峥嵘"所作的反切注也一并减省了。这种大面积效仿徐注的做法使文本变得干净易读，然过犹不及，也降低了原注的文献价值。谈及郭本，日本学者芳村弘道指出："现在的许多学者是在把一部被删节的补注本作为未失原貌的本子来利用的。"[①]附翼于流传度颇高的郭本，学者们也就间接接触到徐祯卿注，如瞿蜕园、朱金城《李白集校注》，陈伯海所编《唐诗汇评》(《古风·其二十四》《古风·其五十四》)等对徐注采纳征引，作注或是评点诗意，不一而足。

(4)《侠客行》："谁能书合下，白首《太玄经》。"

士赟曰：此诗似祖鲍照诗"闭帷草《太玄》，兹事殆愚狂"之意。

郭本：士赟曰：此诗似因鲍照诗"闻雄草《太玄》，兹

① [日]芳村弘道著，詹福瑞译：《元版〈分类补注李太白诗〉与萧士赟》，《河北大学学报》，1993 年第 2 期，第 22 页。

事采愚狂”之意。

按：萧士赟原引鲍照诗句为常见，但郭本修改诗句幅度较大，不见于鲍照诗诸版本。

(5)《独漉篇》：“落叶别树，飘零随风。客无所托，悲与此同。罗帏舒卷，似有人开。明月直入，无心可猜。”

齐贤曰：苏子由曰：李太白诗过人，其平生所享，如浮花浪蕊。

郭本：齐贤曰：苏子由曰：李太白诗过人，其平生所作，如浮花浪药。

按：郭本对苏子由所言，做了几处修改，“所享”改为“所作”，“浮花浪蕊”改为“浮花浪药”。宋苏籀撰《栾城遗言》：“公曰：李太白诗过人，其平生所享，如浮花浪蕊。”①《李太白文集》卷三十四所引《苏栾城集》与此完全同。则萧氏所写无误。盖郭氏觉“所享”不通，遂做改动，殊不知其“所作”谬之甚矣。“浮花浪蕊”指寻常的花草，常用来比喻轻浮的人。唐韩愈《杏花》诗：“浮花浪蕊镇长有，才开还落瘴雾中。”②苏辙可以这样贬低太白的人品，但以其识鉴断不可能以此评定太白的诗作。且前已云“李太白诗过人”，若再以“浮花浪蕊”言其所作，岂不自相矛盾？“药”繁体为“藥”，或为版本传抄刊刻中出现的讹误，非郭氏有意。

① ［宋］苏籀：《栾城遗言》，［清］永瑢，纪昀等编：《文渊阁四库全书》，子部，第864册，上海：上海古籍出版社，2003年，第169页。

② ［唐］韩愈著，钱仲联集释：《韩昌黎诗系年集释》上册，上海：上海古籍出版社，1984年，第356页。

(6)《登高丘而望远海》题下注

士赟曰："此题《乐录》及《解题》并无前闻。太白此诗不过引秦皇汉武巡海求仙之事，以通讽谏耳。"

郭本：士赟曰："太白此诗不过引秦皇汉武巡海求仙之事，以通讽谏耳。"

按：郭氏删去题下注中"此题《乐录》及《解题》并无前闻"一句，当是以其太过绝对。

(7)《白头吟》："莫卷龙须席，从他生网丝。且留琥珀枕，或有梦来时。"

齐贤曰：《古今注》曰：孙兴公问："世称黄帝乘龙上天，群臣援龙须，须堕地而生草，曰'龙须'。有之乎？"曰："无也。龙须草，一名缙云草，世人妄传。如今有虎须草，江东亦织为席，号西王母席。可复是西王母乘虎，而堕其须乎？"

士赟曰：《西京杂记》：赵飞燕为皇后，其女弟在昭阳殿遗后三十五条，内有琥珀枕。

郭本：齐贤曰：龙须草，一名缙云草，世人妄传。如今有虎须草，江东亦织为席，号西王母席。《西京杂记》：赵飞燕为皇后，其女弟在昭阳殿遗后三十五条，内有琥珀枕。

按：郭本撮引杨、萧注时，将萧注归在杨注名下，疏漏所致。

(8)《白头吟·其二》："城崩杞梁妻，谁道土(郭本作'士')无心。"

按：诸本俱作“土无心”，唯郭本作“士无心”，且相应删去了萧注所引《琴操》对杞梁妻事的记载。在这里太白活用典故，因城崩而言“土无心”，构思巧妙大胆，却自然而然，不显突兀。改为“士无心”则索然无味，甚为寡淡。

(9)《君道曲》：“小白鸿翼于夷吾，刘葛鱼水本无二。”

士赟曰：小白、夷吾、刘、葛，事并见一卷注。

郭本：士赟曰：小白、夷吾、刘、葛，事并见前卷注。

按：此处破坏了萧本凡例之一，即详细标出“见前某卷注”。这里仅粗略指出“见前卷注”。类似情况，郭本很多，如《东海有勇妇》：“学剑越处子，超然若流星。”士赟曰：“处子学剑，见四卷注。”郭本：“士赟曰：‘处子学剑，见前卷注。’”

(10)《长干行》：“早晚下三巴，预将书报家。相迎不道远，直至长风沙。”

齐贤曰：《渝州记》：阆、白二水东西流，三曲如“巴”字，是为三巴。又以刘璋以垫江以上为巴郡，江州至临江为永宁郡，朐忍至鱼复为固固(当作陵)郡。后再以永宁为巴郡，固陵为巴东，徙龙义为巴西太守，谓之三巴。

郭本：齐贤曰：《渝州记》：阆、白二水东西流，三曲如“巴”字，是为三巴。又以永宁为巴郡，固陵为巴东，徙龙义为巴西，谓之三巴。

按：郭删去了中间巴郡的地理沿革过程，直接写“巴郡”的最终指代；然将“徙龙义为巴西太守”改为“徙龙义为巴西”，内容不够准确。郭本删去一些冗繁的沿革过程，直接交代清楚地理名词所指。这样一目了然，节省篇幅，但从文献学角度来看却降低了注文的资料性价值。

(11)《长干行·其二》："八月西风起，想君发扬子。"

齐贤曰：扬子县，真州所治，旧为扬州永贞县。

郭本：齐贤曰：扬子县，真州所治，旧为扬州东贞县。

按：郭本改"永贞县"为"东贞县"，误甚。《太平寰宇记》卷一百《江南东道》："永贞县东北二百十里三乡。唐大中元年，割连江县一乡至罗源场，至长兴四年改为永贞县。"典籍中没有关于"东贞县"的记载。

(12)《上之回》："万乘出黄道，千旗扬彩虹。前军细柳北，后骑甘泉东。"

士赟曰：《正义》曰：《括地志》云：云阳也。秦之林光宫，汉之甘泉，在雍州云阳西北八十里。秦始皇作甘泉宫，去长安三百里，望见长安城。黄帝以来，祭天屯兵处。

郭本：士赟曰：秦之林光宫，汉之甘泉，在雍州云阳西北八十里。秦始皇作甘泉宫，去长安三百里望见长安。秦皇帝以来祭天屯兵处。

按：《〈史记·匈奴列传〉正义》引《括地志》云："(雍甘泉)云阳也。秦之林光宫，汉之甘泉，在雍州云阳西北八十里。秦始皇作甘泉宫，去长安三百里，望见长安。秦皇帝以来祭天圜丘处。"[1]萧注"黄帝以来"，是一处硬伤。郭本进行纠谬，改为

---

① 《史记》卷一百一十《匈奴列传》，[西汉]司马迁撰：《史记》，北京：中华书局，1982年，第2901—2902页。

“秦皇帝”。“祭天屯兵”正义所引“祭天圜丘”不同，但云阳林光宫(在今陕西淳化县梁五帝村)是秦始皇的军事指挥中心，是屯兵之地，意思也正确。

(13)《门有车马客行》：“生苦百战役，死托万鬼邻。”

士贇曰：《山海经》云：东海中蟠桃，其卑枝间曰东北鬼门，万里出入也。

郭本：士贇曰：《山海经》云：东海中蟠桃，其卑枝间曰东北鬼门，万鬼出入也。

按：后魏贾思勰认为“鬼门”事出自东汉卫宏所撰《汉旧仪》(《汉官旧仪》)。《齐民要术》卷十“桃”条：“《汉旧仪》曰：东海之内，度朔山上有桃屈蟠三千里，其卑枝间曰东北鬼门，万鬼所出入也。”考今辑本《汉旧仪》，不见此事。《太平御览》卷九百六十七果部“桃”云：“《汉旧仪》曰：《山海经》称东海之中度朔山，山上有大桃屈蟠三千里，东北间百鬼所出入也。”盖《汉旧仪》是征引《山海经》的内容。

关于“鬼门”的神话(又称“度朔神话”)，一般认为出自《山海经》。《战国策》卷十，苏秦谓孟尝君曰：“今者臣来过于淄上，有土偶人与桃梗相与语。”汉高诱注、宋姚弘续注中直接言“鬼门事”，不提出自何处。宋鲍彪注中则指明引自《山海经·海外经》，然现可见《山海经》中并没有这段记载①。宋戴埴撰《鼠璞》卷下“桃符”条，宋高承撰《事物纪原》卷八“桃版”条，宋祝穆撰《古今事文类聚》前集卷六“桃符画神”条，宋王观国撰《学林》卷四“梗俑”条，均说此事引自《山海经》。

① 宋鲍彪注曰：“《海外经》：东海中有山，名度索，有大桃树屈蟠三千里，枝间东北曰鬼门，万鬼所由往来。”([宋]鲍彪：《鲍氏战国策注》卷四《齐策》，[清]永瑢，纪昀等编：《文渊阁四库全书》，史部，第406册，第627页。)

萧注所引实际上是《山海经》的一条佚文，被汉以后学者广为征引。则此"万鬼"事，目前可考最早见于东汉王充《论衡》卷二十二《订鬼篇》。其云："《山海经》又曰：沧海之中有度朔之山，上有大桃木，其屈蟠三千里，其枝间东北曰鬼门，万鬼所出入也。"王充保留的《山海经》佚文，为"万鬼出入"无疑。郭云鹏改"万里出入"为"万鬼出入"，与古人广为接受的神话相符，又合于本诗诗意。古体字"鬼"与"裏"形似，萧本之误恐是刊刻中疏漏所致。

(14)《君子有所思行》题下注

> 齐贤曰：《乐府解题》：《君子有所思》言雕室丽色，不足为久欢，宴安(脱"耽毒"二字)，满盈所宜敬忌。
>
> 郭本：齐贤曰：乐府《君子有所思》言雕室丽色，不足为久欢，宴安(脱"耽毒"二字)，满盈所宜敬忌。士赟曰：王僧虔《技录》：君子有所思行，相和歌瑟调三十八曲之一也。

按：郭本首先删去《乐府解题》书名；其次延续了"宴安"后没有重要词语"耽毒"的不足；之后，又加上了一条萧注。《文献通考》卷一百八十六："《乐府古题要解》共十二卷。《崇文总目》：唐吴兢撰，释古乐曲所以名篇之意。鼂氏曰：'兢纂采汉魏以来古乐府词凡十卷，又于传记及诸家文集中采乐府所起本义以释解古题云。'《乐府解题》，《崇文总目》不写撰人名氏，与吴兢所撰《乐府古题》颇同，以《江南曲》为首，其后所解差异。"那么，吴兢所撰与《乐府解题》不是同一作品。此段注文出自《乐府古题要解》，萧氏盖将二书视为一部，此二书在宋末元初，或是更早便出现混同情况。郭本删去书名，泛称"乐府"，一方面消除了出处之误，另一方面却模糊带过，使注文准确却不严密。此处添加萧注，恐是从他处移来。

(15)《怨歌行》题下注

齐贤曰：一作《长安见内人出嫁，令余代为〈怨歌行〉》。

士赟曰：《歌录》曰：《怨歌行》，古辞也。汉班婕妤拟之，见《文选》。

郭本：齐贤曰：一作《长安见内人出嫁，令代为〈怨歌行〉》。士赟曰：《歌录》曰：《怨歌行》，古辞也。

按：此诗题名《怨歌行》，宋蜀本题下注："一作《长安见内人出嫁，令子代为怨歌行》。"《李太白集注》卷三十五："计太白在长安不过三年，所赋诸诗其《玉真公主别馆苦雨赠卫尉张卿》诗、《灞陵行送别》诗……《怨歌行》。"改此句为句下注："注云'长安见内人出嫁，友人令予代为之。'""令子"当为"令予"，是由字形相近引起的讹误。王琦本增添"友人"二字，宋蜀本、萧本中均无。《长安见内人出嫁，令子代为〈怨歌行〉》是《怨歌行》的另一题目，当是太白亲拟。王琦本将其转换为小字注罢了。盖萧本为避免因字形造成的问题，遂用"余"代"予"或"子"，且将另一题目纳入题下注当中。郭氏则只言"令代为《怨歌行》"。这种做法比萧氏大胆，比王氏保守。删去班婕妤一句，因为诗句下有具体注释。

(16)《塞下曲六首·其五》："将军分虎竹，战士卧龙沙。"

齐贤曰：龙沙，谓龙庭之沙。

郭本：齐贤曰：龙沙，谓龙底之沙。

按：郭本将"龙庭"写为"龙底"，谬之甚矣。《旧唐书》卷一百七十七："（杨收）兄发戏令咏蛙，即曰：'兔边分玉树，龙底耀铜仪。会当同鼓吹，不复问官私。'"这里"龙底"与"兔边"相对，为诗歌用语，分别指代日月。宋胡宏撰《皇王大纪》卷三："六十一载甲辰，大荒之开，自帝太昊、炎帝、黄帝保聚生养至于尧时，人民众多，耕牧之地日少，西北则龙底横浊河之冲，西南则滟滪、巫峡塞岷江之口。"《大清一统志》卷三百九十七有"龙底江"条。古籍中其他言及"龙底"处则多与器物花纹、服饰花纹有关。而龙庭是匈奴单于的都城，与上面几个意思相去甚远。《塞下曲六首・其六》："兵气天上合，鼓声陇底闻。"郭本此处似要写"陇底"。若为"陇底"，则意可通。又"底"与"庭"字形相近，或为刊误耳。

（17）《玉阶怨》

①题下注

齐贤曰：谢朓《玉阶怨》：夕殿下珠帘，流萤飞复息。

士赟曰：王僧虔《技录》：相和歌楚调十曲有《玉阶怨》。太白此篇无一字言怨，而隐然幽怨之意见于言外。晦庵所谓圣于诗者，此欤？

郭本：士赟曰：王僧虔《技录》：相和歌楚调十曲有《玉阶怨》。太白此篇无一字言怨，而隐然幽怨之意见于言外。晦庵所谓圣于诗者，此欤？

按：包括此篇在内，郭本将多篇杨齐贤乐府解题删去。杨氏解题颇有特色，均是以六朝诗人所写作品为主，算是从侧面回答此题的特点。郭氏将其删去，盖因其不够准确，没有引用资料正面阐释何谓"玉阶怨"。但太白曾三拟《文选》，对乐府题目的把握正从此中来，这样的解题方式是合理的，便于后人宗白诗所本。

②全诗：玉阶生(郭本作“坐”)白露，夜久侵罗袜。却下水晶(宋蜀本作“精”)帘，玲珑望秋月。

士赟曰：《后汉》：大秦国以水精为柱，食器。水精帘，以水晶为之，如今之琉璃帘也。

郭本：士赟曰：水晶帘，以水晶为之，如今之琉璃帘也。

按：郭本为“坐”，他本不见此异文。此异文艺术效果不及“生”。衍生此异文的原因有二：第一，“坐”与“生”字形相近，为刊刻之误；第二，后人刻意修改，以使诗的画面感更加清晰，却适得其反，降低了李白诗的艺术效果。郭本将“水精”统一改成“水晶”，删去了萧本引《后汉书》的一段话，这是对“水精”为何物的最早记载，理应保留。萧本“精”“晶”混用，盖与前人一样，以其意相同，并不妨碍诗意。

(18)《襄阳曲四首·其一》：“襄阳行乐处，歌舞白铜鞮。江城回渌水，花月使人迷。”

士赟曰：乐府都邑三十四曲有《白铜鞮歌》，亦曰《襄阳踏铜鞮》。

郭本：士赟曰：乐府都邑二十四曲有《白铜鞮歌》，亦曰《襄阳踏铜鞮》。

按：《通志·总目录卷上·乐略》中有“都邑三十四曲”，《通志》卷四十九亦称“都邑三十四曲”。明梅鼎祚撰《古月苑》衍录卷一：“都邑三十四曲。”《御选唐宋诗醇》卷三：“《乐府遗声》：都邑三十四曲有长干行。”而甚少“二十四曲”之说。郭氏引《大堤曲》解题：“士赟曰：《乐府遗声》：都邑三十四曲有《大堤曲》。”足见，此处“二十四”为刊刻之误。类似数字上的错误，郭本中还有，如《鼓吹入朝曲》题下注，士赟曰：“鼓吹入朝曲，即汉短箫铙歌二十二曲中之《鼓吹曲》也。”郭本：“士赟曰：鼓吹入朝曲，即汉短箫铙歌三十二曲中之《鼓吹曲》也。”

考诸文献，《通志》卷四十九《乐略》：“汉短箫铙歌二十二曲。亦曰鼓吹曲。按汉晋谓之短箫铙歌，南北朝谓之鼓吹曲。观李白作《鼓吹入朝曲》，亦曰：‘铙歌列骑次，飒沓引公卿。’则知唐时犹有遗音，但大乐氏失职耳。”《古乐苑》记载亦同。《御选唐宋诗醇》卷三：“萧士赟曰：‘汉短箫铙歌二十二曲’……”足见，萧本所言无误，郭本改为“三十二曲”，但下引士赟诗句注文仍为“二十二曲”。

又如《少年行》解题，士赟曰：“《乐府遗声》：游侠二十一曲有《少年行》。”郭本：“士赟曰：《乐府遗声》：游侠三十二曲有《少年行》。”《通志·乐略》：“游侠二十一曲。”《古乐苑》衍录卷一：“游侠二十一曲。”《御选唐宋诗醇》卷四：“《乐府遗声》：游侠二十一曲之一，又有《少年行》。”(此句注于李白《少年子》下，未明言引萧注，但内容相同。)郭氏言“三十二曲”，不知何据。

综上所述，郭本的一个特点就是乐府解题下的数字经常出错。郭本号称“精洁”，流传度亦广，但这种不该出现的疏漏不在少数，观者当处处留心。

(19)《少年行》：“君不见淮南少年游侠客，白日球猎夜拥掷。呼卢百万终不惜，报仇千里如咫尺。”

齐贤曰：唐淮南道，古扬州之地。荀悦曰：立气岸，作威福，结私交以立强于世者谓之游侠。江淹《别赋》：乃有剑客斩恩，少年报士。呼卢，事见前注。又《何无忌传》：刘毅家无儋石之储，樗蒲一掷百万。《汉书》：郭解，以身驱藉死友报仇，而少年慕其行，亦辙为报雠，不使知也。《庄子》曰：臣之剑十步一人，千里不留行。

郭本：齐贤曰：唐淮南道，古扬州之地。荀悦曰：立气岸，作威福，结私交以立强于世者谓之游侠。士赟曰：《何无忌传》：刘毅家无儋石之储，樗蒲一掷百万。

按：郭本将杨、萧注混同。注文中“《何无忌传》：刘毅家无儋石之储，樗蒲一掷百万。”仍属于杨注，以“又”字与上文衔接。郭本凭空隔开，以为士赟语。

二、删节本系统之玉几山人校刻本

1. 概述

明代后期，《分类补注李太白诗》出现了删节的补注本。最初是嘉靖二十三年(1543)的郭云鹏校刻本，三年后，则出现了玉几山人校刻本。关于玉几山人记载不多，兹录如下。清于敏中编《天禄琳琅书目》卷十《集工部诗集》(二函二十三册)：

唐杜甫著。《诗集》二十卷，附《文集》二卷。前宋王洙、王安石、胡宗愈、蔡梦弼四序，后载甫《墓志》、本传二篇。前元版中有是书，辗转翻刻，本记互异，然标题俱称《集千家注分类杜工部集》。此则明人所梓行者，删去“分类”二字，所收序文亦与元刊不一。按：后一部标题次行称“玉几山人校刊”，此本无之，所空一行亦未别刊姓氏。则知玉几山人者必为明人书贾，欲伪作宋椠，嫌其名而掩之，固瞭然也。①

① [清]于敏中等编，[清]彭元瑞等编：《天禄琳琅书目　天禄琳琅书目后编》，上海：上海古籍出版社，2007年，第336页。

清黄虞稷撰《千顷堂书目》卷二十六记载：

> 曹道，《芸斋集》《玉几山人稿》《松萝社稿》(字达之，休宁人)。①

清王琦《李太白集注·跋五则》：

> 嗣后有依郭氏增删之本(《分类补注李太白诗》郭云鹏本)而刊者为霏玉堂本，有依旧注原本而刊者为玉几山人本，为长洲许元佑本…… ②

玉几山人名曹道，字达之，休宁(今安徽休宁县)人。有明嘉靖十五年(1536)刊刻本《集千家注杜工部诗集》，明嘉靖二十五年(1546)校刻本《分类补注李太白诗》。著作有《芸斋集》《玉几山人稿》《松萝社稿》。《钦定天禄琳琅书目》推测其身份为"明人书贾"。历史上著有《芸斋集》者，还有一人，即元末明初人胡深(1314—1365)，字仲渊，号芸斋。号"玉几山人"者，亦别有一人，即清陈撰(约1678—1758)，字楞山，号玉几山人，浙江鄞县(今宁波)人。因所处时代与校刻本年代相去甚远，故"玉几山人"为曹道无疑。

《分类补注李太白诗》二十五卷，《唐翰林李太白年谱》一卷，明嘉靖二十五年(1546)，玉几山人校。首卷次序：萧士赟撰《序例》(郭本、许本无)；李阳冰撰《唐翰林李太白诗序》；乐史撰《后序》；刘全白《唐翰林李君碣记》；《后序》，有宋敏求、曾巩题，毛渐校正谨题；薛仲邕编《唐翰林李太白年谱》；《分

① [清]黄虞稷撰，瞿凤起，潘景郑整理：《千顷堂书目》，上海：上海古籍出版社，2001年，第663页。

② [清]王琦注：《李太白集注》，北京：中华书局，1977年，第1688页。

类补注李太白诗目录》，目录最后有“目录终”三字，元版无。版式：每页八行，每行十七字，双行小字注。除卷一外，每卷卷首版式与元版同。卷一卷首如下：

分类补注李太白诗卷之一

古赋八首　　春陵杨齐贤子见集注

赣萧士赟粹可补注

大明嘉靖丙午玉几山人校刻

大鹏赋并序

中缝双边单鱼尾。有刻工名字：信、李耀、袁、李凤。

日本学者芳村弘道《元版〈分类补注李太白诗〉与萧士赟》写道：“郭本的删节涉及全书，而玉本删节的范围只是在卷六到卷八和卷十到卷十七以外的部分，在全书二十五卷中，约占一少半，并且比较好地订正了元版鲁鱼之误，是不可忽视的版本。”①这是对玉本比较中肯的评价，然并不完全准确。

第一，玉本的删节也是涉及全书的。如卷六《发白马》：“将军发白马，旌节度黄河。箫鼓聒川岳，沧溟涌涛波。武安有振瓦，易水无寒歌。”其下士赟注，玉本删去“《山海经》：溟海无风而洪波百丈”一句。诸如此类亦屡见于卷八、卷十、卷十七。

第二，玉本虽属于删节本系统，但好几处出现比元版杨、萧注多出引文的情况。如卷三《公无渡河》题下注，士赟曰：“琴操九引有《箜篌引》，亦曰《公无渡河》，亦曰《箜篌谣》，乃朝鲜津卒霍里子高妻丽玉所作。”玉本则为：“士赟曰：按王僧虔《技录》曰：《公无渡河行》，亦曰《箜篌行》，其始义见崔豹

① ［日］芳村弘道撰，詹福瑞译：《元版〈分类补注李太白诗〉与萧士赟》，《河北大学学报》，1993 年第 2 期，第 22 页。

《古今注》。又琴操九引有《箜篌引》，亦曰《公无渡河》，亦曰《箜篌谣》，乃朝鲜津卒霍里子高妻丽玉所作。”明显增加了征引王僧虔《技录》的文字。又《公无渡河》：“波涛天，尧咨嗟。大禹理百川，儿啼不窥家。杀湍烟(玉本作‘湮’)洪水，九州始蚕麻。其害乃去，茫然风沙。”句下注，元版只有萧注，郭云鹏本亦只就萧注做了删改，但玉本却有完整的齐贤注。玉本注曰：“齐贤曰：《尧典》曰：咨！四岳！汤汤洪水方割，荡荡怀山襄陵，浩浩滔天，下民其咨。《海赋》：禹也启龙门之岞峨，垦陵峦而崭凿群山，既略百川潜泄。禹娶于涂山，辛壬癸甲，启呱呱而泣，予弗子。《禹贡》：桑土既蚕。《生民》诗：麻麦蒙蒙。则洪水既平之后九州岛始蚕麻之验矣。”元版无此段。又卷六《发白马》：“倚剑登燕然，边烽列嵯峨。”元版萧注没有“陆机诗：崇台郁嵯峨”一句，玉本却有。值得注意的是，删节本系统除玉本外，郭本、许本、霏玉斋本均有一些今所见元版不载的杨、萧注。或是后世注家校刻时见过更为完整的元代版本？原因当细加考论。

第三，玉本的删节不能以“量化指标”来考量，删去多少并不足以说明其特点。玉本忠实地保留了杨、萧注的凡例，不像郭本那样大幅度调整了原注的注释方法与结构，又在卷二《古风》中加上以“徐祯卿曰”“祯卿曰”开头的评语，以及可能出自郭云鹏之手的新注。玉本的删节工作很细致，断然不是“大刀阔斧”型，而是字斟句酌，删去认为不合适的地方。然而，这种“订正”有纠谬之功，亦有多此一举，降低杨、萧注水平之误。这一点将在下文“注例分析”中细加辨别，兹不赘述。

2. 注例分析

(1)《大鹏赋并序》：“尔乃蹶厚地，揭太清，亘层霄，突重溟。”

士赟曰：《淮南子》：台简以游太清。又蝉蜕蛇解，游于太清。木华《海赋》：擘洪波，指太清。

玉几山人本：士赟曰：《淮南子》：台简以游太清。

按：玉几山人本简化对"太清"的注释，仅从引文中择其一。太清之意大致如下：第一，天空。《鹖冠子·度万》："唯圣人能正其音，调其声，故其德上及太清，下及太宁，中及万灵。"陆佃注："太清，天也。"①《楚辞·刘向〈九叹·远游〉》："譬若王侨之乘云兮，载赤霄而凌太清。"王逸注："上凌太清，游天庭也。"②第二，天道、自然。《庄子·天运》："行之以礼义，建之以太清。"成玄英疏："太清，天道也。"③《淮南子·精神训》："抱其太清之本而无所容与，而物无能营。"第三，引申指太古无为而治之时。《淮南子·本经训》："太清之始也，和顺以寂漠。"高诱注："清，净也。太清无为之始者，谓三皇之时。"④班固《东都赋》："今将语子以建武之治，永平之事。监于太清，以变子之惑志。"⑤第四，古人指元气之清者。《淮南子·道应训》："太清问于无穷曰：'子知道乎。'"高诱注："太清，元气之清者也。"⑥阮籍《大人先生传》："体云气之逌畅兮，服太清之淑真。"⑦第五，三清之一。道教谓元始天尊所化法身

① 黄怀信：《鹖冠子汇校集注》，北京：中华书局，2004年，第143页。

② [宋]洪兴祖：《楚辞补注》，北京：中华书局，1983年，第309页。

③ [清]郭庆藩撰，王孝鱼点校：《庄子集释》，北京：中华书局，1961年，第502—503页。

④ 何宁：《淮南子集释》，北京：中华书局，1998年，第524，563页。

⑤ [梁]萧统编，[唐]李善注：《文选》，上海：上海古籍出版社，1986年，第29页。

⑥ 何宁：《淮南子集释》，北京：中华书局，1998年，第897页。

⑦ [三国魏]阮籍著，陈伯君校注：《阮籍集校注》，北京：中华书局，1987年，第181页。

道德天尊所居之地，其境在玉清、上清之上，唯成仙方能入此，故亦泛指仙境。晋葛洪《抱朴子·杂应》："上升四十里，名为太清。太清之中，其气甚刚，能胜人也。"①太白赋形容大鹏振翅高飞，穷天地、云霄、海域之极，所谓"揭太清"之"太清"，便是与"厚地""层霄""重溟"并列的一个概念，是大鹏自由翱翔的处所之一，指天空。这里很明显用太清本义，而非后四种引申义。

考诸征引文献，《淮南子·俶真训》："神者，台简以游太清。"《淮南子·精神训》卷七："若此人者，抱素守精，蝉蜕蛇解，游于太清，轻举独往，忽然入冥。"②《文选》卷十二《海赋》："尔其水府之内，极深之庭。则有崇岛巨鳌，峌垷孤亭。擘洪波，指太清。竭盘石，栖百灵。"李善注曰："《鹖冠子》曰：上及泰清，下及太宁。"③神者所游或为天空，或为仙人所居。但《淮南子》所言神者，是泛论，并非专指元始天尊，故其所游以"天空"来解更为合适。《海赋》所云"太清"与海水洪波相对应，为天空无疑。两种文献的意思相同的情况下，删去其中一种可以节省篇幅。

(2)《大鹏赋并序》："激三千以崛起，向九万而迅征。"

士赟曰：班彪《王命论》：未见得屈起在此位者也。颜师古曰：屈起，特起也。屈音其勿反。

玉几山人本：班彪《王命论》：未见得崛起在此位者也。颜师古曰：崛起，特起也。崛音其勿反。

---

① 王明：《抱朴子内篇校释》，北京：中华书局，1986 年，第 275 页。

② 何宁：《淮南子集释》，北京：中华书局，1998 年，第 135，539 页。

③ [梁]萧统编，[唐]李善注：《文选》，上海：上海古籍出版社，1986 年，第 549 页。

按：考太白本诗，《李太白文集》卷二十四《大鹏赋并序》："激三千以崛起，向九万而迅征。"与萧本一样作"崛起"。另，《古今事文类聚》《记纂渊海》《宫教集》载太白《大鹏赋并序》，此句都作"崛起"。考诸辞典，"屈"假借为"崛"，高起，突出；亦假借为"倔"，直傲不屈。典籍中对班彪《王命论》记载，此句便有"屈起""倔起""崛起"三种。《汉书》卷一百：

> 未见运世无本，功德不纪，而得屈起在此位者也。师古曰：屈起，特起也。屈，音其勿反。

《资治通鉴》卷四十一：

> 未见运世无本，功德不纪，而得屈起在此位者也。注曰：屈起，特起也。屈，求勿翻(当作反)。①

《文选》卷五十二：

> 未见运世无本，功德不纪，而得倔起在此位者也。注：《埤苍》曰：崛，特起也。崛与倔同。

《六臣注文选》卷五十二：

> 未见运世无本，功德不纪，而得倔起在此位者也。善曰：《埤苍》曰：倔，特起也。崛与倔同。济曰：倔起谓平

① 作"屈起"，亦见[宋]真德秀编：《文章正宗》卷十二，《通鉴纪事本末》卷六，[明]陈耀文撰：《天中记》卷十一。

起于匹夫也。①

晋袁宏撰《后汉纪》卷五：

未见运世无本，功德不纪，而得崛起在此位者也。

宋王钦若、杨亿等奉敕撰《册府元龟》卷八百二十九：

未见运世无本，功德不纪，而得崛起在此位者也。注曰：崛起，特起也。崛，音其勿反。②

通过以上例子可以看出，萧氏对班彪《王命论》及颜师古注的引用，采取撮引方式，没有错误。玉几山人本(简称"玉本")在这里做了一项工作，就是将萧注中本字转换为假借字，力求与诗句保持一致。此外，玉本若出现新的异文，在引萧注时也注意调整注释与异文用字保持一致。如元版《大鹏赋并序》："因著《大鹏遇稀有鸟赋》以自广。"对"稀有鸟"注释："士赟曰：张华叙东方朔《神异经》曰：昆仑有铜柱焉，其高入天，所谓天柱。围三千里，圆如削。下有回屋仙人九府，治上有大鸟，名曰稀有。"玉本"稀"作"希"，将诗句与注文中"稀"均改为"希"。

(3)《大鹏赋并序》："历汗漫以夭矫，塌阊阖之峥(初耕切)嵘(乎萌切)。"

---

① 作"倔起"，亦见[唐]欧阳询编：《艺文类聚》卷十，[明]冯琦编：《经济类编》卷二，[明]贺复征编：《文章辨体汇选》卷四百二十一。

② 作"崛起"，亦见[宋]章如愚：《群书考索》卷十三，[明]唐顺之编：《文编》卷二十三，[明]梅鼎祚编：《东汉文纪》卷六，陈廷敬：《午亭文编》卷二十七，[清]《御定渊鉴类函》卷四十七，[清]《御选古文渊鉴》卷十八。

士赟曰：《淮南子》：徙倚于汗漫之宇。又吾与汗漫期于九垓之外。《抱朴子》：经乎汗漫之门，游乎窈眇之野。

玉几山人本：士赟曰：《淮南子》：徙倚于汗漫之宇。又吾与汗漫期于九垓之外。

按：考"汗漫"之意，大致有以下五种，第一，广大寥廓，漫无边际。《淮南子》卷二《俶真训》："使我可系羁者，必其有命在于外也。至德之世，甘瞑于溷澖之域，而徙倚于汗漫之宇。"高诱注："汗漫，无生形，形生元，气之本神也。"①梁江淹撰《江文通集》卷二《空青赋》："若夫邃古之世，汗漫窈微；唯此青墨，所以造之。"②《陈拾遗集》卷七《薛大夫山亭宴序》："思欲垂汗漫而群游，与真精而合契。"③第二，渺茫而不可知。《淮南子》卷十二《道应训》："吾与汗漫期于九垓之外，吾不可以久驻。"高诱注："汗漫，不可知之也。"言与"汗漫"有约，则"汗漫"渐附会为神人之名。第三，形容漫无边际的远游，侧重所游之远与不受拘束的状态。唐李群玉《谪仙吟赠赵道士》："汗漫东游黄鹤雏，缙云仙子住清都。"④宋戴复古撰《石屏诗集》卷六《鹊桥仙》："风光流转，客游汗漫，莫问鬓丝长短。"⑤第四，繁多庞杂、漫无标准。宋方闻一编《大易粹言》卷首：

① 何宁：《淮南子集释》，北京：中华书局，1998年，第146页。

② [南朝]江淹著，[明]胡之骥注：《江文通集汇释》，北京：中华书局，1984年，第93页。

③ [唐]陈子昂著，徐鹏校：《陈子昂集》，北京：中华书局，1960年，第156页。

④ [宋]李昉，徐铉，宋白，苏易简等编：《文苑英华》卷二百二十九，李群玉：《谪仙吟赠赵道士》，又见《御定全唐诗》卷五百六十九，《御定全唐诗》卷，将此诗归入陈陶名下。

⑤ [宋]戴复古：《石屏诗集》，《四部丛刊续编·集部》，上海：上海书店出版社，1934年，第316页。

"龟山杨氏曰：扬雄作《太玄》以准《易》，此最为诳后学。后之人徒见其言艰深，其数汗漫，遂谓雄真有得于《易》，故不敢轻议其实，雄未尝知《易》。"①宋朱鉴编《文公易说》卷十九："诸儒之言象数者，例皆穿凿；言义理者又太汗漫，故其书为难读。"②第五，浸润污染，作动词用。清秦蕙田撰《五礼通考》卷二十七《吉礼·明堂》："至诸臣立武氏之朝而纷纷议礼。诚如子昂传赞所云'荐圭璧于房闼，以脂泽汗漫之'者亦可丑矣，更何足论其得失乎？"③

"汗漫"一词在运用中，词性愈发灵活，由抽象渐于具体，与人类活动结合逐步紧密。"汗漫"最早见诸《淮南子》，用其第一、第二种意思。二者意思相近，前者突出其广大无边，后者突出其深邃神秘而不可知。《抱朴子》所云："经乎汗漫之门，游乎窈眇之野。""汗漫"与"窈眇"相对，侧重于飘忽神秘之意，是第二种释义。观乎太白赋，描写对象为大鹏，故不涉及与人类活动相关的三、四、五引申义。又"汗漫"与"阊阖"相对，指大鹏振翅高飞所经之地，突出其翱翔范围之广大，超脱凡尘俗世之上。太白所言"汗漫"兼具广大、渺茫的意思。萧氏引《抱朴子》语，无可厚非。玉本将其删去，亦出于精简注文的目的。

(4)《大鹏赋并序》："簸鸿蒙，扇雷霆，斗转而天动，山摇而海倾。"

士赟曰：隋炀帝诗：更移斗柄转。李萧远《运命论》：

① [宋]曾穜辑：《大易粹言》，中华再造善本，北京：北京图书馆出版社，2006 年。

② [宋]朱熹撰，[宋]朱鉴辑：《晦庵朱文公易说》，北京：北京图书馆出版社，2004 年。

③ [清]秦蕙田：《五礼通考》，《文津阁四库全书·经部·礼类》，第 47 册，北京：商务印书馆，2005 年。

天动星回，而北极犹居其所；玑璇轮转，而衡轴犹执其中。扬雄《羽猎赋》：天动地岋。《后汉·桓谭传》曰：欲摇太山而荡北海。马融《长笛赋》：摇演其山。

玉几山人本：士赟曰：李萧远《运命论》：天动星回，而北极犹居其所；玑璇轮转，而衡轴犹执其中。扬雄《羽猎赋》：天动地岋（玉本作吸）。《后汉·桓谭传》曰：欲摇太山而荡北海。

按：第一，玉本不应该删去隋炀帝诗。考诸引文，《文苑英华》卷一百五十二隋炀帝《月夜观星》："更移斗柄转，夜久天河横。"取斗柄本意，"转"与其后"夜久"配合，指出时间的推移，切合"月夜观星"的主题。《文选》卷五十三李萧远《运命论》："天动星回，而辰极犹居其所；玑璇轮转，而衡轴犹执其中。"李善注："言君子之性语默，出处虽从其时，而中心常不改其操。似天动星回，而北辰常居其所而不改也。《论语》：子曰：为政以德，譬如北辰居其所，而众星拱之。郑玄曰：北极，谓之北辰。《尚书》曰：璇玑玉衡，以齐七政。孔安国曰：玑衡，王者正天文之器，可运转者。马融曰：璇玑，浑天仪，可转旋。郑玄曰：转运者为机，持正者为衡。《庄子》曰：轴不运而轮致千里。"《文选六臣注》，向曰："天之转动，众星遂移，而北斗恒居其所。璇玑，谓北斗柄也，逐四时以指四方；而衡星在七星之中，不迁其处也。有如车轴不转而轮动焉，故云执其中也，以喻贤圣之人，虽遇时各异，而志节不改。"李善及吕向注，阐释"天文"均与人文结合起来，强调君子不改节操志节，恒有其守，若北辰、衡星一般。考诸太白赋，"斗转而天动，山摇而海倾"是"簸鸿蒙，扇雷霆"所造成的结果，极言大鹏有震动寰宇山川的气势。这里的"斗转"取字面意，未刻意勾连人事，以隋炀帝诗作注解显然更为合适。萧士赟引李康《运命论》语，盖以句中蕴含了“斗转”“天动”两个注释点，可以更直观有效地解释词义。放在太白诗中，《运命论》之语则不能准确阐释句意，有些偏离主题。玉本选择保留《运命论》，因其年代靠前，信息量较大；删去隋炀帝诗，是因为从时间先后看，萧氏将其置于《运命论》前，不大合理。萧氏将“辰极”写作“北极”，因含义相同而致误，玉本补校时却未加修改。

第二，玉本将“地岋”写作“地吸”，殊不可解。《汉书》卷八十七上《扬雄传》：“汹汹旭旭，天动地岋。”颜师古注：“苏林曰：岋，音岋。岋，动摇之岋。师古曰：汹，音匈。岋，音五合反。《萧该音义》曰：岋，韦昭曰：岋，拟及反。”《文选》卷八扬子云《羽猎赋并序》：“汹汹旭旭，天动地岋。”善曰：“汹汹旭旭，鼓动之声也。韦昭曰：岋，动貌也。汹旭，勇貌。岋五合切也。”《六臣注文选》卷八扬子云《羽猎赋并序》：“汹汹旭旭，天动地岋。”良曰：“言鼓动之声震摇天地。”萧注引此注释“天动”，甚为切合。考诸辞典，“吸”没有“岋”摇动的意思。将“地吸”作为完整词汇而加以运用的文献也很少。玉本作“吸”，或是刊刻时，偏旁“山”少了中间一竖，而注文字迹较小，笔画易模糊，故有“口”旁之误。

第三，玉本删去马融《长笛赋》而保留《后汉·桓谭传》语，可以更加准确地阐释太白句意。《文选》卷十八马季长《长笛赋》：“于是山水猥至，渟涔障溃……摇演其山，动杌其根者，岁五六而至焉。”李善注：“《说文》曰：摇，动也。贾逵《国语注》曰：演，引也。”《六臣注文选》卷十八马季长《长笛赋》：“于是山水猥至，渟涔障溃……摇演其山，动杌其根者，岁五六而至焉。”翰曰：“谓风水摇引，动杌竹根，一岁五六度，如此而至也。”足见，“摇演”有摇引、摇曳的意思，动作幅度小，顶多是拂动山脚的程度，远远达不到太白诗中荡山倾海的威力。故而《桓谭传》所云“欲摇太山而荡北海”更贴合太白句意。不过，萧氏释词，先务求穷其本意，再点明其文学特质。即，在已经阐释清楚词义的基础上，补充一些例子，体现其如何运用。引用《长笛赋》可能是出于对文学性的考虑，保留下来亦可。

(5)《大鹏赋并序》："怒无所搏，雄无所争，固可想象其势，髣髴其形。"

> 士赟曰：《楚辞》：思故旧以想象。谢灵运诗：想象昆山姿。《楚辞》：时髣髴以遥见兮，精皎皎以往来。王逸《鲁灵光殿赋》云：忽瞟眇以响像，若鬼神之髣髴。
>
> 玉几山人本：士赟曰：《楚辞》：思故旧以想象。谢灵运诗：想象昆山姿。《楚辞》：时髣髴以遥见兮，精皎皎以往来。

按：此处涉及的注释点主要是：想象，髣髴。"想象"是一个比较复杂的词，词义较现在宽泛得多。王锳《诗词曲语辞例释》对"想"与"想象"的解释是：

> 想，"似""如""像"的意思，不作通常的"思想""料想"义解，动词。李白《清平调》词："云想衣裳花想容，春风拂槛露华浓。"意即"衣裳似云，容貌如花"。……姚合《奉和门下相公雨中寄裴给事》诗："晓起闲看雨，垂檐自滴阶。风清想林壑，云湿似江淮。"
>
> 想象，等于说仿佛，或为动词，或为副词。杜甫《咏怀古迹》诗："翠华想象空山里，玉殿虚无野寺中。"意言空山里仿佛有先主刘备的旗仗。此作动词。韦应物《鼋头山神女歌》："山精木魅不敢窥，昏明想象如有人。"……此为副词。……按"想象"一词早期佛经已见。东汉支娄迦谶译《道行般若经》卷九《萨陀波伦菩萨品》第二十八："佛亦如

是，想象本无所从来，去亦无所至。①

这里主要强调“想象”的另一层意思，即“像”“仿佛”。现代汉语中，“想象”的“思想”“料想”之意，均是偏重“想”，淡化“象”。“想”虽有“似”之意，但在诗歌中表现出的效果要比后者更含蓄一些，衔接的本体和喻体相似度可高可低。如姚合诗例，“风清想林壑、云湿似江淮”，风与林壑、云与江淮，本无可比性，置于诗歌中却无突兀之感，原因有二：第一，“想”“似”连接的是两种事物的某种特性，即风与林壑干净清新的感觉，云与江淮潮湿温润的质感；第二，“想”“似”在诗歌创作中，有助于完成“比”和“兴”。“想”较之“似”更适合“兴”这种思维跳跃、能拉开时空幅度的手法。李白诗“云想衣裳花想容”，给人无穷的想象空间，“想”着力点不在本体、喻体有多么相似，而是二者共同体现出来的美感。

萧氏引《鲁灵光殿赋》语句反使对“想象”一词的理解变得更加困难。首先，《鲁灵光殿赋》是王逸之子王延寿的作品。《文选》卷十一《鲁灵光殿赋》题下注曰：

王文考，范晔《后汉书》曰：王逸，字叔师，南郡宜城人也。子延寿，字文考，有儁才，游鲁，作《灵光殿赋》。后蔡邕亦造此赋，未成，及见延寿所为，甚奇之，遂辍翰而止。后溺水死，时年二十余。

《六臣注文选》，张铣曰：

范晔《后汉书》云：王延寿父逸欲作此赋，命文考往图

① 王锳：《诗词曲语辞例释》，北京：中华书局，2005 年，第 325—327 页。

其状。文考因韵之，以简其父。父曰："吾无以加也。"时蔡邕亦有此作，十年不成。邕见文考此赋，遂隐而不出。文考时年二十，至二十四过汉江溺而死。

王逸、蔡邕有作此赋的想法，都未完成，只有王延寿真正写出作品。其次，《鲁灵光殿赋》原句为："忽瞟眇以响像，若鬼神之髣髴。"李善曰："响像，犹依稀，非正形声也。《说文》曰：彷佛，相似，视不諟也。諟与谛同。"吕向注："瞟眇，犹依稀也。言此形象依稀髣髴，若有其形声。""响像"有依稀、隐约的意思，与"髣髴"近似。而"响"与"想""象""像"《广韵》都在上声养韵，声调韵母俱同，仅声母有细微差别，因此可以通用。都能用来表示"似""如""犹"等意，当属于同音假借的情况。但"响像"还有另一种含义，指"声音容貌"，尤其用于形容逝去的人或事物。《文选·陆机〈叹逝赋〉》："寻平生于响像，览前物而怀之。"吕延济注："音响形像。"萧注所引《楚辞·远游》"思故旧以想象"一句，因原文后有"长太息以掩泣"，故"想象"亦有怀念逝去的人和物之意。

再看谢灵运"想象昆山姿"一句，此句出自《登江中孤屿》，全篇为：

江南倦历览，江北旷周旋。怀新道转迥，寻异景不延。乱流趋正绝，孤屿媚中川。云日相辉映，空水共澄鲜。表灵物莫赏，蕴真谁为传。想象昆山姿，缅邈区中缘。始信安期术，得尽养生年。①

张铣注曰："缅邈，髣髴也。""区中"指人世间，《史记·司马相

① 《文选》卷二十六谢灵运：《登江中孤屿》，第1242页。

如列传》："迫区中之隘陕兮，舒节出乎北垠。""区中缘"便是"人世间的俗情"。结合上下文，"缅邈区中缘"可释义为"髣髴远离人世间的俗情"，"想象昆山姿"与其呼应，可释为"依稀觉得自己身处昆山之中"。"想象"与"缅邈"对仗，兼具形容词与动词的性质。

对比《楚辞·远游》《鲁灵光殿赋》《登江中孤屿》三种文献，不难发现文中"想象"貌似一致，实则不尽相同。反观太白《大鹏赋并序》："怒无所搏，雄无所争，固可想象其势，髣髴其形。""想象"与"髣髴"是动词，互文见义，接近现代汉语"料想""设想"之意。不同的是，这里并未隐去"象"的存在，强调"大鹏"的专属对象性质。

由于萧氏将"想象"与"髣髴"两个注释点混合在一起，因此笔者澄清太白诗中"想象"后，再释"髣髴"，会更清晰一些。汉王逸撰《楚辞章句》卷五《远游》："时髣髴以遥见兮，精皎皎以往来。"注曰："托貌云气，象其形也。神灵照耀，皎如星也。"宋朱熹撰《楚辞集注》卷五《远游》，注曰："此亦上文化去形远之意。髣髴，见不定也。"此处髣髴，强调看不清、见不定、视不明，与"想象"依稀、隐约的意思相同。无论从词义还是词性来看，均不能准确解释太白诗句。

综上所述，可以得出以下结论：第一，萧士赟所引文献并不能准确阐释太白诗义，相互之间存在词义、词性上的分歧。第二，萧士赟注可能是受《文选》《文选六臣注》的影响，没有对引文细加甄别。如《文选》《文选六臣注》解释"想象昆山姿"，注文中均有"《楚辞》：思故旧以想象"。第三，玉几山人本删去《鲁灵光殿赋》是明智的，一来避免萧氏记错"王逸""王延寿"之误，二来减少文献对观者理解词义造成的混淆影响。第四，词汇在不同的语境中会有不同的意思，注释者、补校者当重视这种变化，仔细考察所选择的文献是否真正合适。

(6)《大鹏赋并序》："若乃足萦虹蜺，目耀日月。连轩沓(达合切)拖，挥霍翕忽。"

士赟曰：鲍照《舞鹤赋》：始连轩以凤跄，终宛转而龙跃。木华《海赋》：凫雏离褷，鹤子淋渗。群飞侣浴，戏广浮深。翔雾连轩，泄泄淫淫。翻动成雷，扰翰为林。

玉几山人本：鲍照《舞鹤赋》：始连轩以凤跄，终宛转而龙跃。木华《海赋》：凫雏离褷，鹤子淋渗。群飞侣浴，戏广浮深。翔雾连轩，泄泄(玉本作洩)淫淫。

按：第一，玉几山人本删去"翻动成雷，扰翰为林"，甚为合适。引用较长诗文时通常会出现一个问题，即从何处起始、从何处截止。既要保证所选片段能充分解释词句之意，又不能引太多而将正解湮没。对引用文献章节筛选裁汰不足，几乎至于不忍弃置的地步，这是萧注的一大毛病。此处萧注引《海赋》以证"连轩"，"凫雏离褷，鹤子淋渗。群飞侣浴，戏广浮深。"四句虽未及"连轩"，但在引文中起到交代主体的作用，能充分体现"连轩"由谁而发、何种样貌、何种状态，故不可删去。而"翻动成雷，扰翰为林"已经溢出了"连轩"所及的范畴。玉本校注时将其删，能使引文片段更加精确妥帖，不至于泛滥无度。

第二，太白诗文中的"连轩"用来形容个体，故词义稍有变化。《文选》卷十四鲍明远《舞鹤赋》："始连轩以凤跄，终宛转而龙跃。"李善注曰："《海赋》曰：翔雾连轩。"《六臣注文选》卷十四，吕延济曰："鹤舞之貌。"木玄虚《海赋》："凫雏离褷，鹤子淋渗。群飞侣浴，戏广浮深。翔雾连轩，洩洩淫淫。翻动成雷，扰翰为林。"李善注曰："轩，举也。洩洩淫淫，飞翔之貌。"张铣注："连轩，飞貌。洩洩淫淫，沈浮貌。"那么，"连轩"指飞动、飞翔之貌。

“连”除“举”外，还有“满”“遍”之意。王锳《诗词曲语辞例释》：“连，‘满’或‘遍’的意思，与通常‘联接’‘牵连’义有所不同，动词。李白《少年行》诗：‘遮莫姻亲连帝城，不如当身自簪缨。’王昌龄《芙蓉楼送辛渐》诗：‘寒雨连江夜入吴，平明送客楚山孤。’”[①]“轩”意则有四：第一，古代一种有围棚或帷幕的车；第二，有窗的长廊或小屋；第三，门、窗、楼板或栏杆；第四，高。与“连”配合，“轩”的引申义更为合适，故当指“高”而言。

太白笔下大鹏“足萦虹蜺，目耀日月”，飞翔之高可见一斑。然鹏鸟遇见稀有鸟已实属不易，平常则断不可能像凡鸟那样结群而飞。《海赋》中“群飞侣浴”造成的“翔雾连轩”并不完全适合它。那么“连轩沓拖，挥霍翕忽”，不仅言其飞，更言其飞翔之高，羽翼煽动之猛烈，展翅则遮天蔽日，盘旋则铺天盖地。故知，太白诗中“连轩”较之鲍照、木华所言更凌厉张扬一些。

(7)《大鹏赋并序》：“喷气则六合生云，洒毛则千里飞雪。邈彼北荒，将穷南图。”

士赟曰：孙绰《天台赋》：邈彼绝域。陆机诗：邈彼黄遐。

玉几山人本：士赟曰：孙绰《天台赋》：邈彼绝域。

按：此处引孙绰《天台赋》与陆机诗来解“邈彼”。“邈彼”在严格意义上不能成为独立的词，“邈”有状语性质，受主语动作的支配。在“邈彼北荒，将穷南图”中，明显的动词只有“穷”，而“穷”所达极限之地貌似只有“南图”。实际上，这八个字的结构安排非常特殊，可以按照逻辑顺序重新组装为“将穷邈彼北

① 王锳：《诗词曲语辞例释》，北京：中华书局，1991年，第495页。

荒、南图”，可释义为“大鹏将能远远飞到北荒及南图”。穷飞的终点除南图外，还有北荒，二者均受“穷”支配，共同作为“彼”所指代的具体方位。那么“邈”便独立出来修饰极远之态，无法与“彼”组合成词。诗歌语言大不同于日常用语，并不受正常语序的支配及惯常词性的束缚，具有高度的灵活性、可塑性。像“邈彼”这样的组合在诗歌中非常多，太白更是活用词语的巅峰级人物。那么注释太白诗文，对这种情况的处理便显得尤为重要，不能按照传统释经的做法。这便要求注释者掌握集部注释的要领，尽可能发挥征引式注释的灵活特质。萧氏没有具体训释“渺彼”之意，仅选择指明其用法，故引孙绰赋、陆机诗这样的前代作品。

萧氏每一段注文中有好几处注释点，每一个注释点由几段文献组成，不同文献之间形成层次梯队，最终达到充分诠释注释点的目的。这里孙绰赋与陆机诗处于同一个层次之上，是并列平行关系，玉本删去后者只是为了裁汰冗繁，精简篇幅，并非陆机诗不能准确体现“邈彼”的用法。在删节本系统中，玉本、许本的删减情况多数属于删除处于同一层面的并列平行文献这一类，而不像郭本那样删减压缩范围很大，超越“裁汰冗繁”这个范畴，对萧注的结构破坏比较大。

(8)《大鹏赋并序》：“块视三(玉本作‘二’)山，杯看五湖。其动也神应，其行也道俱。”

玉几山人本：士赟曰：《列子》：地积块耳。又曰：王俯而视之，其宫榭若累块积苏焉。三山，海中三神山也。《庄子》：覆杯水于坳堂之上。此言小视之也。《周礼》曰：扬州，其浸五湖。注云：太湖，方五百里，故曰五湖。曹植《七启》曰：神应休臻。《庄子》曰：道可载而与之俱也。《鹖冠子》曰：至人不遗，动与道俱。贾谊《鹏鸟赋》：至人遗物兮，独与道俱。

按：太白集诸本作“块视三山”，没有异议；玉本中引萧注没有任何删减及修改，亦作“三山”。故玉本“二山”仅为刊刻之误(刻工为袁氏)。

(9)《大鹏赋并序》：“任公见之而罢钓，有穷不敢以弯弧。莫不投竿失镞(作木切)，仰之长呼。”

士赟曰：《帝王世纪》曰：帝羿有穷氏与吴贺北游。贺使羿射雀，羿曰：“生之乎？杀之乎?”贺曰：“射其左目。”羿引弓射之，误中右目。羿抑首而愧。故羿之善射，至今称之。鲍照诗：弯弧不解张。

玉几山人本：《帝王世纪》曰：帝羿有穷氏与吴贺北游。贺使羿射雀，羿曰：“生之乎？杀之乎?”贺曰：“射其左目。”羿引弓射之，误中右目。羿抑首而愧。故羿之善射，至今称之。

按：玉几山人本删去鲍照诗。《鲍明远集》卷五《建除》诗曰：“执戈无暂顿，弯弧不解张。”①《帝王世纪》对后羿射鸟目的记载，言“羿引弓射之”。“弯弧”的意思很好理解，就是“引弓”，拉弓射箭，动词。萧氏引此二文献以诠释“有穷不敢以弯弧”一句。《帝王世纪》所记已足以解释清楚太白诗句，玉本为节省篇幅删去鲍照诗也无可厚非。但集部注释应当注重作品的文学性，应有为后世创作提供更充分借鉴的责任感。萧士赟已经意识到这一点。太白诗赋有时会用好几句檃栝同一个典故，

① 又见[唐]欧阳询编：《艺文类聚》卷五十六，[宋]陈仁子：《文选补遗》卷三十六，[明]冯惟讷：《古诗纪》卷六十二，[明]张溥编：《汉魏六朝百三家集》卷六十九，[清]《御定渊鉴类函》卷一百九十八。

那么萧氏就相应地将此典故完整注出。转引完毕，往往还附上相关诗文。此举目的不在于阐释词语，也不刻意指明如何运用，仅表明此典他人亦曾用到，起到梳理源流，协助观者理解的作用。

(10)《大鹏赋并序》："巨鳌冠山而却走，长鲸腾海而下驰。缩壳挫鬣，莫之敢窥。吾亦不测其神怪而若此，盖乃造化之所为。"

士赟曰：《列子·汤问篇》：五山之根，无所连着。使巨鳌十五举首而戴之，迭为三番，六万岁一交焉，五山始峙而不动。

玉几山人本：士赟曰：《列子·天问篇》：五山之根，无所连着。使巨鳌十五举首而戴之，迭为三番，六万岁一交焉，五山始峙而不动。

按：考引文原文，《列子》卷五《汤问篇》：

殷汤问于夏革曰："古初有物乎?"……五山之根，无所连箸，常随潮波上下往还，不得暂峙焉。仙圣毒之，诉之于帝。帝恐流于西极，失群仙圣之居，乃命禺强使巨鳌十五举首而戴之。迭为三番，六万岁一交焉，五山始峙。①

萧注在征引时删去了一些细节，撮引其要，对篇名的引用则完全可靠。玉本将《汤问篇》改作《天问篇》，或是与《楚辞·天问篇》篇名混淆。

① 杨伯峻：《列子集释》，北京：中华书局，1979年，第152—153页。

(11)《大鹏赋并序》:“未若兹鹏之逍遥,无厥类乎比方。”

士赟曰:《庄子》:逍遥游于天地之间。又曰:万物莫不比方。张华《鷦鷯赋》:阴阳陶蒸,万品一区。巨细舛错,种繁类殊。鷦螟巢于蚊睫,大鹏弥乎天隅。将以上方不足,而下比有余。普天壤以遐观,吾又安知其小大之所如?

玉几山人本:士赟曰:《庄子》:逍遥游于天地之间。又曰:万物莫不比方。

按:考《庄子》原文,其中的“比方”可以这样理解:第一,皆可见。晋郭象《庄子注》卷七《田子方》第二十一:“日出东方而入于西极,万物莫不比方。”注:“皆可见也。”《南华真经义海纂微》卷六十三:“郭注:……万物比方,皆可见也。”第二,犹言顺道也。《易·比》彖传云:“比,下顺从也 。”《乐记》“乐行而民乡方”,郑注云“方犹道也”。故知,《庄子》中的“比方”并无“比较”这层意思。

《鷦鷯赋》中的“比方”,则有“比较”“匹拟”之意。《文选》卷十三张茂先《鷦鷯赋》:

夫唯体大妨物,而形瑰足玮也。阴阳陶蒸,万品一区,巨细舛错,种繁类殊,鷦螟巢于蚊睫,大鹏弥于天隅,将以上方不足,而下比有余。普天壤以遐观,吾又安知大小之所如。

文中所言“将以上方不足,而下比有余”,“上方”与“下比”对仗,意思是“与更大之物相比”。李善注进一步揭示这种“比较”的内涵,云:“《庄子》曰:长者不为有余,短者不为不足。《庄子》：北海若曰：'以差观之，因其所大而大之，则万物莫不大；因其所小而小之，则万物莫不小，则差数观矣。'"

反观太白诗句，"无厥类乎比方"强调没有什么可以与大鹏匹拟，其逍遥自在，不受拘束，非凡俗之物可相提并论。那么，相比《庄子》，《鷦鷯赋》中"比方"更贴近太白诗意。且所引的这段文字，突出了"小大之辩"的哲学内涵。而这个哲学内涵是《大鹏赋》的落脚点之一，使赋言志之外具有更深邃的意义，那么萧氏将其深度阐发是必要的。玉几山人本不当以两文献为平行关系，均能解释诗句，轻易删掉其中一种。

(12)《大鹏赋并序》："参玄根以比寿，饮元气以充肠。"

> 士赟曰：《列子》：《黄帝书》曰："谷神不死，是谓玄牝。玄牝之门，是谓天地根。"张衡《玄图》曰：玄者，无形之类，自然之根。作于太始，莫与为先。卢谌诗：处其玄根，廓焉靡结。《灵光殿赋》："含元气之烟煴。"《前汉·律历志》：太极元气，函三为一。
>
> 玉几山人本：士赟曰：《列子》：《黄帝书》曰：谷神不死，是谓玄牝。玄牝之门，是谓天地根。张衡《玄图》曰：玄者，无形之类，自然之根。作于太始，莫与为先。卢谌诗：处其玄根，廓焉靡结。《灵光殿赋》：含元气之烟煴。

按：太白诗中"元气"就是指生命的原始。《汉书·律历志》："太极元气，函三为一。"注："孟康曰：元气始起于子未分之时，天地人混合为一，故子数独一也。"后世学人对此句不断加以阐释，有的结合《易经》，有的结合律吕[1]。玉几山人本删去《汉书·律历志》，仅保留《鲁灵光殿赋》，盖以"太极元气，

① 参看[宋]程迥：《周易章句外编》，[宋]陈旸撰：《乐书》。

函三为一”本身就有多种阐释的可能性。引用含义复杂的文献来注释诗句，起不到应有的作用。玉本将其删去，有助于简化注释，使其更清楚明了。

(13)《古风·其一》：“希圣如有立，绝笔于获麟。”

齐贤曰：《诗·大雅》：凡三十六篇。《诗序》云：《雅》者，正也。言王政之所由废兴也。《大雅》不作，则斯文衰矣。平王东迁，《黍离》降于《国风》，终春秋之世，不能复振。战国迭兴，王道榛塞，干戈相侵，以迄于祖龙，风俗薄，人心侥，中正之声日远日微，一变而为《离骚》。刘勰辨云：自风雅寖声，莫或抽绪，奇文蔚起，其《离骚》哉。故轩翥诗人之后，奋飞词家之前。昔汉武爱骚而淮南作传，以为《国风》好色而不滛，《小雅》怨悱而不乱。若《离骚》，可谓兼之。

玉几山人本：齐贤曰：《诗·大雅》：凡三十六篇。《诗序》云：《雅》者，正也。言王政之所由废兴也。《大雅》不作，则斯文衰矣。平王东迁，《黍离》降于《国风》，终春秋之世，不能复振。战国迭兴，王道榛塞，干戈相侵，以迄于祖龙，风俗薄，人心侥，中正之声日远日微，一变而为《离骚》。轩翥诗人之后，奋飞词家之前。昔汉武爱骚而淮南作传，以为《国风》好色而不淫，《小雅》怨悱而不乱。若《离骚》，可谓兼之。

按：元版中杨氏指明刘勰语，但删节本系统均将“刘勰”名删去。考诸原文，南朝梁刘勰撰《文心雕龙》卷一《辩骚》：“自《风》《雅》寝声，莫或抽绪，奇文郁起，其《离骚》哉！固已轩翥诗人之后，奋飞辞家之前。岂去圣之未远，而楚人之多才乎！昔汉武爱《骚》，而淮南作传，以为《国风》好色而不淫，《小雅》

怨诽而不乱。若《离骚》者，可谓兼之。”[①]萧注写“郁起”为“蔚起”，改“固已轩翥诗人之后”作“故轩翥诗人之后”，其他地方均同。玉本不言“刘勰辨云”，删去“自风雅寝声，莫或抽绪，奇文蔚起，其《离骚》哉”一句，将剩下的几句直接融入杨注中。因为杨注“《诗·大雅》：凡三十六篇”至“中正之声日远日微，一变而为《离骚》”，已经说清楚了斯文衰落、正声渐变这个过程，这一段文字简直可以作为所删之句的注解。为避免重复，扰乱纹路，玉本将其删去，然而却隐藏了引文篇名。

(14)《古风·其二》：“蟾蜍薄太清，蚀此瑶台月。圆光亏中天，金魄遂沦没。”

齐贤曰：按《唐书》，王皇后久无子而武妃有宠。后不平，显诋之，遂废。武妃进册为惠妃，欲立为后。潘好礼谏止之。太白诗意似属乎此。《淮南子》曰：月照天下而食于蟾蜍。许慎曰：蟾蜍，虾蟆。《龟策传》：月为刑而相佐，见食于虾蟆。月以况皇后，蟾蜍以比武妃。武妃进则皇后废，犹虾蟆得志侵融乎月，则金魄沦没矣。月生于西，实金方，故曰金魄。

士赟曰：张衡《灵宪》：羿得不死之药于西王母，其妻嫦娥窃之以奔，遂托于月，是为蟾蜍。《史记·天官书》：日月薄蚀。注云：孟康曰：日月无光曰薄。《京房易传》曰：日月赤黄为薄。或曰不交而蚀曰薄。韦昭曰：气往迫之为薄，亏毁为蚀。《淮南子》：太清问于无穷。注曰：太清者，元气之清者也。《鹖冠子》：上及太清，下及太宁。傅咸诗：日月光太清，列宿曜紫微。《楚辞》：望瑶台之偃

① ［南朝梁］刘勰著，詹锳义正：《文心雕龙义正》，上海：上海古籍出版社，1989年，第134—136页。

蹇兮，见有娀之佚女。陆机诗：北征瑶台女，南要湘川娥。曹植诗：迎风高中天，圆景光未没。

玉几山人本：齐贤曰：按《唐书》，王皇后久无子而武妃有宠。后不平，显诋之，遂废。武妃进册为惠妃，欲立为后。潘好礼谏止之。太白诗意似属乎此。《淮南子》曰：月照天下而食于蟾蜍。许慎曰：蟾蜍，虾蟆。月以况皇后，蟾蜍以比武妃。武妃进则皇后废，犹虾蟆得志侵融乎月，则金魄沦没矣。月生于西，实金方，故曰金魄。士赟曰：《史记·天官书》：日月薄蚀。注云：孟康曰：日月无光曰薄。《京房易传》曰：日月赤黄为薄。或曰不交而蚀曰薄。韦昭曰：气往迫之为薄，亏毁为蚀。《淮南子》：太清问于无穷。注曰：太清者，元气之清者也。《楚辞》：望瑶台之偃蹇兮，见有娀之佚女。曹植诗：迎风高中天，圆景光未没。

按：杨齐贤开门见山，表明自己对此段话的理解。随即再分开注释词汇，包括蟾蜍蚀月、金魄。“金魄”取自五行，可以作为“月”的代称，无甚深意，故注释侧重点不在兹。而“蟾蜍蚀月”直接支撑杨氏观点，故其征引多条文献予以阐释。考诸引文，《淮南子》卷十七《说林训》：“月照天下，蚀于詹诸；腾蛇游雾，而殆于蝍蛆。”汉高诱注曰：“詹诸，月中虾蟇。食月，故曰食于詹诸。”结合上下文可知，这里的“蟾蜍蚀月”意在论证不可“以一世之度制治天下”，当“知物类”而及时应变。《史记》卷一百二十八《龟策列传》：“日为德而君于天下，辱于三足之乌；月为刑而相佐，见食于虾蟇；猬辱于鹊。”此处以“蟾蜍蚀月”作为例证，说明万物及日月天地皆不能全，况龟乎？故知预知吉凶不可完全仰仗龟策。两篇文献侧重点虽不同，但都能阐释清楚何为“蟾蜍蚀月”，及此中深意。故杨氏在引证后点明

“月以况皇后，蟾蜍以比武妃”，水到渠成，具有说服力。玉本删去《龟策传》所言，概以一个注释点无须太多文献，删去亦无妨，但无形中降低了杨氏论证的充分合理性。

萧注则将“蟾蜍蚀月”划分成两个注释点，即“蟾蜍”“薄蚀”。《太平御览》卷四引张衡《灵宪》：“羿请不死药于西王母，羿妻姮娥窃以奔月，托身于月，是为蟾蜍。”姮娥即嫦娥，神话中后羿之妻。后羿从西王母处得不死之药，嫦娥偷吃后，遂奔月宫。萧氏补注旨在说明月中缘何有蟾蜍，只是“嫦娥奔月”与“蟾蜍蚀月”的内涵相去甚远，与白诗更无关系。玉本将其删去则可避免枝杈过多的情况。

再来看“薄蚀”，考诸词典，薄有迫近、侵入的意思。薄蚀，亦可作“薄食”，指日月食。《史记集解》卷二十七《天官书》：“日月薄蚀。”裴骃曰：“孟康曰：日月无光曰薄。《京房易传》曰：日赤黄为薄，或曰不交而蚀曰薄。韦昭曰：气往迫之为薄，亏损为蚀。”孟康注与《京房易传》提供了“薄”的两种形态，韦昭所云更是简要明晰，一语中的。萧注征引此段文字，不做任何改动，亦不追加其他文献，有效避免了杨注所引文献覆盖注释点太多的情况，更具针对性。玉本不做裁汰，实为明智。

“瑶台”，神话传说中神仙所居之地，出于《穆天子传》①。《文选》卷二十八《前缓声歌》：“北征瑶台女，南要湘川娥。”李善注：“《楚辞》曰：望瑶台之偃蹇兮，见有娀之佚女。《西京赋》曰：怀湘娥。王逸楚辞注曰：尧二女娥皇、女英堕湘水之

① 《穆天子传》卷三：“吉日甲子，天子宾于西王母。……乙丑，天子觞西王母于瑶池之上。西王母为天子谣曰：‘白云在天，山陵自出。道里悠远，山川间之。将子无死，尚能复来。’天子答之曰：‘予归东土，和治诸夏。万民平均，吾顾见汝。比及三年，将复而野。’”（[晋]郭璞注，[清]颐煊校，谭承耕，张耘点校：《山海经·穆天子传》，长沙：岳麓书社，1992年，第223页。）

中，为湘夫人也。”萧氏可能参考了李善注，但注者会有意无意将“参考”的痕迹抹去，遂选择将陆机诗及李善注从从属的关系中解放出来，呈现出并列平行的姿态。玉本索性将陆机诗删去，倒省了这种“多此一举”。

综上所述，玉本在这段注释中下了功夫，删去之处颇多，力求使原本烦琐的杨、萧注更加清晰明了，但也有考虑不周的地方。

(15)《古风·其二》：“沈叹终永夕，感我涕沾衣。”

> 士赟曰：《选·何敬祖诗》：勤思终遥夕。《古诗》：泪下沾裳衣。此篇宋西山先生真德秀《文章正宗》云：按《唐书》：王皇后久无子，而武妃有宠。后不平，显诋之，遂废。武妃进册为惠妃，欲立为后。太白诗意似属乎此。子见之说实祖于西山，士赟今演之曰：……至密近者莫如夫妇，而且不能保其终，况臣子之疏远乎！此白之所以感叹终夕而涕零也。
>
> 玉几山人本：《选·何敬祖诗》：勤思终遥夕。《古诗》：泪下沾裳衣。“蟾蜍薄太清”，月为之蚀，以喻武妃入后宫而卒为王后之蠹也。……白意若曰：夫妇、君臣俱人之大伦也。至密近者莫如夫妇，而且不能保其终，况臣子之疏远乎！此白之所以感叹终夕而涕零也。

按：玉本无“此篇宋西山先生真德秀《文章正宗》云：按《唐书》：王皇后久无子，而武妃有宠。后不平，显诋之，遂废。武妃进册为惠妃，欲立为后。太白诗意似属乎此。子见之说实祖于西山，士赟今演之曰：……”一段话。盖以此段话转引真德秀语，萧氏认为杨氏观点来源于此。但杨齐贤是庆元五年(1199)进士，真德秀亦于宁宗庆元五年(1199)考中进士。真德秀声名远播，而杨齐贤生卒年代不详，以此为据轻判观点来源，显然不妥。除非萧士赟确切知道杨氏注太白诗是在真德秀写《文章正宗》之后，而且杨氏确实看过真德秀的书。此外，杨注观点明晰，观者一目了然，再引真德秀语亦显得冗繁。

(16)《远别离》："九疑联绵皆相似，重瞳孤坟竟何是。"

齐贤曰：《汉·纪》：望祀虞舜于九疑。张揖曰：九疑在零陵营道县。文颖曰：九疑山，半在苍梧半在零陵。如淳曰：在苍梧冯乘县。师古曰：文说是也。其下九峰形势相似，故曰九嶷山。嶷，音疑。以今郡县考之，九疑山在道州宁远县南六十里，两汉之泠道。师古是文颖之说，而冯乘实今江华富川之地，去九疑甚远。《舂陵图志》：九疑山亦名苍梧山，一曰朱明峰，二曰石城峰，三石楼峰，四娥皇峰，五曰舜源峰，六曰女英峰，七箫韶峰，八柱林峰，九杞林峰，耸然于群峰之间，望之大概相似。兹其为九疑乎？《汉书》：舜重瞳子。

士赟曰：《后汉·地理志》：零陵郡营道南九疑山，舜之所葬。郭璞《山海经注》曰：其山九溪皆相似，故曰九疑。《湘州营阳郡记》：山下有舜祠，故老相传，舜登九疑。《山海经》曰：苍梧之丘，其中有九疑山焉。舜之所葬，在零陵县界。《湘中记》：九嶷山在营道县北，九山相似，行者疑惑，故曰九疑山。《淮南子》曰：尧眉八彩，舜重瞳子。

玉几山人本：齐贤曰：《汉·纪》：望祀虞舜于九疑。张揖曰：九疑在零陵营道县。文颖曰：九疑山，半在苍梧半在零陵。如淳曰：在苍梧冯乘县。师古曰：苍说是也。其下九峰形势相似，故曰九疑山。其下九峰形势相似，故曰九疑山。以今郡县考之，九疑山在道州宁远县南六十里，两汉之营道。师古是文颖之说，而冯乘实今江华富川之地，去九疑甚远。《舂陵图志》：九疑山亦名苍梧山，一曰朱明峰，二曰石城峰，三石楼峰，四娥皇峰，五曰舜源峰，六曰女英峰，七箫韶峰，八桂林峰，九杞林峰，耸然于群峰之间，望之大概相似。兹其为九疑乎？《汉书》：舜重瞳子。士赟曰：《后汉·地理志》：零陵郡营道南九疑山，舜之所葬。郭璞《山海经注》曰：其山九溪皆相似，故曰九疑。《湘州营阳郡记》：山下有舜祠，故老相传，舜登九疑。《山海经》曰：苍梧之丘，其中有九疑山焉。舜之所葬，在零陵县界。《湘中记》：九疑山在营道县北，九山相似，行者疑惑，故曰九疑山。

按：第一，玉本将杨注中“文说”改作“苍说”，误矣，盖为疏漏所致。班固撰《汉书》卷六《武帝纪》：“五年冬行南巡狩至于盛唐，望祀虞舜于九嶷。”注曰：“应劭曰：舜葬苍梧。九嶷，山名，今在零陵营道。文颖曰：九嶷山半在苍梧，半在零陵。如淳曰：舜葬九嶷，九嶷在苍梧冯乘县故。或云：舜葬苍梧也。师古曰：文说是也。嶷，音疑，其山九峰，形势相似，故曰九嶷山。”杨氏基本忠实于《汉书·武帝纪》原文及颜师古注。不同的是“九疑在零陵营道县”一句，前有“张揖曰”，而颜师古原注中则归在“应劭”名下。杨氏引“师古曰：文说是也”，与原注相符，玉本写作“苍说”，谬甚。

第二，玉本将杨注中“泠道”改为“营道”，遂与颜师古原注相符。《汉书》卷二十八上《地理志》：“零陵郡，户二万一千九十二，口十三万九千三百七十八。县十，零陵、营道、始安、夫夷、营浦、都梁、泠道、泉陵、洮阳、钟武。”“零陵”下，颜师古注曰：“九疑山在南，莽曰九疑亭。”“泠道”下，颜师古注：“莽曰：泠陵。应劭曰：泠水出丹阳宛陵西北入江。臣瓒曰：

宛陵在豫章北界，相去三千里，又隔诸水，不得从下逆至泠道而复入江也。师古曰：瓒说是，泠音零。”据此可知，玉本将“泠道”改为“营道”(玉本“营”字明显比其他小字颜色厚重)是正确的。且萧氏在补注中引《湘中记》语“九嶷山在营道县北”，纠正了杨氏之误。

第三，玉本对杨氏征引的《春陵图志》稍作修改，将“柱林峰”改作“桂林峰”。考《春陵图志》，《宋史》卷二百四艺文三：“孙楙《春陵图志》十卷。”《直斋书录解题》卷八《谱牒类》：“《春陵图志》十卷，教授临江章颖茂宪撰。淳熙六年，太守赵汝谊。”元马端临《文献通考》所载，与陈振孙同。明杨士奇编《文渊阁书目》卷四：“《春陵图志》一册。”故知，《春陵图志》有二，一为孙楙著；二为章颖撰、赵汝谊修，此本较为流行，称作淳熙《春陵图志》。惜乎二者均亡佚无从考察其内容和体例。《直斋书录解题》卷八对孙楙有记载：

> 《永嘉谱》二十四卷，礼部侍郎，郡人曹叔远器远撰。曰年谱、地谱、名谱、人谱。时绍熙三年(1192)，太守宛陵孙楙属器远裒集，创为义例如此。器远，庚戌(1190)进士，盖初第时也。

明凌迪知撰《万姓统谱》卷二十一：

> 孙楙，字德操，绍兴甲戌(1154)举进士。历判池、真、郢三州，所至以兴学节财为务。及入觐，高宗申奖曰：“天下有恤而办，有不恤而办，卿所谓恤而办者也。”尝论公生明，上问：“何以生公?”曰：“廉生公。”又问：“何以生廉?”曰：“俭生廉。”上称善。累迁知太平州，寻移温州学宫。故有秦桧祠，楙至，亟命撤之。朱晦庵称其爱

立而教明，古良吏也。后韩侂胄用事，谢官归。

据以上记载，孙懋主要活动时段大致在南宋绍兴年间(1131—1161)至绍熙年间(1190—1194)。又隋唐二朝，湖南无图志记载，至南宋才有图志数种。则文献中记载，当为《春陵图志》的作者。而南宋淳熙六年(1179)，赵汝谊已经修订成章颢所撰《春陵图志》，则孙懋著作成书年代与之相去不远。杨齐贤为宋末人，他所见《春陵图志》究竟为谁所写便很难确定，但毕竟保留下了小部分珍贵的文献资料。玉几山人对杨注的补校，或是看过《春陵图志》(杨士奇书目太简略，多数可能是陈振孙、马端临所见的淳熙本)，或是参考了其他文献。考九嶷山九峰之名，《太平御览》卷四十一引《郡国志》曰：

九疑山有九峰，一曰朱明峰；二曰石城峰；三曰石数(按，当作楼)峰，形如楼；四曰娥皇峰，下有舜池，池傍春日百鸟生卵，人取之则迷路，致不可得；五曰舜源峰，比众峰最高，上多紫兰；六曰女英峰，舜墓于此峰下；七曰萧韶峰，峰下即象耕种之处；八曰桂林峰，马明生遇安期授金液神丹之处；九曰梓林峰，周义山字秀通，开石函得《李山经》，读之得仙也。

明董斯张撰《广博物志》卷五引《郡国志》曰：

九疑山有九峰，一曰丹朱峰；二曰石城峰；三曰楼溪峰，形如楼；四曰娥皇峰，下有舜池，池傍春日百鸟生卵，人取之则迷路，致不可得；五曰舜原峰，比众峰最高，上多紫兰；六曰女英峰，舜墓于此峰下；七曰箫韶峰，峰下即象耕种之处；八曰纪峰，马明生遇安期授金液神丹之处；

九曰纪林峰，周义山开石函得李山经，读之得仙也。

清沈炳巽撰《水经注集释订讹》卷三十八：

营水出营阳泠道县，西流入九疑山下，盘基苍梧之野，峰秀数郡之间，罗岩九举，各导一溪，岫壑负岨，异岭同势，游者疑焉，故曰九疑山。（注曰：《明一统志》：九疑山在宁远县南六十里。郭璞云：其山九溪皆相似，或云九峰参差，互相隐映，望而疑之，故名。峰各有一水，四水流灌于南海，五水北注于洞庭。九峰曰：朱明、石城、石楼、娥皇、舜源、女英、萧韶、桂林、杞林。）

清《御定渊鉴类函》卷二十九：

《九疑图记》曰：九峰一曰朱明峰，为蒲水源；二曰石城峰，为淹水源；三曰石楼峰，为巢水源；四曰娥皇峰，为池水源；五曰舜源峰，为瀑水源，亦曰华盖，实中峰也；六曰女英峰，为砅水源；七曰箫韶峰，为漭水源；八曰桂林峰，为洑水源；九曰梓林峰，为湎水源。

这九峰依次为：朱明峰、石城峰、石楼峰（楼溪峰）、娥皇峰、舜源峰（舜原峰、华盖）、女英峰、萧韶峰（萧韶峰）、桂林峰（纪峰）、梓林峰（纪林峰、杞林峰、梓林峰）。《广博物志》与《太平御览》所引《郡国志》略有差异，当是在转引或刊刻过程中疏漏所致，当以《太平御览》所引为准。第八峰为“桂林峰”无疑，杨注作“柱林峰”，概因“柱”与“桂”字形极似。玉本补正无误。

第四，玉本删去萧士赟对“重瞳”的注释，精简篇幅。杨注已经引《汉书》，指明重瞳子为舜，萧注引《淮南子》语直是重复，多而无益。

(17)《远别离》："苍梧山崩湘水绝，竹上之泪乃可灭。"

齐贤曰：《左传》：山崩川竭。《后汉志》：零陵阳朔山，湘水出。以今郡县考之，湘水出静江府兴安县海阳山。秦史禄自铧觜分一派南下，谓之漓水。按《晋志》，兴安隶苍梧郡，在唐为桂州。理定县本兴安，至德三载更名。则汉言阳朔山者，误矣。湘水自海阳下全州，下永州与潇水合。又下衡州，与蒸水合。趋潭州，以入于洞庭。《博物志》曰：舜死，二妃泪下，染竹即斑。《晋·王珉传》：王导初渡淮，郭璞筮之，曰："淮水绝，王氏灭。"

士赟曰：此篇前辈咸以为上元间，李辅国、张后矫帝制迁上皇于西内时，太白有感而作。余曰，非也。为是说者，盖未尝以全篇诗意观之。此诗大意谓无借人国柄，借人国柄则失其权；失其权，则虽圣哲不能保其社稷妻子焉，其祸有必至之势也。然则此诗之作，其在于天宝之末乎？按《唐史·高力士传》曰：天宝中，边将争立功……力士对曰："天下大柄，不可假人。威权既振，孰敢议者！"帝不悦。自是，国权卒归于林甫、国忠，军权卒归于禄山、舒翰。太白此时熟识时病，欲言则惧祸及己，不得已而形之诗章，聊以致其爱君忧国之志而已。所谓皇、英之事，特借之以引喻发兴。而曰"日"，曰"皇穹"者……诗意切直着明，流出胸臆，非识时忧世之士，怀存君忠国之心者，孰能与于此？使时有采诗之官，而君之一悟，俗之一改，则安史之乱可消播，迁幽居之祸不作，岂曰"小补"之哉！若曰作于上元间，则是，夫人皆能言之，不几于乐祸之小人也耶？曾谓太白肯为之乎？吾故表而出之，后世无太白则已，有则应必谓然。

玉几山人本：齐贤曰：《左传》：山崩川竭。《后汉志》：零陵阳朔山，湘水出。以今郡县考之，湘水出静江府兴安县海阳山。秦史禄自铧嘴分一派南下，谓之漓水。湘水自海阳下全州，下永州与潇水合。又下衡州，与蒸水合。趋潭州，以入于洞庭。《博物志》曰：舜死，二妃泪下，染竹即斑。士赟曰：此篇前辈咸以为上元间，李辅国、张后矫帝制迁上皇于西内时，太白有感而作。余曰，非也。为是说者，盖未尝以全篇诗意观之。此诗大意谓无借人国柄，借人国柄则失其权；失其权，则虽圣哲不能保其社稷妻子焉，其祸有必至之势也。然则此诗之作，其在于天宝之末乎？按《唐史·高力士传》曰：天宝中，边将争立功，……力士对曰："天下大柄，不可假人。威权既振，孰敢议者?"帝不悦。自是，国权卒归于林甫、国忠，军权卒归于禄山、舒翰。太白此时熟识时病，欲言则惧祸及己，不得已而形之诗章，聊以致其爱君忧国之志而已。所谓皇、英之事，特借之以引喻发兴。而曰"日"，曰"皇穹"者……诗意切直着明，流出胸臆，非识时忧世之士，怀存君忠国之心者，孰能与于此？

按：第一，玉本删去杨齐贤对湘水出处的考证。湘水的出处，众说纷纭，历来备受争议。《后汉书》卷三十二《郡国志》：

零陵郡，十三城，户二十一万二千二百八十四，口百万一千五百七十八。泉陵、零陵阳朔山，湘水出。

魏郦道元撰《水经注》卷三十八：

湘水出零陵始安县阳海山。注曰：即阳朔山也。应劭曰：湘出零山(案零下近刻衍陵字)，盖山之殊名也。山在始安县北。县故零陵之南部也。魏咸熙二年，孙皓之甘露元年，立始安郡。湘、漓同源。分为二水，南为漓水，北则湘川，东北流。罗君章《湘中记》曰：湘水之出于阳朔则觞为之舟，至洞庭，日月若出入于其中也。

宋乐史撰《太平寰宇记》卷一百六十二岭南道桂州：

桂州始安郡，今理临桂郡。《禹贡》：荆州之城，春秋时越地。七国时，服于楚；战国时，为楚越之交境。秦始皇三十三年(公元前 214)，发诸尝捕亡人、赘媚、贾人略取陆梁地，是为桂林郡。二汉属零陵、苍梧二郡。吴甘露元年(前 53)，于桂林置始安郡。东晋孝武帝改为始建郡。宋不改。萧齐复为始安郡。天监六年(507)，立桂州于苍梧、欝林之西境，无定理处。大同六年，移桂州于今理。隋平陈，废始安郡，所领县并入桂州，乃置总管府。大业元年(605)，废总管府，置都尉府。三年(608)，罢州为始安郡。唐武德四年(621)，平萧铣，复置桂州总管府。桂、象、静、融、乐、荔、南昆州、龙九州，并定州，一总管。其桂州领始安、福禄、纯化、兴安、德源、永福、阳朔、归义、宣风、象十县。寻改定州为南尹州。其年又置钦州总管，隶桂府。五年(622)，置南恭、燕、梧三州，隶桂府。九年(626)，置晏州，隶桂府。贞观元年(627)，又以钦、玉、南亭三州隶桂府。二年(628)，省玉州、南亭州。五年(631)，置宁州，隶桂府。六年(632)，又以尹、藤、越、白、相、绣、郁、羌、南岩、南方、南晋十二州隶桂府。其年置龚州都督，亦隶桂府。其年废龙、郁二州。八年(634)，改越州为廉州，南简为横州，南方为澄州，南岩为潘州，南晋为邕州，尹州为贵州，静州为富州，乐州为韶，南昆州为柳州，铜州为容州；废福禄、归义二县。十年(636)，废羌州。十二年(638)，废晏州，以建陵县来属。废荔州，以荔浦、崇仁二县来属。省宣风县，今督桂、昭、贺、福、梧、藤、容、潘、白、廉、绣、钦、横、邕、融、柳、贵十七州。天宝元年(742)改为始安郡，依旧都督府。至德二年(757)九月，改为建陵郡。乾元元年(758)，复为桂州，刺史充经略军使，北界有越城岭，今谓之临源岭，即五岭之一也。

又曰：

漓水，一名桂江，出临源县东南阳海山。《汉志》：零陵县阳海山漓水所出。汉武帝讨南越，遣归义越侯严为戈船将军出零陵，下漓水。湘水，今名小湘江，源出临源县阳海山。漓水、湘水同源，分为二水。二水在全义岭上南流为漓水，北流为湘水。罗含记云：湘水出于阳朔州则觞为之舟，至洞庭，日月若出没于其中。

宋毛晃撰《禹贡指南》卷四：

湘水出于零陵始安县阳海山，过醴陵，又东北过汇湘州潭在焉，又东北径潭州城下，北径湘阴县，注于洞庭之湖。广圆五百里，中有君山、编山；又北至巴丘山，入于江，然则九江实今洞庭，而非江州明矣。巴陵今岳州。

宋戴侗撰《六书故》卷六地理三：

湘，息良切。《汉志》：水出零陵阳海山。今全州清湘、灌阳二县也，北至酃，入江。按今湘水实入于洞庭，洞庭入江。又《诗》云："于以湘之，维锜及釜。"毛氏曰："烹也。"

宋王观国撰《学林》卷三：

今全、桂二州之间有阳海山，有水自山出，至山下则分流为二，其一向南流者为离水，其一向北流者为湘水。其地在汉属零陵郡，二水皆石险。而离水南过桂林入苍梧，尤为崄涩，盖两山之间乱石漱水，或石滩延亘，屈曲湍泷。

元陈师凯撰《书蔡氏传旁通》卷二：

湘水，《地志》：出零陵郡零陵县阳海山，行二千五百三十里入江。零陵，今湖南永州路零陵县也。

明张鸣凤撰《桂胜》卷四：

桂川曰漓与湘同源，出兴安阳海山，至县之北酾为二流。漓则经灵渠南出，缭绕桂城东北城之西南，带以阳江，从漓山下入于漓，水波宽广，为桂金汤之固。

清朱鹤龄《禹贡长笺》卷六：

> 二曰湘江，《汉·地理志》："湘水出零陵郡零陵县阳海山。"注曰："《水经注》：湘水出零陵始安县阳海山，即阳朔山。在今桂林府兴安县。"

清胡渭撰《禹贡锥指》卷七：

> 《水经》：湘水出零陵始安县阳海山。注曰：即阳朔山也。在县北湘、漓同源，分为二。南为漓水，北则湘川。今广西桂林府兴安县，本汉始安县地，山在县南九十里。应劭谓之零陵山。

清《大清一统志》卷三百五十五桂林府：

> 阳海山，在兴安县南九十里。《汉书·地理志》：零陵阳海山，湘水所出。《后汉书·郡国志》：零陵阳朔山，湘水出。桑钦《水经》：湘水出零陵始安县阳海山。注：即阳朔山也。应劭曰：湘水出零陵山，盖山之殊名也。山在始安县北。《元和志》：阳朔山在全义县东南八十里，即零陵山也。《寰宇记》：阳海山在郡城北一百七十里，属兴安县，一名阳朔山。其山自永州零陵县西迤逦冈峦，连亘不绝，此山即湘、漓二水之源。《明统志》：在兴安县南九十里。按《后汉志》及《水经注》皆以阳海山为阳朔山，而应劭及《元和志》又以为零陵山。盖阳朔，即阳海之殊名，非今阳朔县之阳朔山也。零陵乃汉时阳朔山所在之郡。应劭盖云湘出零陵郡之山，非阳朔外又别有零陵之称也。

①《汉书》认为湘水的出处是零陵阳朔山。《水经》细化为“零陵始安县阳海山”，郦道元注引应劭说为证，认为“阳海山”就是“阳朔山”。《太平广记》引《汉志》语，与《汉书》不同，称“零陵县阳海山漓水所出”，且漓、湘同源，同出“临源县阳海山”，所引东晋罗含《湘中记》又云“湘水出于阳朔州”，比郦道元所引罗含《湘中记》“湘水之出于阳朔”多出“州”字。毛晃、戴侗坚持《汉志》之说，即“水出零陵阳海山”。戴侗指出，阳海山在宋时“全州清湘、灌阳二县”。王观国指出宋时阳海山在“全、桂二州之间”，覆盖面似比戴侗所言更广，但他也认同此山“在汉属零陵郡”。元陈师凯观点与宋人同，指出“零陵，今湖南永州路零陵县也”。明张鸣凤在坚持“漓与湘同源，出兴安阳海山”的基础上，补充“漓经灵渠南出”“缭绕桂城”这个细节。清人朱鹤龄、胡渭指出阳朔山在“今广西桂林府兴安县”。《大清一统志》总结前代对阳海山的记载，推测“阳朔，即阳海之殊名，非今阳朔县之阳朔山也”，故知清时阳朔县之阳朔山与汉时在零陵郡的阳朔山不同，“阳朔”没有“零陵”这个别称。

②桂州始安郡（宋理临桂郡），唐武德四年（621），置桂州总管府，经过一系列的名称及区划变革，于乾元元年（758），复为桂州。此地在两汉时属于零陵、苍梧二郡。杨齐贤认为“兴安隶苍梧郡，在唐为桂州”。然唐时桂州所覆盖地区并不能和宋代兴安县所在完全等同，即便“兴安”至德三载后更名，也无法充分证明湘水出零陵阳朔山的说法是有误的。杨氏认为准确的说法当是“湘水出海阳山”。

③据今人最新研究资料表明，湘江的真正源头是湖南永州市蓝山县的潇水。在比《汉书》成书更早的《山海经》卷十三之海内东经中，有关于湘水源头的说法：“湘水出舜葬东南陬，西环之（湘江源于舜的葬地——九嶷山的东南角，环绕流到山的西部）。”中国古代传说舜帝葬于湖南永州市宁远县南部的九嶷

山，相当于今天湖南省宁远县的南部山区，其东南山麓下，正是潇水的源头所在。可见，《山海经》非常正确地记载了湘江源头的所在地。只是《山海经》这种正确的认识并没有引起后世重视，学者们谈到湘水源头时多数径直采用了《后汉书·地理志》和《水经注》等文献的说法，硬是将“西环”之水比附为“阳海山”附近的“海洋河”①。

足见，杨氏以同期郡县来考证《后汉书·地理志》的说法，并产生怀疑，这是非常大胆和先进的。只是碍于当时的技术条件，他所持的观点也不正确，且证据不足，论证推理又过于简单，故得出的结论无非是纠结于字面。玉本删去杨氏考证，却保留了他的结论，有助于观者（特别是注者所处年代的观者）增加一种见识，知道“苍梧山”与“湘水”的关系，从而更好地理解“苍梧山崩湘水绝”这句话。

第二，玉本删去“《晋·王珉传》：王导初渡淮，郭璞筮之，曰：‘淮水绝，王氏灭’”一句，盖因“绝”“灭”比较好理解，无须赘言。然杨注引此，用意在诗法而不在意思，“苍梧山崩湘水绝，竹上之泪乃可灭”与“淮水绝，王氏灭”构思相似，特别注出，有助于诗家学习。

第三，玉本删去萧注最后一段文字，盖因其主观色彩过于浓烈。萧氏前已指明：“此篇前辈咸以为上元间，李辅国、张后矫帝制迁上皇于西内时，太白有感而作。”中引《唐史·高力士传》为证，后又逐层分析句意，最终论述道：“诗意切直着明，流出胸臆，非识时忧世之士，怀存君忠国之心者，孰能与于此？”已经完成了注释所能及的所有任务。至于最后替太白鸣不平之语，则大可不必。但以萧士赟处于宋末元初的背景来

① 陈义勇，杨建军：《湘江上游交通格局变化与湘江源头认知转变》，www.lsxw.gov.cn/Info.aspx? ModelId=1&Id=2626.

看，这段感慨倒可以体现注者的注诗意图。

三、删节本系统之许自昌校刻本

1. 概述

许自昌，明人(1578—1623)，字玄佑，别署梅花主人，别业名梅花墅，江苏长洲(今江苏苏州市)人，好刻书，所刻有韩柳文集及《太平广记》等。《分类补注李太白诗》即有许自昌校刻本，国家图书馆现藏两部，分别为：明万历三十年(1602)刻本，线装十册；明(1368—1644)刻本，线装十四册。前者九行二十字，小字双行同，白口，左右双边，单鱼尾，有朱、墨笔圈点、眉批，钤"饮冰室藏"印。后者现状为：每页九行，每行十字，双行小字注二十字；有墨笔眉批，内容针对诗文、注文，包括释义，纠错，标注音韵，添加历史背景，陈述地理名物、现状。卷首版式如下：

分类补注李太白诗卷之一

明长洲许自昌玄佑甫校

古赋八首

大鹏赋并序

正文中用墨笔或朱笔圈点重点及好句、修改个别字词覆盖原本，用竖线标识地理名物。此本大致保留原本风貌，较之郭云鹏本删节有度，但部分诗下将萧士赟注删减殆尽，对杨齐贤注保存较为完整。笔者现以十四册本为主要依据，分析许自昌本的情况。

第一，许自昌本在序言部分删去了萧士赟所写序例，其他则与萧本大致相同。萧本在《序例》后依次附上前代人所写序言、碑记、年谱，依次为：《唐翰林李太白诗序》(唐宣州当涂县令李阳冰撰)、《后序》(朝散大夫行尚书职方员外郎直史馆上柱国乐史述)、《唐翰林李君碣记》(尚书膳部员外郎刘全白撰,朝议郎行当涂县令顾游秦建)、《后序》(常山宋敏求题,南丰曾巩序,信安毛渐校正仪题)、《唐翰林李太白年谱》(关中薛仲邕编)。许自昌本保留了这些篇目,次序依原本,未加改动。

第二,现存明刻许自昌本有眉批,其作者为清代人。薛仲邕编《唐翰林李太白年谱》云:"丞相汲公吕微仲为《杜诗年谱》,丹阳洪兴祖为《韩文年谱》,潞国文安礼亦为《柳州年谱》矣,独太白之集阙焉。"此段话之上,有书写眉批者之语:"江西赣州府信丰县吕汲公墓在焉。余于乾隆五十九年(1794)为信丰亲至。具礼往拜之。县志云:'贬岭南道时,道卒于信。'"这是关于丞相汲公吕微仲的记载。从时间记载可知,眉批作者为清代乾隆年间人士。此人对诗文模糊处做了补写,对个别有争议的异文,有时在旁边注出,有时则直接在本字上修改;补充了一些声韵,对注释存疑处则略作点评。

第三,许自昌本删去"分类补注李太白诗目录"下,杨、萧二人的名字。萧本目录在"分类补注李太白诗目录"之下有"春陵杨齐贤子见集注""赣萧士赟粹可补注"字样,许本将其删去。其后分卷与诗题没有任何变动。

第四,许本自卷十三开始,书写体例略有变化,"长州许自昌元祐甫校"前特别标出"明"字。残缺之处增多,部分篇目用宣纸修补、墨笔补齐字迹;部分篇目明显缺失,且顺序颠倒,但页码不乱,容易给人造成"完整无误"的错觉。

2. 注例分析

(1)《秋日炼药院镊白发赠元六兄林宗》:"穷与鲍生贾,饥从漂母飡。时来极天人,道在岂吟叹。"

士赟曰:"《后汉》:朱穆《崇厚论》曰:仲尼叹曰:'大

道之行，丘不与焉。’”

许本：士赟曰：“《后汉》：不穆《崇厚论》曰：仲尼叹曰：‘大道之行，丘不与焉。’”

按：许自昌本将“朱穆”误写为“不穆”。《后汉书》卷七十三：“时同郡赵康叔盛者隐于武当山，清静不仕，以经传教授。穆时年五十，乃奉书称弟子。及康殁，丧之如师，其尊德重道为当时所服。常感时浇薄，慕尚敦笃，乃作《崇厚论》。其辞曰：夫俗之薄也，有自来矣。故仲尼叹曰：‘大道之行也，而丘不与焉。’”《后汉书补逸》卷十七：“（朱）穆著论甚美，蔡邕尝至其家，自写之。穆感时浇薄，慕尚敦笃，乃作《崇厚论》。”足见，萧本引《后汉书》正确无误，而许本书“不穆”为硬伤，盖因字形相近而致疏漏。

（2）《书情赠蔡舍人雄梁宋》：“尝高谢太传，携妓东山门。楚舞醉碧云，吴歌断清猨。暂因苍生起，谈笑安黎元。余亦爱此人，丹霄冀飞翻。”

许本：士赟曰：《汉书·谷永传》：“天下黎元咸安家乐业。”刘向《列仙传》：“赤松子赞曰：接手翻飞，泠然双举。”王粲诗曰：“苟非鸿雕，孰能飞翻。”

按：此句，元版没有士赟注释，许本有。士赟注与齐贤注所选注释点差不多，这里补充了对“黎元”的注解。

（3）《书情赠蔡舍人雄梁宋》：“倒海索明月，凌山采芳荪。”

士赟曰：鲍照诗：凌崖采三露。

许本：士赟曰：鲍照诗：凌崖采玉露。

按：《鲍明远集》卷五《白云》："凌崖采三露，攀鸿戏五烟。"《古诗纪》卷六十二《白云》："凌崖采三露，攀鸿戏五烟。"《汉魏六朝百三家集》卷六十九《白云》："凌崖采三露，攀鸿戏五烟。"何谓"三露""五烟"？前者为传说中的三种甘露，服之可以治病长生；后者即五色云。唐吕堙《冥荚赋》："承荣金殿，旁沾三露之滋；每奉玉阶，上荫五云之施。"足见，"三露""五烟"("五云")均与道家修炼养生、灵符祥瑞有关，诗人亦喜在创作中以二者相对。故鲍照原诗为"三露"确定无疑。许本作"玉露"，有两种可能：一是"玉露"常见且更合乎情理，故作修改；二是后来衍出，并非刻意而为。

(4)《叙旧赠江阳宰陆调》："江北荷花开，江南杨柳(许本作'梅')鲜。"

按：宋蜀本作"杨梅熟"，萧本作"杨柳鲜"，许自昌本作"杨梅鲜"。在这里，许本似对其予以折中。萧本改为"杨柳"，盖以其与"荷花"对仗更为工整。但太白诗并不可以是否工对轻论或轻改。杨齐贤注曰："张揖注《上林赋》：杨梅，其实似谷而有核，其味酸。"所见本为"杨梅"无疑。萧本、许本取"鲜"而弃"熟"，亦有其合理之处。太白诗歌行转韵，自"间宰江阳邑，剪棘树兰芳"至"但苦隔远道，无由共衔觞"为[七阳]下平韵。自"江北荷花开，江南杨柳鲜"至"大笑同一醉，取乐平生年"为一韵，韵脚"鲜""川""船""年"，为[一先]下平韵。"熟"是[一屋]入声，置此则出韵。以"鲜"字反观诗句，"杨梅"更为合适。但宋蜀本"杨梅熟"以下有"正好饮酒时，怀贤在心目"一句，白集他本则无(《御定全唐诗录》选用宋蜀本诗句)。"目"为[一屋]入声，与"熟"同韵。若有此句，则宋蜀本"熟""目"自可脱离其后[一先]下平韵自成一韵，作"杨梅熟"声韵上亦无误。

(5)《草创大还赠柳官迪》："造化合元符，交媾腾精魄。自然成妙用，孰知其指的。"

许本：士赟曰：《列子》：造化之所始者，谓之本。陆佐公《刻镂铭》：入神之制与造化合符。《周易参同契》曰：观夫雌雄交媾之时，刚柔相结而不可解，得其节符，非有功巧以制御之。本在交媾，定制始先。坎戊为日，离巳为月，日以施德，月以舒光。月受日化，体不亏伤。又曰：自然之所为兮，非有邪伪道。惟斯之妙术兮，审谛不诳语。又曰：以类辅自然，物成易陶冶。又曰：寥廓恍惚，莫知其端。先迷失轨，后为主君。无平不陂，道之自然。《丹经》：日精月华，日魂月魄。郭璞《江赋》：纳隐沦之列真，挺异人之精魄。江淹诗：偃蹇寻青云，隐沦驻精魄。道人读丹经，方士练玉液。

按：许本较之元版多出几句，即"《列子》：造化之所始者，谓之本。陆佐公《刻镂铭》：入神之制与造化合符。"这是解释"造化合元符"。萧本系统比较复杂，可能今天所见诸本均有删节改动。以萧氏注释力求全面而言，当不会绕开"造化合元符"而直接去解释下一句，萧注中当有许本多出的部分。

(6)《草创大还赠柳官迪》："吾求仙弃俗，君晓损胜益。不向金阙游，思为玉皇客。鸾车速风电，龙骑无鞭策。一举上九天，相携同所适。"

齐贤曰：《抱朴子》曰：得道之士或委华驷而鞭蛟龙，或弃神州而宅蓬瀛。《淮南子》曰：电以为鞭。

许本：齐贤曰：《抱朴子》：或曰：得道之士或委华驷而辔蛟龙，或弃神州而宅蓬瀛。《淮南子》曰：电议为鞭策。

按：此处许本略作改动，如"《抱朴子》曰"改为"《抱朴子》：或曰"；"委华驷而鞭蛟龙"改为"委华驷而辔蛟龙"；"电以为鞭"改为"电议为鞭策"。《抱朴子内外篇》内篇卷一："或曰：得道之士呼吸之术既备，服食之要又该，掩耳而闻千里，闭目而见将来，或委华骝而辔蛟龙，或弃神州而宅蓬瀛……"《淮南子》卷一："电以为鞭策，雷以为车轮。"《艺文类聚》卷二："《淮南子》曰：'电以为鞭策。'"这些细节上的改动，有些使得注释精确度提高，有些却与原文相去甚远，《抱朴子》之改使引文更合乎原著，而《淮南子》之改显为失误，观者必须仔细甄别。

(7)《赠崔司户文昆季》："垂恩傥丘山，报德有微身。"

> 士赟曰：《后汉·冯异传》：功若丘山。鲍照上疏曰：虽摩肌发，无报天德。《毛诗》：欲报之德。《史》：张仪谓苏秦舍人曰："赖子得显，方且报德，何故去也？"江淹诗：恩波被微身。
>
> 许本：士赟曰：《后汉·马异传》：功若丘山。鲍照上疏曰：虽摩肌发，无报天德。《毛诗》：欲报之德。《史》：张仪谓苏秦舍人曰："赖子得显，方且报德，何故去也？"江淹诗：恩纪被微身。

按：萧本为《后汉·冯异传》，许本则为《后汉·马异传》，考之《后汉书》只有《冯异传》，并无"马异"之说。萧本引江淹诗为"恩波被微身"，许本则为"恩纪被微身"。《江文通集》卷四《陆平原羁宦》："储后降嘉命，恩纪被微身。"《文选》卷三十一《陆平原(羁宦)》："储后降嘉命，恩纪被微身。"《陆平原机羁宦》："储后降嘉命，恩纪被微身。"又《山堂肆考》卷二百三十二"恩纪"条："史云：素无恩纪。恩纪言恩意，纪念收录人，即恩泽也。古诗：'恩纪被微身。'"则江淹诗为"恩纪"无疑。萧本所用“恩波”在诗中也经常用到，如梁丘迟《侍宴乐游苑饯徐州刺史应诏》诗：“参差别念举，肃穆恩波被。”[①]宋张孝祥《麒麟砚滴分韵得文字》：“转写胸中奇，恩波被无垠。”[②]恩波亦是恩泽，与恩纪意思相近，注家引用诗文时可能会因此而误。对诗文的引用，一般会出现以下几种情况：一是注释者记忆错误，诗文大非原貌，后世学者或可因此累积“异文”；二是注释者看到不同的版本，其中一些后已不传，故而所引诗文不同于常见者，此类当慎重鉴别；三是某些诗句因为类似者颇多，注者不能确定其出处，归入不同作者名下；四是书写刊刻过程中出现疏漏，此类最多。萧本所写“恩波”基本上属于第一种情况。若因“波”与其后“被”字相近而出现笔误，则当归入第四类。

(8)《赠僧崖公》：“冥机发天光，独朗谢垢氛。虚舟不系物，观化游江濆。”

齐贤曰：《庄子》：宇泰定者，发乎天光。发乎天者，人见其人。

许本：齐贤曰：《庄子》：宇泰定者，发乎天光。发乎天者，人见其人。又曰：方舟而济于河，有虚船来触舟，虽有褊心之人，不怒。

按：元版无“又曰”以后内容。此句阐释“虚舟”。

(9)《赠秋浦柳少府》：“时来引山月，纵酒酣清辉(许本作‘晖’)。”

齐贤曰：谢灵运诗：昏旦变气候，山水含清晖。

① 《艺文类聚》卷二十九。
② 《古今事文类》别集卷十四。

士赟曰：阮籍诗：明月耀清晖。

按：萧本太白诗句为“清辉”，其下注释引谢灵运、阮籍诗则均为“清晖”。许本异文“清晖”或是据此而改？考谢灵运诗，《文选》卷二十二《石壁精舍还湖中作一首》：“昏旦变气候，山水舍清晖。清晖能娱人，游子憺忘归。”《文选颜鲍谢诗评》卷一《石壁精舍还湖中作一首》：“昏旦变气候，山水含清晖。清晖能娱人，游子憺忘归。”《汉魏六朝百三家集》卷六十六《石壁精舍还湖中作》：“昏旦变气候，山水含清晖。清晖能娱人，游子澹忘归。”《文章正宗》《风雅翼》《石仓历代诗选》《古诗镜》所载谢灵运诗亦均为“清晖”①。然而《太平寰宇记》卷一百十一云：“石壁山在县西南一十一里，……谢诗云：‘昏旦变气候，山水含清辉。清辉能娱人，游子憺忘归。”《江西通志》卷四十一：“石壁精舍，《太平寰宇记》：‘在都昌县西南一十一里，……谢诗云：昏旦变气候，山水含清晖。清晖能娱人，游子憺忘归。”《太平寰宇记》描述石壁山风物时引用谢灵运诗，诗中两处“清晖”均变为“清辉”。《江西通志》转引《太平寰宇记》此段记载时，又恢复成“清晖”，与《文选》及其他总集一致。

考诸辞典，“清辉”意即清光，多指日月的光辉。晋葛洪《抱朴子·博喻》：“否终则承之以泰，晦极则清辉晨耀。”唐杜甫《月圆》诗：“故园松桂发，万里共清辉。”“清晖”则有三层含义。第一，明净的光辉、光泽。清方文《秋夜饮顾与治斋中》：“清晖在山川，流光及城阙。”第二，比喻容光、面容。明夏完淳《六君咏·徐詹事》：“灵旗动虚无，清晖宛如昨。”第三，山水的代称。宋陆游《老学庵笔记》：“国初尚《文选》，当时文人

① 见《文章正宗》卷二十二下，《风雅翼》卷六，《石仓历代诗选》卷五，《古诗镜》卷十三。

专意此书，故草必称王孙，梅必称驿使，月必称望舒，山水必称清晖。”

反观李白《赠秋浦柳少府》一诗：

> 秋浦旧萧索，公庭人吏稀。因君树桃李，此地忽芳菲。摇笔望白云，开帘当翠微。时来引山月，纵酒酣清辉。而我爱夫子，淹留未忍归。

诗中涉及的处所，从大范围来看是“秋浦”，小范围来看则是“公庭”。《锦绣万花谷》后集卷十三云：“少府，李白《赠瑕丘王少府》《别西河刘少府》《赠秋浦柳少府》，杜甫《贻华阳柳少府》，如此则当是唐时县尉多称少府也。”那么，这里的“公庭”是指县衙。而“开帘当翠微”更是准确到二人当时所在，即县衙一个面向远山的厢房。末句云“淹留未忍归”，则表明与柳少府待在一起的时间很长，彻夜未归。那么，对月举杯，欢饮达旦便是诗歌所写二人的活动。而“对月举杯”在太白诗中常见，“酣”醉抑或“酣”眠，基本上是因欢聚而催发，由美酒而导致，有月光来助兴的。也就是说，“纵酒酣清辉”的“清辉”就是指月亮的光辉，即使用“清晖”也大致用其第一层含义，并不会因“曾三拟文选”而养成“山水必称清晖”的习惯。太白诗与其他诗人作品很大的一个不同，就是甚少在词汇中埋藏过多的信息或曲折复杂、隐晦难言的暗示。即便通篇道出一种难言之隐，亦是通过篇章结构的设置、句式的转变、内容的跳跃性安排等方式来实现。单个词语包含的信息较杜诗少得多，同样的词汇放在不同的诗歌环境中便焕发出新的生命力，有了新的指代。这次词汇代表或组成的“意象”也只具有相对稳定性，完全从书本中沿袭来的符号式指代非常少。尽管前有“开帘当翠微”的景致，“酣”的对象仍旧明确指向整晚都能看到的月光，而不会刻意比附

《文选》"山水"之意。因此，太白此诗异文中"清辉"更好一些，更符合他的创作风格。

从版本上来看，《李太白文集》卷八："时来引山月，纵酒酣清辉。"《分类补注李太白诗》卷十："时来引山月，纵酒酣清辉。"明高棅编《唐诗品汇》卷五、明曹学佺编《石仓历代诗选》卷四十四则均为："时来引山月，纵酒酣清晖。"太白诗别集主要版本没有异文，总集类诗集则不拘细节，写"清辉"为"清晖"，这就和太白诗中"渌水"与"绿水"不加甄别混用一样，是不够严谨的。

这种混用、通用主要是由于字形、含义相近引起的，诗文集中这种比较随意的做法由来已久。一般来说遵循这样的规律：总集较别集混用更多；其他各部较之集部混用更多；年代愈久远混用愈多，且混用词语皆可通行。

总而言之，从严格的意义上讲，太白本诗当为"纵酒酣清辉"，"清晖"因词语混用已久，亦可解释得通。许本改"辉"为"晖"，意义并不大，反倒容易造成理解上的误差。

(10)《中丞宋公以吴兵三千赴河南军次寻阳脱余之囚参谋幕府因赠之》

齐贤曰：宣秉拜中丞，光武特诏御史中丞与司隶、尚书令会同并专席而坐，京师曰"三独坐"。《礼记》：赐鈇钺然后征。《东汉书》：范滂为诏使，登车揽辔，慨然有澄清天下之志。《诗·彤弓》注曰：凡诸侯赐弓矢，然后专征伐。陶潜《命子诗》：桓桓长沙，伊勋伊德。天子畴我，专征南国。《书》：光天之下，至于海隅苍生。

许本：齐贤曰：宣秉拜中丞，光武特诏御史中丞与司隶尚书令会同并专席而坐，京师曰"三独坐"。《礼记》：赐鈇钺然后征。士赟曰：《东汉书》：范滂为诏使，登车揽辔，慨然有澄清天下之志。《诗·彤弓》注曰：凡诸侯赐弓矢，然后专征伐。陶潜《命子诗》：桓桓长沙，伊勋伊德。天子畴我，专征南国。《书》：光天之下，至于海隅苍生。

按：此段注文本杨齐贤所作，许本拆分为两部分，一半归在萧士赟名下。

(11)《流夜郎赠辛判官》："昔在长安醉花柳，五侯七贵同杯酒。气岸遥凌豪士前，风流肯落他(宋蜀本注：一作'谁'，又作'诸')人后？"

齐贤曰：长安，唐京兆府长安县。《汉》：河平二年六月，成帝封诸舅，王谭平阿侯，商成都侯，立红阳侯，根曲阳侯，逢高平侯，五人同日封，故世谓之五侯。《西征赋》：窥七贵于汉庭。注：谓吕、霍、上官、赵、丁、傅、王也。司马迁《报任安书》：仆与李陵，未尝衔杯酒，接殷懃之欢。《吕氏春秋》：老聃、孔子、墨翟、关尹子、列子、陈骈、杨朱、孙膑、王廖、倪良，此十人者皆天下之豪士。《南史》：张充《与王俭书》曰：实由气岸疏凝，情涂猖隔。《晋·乐广传》：天下言风流者，谓王、乐为称首焉。

许本：齐贤曰：长安，唐京兆府长安县。《汉》：河平二年六月，成帝封诸舅，王谭平阿侯，商成都侯，立红阳侯，根曲阳侯，逢高平侯，五人同日封，故世谓之五侯。《西征赋》：窥七贵于汉庭。注：谓吕、霍、上官、赵、丁、傅、王也。司马迁《报任安书》：仆与李陵，未尝衔杯酒，接殷勤之欢。《吕氏春秋》：老聃、孔子、墨翟、关尹子、列子、陈骈、杨朱、孙膑、王廖、倪良，此十人者皆天下之豪士。士赟曰：《南史》：张充《与王俭书》曰：实由气岸疏凝，情涂狷隔。《晋·乐广传》：天下言风流者，谓王、乐为称首焉。

按：许本在这一卷中，多处将杨注分开，杨、萧二注混淆。

(12)《赠易秀才》：“蹉跎君自惜，窜逐我因谁。地远虞翻老，秋深宋玉悲。空摧芳桂色，不屈古松姿。感激平生意，劳歌寄此辞。”

齐贤曰：《吴》：虞翻以罪迁交州。时帝遣周贺乘海之辽东，从公孙渊求马。翻欲谏不敢，作表以示刺史吕岱，岱不报。后贺等还，至成山，为魏田豫所击。帝闻始思翻言，召翻，会翻卒。宋玉《九辨》曰：悲哉秋之为气也。《韩诗》曰：朋友之道缺，劳者歌其事。《南史·陶潜传论》曰：乘道匿辉，不屈其志。诸葛亮《出师表》曰：由是感激，遂许先帝以驱驰。陆机诗：慷慨惟平生。

许本：齐贤曰：《楚辞》：骥垂两耳，中坂蹉跎。《吴》：虞翻以罪迁交州。时帝遣周贺乘海之辽东，从公孙渊求马。翻欲谏不敢，作表以示刺史吕岱。岱不报，后贺等还，至成山，为魏田豫所击。帝闻始思翻言，召翻，会翻卒。宋玉《九辨》曰：悲哉秋之为气也。《韩诗》曰：朋友之道缺，劳者歌其事。《南史·陶潜传论》曰：乘道匿辉，不屈其志。诸葛亮《出师表》曰：由是感激，遂许先帝以驱驰。陆机诗：慷慨惟平生。

按：许本有“《楚辞》：骥垂两耳，中坂蹉跎。”一句，元版无。

(13)《经乱离后天恩流夜郎忆旧游书怀赠江夏韦太守良

宰》："儿戏不足道，五噫出西京。临当欲去时，慷慨泪沾缨。"

齐贤曰：《史》：霸上、棘门如儿戏。梁鸿过京师，作《五噫》之歌。

士赟曰：潘岳诗：欲去复不忍。

许本：齐贤曰：《史·世家》：霸上、棘门如儿戏。梁鸿过京师，作《五噫》之歌。士赟曰：潘兵诗：欲去复不忍。

按：《史记》卷五十七《绛侯周勃世家》："文帝曰：'嗟乎，此真将军矣！曩者霸上、棘门军，若儿戏耳，其将固可袭而虏也。"杨注高度概括了文帝的话，此出之《史记》无疑。而许本将引文出处改得稍微具体一些。《文选》卷二十三潘安仁《悼亡诗三首》其三："徘徊墟墓间，欲去复不忍。"《晋书》卷五十五《潘岳传》："潘岳字安仁，荥阳中牟人也。"则此句为潘岳所写。"潘兵"是许本刊刻之误。

(14)《经乱离后天恩流夜郎忆旧游书怀赠江夏韦太守良宰》："征乐昌乐馆，开筵列壶觞。贤豪间青娥，对烛俨成行。醉舞纷绮席，清歌绕飞梁。"

齐贤曰：《博物志》：韩娥之齐，鬻歌假食。既去，余音绕梁，三日不绝。

士赟曰：陶潜《归去来词》：引壶觞以自酌。《汉·郦食其传》：贤豪不敢后。宋南平王《白纻舞曲》曰：佳人举袖耀青娥。《宋书·志·乐歌》：罗列自成行。谢灵运诗：清歌绕梁尘。

许本：齐贤曰：《招魂》云："士女杂坐，乱而不分。"《诗》：醉言舞。《博物志》：韩娥之齐，鬻歌假食。既去，余音绕梁，三日不绝。士赟曰：陶潜《归去来词》：引壶觞以自酌。《汉·郦食其传》：贤豪不敢后。宋南平王《白纻舞曲》曰：佳人举袖耀青娥。《宋书·志·乐歌》：罗列自成行。谢灵运诗：清歌拂梁尘。

按：元版无"《招魂》云：'士女杂坐，乱而不分。'《诗》：醉言舞。"一句。《楚辞·招魂》："士女杂坐，乱而不分些。"此句可用来解释"贤豪间青娥"。《毛诗注疏》卷二十九《鲁颂·有駜》："鼓咽咽，醉言舞。"以此来释"醉舞纷绮席"。无此条注，则杨氏注文直接从"清歌绕飞梁"开始，以其注释以繁复著称来看，断不会弃前几句不理，盖注文最初有此注。

许本对萧注引谢灵运诗略有改动。《文选》卷三十谢灵运《拟魏太子邺中集诗八首·魏太子》："急弦动飞听，清歌拂梁尘。"《文选颜鲍谢诗评》卷四谢灵运《拟魏太子邺中集诗八首·魏太子》："急弦动飞听，清歌拂梁尘。"《古诗纪》卷五十八、《集汉魏六朝百三家集》卷六十六、《竹庄诗话》卷四所引谢灵运此诗，均作"拂"，无"绕"字异文。唐王勃《三月上巳祓禊序》："清歌绕梁，白云将红尘并落。"①前引《博物志》云："既去，余音绕梁，三日不绝。"则许本改动是正确的。盖萧氏对诗文的引用受其他信息干扰，记忆出现偏差。

(15)赠张相镐二首(时逃难在宿松山作。后一首亦作《晋载重寄张相公》。)(宋蜀本作"时逃难病在宿松山作，后一首亦作《书怀(许本作晋载)重寄张相公》"。)

按：标题下注文罕少出现如此明显的错误，"书怀重寄张相公"被写成"晋载重寄张相公"。许自昌本流传广泛，一度被误认为是分类最完整的本子，质量也属上乘，殊不知在处理某

---

① [唐]王勃著，[清]蒋清翊注：《王子安集》卷七，上海：上海古籍出版社，1995年，第211页。

些细节时比郭云鹏本更加粗率，使用此本时当明辨各种疏漏不足。

(16)《赠张相镐二首》其二："石勒窥神州，刘聪劫(许本作'役')天子。"

士赟曰：《刘聪载记论》曰：今胡寇不仁，有同豺豕，役天子以行觞，驱乘舆以执盖，刘聪竟得寿终，非不幸也。

按：考诸《晋书》原文，《晋书》卷一百三十《载记第三·刘曜》："……古不如今。胡寇不仁，有同豺豕，役天子以行觞，驱乘舆以执盖。"《晋书》卷一百二十方为《刘聪载记》，萧氏记此段话出处有误。考诸太白诗，《李太白文集》卷九："石勒窥神州，刘聪劫天子。"《李太白集注》卷十一："石勒窥神州，刘聪(一作曜)劫(一作役)天子。"《文苑英华》卷二百五十一："石勒窥神州，刘聪劫天子。"《御定全唐诗》卷一百七十："石勒窥神州，刘聪劫天子。"除《李太白集注》外，各本均为"劫"，与萧本同。《李太白集注》后出，盖出于谨慎，吸收了许本的异文。许本异文当是据"役天子以行觞"而改，然太白写诗时大可不必非用载记中语，故此种修改方式生硬刻板，且夹杂着修改者主观臆测的成分，并不十分妥当。

(17)《宿清溪主人》："夜到清溪宿，主人碧岩里。檐楹挂星斗，枕席响风水。月落西山时，啾啾夜猿起。"

齐贤曰：《九域志》：池州，治贵池县，有清溪镇。

许本：齐贤曰：《九域志》：池州，治贵池县，有清溪镇。士赟曰：《楚辞》云："猿啾啾兮狖夜鸣。"

按：许本有士赟注释，元版无。此处引《楚辞》语以释"啾啾夜猿”。

(18)《赠闾丘处士》:“竹影扫秋月，荷花(许本作‘衣’)落古池。”

按：宋蜀本卷十《赠闾丘处士》:“竹影扫秋月，荷花落古池。”咸淳本卷八：“竹影扫秋月，荷衣落古池。”宋佚名《锦绣万花谷》前集卷二十五：“竹影扫秋月，荷花落古池。”《分类补注李太白诗》卷十二：“竹影扫秋月，荷花落古池。”明高棅《唐诗品汇》卷五《五言古诗五·正宗三·李白〈赠闾丘处士〉》:“竹影扫秋月，荷花落古池。”明曹学佺编《石仓历代诗选》卷四十四上《赠闾丘处士》:“竹影扫秋月，荷花落古池。”以上别集、总集中“衣”与“花”出现频率几乎相同，这与上文所分析的其他异文偏重一方的情况不同。

杨齐贤注云：“《北山移文》:焚芰制而裂荷衣。”《御选唐诗》亦引《离骚》语句来释“荷衣”。萧本为“荷花”，且无小字异文，故萧士赟对此并无注解。盖杨齐贤所见太白诗为“荷衣落古池”，遂略加解读。而《离骚》中“荷衣”，字面意思便是用芰荷来做衣裳。又《楚辞·九歌》:“荷衣兮蕙带，倏而来兮忽而逝。”而“荷衣”究竟指什么?《尔雅翼》卷六“菱”条云：

> 《离骚》曰：“制芰荷以为衣兮，集芙蓉以为裳。”盖芰叶杂沓、荷叶博大有为衣之象，而芙蓉若可缉者也。古者士服玄衣纁裳，屈原恐进而遇祸，故退修初服。初服，则士服耳。芰荷，绿色，有玄之象；芙蓉，朱色，似纁。故《反离骚》曰：“衿芰茄之绿衣，被芙蓉之朱裳也。”原之始而结茝，贯薜也已，曰“愿依彭咸之遗则”。然此佩之小者又皆陆草。衣者，身之章也，用以自表，而皆取水物焉，则其从彭咸也。审矣彭咸商之介士，不得其志，投江而死者也。至王褒《九怀》云：“红采兮骍衣，翠缥兮为裳”则与

此取象不类。[①]

宋李彭《日涉园集》卷八《答之》：

老翁七十荷衣绿，弟子三千桂魄圆。

足见，荷衣为绿，绿色近玄，以芰叶、荷叶为主要材料。而以水物为裳的原因是“愿依彭咸之遗则”，彭咸投水，以死明志，则水物象其正气；以此为衣，表同样不屈的意志、同样高洁的情怀。

故自此比拟后，后世便常借“荷衣”指隐者的服装，而“荷衣”这个语码符号也就具有隐者的含义了。如，唐王绩云：“荷衣薜带，藜杖葛巾。”[②]王勃云：“脱野客之荷衣，入幽人之桂座。”[③]杜甫云：“共说总戎云鸟阵，不妨游子芰荷衣。”[④]钱起云：“茅屋空山暮，荷衣白露浓。”[⑤]宋晁说之云：“须知柑脯胜麟脯，更使荷衣笑锦衣。”[⑥]《北山移文》此句后有“抗尘容而走俗状”一句，则“荷衣”仍旧取《离骚》之意，为表高洁脱俗，乃

① [宋]罗愿撰，石云孙点校：《尔雅翼》，合肥：黄山书社，1991 年，第 62 页。

② [唐]王绩：《东皋子集》卷上《游北山赋并序》，上海：商务印书馆，1934 年，第 3 页。

③ [唐]王勃著，[清]蒋清翊注：《王子安集注》卷六《夏日登龙门楼寓望序》，上海：上海古籍出版社，2010 年，第 197 页。

④ [唐]杜甫著，[清]仇兆鳌注：《杜诗详注》卷二十五《将赴成都草堂途中有作先寄严郑公五首》其五，北京：中华书局，1979 年，第 1109 页。

⑤ [唐]钱起：《钱仲文集》卷七《药堂秋暮》，上海：上海古籍出版社，1993 年，第 71 页。

⑥ [宋]晁说之：《景迂生集》卷八《绝句谢小邵寄柑脯》，[清]永瑢，纪昀等编：《文渊阁四库全书》，集部，第 1118 册，上海：上海古籍出版社，2003 年，第 473 页。

是隐士之衣，用法与大多数文人作品无异。故对“荷衣”的注释，杨齐贤与《御选唐诗》注仅仅选择其“符号化”之意是不得要领的。这也是注家容易犯的通病，某词曾出现在某文中，貌似意思相近便拿来用，未对其与诗文语境的贴合度深加考辨。

考诸太白《赠闾丘处士》全诗：

> 贤人有素业，乃在沙塘陂。竹影扫秋月，荷衣落古池。闲读《山海经》，散帙卧遥帷。且耽田家乐，遂旷林中期。野酌劝芳酒，园蔬烹露葵。如能树桃李，为我结茅茨。

本诗所赠对象为处士，即隐居不仕的高洁之人。首两句言闾丘处士住处，第五、六、七、八句言其逍遥自得之态。第九、十两句写处士以田园菜蔬、农家酒水招待自己。最后两句则寄予美好清雅的愿望。这些均以赋笔书就，唯有“竹影扫秋月，荷衣落古池”以景致起兴。以所处位置在“沙塘陂”来看，则此景或为写实，但古人惯于根据不同人的身份，营造相应的环境：负廊庙之器者则在紫殿高阁，羁旅行役者则见鸡窗板桥，仙人处琼楼玉宇，美人在深闺小楼……野客隐士当然也有配套的环境，或山林溪涧，或幽谷茅庐，耳边是清猿啾啾、蝉鸣嘒嘒，门前虽不至凤栖龙潜，但也是仙鹤相访、白鹿来亲的，眼中自然容不得尘世俗物，非树竹千竿、植荷数亩不可。故此竹拂秋月、荷落古池之景也可能是为塑造人物而虚写。从词汇结构上来看，“竹影”为偏正，“荷衣”来对，方为工整。无论实写还是虚笔，“荷衣”均指荷花花瓣，而非《楚辞》中“荷衣”更倾向的“荷叶”之意。日常生活中，荷叶会枯槁卷缩，因为茎部折断而潜埋水中以致腐败，这是它的消亡方式。而花则以瓣瓣凋落，步入生命的尽头。故太白诗“荷衣”的符号象征性退居词汇字面义之后，唯有结合赠诗对象的身份、全诗传达的气氛及情绪方才显现，单独的"荷衣"不可以传统用法来训诂。在创作中运用符号意义浓重的词语，而仅取其字面义的例子也很多，如唐刘长卿《贬南巴至鄱阳题李嘉佑江亭》所言："柳色迎高坞，荷衣照下帷。"[①]宋彭汝砺《初夏咏》："照水荷衣薄，迎风柳鬓鬖。"[②]这种写法有一个共同规律，便是将词汇的隐含义分散在整个诗文语境中，单个词仍选择本义。

许自昌在补校《分类补注李太白诗》时，对部分异文的取舍还是做了慎重考虑的，"荷衣"便是其中一例。

(19)《赠黄山胡公求白鹇并序》："请以双白璧，贾(许本作'买')君双白鹇。白鹇白如锦(许本作'人')，白雪耻容颜。照影玉潭里，刷毛琪树间。夜栖寒月静，朝(许本作'一')步落花闲。我愿得此鸟，玩之坐碧山。胡公能辍赠，笼寄野人还。"

士赟曰：曹植诗：我愿执此鸟，惜哉无轻舟。

许本：士赟曰：曹植诗：我一执此鸟，惜哉无轻舟。

按：此诗注释差异不大，仅引曹植诗句不同。考诸曹植本诗，《曹子建集》卷五《赠王粲》："我愿执此鸟，惜哉无轻舟。"《文选》卷二十四《赠王粲一首》："我愿执此鸟，惜哉无轻舟。"李善注云："言愿执鸟而无轻舟，以喻己之思粲而无良会也。"《风雅翼》《古诗纪》《石仓历代诗选》《古诗镜》《汉魏六朝百三家集》《竹庄诗话》载曹植诗亦均为"愿"，并无异文。故许本引文谬甚。

---

① [唐]刘长卿著，储仲君笺注：《刘长卿诗编年笺注》，北京：中华书局，1996年，第197页。

② [宋]彭汝砺：《鄱阳集》卷九《初夏咏》，[清]永瑢，纪昀等编：《文渊阁四库全书》，集部，第1101册，上海：上海古籍出版社，2003年，第297页。

此诗异文比较密集，考太白《赠黄山胡公求白鹇并序》，诸集所载如下。宋蜀本卷十：

请以双白璧，买君双白鹇。白鹇白如锦，白雪耻容颜。照影玉潭里，刷毛琪树间。夜栖寒月静，朝步落花闲。我愿得此鸟，玩之坐碧山。胡公能辍赠，笼寄野人还。

《分类补注李太白诗》卷十二：

请以双白璧，贾君双白鹇。白鹇白如锦，白雪耻容颜。照影玉潭里，刷毛琪树间。夜栖寒月静，朝步落花闲。我愿得此鸟，玩之坐碧山。胡公能辍赠，笼寄野人还。

宋祝穆《古今事文类聚》后集卷四十三：

请以双白璧，置君双白鹇。白鹇白如锦，白雪耻容颜。照影玉潭里，刷毛琪树间。夜栖寒月静，朝步落花闲。我愿得此鸟，玩之坐碧山。胡公能辍赠，笼寄野人还。

明彭大翼《山堂肆考》卷二百一十二：

请以双白璧，致君双白鹇。白鹇如白锦，白雪耻容颜。照影玉潭里，刷毛琪树间。夜栖寒月静，朝步落花闲。①

① ［明］彭大翼：《山堂肆考》，［清］永瑢，纪昀等编：《文渊阁四库全书》，子部，第978册，上海：上海古籍出版社，2003年，第643页。

第一处异文，“买”“贾”“置”“致”。买的古体字为“買”，与“贾”“置”字形非常相似，难免在书写刊刻、流行传播过程中出现混淆。“贾”义众多，很早便有“买”的意思。《左传·昭公二十九年》：“平子每岁贾马。”注曰：“贾，买也。”“置”有购买、置办的意思，《韩非子》：“郑人有且置履者，先自度其足而置之。”足见，三字不仅字形近似，意思也都讲得通。“致”虽无明显的“购买”之意，但可当求取、获得来讲，与诗题“求白鹇”相符，故也作为异文保存下来。许本遵照宋蜀本改回“买”字，无可厚非。

第二处异文，“锦”“练”“人”。李白《赠武十七谔》云：“马如一匹练。”以白练写白马，此处若以“练”比白鹇亦能解释得通，只是与主要版本有差异。用“白人”来比“白鹇”，古今罕见。许自昌本写作“人”，定是刊刻之误，仅取“锦”左上部分“𠂉”。

第三处异文，“朝步”“一步”。“朝步”与“夜栖”相对，各本皆然，毋庸置疑。许本作“一步”，对偶不工，诗境顿减，不知以何为据。

综上所述，对许本异文，尤其是不见于他本者，当仔细甄别。

(20)《庐山谣寄庐侍御虚舟》：“闲窥石镜清我心，谢公行处苍苔没(许本作滑)”。

按：《庐山谣寄庐侍御虚舟》：“好为庐山谣，兴因庐山发。闲窥石镜清我心，谢公行处苍苔没。”在长篇中，此四句为一韵，韵脚“发”“没”均为入声，“月”韵。诸本中仅有许本作“滑”，“滑”亦在“月”韵，故声韵上没有问题。

参考其他诗人作品，“苍苔滑”屡见不鲜，称蔚为大观也不为过。如宋杨时《含云寺书事六绝句》其一：“萦回小径苍苔滑，杖屦从今恐不通。”[①]宋晁公遡《官舍》：“雨径苍苔滑，风帘翠筱斜。”[②]宋陆游《溪上露坐》：“桥东一径苍苔滑，归舍还须稚子扶。”[③]宋黄幹《早观龙湫》：“侧径苍苔滑，丛祠古木幽。”[④]宋韩淲《次韵昌甫》：“何当整履苍苔滑，啸竹高凉手重携。”[⑤]元耶律楚材《和解天秀韵》其十：“路僻苍苔滑，舟横古渡深。”[⑥]

相比之下，“苍苔没”则少得多。除太白之外，还有唐刘复《经楚城》：“苍苔没碑板，朽骨无精灵。”[⑦]宋释文珦《山居答客问》：“苍苔没幽径，白云度疏棂。”[⑧]明高启《陪临川公游天池》：“壁间不用题名字，无限苍苔没旧碑。”[⑨]明文徵明《登香山》：“去来不用留诗句，多少苍苔没旧题。”[⑩]

统观二者，诗人在运用“苍苔滑”与“苍苔没”时，各有特点。前者多强调环境阴凉潮湿，或雨后小径，或溪林古渡；后者则强调历史沧桑感，写旧城古迹，残碑断板。太白《庐山谣

① [宋]杨时：《杨龟山集》卷四十二，《丛书集成初编》，北京：中华书局，1985年，第110页。

② [宋]晁公遡：《嵩山集》卷十一，[清]永瑢，纪昀等编：《文渊阁四库全书》，集部，第1139册，上海：上海古籍出版社，2003年，第67页。

③ [宋]陆游著，钱仲联校注：《剑南诗稿校注》卷五十一，第六册，第3034页。

④ [宋]黄幹：《勉斋集》卷四十，张伯行辑：《黄勉斋集》，福州正谊书院藏书。

⑤ [宋]韩淲：《涧泉集》卷十三，四川大学古籍所编：《宋集珍本丛刊》第70册，第645页。

⑥ [元]耶律楚材：《湛然居士集》卷三，兴振芳主编：《辽海丛书续编》，沈阳古籍书店，1993年，第2635页。

⑦ [宋]李昉等编：《文苑英华》卷二百九十三，第6册，北京：中华书局，1956年，第1602页。

⑧ [宋]释文珦：《潜山集》卷四，[清]永瑢，纪昀等编：《文渊阁四库全书》，集部，第1186册，上海：上海古籍出版社，2003年，第243页。

⑨ [明]高启：《大全集》卷十五，[清]永瑢，纪昀等编：《文渊阁四库全书》，集部，第1230册，上海：上海古籍出版社，2003年，第45页。

⑩ [明]文徵明《甫田集》卷十，[清]永瑢，纪昀等编：《文渊阁四库全书》，集部，第1273册，上海：上海古籍出版社，2003年，第84页。

寄庐侍御虚舟》写到“谢公行处”时，是一种吊古怀人的情绪，则“苍苔没”更为合适。从版本上看，除许自昌本外，全部用“没”字。许本衍生出的异文，盖是因“苍苔滑”为宋元明诗人所习用，又不影响太白诗本意，遂私改之。

四、删节本系统之霏玉斋校刻本

1. 概论

明霏玉斋刻本，属于郭云鹏校刊本系统。笔者以国家图书馆古籍馆藏《分类补注李太白诗》（十册）三十卷作为研究底本①。其前言部分为：李阳冰《唐翰林李太白诗序》、乐史《李翰林别集序》、宋敏求《唐翰林诗文全集后序》、曾巩《后序》、刘全白《唐翰林李君碣记》、李华撰《故翰林学士李公墓志并序》。第一，此本与郭云鹏校刻本一样没有萧士赟序例；第二，曾巩序后没有毛渐题语；第三，补充了李华撰《故翰林学士李公墓志并序》，删去薛仲邕年谱；第四，在“分类补注李太白诗集目录”下，除“春陵杨齐贤子见集注”“𩔰萧士赟粹可补注”外，附上“霏玉斋校刻”五字。“舂陵”刊刻成“春陵”。目录最后题写“分类编次李太白诗集目录”，与元版不同。第五，诗歌部分每卷版式大致相同，以卷一为例：

分类补注李太白诗卷一
春陵杨　齐贤　子见　集注
𩔰萧　　士赟　粹可　补注
　　　　　　　霏玉斋校刻
古赋八首

① ［唐］李白撰，［宋］杨斋贤集注，［元］萧士赟补注：《分类补注李太白诗》三十卷，霏玉斋刻本，明(1368—1644)。

大鹏赋并序

诗文正文

第六，分类编次李太白文这部分，封面题为“《李翰林集》文目卷一之五终”。增加了“分类编次李太白集目录”，其版式为：

分类编次李太白集目录

卷第一

表类

为吴王谢责赴行在迟滞表

第七，每页十一行，每行大字二十，双行小字。双边白口单鱼尾，卷中题“李集卷……”。第八，书名题作《李翰林集》而不是《分类补注李太白诗》。第九，每卷分类下标出诗有多少首，如卷四标“乐府三十五首”，元刻本、郭云鹏本都没有标具体数目，仅题“乐府”。第十，注文与郭云鹏本差异不大，如《题随州紫阳先生壁》诗：“终愿惠金液，提携凌太清。”郭云鹏本：“齐贤曰：《抱朴子》曰：金液，太一所服而仙者。太清，天也。蓬海、玉京山见前。”霏玉斋本：“齐贤曰：金液太一所服而仙者。太清，天也。蓬海、玉京山见前。”差别在于郭本保留杨注引文的出处，即“《抱朴子》”，而霏玉斋本将其删减（详见本节第二部分）。第十一，霏玉斋本李白诗文与郭云鹏本几乎没有差异。如《题瓜州新河饯族叔舍人贲》，元版为：“惜此林下兴，怆为山阳别。”“林”字，郭云鹏本、霏玉斋本均作“花”；“为”字，两本都作“与”。《洗脚亭》，萧本：“送君此时去，回首泪成行。”郭本于“行”字下注“一作双”，霏玉斋本亦同。

2. 注例分析

(1) 卷二《古風・其一》

按：郭云鹏本题下注："祯卿曰：此篇白自言其志也。"霏玉斋本题下注为："徐祯卿曰：此篇白自言其志也。"盖因第一次出现，故改作全名。

(2)卷二《古风・其一》："希圣如有立，绝笔于获麟。"

齐贤曰：屈平之后，司马相如、扬雄激扬其颓波，疏导其下流，使遂闳肆，注乎无穷。

郭云鹏本：迨汉司马相如、杨雄激扬其颓波，疏导其下流，使遂闳肆，注乎无穷。

霏玉斋本：迨汉司马相如、扬雄激扬其颓波，疏导其下流，使遂闳肆，注乎无穷。

按：古籍中"杨雄""扬雄"混用。对于扬雄的名字，有以下几种说法。一是本来就姓扬。《汉书》卷八十七上《扬雄传》上："扬雄，字子云，蜀郡成都人也。其先出自有周伯侨者，以支庶初食采于晋之扬，因氏焉。……自季至雄，五世而传一子，故雄亡它扬于蜀。"二是讹误所致。明陈士元撰《名疑》卷三："班固本姓斑，扬雄本姓杨，字讹而姓亦因之。"三是扬雄自己更改姓氏。扬雄好奇，特自标新，易姓为扬。此说流传甚广，但没有可靠的记载作为依据。李白诗句及杨、萧注释中"杨""扬"也不统一，盖以此名久为人所混用，并不妨碍观者理解。霏玉斋刻本以郭云鹏本为底本，修改之处甚少，这里将"杨雄"改为"扬雄"，倒与元版保持一致了。

(3)卷三《远别离》："九疑联绵皆相似，重瞳孤坟竟何是。"

郭本：士赟曰：《淮南子》曰：尧眉八彩，舜重瞳子。

霏玉斋本：士赟曰：《淮南子》曰：尧眉八彩，舜重瞳子。

按：这是一处很明显的错误。霏玉斋本纠正了郭本刊刻中的疏漏，改“人”为“八”。

(4)卷十三《寄弄月溪吴山人》：“尝闻庞德公，家住洞湖水。终身栖鹿门，不入襄阳市。”

齐贤曰：《后汉·逸民传》：庞公，南郡襄阳人。居岘山之南，未尝入城府。刘表数延请，不能屈。后携妻子登鹿门山，因采药不返。《襄阳记》：鹿门山，旧名苏岭山。建武中，习郁立神祠于山，刻二石鹿夹神道口，俗因呼鹿门庙，因所名山。

郭本：齐贤曰：《后汉·逸民传》：庞公，南郡襄阳人。居现山之南，未尝入城府。刘表数延请，不能屈。后携妻子登鹿门山，因采药不反。《襄阳记》：鹿门山，旧名苏岭山。建武中，习郁立神祠于山，刻二石鹿夹神道口，俗呼鹿门庙，因以名山。

霏玉斋本：齐贤曰：《逸民传》：庞公，南郡襄阳人。居岘山之南，未尝入城府。刘表数延请，不屈。后携妻子登鹿门山，采药不反。《襄阳记》：鹿门山，旧名苏岭山。建武中，习郁立神祠于山，刻二石鹿夹神道口，俗呼鹿门庙，因以名山。

按：《后汉书》卷一百一十三《逸民列传·庞公传》：“庞公者，南郡襄阳人也。居岘山之南，未尝入城府。……荆州刺史刘表数延请，不能屈。后遂携其妻子登鹿门山，因采药不反。”注曰：“《襄阳记》曰：鹿门山，旧名苏岭山。建武中，襄阳侯习郁立神祠于山，刻二石鹿夹神道口，俗因谓之鹿门庙，遂以庙名山也。”则知元版所征引出与原文大体一致。郭本改“返”作“反”，改“因所名山”为“因以为山”，与原文更加一致。只是其中出现了一处疏漏，将“岘山”写成“现山”，霏玉斋本又改正过来，其他部分仍然与郭本同。

(5)卷十三《望终南山寄紫阁隐者》：“何当造幽人，灭迹栖绝巘。”

齐贤曰：陶潜诗：悠然见南山。《左传》：引领西望。陆士衡诗：秀色若可餐。《史记·封禅书》曰：昼有白云起封中。《世说》：庾亮曰：“老子于此处兴复不浅。”

士赟曰：《左传》：引领北望，日月以冀。刘琨诗：引领长谣。谢灵运诗：薜荔若在眼。《淮南子》曰：阴阳嬴缩卷舒，沦于不测。《太玄经》曰：孝子行则灭迹，立则隐形。谢灵运诗曰：寝祭谢人徒，灭迹入云峰。《易》曰：幽人贞吉。

按：在元版杨、萧注中，并没有对“巘”“绝巘”的解释。而郭云鹏本在“巘”下直接注云“山峰”，这可能是郭氏补注。霏玉斋本末句下亦无注释者姓名，以小字注曰：“绝巘，山峰也。”这是在郭本的基础上略加改动。

(6)卷十三《夕霁杜陵登楼寄韦繇》：“清晖映竹日，翠色明云松。”

按：郭本作“清晖映竹日，翠色明云岁”，霏玉斋本作“清辉映竹日，翠色明云松”，宋蜀本作“清辉映竹日(一作水竹)，翠色明云松”，咸淳本作“清辉映竹日，翠色明云松”，元版分类作“清晖映竹日，翠色明云松”。明高棅编《唐诗品汇》卷五李白《夕霁杜陵登楼寄韦繇》：“清辉映竹日，翠色明云松。”明曹学佺编《石仓历代诗选》卷四十四上《夕霁杜陵登楼寄韦繇》："清辉映竹日，翠色明云松。"故知各主要版本及总集中"云松"没有异文，郭本写作"云岁"，不知何据。霏玉斋本修改为"云松"是正确的。

(7)《秋夜宿龙门香山寺奉寄王方城十七丈奉国莹上》

按：宋蜀本题下注"洛阳"。元版题下没有注"洛阳"二字。郭本依从宋蜀本做了修改，霏玉斋本与之同。

(8)卷十三《春日独坐寄郑明府》："鷰麦青青游子悲，河堤弱柳郁金枝。长条一拂春风去，尽日飘扬无定时。"

郭本：鷰麦青青游子悲，河堤弱柳郁金枝。长条一拂春风去，尽日飘杨无定时。

霏玉斋本：燕麦青青游子悲，河堤弱柳郁金枝。长条一拂春风去，尽日飘扬无定时。

按：这里霏玉斋本对郭本修改了两处，将"鷰麦"改作"燕麦"，"飘杨"改为"飘扬"。宋蜀本、咸淳本、元版《分类》均作"燕麦""飘扬"。霏玉斋本改"鷰"为"燕"，不妨碍诗意；改"杨"为"扬"，则极有必要。

(9)卷十三《闻丹丘子于城北(宋蜀本后有"山")营石门幽居中有高风遗迹仆离群远怀亦有栖遁之志因叙旧以寄之》："久欲入(宋蜀本注'一作寻')名山，婚娶殊未毕。"

齐贤曰：《高士传》：商长，字子平。隐不仕。为子嫁娶毕，敕家事断之，勿復相關。

郭本：《高士传》：商长，字子平。隐不仕焉。为子嫁娶毕，敕家事断之，勿伏相関。

霏玉斋本：《高士传》：商长，字子平。隐不仕焉。为子嫁娶毕，敕家事断之，勿復相關。

按：霏玉斋本“勿復相關”四字墨迹明显加重，有意覆盖郭本“勿伏相関”。这当为剜去错字，挖补而成。唐欧阳询撰《艺文类聚》卷三十六人部二十隐逸上：“魏隶《高士传》曰：……尚长，字子平。……隐避不仕王莽。读《易》至《损益卦》喟然叹曰：‘吾知富贵不如贫贱，未知存何如亡尔！为子嫁娶毕，敕家事断之，勿復相關，当如我死矣。’是后，肆意与同好游五岳名山，遂不知所在。”“勿复相關”可译释为“家庭琐事不要再来烦扰我，我已经不想再在这些事上劳神费心了”。用“勿伏相関”则断然解释不通。元版与原文一致，郭本妄改，霏玉斋本又予以改正。

(10)卷十三《淮阴书怀寄王宗城再至淮南》(一作王宋城)。

按：郭本《淮阴书怀寄王宗城》题下注曰：“再至淮南。作王宗城。”霏玉斋本：《淮阴书怀寄王宗城》题下注曰：“再至淮南。作王宗城。”延续了郭本的错误。题目中已经为“王宗城”，小字注当为“王宋城”，否则毫无意义。

五、删节本系统之四库全书本

1. 概论

四库全书本《李太白集分类补注·提要》云：

《李太白集分类补注》三十卷，宋杨齐贤集注，而元萧士赟所删补也。杜甫集自北宋以来注者不下数十家，李白集注宋元人所撰辑者，今唯此本行世而已。康熙中，吴县缪曰芑翻刻宋本《李翰林集》，前二十三卷为歌诗，后六卷为杂著。此本前二十五卷为古赋、乐府歌诗；后五卷为杂文，且分标门类与缪本目次不同。其为齐贤改编，或士赟改编，原书无序跋，已不可考。惟所辑注文则以“齐贤曰”“士赟曰”互为标题以别之，故犹可辨识。①

由其所记版本情况可知，四库本所录并非元刻本。此本三十卷，“前二十五卷为古赋、乐府歌诗；后五卷为杂文，且分标门类与缪本目次不同”。经笔者目验，第二卷古风有徐祯卿语及未署名的新注，故知其以郭云鹏本为底本。所谓“原书无序跋”当是四库馆臣所见本在翻刻或重刊郭本时，未录郭氏所写《重刻李翰林集后跋》。四库本的特点是：

第一，修改了书名。萧士赟在《分类补注李太白诗·序例》中云：“标其目曰《分类补注李太白集》。”四库本书名为《李太白集分类补注》。自元以后，此集名有称《分类补注李太白诗》者，如元建安余氏勤有堂刻本，元至大三年(1310)余志安勤有书堂刻本(存二十卷，北京大学藏)，明正德十五年(1520)安正书堂刻本，明嘉靖二十五年(1546)玉几山人刻本，明万历三十年(1602)许自昌刻本。另有称《唐翰林李太白诗集》者，二十六卷，仍为元刻本(有缪荃孙跋，清华大学藏)。故知，在版本流传过程中，书名与萧氏自标名目早已有出入，非独四库本。

第二，版式做了一些调整。首卷次序与郭本同，仍为李阳冰《唐翰林李太白诗序》、乐史《别集序》、李华撰《故翰林学士李公墓志并序》、刘全白撰《唐翰林李君碣记》、宋敏求《后序》、曾巩《后序》，只是每篇下不标明作者。郭本原有目录，此本全部删去，亦无“嘉靖癸卯元日宝善堂梓印”。每卷卷首相同，以卷一为例：

① 以下均见《文渊阁四库全书》集部，别集类，汉至五代，《李太白集分类补注》卷三。([清]永瑢，纪昀等编：《文渊阁四库全书》，第1067册，上海：上海古籍出版社，2003年。)

钦定四库全书

李太白集分类补注卷一

宋 杨齐贤 集注

元 萧士赟 补注

古赋

大鹏赋并序

郭本第一卷标明“春陵杨齐贤子见集注”“𫖯萧士赟粹可补注”“吴会后学郭云鹏校刻”，且“古赋”二字下有小字“八首”。此外，郭本从卷二至卷二十五，仅写卷名及类别；卷二十六只写“吴会郭云鹏万程编次”；卷二十七之后只写卷名、类别及篇数，不再写编次者名。四库本则三十卷卷首版式保持一致，没有变化。

第三，四库馆臣在《提要》中的评论多为借鉴他人之语。其云：

> 注中多征引故实，兼及意义，卷帙浩博，不能无失。唐覲《延州笔记》尝摘士赟注《寄远》诗第七首“灭烛解罗衣”句，不知出《史记·滑稽传》淳于髡语，乃泛引谢瞻、曹植诸诗。又如《临江王节士歌》，齐贤以为史失其名，士赟则引乐府《游侠曲》证之，不知《汉书·艺文志》《临江王》及《愁思节士歌》原各为一篇。自南齐陆厥始并作《临江王节士歌》，后来庾信、杜甫俱承其误，白诗亦属沿讹。齐贤等不为辨析而转以为“史失其名”，此类俱未为精核。然其大致详赡，足资检阅，中如《广武战场怀古》一首，士赟以为非太白之诗，厘置卷末，亦具有所见。其于白集固不为无功焉。齐贤字子见，春陵人。士赟字粹可，宁都人，笃学工诗，与吴澄相友善。所著有诗评二十余篇及《冰崖

集》，俱已久佚，独此本为世所共传。

这段话有一个比较混乱的地方，即馆臣在论述杨、萧注的得失时，是借鉴他人成果，还是自己分析得出结论。元版《分类补注李太白诗》卷二十五《寄远十二首·其七》："秋草秋蛾飞，相思愁落晖。何由一相见，灭烛解罗衣。"此句下完整的杨、萧注为：

齐贤曰：春陵，汉江，见前。《法华经》云：佛言舍利弗汝于来世当得作佛，号曰花光。王仲宣诗：风流云散，一别如雨。

士赟曰：《楚辞》：秋草荣而将实。谢瞻诗：开轩灭华烛。古诗：被服罗衣裳。曹植诗：罗衣何飘摇。一本"晖"下添云"昔时携手去，今时流泪归。遥知不得意，玉箸点罗衣。"

四库全书本与郭云鹏本完全相同，其为：

一本"晖"下云"昔时携手去，今时流泪归。遥知不得意，玉箸点罗衣。"齐贤曰：春陵、汉江见前。

郭云鹏将萧氏所云"一本'晖'下添云'昔时携手去，今时流泪归。遥知不得意，玉箸点罗衣。'"从注释中分离出去，置于诗歌末句之后，与杨齐贤语混为一注。而郭氏这种做法并非创新而是"复古"，主要参照宋蜀本。宋蜀本将此句以双行小字注的形式放在诗句后。值得注意的是，四库全书本中纯粹的注文只有"齐贤曰：春陵、汉江见前"。四库馆臣自然不可能见到唐觐《延州笔记》所云萧士赟"泛引谢瞻、曹植诸诗"这部分。那么"此类俱未为精核"，当是借鉴了明人唐觐的观点，或是由其所举范例而得出。

再看另一例。元版《分类补注李太白诗》卷二十一《登广武古战场怀古》："伊昔临广武，连兵决雌雄。分我一杯羹，太皇乃汝翁。战争有古迹，壁垒颓层穹。猛虎啸(宋蜀本作'吟')洞壑，饥鹰鸣秋空。翔云列晓阵，杀气赫长虹。拨乱属豪圣，俗儒安可通。沉湎呼竖子，狂言非至公。抚掌黄河曲，嗤嗤阮嗣宗。"其下注为：

> 齐贤曰：汉四年，破楚大司马曹咎于成皋汜上。……太白谓籍沉湎于酒，狂言妄呼，如嗤嗤之诋，不足据也。
>
> 士赟曰：《卢绾传》曰：欲令连兵久毋决。……或人曰："太白之诗亦失言欤?"余曰："此非太白之诗也，先儒所谓伪赝之作也。""何以知其然?"曰："以诗中语意错乱，用事无伦理，知之大风之歌，能事毕矣。诗乃重申广武之事。此诗本意称述高帝之美。迁、固二书所载，如扶义入关，缟素诛项军，临广武数羽十罪，可称者为不少矣，曾无一语及此。分羹之语，出于一时处变之权，无可奈何，奚足为高祖道者乃详咏之，可谓无识者矣。太白有识者也，肯作此等语乎！吾故曰此非太白之诗也。"校定之次厘而置诸卷末，以俟知言者。

四库全书本为：

> 齐贤曰：汉四年，破楚大司马曹咎于成皋汜上。……太白谓籍沉湎于酒，狂言妄呼，如嗤嗤之诋，不足据也。

四库全书本所引与郭本没有出入，篇末只有"齐贤曰"，萧注已被彻底删去，馆臣并未见过。那么所谓"中如《广武战场怀古》

一首，士赟以为非太白之诗，厘置卷末，亦具有所见”便近乎空中语。

以此来观，“然其大致详赡，足资检阅”“其于白集固不为无功焉”这样的综合性评价便很耐人寻味。日本人芳村弘道《元版〈分类补注李太白诗〉与萧士赟》写道：“现在许多学者是在把一部被删节的补注本作为未失原貌的本子来利用的。”①如果四库馆臣的评价是建立在自己所见删节本的基础上，则芳村弘道所言也适用于他们。问题是四库馆臣征引的注文并非四库全书本所录，貌似是针对元版或是其他删节本所发的。原因何在？有好几种可能：一是《提要》中所举均取自唐觐《延州笔记》，只是馆臣特别声明的只有“灭烛解罗衣”一例；二是馆臣可能见过元版、玉几山人本或是许自昌本，却最终选择郭云鹏校刻本。不过《提要》中说过“原书无序跋，已不可考”，若有他本可考，也不至于完全仰仗原书序跋，则第二种可能性不大。故知，馆臣所做出的综合性评价仍然主要借鉴前人的研究成果，并非单纯针对“一部被删节的补注本”。故而还是可以作为今人研究杨、萧注本的参考，只是用时必须细加甄别。

第四，四库馆臣出于避讳需要对李白诗文做了一些臆改，降低了李诗的艺术价值（详见本节第二部分）。

第五，四库全书本对郭云鹏本杨、萧注文未做任何调整，保留郭本原貌。诗文除了出于避讳需要所改的几句外，其他地方与郭本几乎完全一致，不同之处寥寥可数。如四库全书本卷二十五《题金陵王处士水亭》：“扫地青玉簟，为余置金樽”。后半句郭本作“为余直金樽”。四库全书本将“直”改“置”。考诸他本，宋蜀本作“为余置金樽”，咸淳本作“为余置金樽”，元版

① ［日］芳村弘道著，詹福瑞译：《元版〈分类补注李太白诗〉与萧士赟》，《河北大学学报》，1993年第2期，第22页。

《分类》作“为余置金尊”。则在版本流传中，为“置”字无疑。四库全书本的修改是正确的。

又如卷二十五《题嵩山逸人元丹丘山居并序》：“欲便举家就之，兼书其游，因有此赠。”郭本作“兼书共游”。四库全书本改“共”为“其”。宋蜀本、咸淳本、元版《分类》均作“共”。且宋马永易撰《实宾录》卷二“嵩山逸人”条征引李白诗序：“欲便举家就之，兼书共游。”亦为“共”。则知四库全书本修改无据，要么就是因“共”“其”二字字形相近致误。

四库全书本卷二十五《军行》：“骝马新夸(一作誇)白玉鞍，战罢沙场月色寒。”郭本作“骝马新跨(一作誇)白玉鞍”。两本小字异文均为“誇”，正文却有区别，四库全书本改“跨”为“夸”。宋蜀本作“跨(一作誇)”、咸淳本作“跨”、元版《分类》作“跨(一作誇)”。《文苑英华》卷一百九十七将此诗归在王昌龄名下，曰：“骝马新誇白玉鞍，战罢沙场月色寒。”明曹学佺编《石仓历代诗选》卷三十七王昌龄《出塞二首》其二，卷四十四下李白《军行》均作：“骝马新跨白玉鞍，战罢沙场月色寒。”这里，太白集主要版本均为“跨”，“誇”多以异文形式出现。总集中由于与王昌龄诗混淆，“誇”“跨”似均可。然从太白本诗来看，以“骝马”作为直接描写对象，“跨”字更合适。然而“战罢”的主体始终是人，则“誇”亦可行得通，只是表达上略显迂回，气势也随之减弱。故“跨”字更佳。《四库全书》本这个改动意义不大，“夸”字不见于他本。两异体字“夸”“誇”意思相近，特别标出异文显得很多余。

2. 四库馆臣对李白诗文的臆改

四库全书本采用郭云鹏校刊本，整体上与郭本保持一致，但出于避讳的需要，此本对李白诗文做了处理。笔者以《胡无人》诗为例，细述四库馆臣对李白诗的修改方法。《四库全书》中各李白诗集中《胡无人》的诗题及文字情况分别如下。

《李太白文集》卷二《胡无人》题名改为《塞上曲》，全诗为：

> 严风吹霜海草凋，筋干精坚边马骄。汉家战士三十万，将军兼领(一作"谁者")霍嫖姚。流星白羽腰间插，剑花秋莲光出匣。天兵照雪下玉关，飞箭如沙射金甲。云龙风虎尽(一作"昼")交回，太白入月敌可摧。敌可摧，旌头灭。壮士投戈同歃血。策名丹霄上，扬威紫塞傍。武功成，汉道昌。陛下之寿三千霜，但歌大风云飞扬。安用猛士兮守四方。①

《李太白集分类补注》卷三《胡无人》题名改为《塞上歌》：

> ……将军兼领霍票姚。……云龙风虎尽交回……壮士投戈同歃血。策名丹霄上，扬威紫塞傍。②

《李太白集注》卷三《胡无人》题名改为《塞上曲》：

> ……将军兼领(一作"谁者")霍嫖姚。……云龙风虎尽(一作"昼")交回……壮士投戈同歃血。策名丹霄上，扬威紫塞旁。……陛下之寿三千霜，但歌大风云飞扬。安用猛士兮守四方。③

---

① 《李太白文集》卷二，[清]永瑢，纪昀等编：《文渊阁四库全书》，第1066册，上海：上海古籍出版社，2003年，第234页。

② 《李太白集分类补注》卷三，[清]永瑢，纪昀等编：《文渊阁四库全书》，第1067册，上海：上海古籍出版社，2003年，第492页。

③ 《李太白集注》卷三，[清]永瑢，纪昀等编：《文渊阁四库全书》，第1067册，上海：上海古籍出版社，2003年，第85—86页。

《乐府诗集》卷四十《胡无人》：

……将军兼领(一作"谁者")霍嫖姚。……云龙风虎尽交回……履胡之肠涉胡血。悬胡青天上，埋胡紫塞旁。……陛下之寿三千霜，但歌大风云飞扬，安得猛士兮守四方。胡无人，汉道昌(一本无此六字)。①

《御定全唐诗》卷二十《胡无人》：

……将军兼领(一作"谁者")霍嫖姚。……虏箭如沙射金甲。……履胡之肠涉胡血。悬胡青天上，埋胡紫塞旁。……陛下之寿三千霜，但歌大风云飞扬，安得猛士兮守四方。胡无人，汉道昌(一本无此六字，集无陛下之寿五句)。②

《李太白文集》《李太白集分类补注》《李太白集注》中，"胡虏"出现在两处：

何日平胡虏？良人罢远征。(《子夜吴歌·其三》)③

胡虏三叹息，兼知五兵权。(《赠宣城宇文太守兼呈崔侍御》)④

① 《乐府诗集》卷四十，[清]永瑢，纪昀等编：《文渊阁四库全书》，第 1347 册，上海：上海古籍出版社，2003 年，第 366—367 页。

② 《御定全唐诗》卷二十，[清]永瑢，纪昀等编：《文渊阁四库全书》，第 1423 册，上海：上海古籍出版社，2003 年，第 280 页。

③ 《李太白集分类补注》卷六，《李太白集注》卷十二，[清]永瑢，纪昀等编：《文渊阁四库全书》，第 1067 册，上海：上海古籍出版社，2003 年，第 138 页。

④ 《李太白集分类补注》卷十，《李太白集注》卷六，[清]永瑢，纪昀等编：《文渊阁四库全书》，上海：上海古籍出版社，2003 年，第 1066 册，第 287 页；第 1067 册，第 236 页。

第一，四库全书本《李太白文集》《李太白集分类补注》《李太白集注》中，《胡无人》一诗出现新的“异文”：诗题被改为《塞上歌》《塞上曲》；“胡马”作“边马”“塞马”；“虏箭”作“飞箭”；“履胡之肠涉胡血，悬胡青天上，埋胡紫塞旁”作“壮士投戈歃血。策名丹霄上，扬威紫塞傍”。“胡马”“虏箭”及“履胡之肠”一句，各本并无异文和增删。诗题《胡无人》在别集中一致，在《文苑英华》中作《胡无人行》，在《乐府诗集》中被归入《胡无人行》之下。这几处在流传过程中保持稳定，足以说明其可靠性。此外，以萧士赟《分类补注李太白诗》为例，其在流传过程中出现了删节本，主要有嘉靖二十二年(1543)郭云鹏校刻本，嘉靖二十五年(1546)玉几山人校刻本。前者为《四库全书》所采用。郭本虽对萧注做了大幅度删减，对李白诗句却不做改动。正常情况下，《四库全书》本所录当与郭本保持一致。然而却出现了新“异文”，这无疑是四库馆臣有意改动的结果。

第二，在《乐府诗集》《御定全唐诗》中，四库馆臣又将《胡无人》大致恢复原貌。二者均选用了包含后三句的版本。《御定全唐诗》卷一百六十二《胡无人》，仅在异文中注出后三句。

第三，四库全书本《李太白文集》《李太白集分类补注》《李太白集注》中，《胡无人》题名改为《塞上歌》或《塞上曲》，在四库全书本《乐府诗集》《御定全唐诗》中因统一归于相和歌辞《胡无人》之下，故没有做变动。

第四，四库全书本别集中仍保留了太白诗中“胡虏”字眼，但其所处诗句语气较为平和，诗的核心与“胡虏”本身亦无太大关系，不似《胡无人》针对性那么强。

由上可知，四库馆臣对李白《胡无人》的修改有一定的规律，并非随意而为，这里面埋藏着周密的计划与安排。

首先，对诗题的修改合理而自然，不显突兀，亦不易引人注目。上文中已提及，《胡无人》在《文苑英华》《乐府诗集》中题名为《胡无人行》。《乐府诗集》卷四十："《古今乐录》：'王僧虔《技录》有《胡无人行》，今不歌。'"①萧士赟注："王僧虔《技录》相和歌三十八曲中有《胡无人行》。"②从诗体的角度来看，行、曲、歌的差别微小，"斯皆由乐以定词"。③ 徐师曾《文体明辨序说·乐府》有云：

> 乐府命题，名称不一：盖自琴曲外，其放情长言，杂而无方者曰歌；步骤驰骋，疏而不滞者曰行；兼之曰歌行。④

行、歌、曲的共同之处在于"放情""尽情"，即能充分抒发感情。但三者在具体表达方式上却略有差别，行如行书，步骤驰骋，疏而不滞，胜在节奏与步调的有序稳妥；歌则杂而无方，以放情长言为特色，胜在直抒胸臆，毫无黏滞；曲则相对内敛含蓄，委曲尽情，以道其微，又兼高下长短，错落有致。细读之下，这种差别均是由曲调音节的不同所引起的，诚如沈德潜《说诗晬语》云："乐府之妙，全在繁音促节。其来于于，其去徐徐，往往于回翔曲折处感人，是即依永和声之遗意也。"但沈德潜又云："古乐府声律，唐人已失。"⑤延君寿《老生常谈》亦云："乐府不传久矣，历朝纷纷聚讼，究亦不知何说近

① [宋]郭茂倩编：《乐府诗集》，第 597 页。

② [唐]李白撰，[宋]杨齐贤集注，[元]萧士赟补注：《分类补注李太白诗》二十五卷，第 303 页。

③ 见《元稹集》卷二十三《乐府古题序》。([唐]元稹撰：《元稹集》，北京：中华书局，1982 年，第 254 页。)

④ [明]吴讷，[明]徐师曾著，于北山，罗根泽校点：《文章辨体序说 文体明辨序说》，北京：人民文学出版社，1962 年，第 104 页。

⑤ [清]叶燮，薛雪，沈德潜著，霍松林，杜维沫校注：《原诗：一瓢诗话，说诗晬语》，北京：人民文学出版社，2006 年，第 198 页。

是。李、杜偶为之，皆以现事借乐府题目，不另立名目，即杂于歌行中，最是。”[①]既然古乐府音调已失，久已不传，唐人也只是借题发挥，那么，由此所产生的行、歌、曲的差别便更是微乎其微，将《胡无人(行)》改为《塞上歌》还是《塞上曲》，都不会引起体裁不当的争议。

《塞上曲》唐为新乐府辞，由汉横吹曲辞演化而来[②]。这里的改动显然是看中前者与《胡无人(行)》在内容上的共同之处。朱谏注：“(胡)无人者，无桀骜之人也。”[③]《塞上曲》之“塞上”，指代边境地区，亦泛指北方长城内外。从《乐府诗集》卷九十二《新乐府辞三・乐府杂题三・塞上曲》所收作品来看，此题为诗人们书写边塞题材时所喜用。那么，《胡无人(行)》改为《塞上曲》，在题材内涵方面也比较合适。且李白有《塞上曲》作品，将诗题改为此，不但合情合理，真可称得上神不知鬼不觉。

其次，对内容的修改有意削弱了原诗的强度与力度，降低了诗歌的艺术价值。明杨慎《升庵诗话》卷三“胡无人行”条：“‘望胡地，何险侧，断胡头，脯胡臆。’此古词，虽不全，然李太白作《胡无人》尾句全效，而注不知引，又郭氏《乐府》亦不载，盖止此四句而余亡矣。”[④]这里的“尾句全效”，指“履胡之肠涉胡血，悬胡青天上，埋胡紫塞傍。胡无人，汉道昌。”《淮南子》卷十五《兵略训》：“白刃合，流矢接，涉血履肠，舆死扶伤。”[⑤]在前人的基础上，李白将对胡地桀骜之人的处置方法变

① 延君寿：《老生常谈》，郭绍虞辑：《清诗话续编》第3册，上海：上海古籍出版社，第1803页。

② 见《乐府诗集・横吹曲辞二・汉横吹曲二》，[宋]郭茂倩编：《乐府诗集》，第322—326页。

③ 见《李白全集校注汇释集评》卷三《胡无人》题解，第476页。

④ 丁福保辑：《历代诗话续编》，第692—693页。

⑤ [唐]李白撰，[清]王琦注：《李太白全集》，第214页。

得更加残酷，履肠、涉血、悬胡、埋胡，一气呵成，将古词原有的氛围发展到一种浩荡充盈，至大至刚的境界。之所以能实现这种超越，李长之分析："这是因为他们(李白、杜甫)的精神形式实在不同故，……在李白，浓而烈，所以能超越所有……"①这种浓烈在此处浸润着浓重的血腥气，表现为强烈的生存欲求，为了汉家的长治久安，不惜对敌采取各种残酷的方式。这恰是异族统治者深为忌讳的，故而四库馆臣必须想办法予以回避，遂将诗句改为："壮士投戈同歃血。策名丹霄上，扬威紫塞傍。武功成，汉道昌。"

从内容上看，这将原诗中充盈的血腥气转换成一种建功立业的喜悦。诗中的那股"戾气"在一片"建功立业"的"正面"气氛中消融殆尽。本诗在"太白入月敌可摧"之后，便自然承接敌人惨败之场景及如何处置对方的方法，最后以"胡无人，汉道昌"煞拍，铿锵有力。四库馆臣的修改，回避了诗句中处置胡人的具体方法，出之以泛化的功业理想。乍看起来，这似乎有效地保持了李白乐府的风格，实则"化百炼钢为绕指柔"，将李白对《胡无人》主题的理解、创发与升华打压而下。如电影镜头中，越过对敌斩杀，直接剪切为庆功宴的场面，留给观者的只能是"不过瘾"之感。此诗在"埋胡紫塞旁"与"汉道昌"之间运用了中国画的留白艺术，也就是去掉了上面所说的"庆功宴"场面，留给观者更广阔的空间。四库馆臣的修改，在技法上抛弃"留白"而转用"平涂"，立体感顿失，空间感也在混沌中消亡。

从气韵上看，将顺流而下的五个"胡"字去掉，代之以"壮士""歃血""策名""扬威""武功"，使乐府诗流畅的气韵就此中

① 李长之：《道教徒的诗人李白及其痛苦》，天津：天津人民出版社，2008 年，第 19 页。

断。沈德潜《说诗晬语》卷上云："乐府宁朴毋巧，宁疏毋炼。"①刘熙载《艺概·诗概》云："乐之所起，雷出地，风过箫，发于天籁，无容心焉。而乐府之所尚可知。"②尽管唐人已失乐府之调，但太白却抓住了其韵调之外的特色，即朴拙素雅，气脉贯通，如天籁之音，浑然而无雕琢，自然而无容心。五个"胡"字，毫无重复之感，保证了情感抒发的畅通，一连串动作的行进，间不容发，富有极强的感染力。修改后的诗句伤于炼，"策名"对"扬威"，"丹霄上"对"紫塞傍"，形成平行对仗的结构，读来平淡无奇。

从声韵上看，新诗句读来口型不得不发生转变，五个"胡"字在诗句中的调节作用不复存在。因为发音上有了界栏，音节上有了阶梯，《胡无人》声韵流转中自然形成的浑融气脉被冲散，节奏变得平缓，没有起伏，亦缺乏张力。

足见，这种修改达到了避讳的目的，却在所难免降低了本诗的艺术价值。但其修改方式并非无据，充分吸收了当删之句的精华。宋苏辙《苏栾城集》中对当删之句有敏锐的判断："高祖岂以文字高世者哉？帝王之度固然，发于中而不自知也。白诗反之曰：'但歌大风云飞扬，安用猛士守四方。'其不达理如此。"③至元萧士赟认可苏辙之见，便将后三句删去。又明朱谏《李诗选注》云："上言中国有人而天时又顺，故敌可摧。此言上天垂戒，而胡运将衰也。夫天欲亡胡，故旄头之星主于胡者隐而不见，灭其光矣。天佐我唐，兵下玉关。战无不克，故胡雏败刃，僵尸被野。我则履其肠而践其血，枭其首而埋其胔。

① [清]叶燮，薛雪，沈德潜著，霍松林，杜维沫校注：《原诗：一瓢诗话，说诗晬语》，北京：人民文学出版社，2006年，第198页。

② [清]刘熙载：《艺概》，上海：上海古籍出版社，1978年，第75页。

③ [唐]李白撰，詹锳主编：《李白全集校注汇释集评》，天津：百花文艺出版社，1996年，第481页。

自此以后胡无桀骜之人，则汉有久安之策。中国尊而风华清，汉道日以昌大矣。”①其对《胡无人》后半部分的串讲可谓精准，李诗的气脉清晰呈现，至“胡无人，汉道昌”结尾，已是曲尽其妙，无须赘言。经过宋、元、明三代人的识鉴，此三句“添足”之意明矣。以四库馆臣的学养，版本优劣自是心知肚明，但在无后三句协调气氛的情况下，如何避开诗中对“胡虏”的仇恨感便成了当务之急。在维持诗意的情况下，他们选择将后三句中帝王万寿无疆，王霸之业有成的称颂摊派在前句中，既彰显了恢宏的气势，又营造出光明璀璨、邦畿延年的喜悦和谐气氛。

在别集中已经修改得如此“成功”，缘何不在总集中故技重施？单纯就李白《胡无人》诗来看，总集中已有后三句压阵，血拼胡虏之气中和于无形，屡屡修改知名度极高的李诗恐非明智之举。

① ［唐］李白撰，詹锳主编：《李白全集校注汇释集评》，天津：百花文艺出版社，1996 年，第 480—481 页。

第4章 王琦本对杨、萧注的吸收

全面认识《分类补注李太白诗》，除关注其本身及删节本系统外，还要重视它在整个李白诗传播过程中的价值与影响力。这就需要以李白诗其他注本作为参照物来进行准确衡量。于乾隆年间问世的王琦辑注的《李太白诗集注》(《李太白全集》)是李白诗文辑注中的集大成之作，无疑是最佳的参考对象。该书卷末赵信序称赞此书“一注可以敌千家”。王琦在重注李集的过程中，大量吸收了杨齐贤、萧士赟注，且下了苦功做了不少校勘、考辨的工作，虽有不足，却极大提高了杨、萧注的利用率及参考价值，使其得以继续流传下去。

一、概述

王琦，字载韩，号琢崖，縡庵(载庵)，晚号胥山老人，浙江钱塘人，他大概生活在清康熙、乾隆年间。他在文学史上以注释李白、李贺诗文而著名。他辑注的《李太白全集》三十六卷和《李长吉歌诗汇解》五卷影响深远。

《四库全书》对王琦注本的评价比较保守，没有严苛的批评，也没有太高的赞誉。《四库全书总目提要》卷一百四十九《李太白诗集注》三十六卷(浙江巡抚采进本)：

> 国朝王琦撰。琦字琢崖，钱塘人。注李诗者自杨齐贤、萧士赟后，明林兆珂有《李诗钞述注》十六卷，简陋殊

甚。胡震亨驳正旧注，作《李诗通》二十一卷。琦以其尚多漏略，乃重为编次、笺释，定为此本。其诗参合诸本，益以逸篇，厘为三十卷，以合曾巩序所言之数。别以序志、碑传、赠答题咏、诗文评语、年谱、外纪为附录六卷。而缪氏本所谓《考异》一卷，散入文句之下，不另列焉。其注欲补三家之遗阙，故采摭颇富，不免微伤于芜杂。然捃拾残剩，时亦寸有所长。自宋以来，注杜诗者林立，而注李诗者寥寥仅二三本。录而存之，亦足以资考证。是固物少见珍之义也。

《李诗钞述注》"简陋"，且大胆抄袭杨、萧注①。胡震亨"驳正旧注"，做了纠谬工作。然而王琦仍觉其不够深入，遂在前人基础上做了大量工作，包括编次、笺释、增补逸篇、编写附录、重新编排他人研究成果。四库馆臣将其撰写目的归结为"欲补三家之遗阙"，优点是"采摭颇富"，瑕疵为"微伤于芜杂"。所谓"时亦寸有所长"，好像王本"尺有所短处"不少；而"物少见珍"，更是言该书因"物以稀为贵"才"足以资考证"。

这是对王琦本价值的严重低估，从其对杨、萧注的吸收上就能看得出来。《李太白全集·跋五则·其三》云：

流传于世者，惟萧氏注本为多。其本拔古赋八篇列于前为一卷，次以歌诗二十四卷，凡二十五卷而止。明嘉靖间吴中郭氏取而重刊之，以其注之泛且复也，删节约半，于古风五十九首，增入徐昌谷评语，又取杂文五卷，另为编次附其后，共成三十卷。嗣后有依郭氏增删之本而刊

① 胡振龙撰《李白诗古注本研究》通过充分例证，证明林氏著述的抄袭性质，这比"简陋"更恶劣。

者，为霏玉堂本。有依旧注原本而刊者，为玉几山人本，为长洲许元佑本。有全去其注且分析其体为五七言古律绝句者，为刘世教本。刘书虽缺训诂，然校订同异，改正讹舛，殊见苦心。……兹本（王本）自二十五卷以前略依萧本，杂文四卷略依郭本，而以缪本参订其间。郭本杂文五卷，今依缪本合序文二卷为一卷，别采萧本所逸而缪本有者，得诗九首，及他书所录集外诸作，汇为拾遗一卷，以合三十卷之数。

在这里，王琦对萧本的流传情况做了梳理，可以看出，他是见过元版的，否则无法对郭云鹏本、霏玉斋本系统、玉几山人本、许自昌本系统及刘世教本做出准确的评定。那么，王氏所言“略依萧本”，不仅指元版，当包括两大删节本系统，并与归属太白集另一版本系统的缪曰芑本互相参看，进行校勘订误。故王琦本所采用的杨、萧注与元版大为不同，或是取自删节本系统，或是自己进行裁汰筛选。也就是说王琦对杨、萧注的吸收是进行过深思熟虑的，并非全盘接纳或是轻率否定。而杨、萧注在王注中也起到各种各样的作用，或是作为接受的对象；或是成为深入探研诗意的基础；或被立为箭靶，成为立论之前的反驳对象；或是为富有争议的诗篇提供重要的观点……以往研究较为粗糙，仅在每类下举几例以了事，且将王本对杨、萧注的吸收混合起来讨论。笔者不采用以往方式，而是采取表格与注释节文相结合的方法，具体问题具体分析，充分展示王琦注对杨、萧注的吸纳成果。

二、王琦本对杨齐贤注的吸收

表 4-1　王琦本中所有杨齐贤注

李白诗句	元版	王琦本
1.《古风五十九首・其一》	齐贤曰：《诗・大雅》：凡三十六篇。《诗序》云：雅者，正也，言王政之所由废兴也。《大雅》不作，则斯文衰矣。平王东迁，《黍离》降于《国风》，终春秋之世，不能复振。战国迭兴，王道榛塞，干戈相侵，以迄于祖龙。风俗薄，人心浇，中正之声，日远日微，一变而为《离骚》。刘勰辨云：自风雅寝声，莫或抽绪，奇文蔚起，其《离骚》哉！故轩翥诗人之后，奋飞词家之前。昔汉武爱《骚》而淮南作传，以为《国风》好色而不淫，《小雅》怨悱而不乱。若《离骚》，可谓兼之。屈平之后，司马相如、扬雄激扬其颓波，疏导其下流，使遂闳肆，注乎无穷。而世降愈下，宪章乖离。建安诸子夸尚绮靡，摛章绣句，竞为新奇，而雄健之气，由此萎尔。至于唐，八代极矣。扫魏、晋之陋，起骚人之废，太白盖以自认矣。览其著述，笔力翩翩，如行云流水，出乎自然，非思索而得，岂欺我哉？	杨齐贤曰：《诗・大雅》：凡三十六篇。《诗序》云：雅者，正也。言王政之所由废兴也。《大雅》不作，则斯文衰矣。平王东迁，《黍离》降于《国风》，终春秋之世，不能复振。战国迭兴，王道榛塞，干戈相侵，以迄于秦。中正之声，日远日微，一变而为《离骚》，轩翥诗人之末，奋飞词家之前。司马、扬雄激扬其颓波，疏导其下流，使遂闳肆，注乎无穷。而世降愈下，宪章乖离。建安诸子夸尚绮靡，摛章绣句，竞为新奇，雄健之气由此萎尔。至于唐，八代极矣。扫魏、晋之陋，起骚人之废，太白盖以自任乎？览其著述，笔力翩翩，如行云流水，出乎自然，非由思索而得，岂欺我哉？
2.《古风五十九首・其四》："羽驾灭影去，飙车绝回轮。"	齐贤曰：羽驾，言乘鸾驾鹤。飚车，言御风载云。	杨齐贤曰：羽驾，言乘鸾驾鹤。飚车，言御风载云。

续表

李白诗句	元版	王琦本
3.《古风五十九首·其十》:"吾亦澹荡人。"	齐贤曰：澹荡，犹放荡也。	杨齐贤曰：澹荡，犹放荡也。
4.《古风五十九首·其十一》:"吸景驻光彩。"	齐贤曰：吸景，吸日月之景。	杨齐贤曰：吸景，吸日月之景。
5.《古风五十九首·其十八》:"鸡鸣海色动。"	齐贤曰：海色，晓色也。鸡鸣之时，天色昧明，如海气朦胧然。	杨齐贤曰：海色，晓色也。鸡鸣之时，天色昧明，如海气朦胧然。
6.《古风五十九首·其二十二》:"昔视秋蛾飞，今见春蚕生。袅袅桑柘叶，萋萋柳垂荣。"	齐贤曰：《毛诗》：昔我往矣，杨柳依依。今我来思，雨雪霏霏。曹子建诗：昔我初迁，朱华未稀；今我旋止，素雪云飞。太白意同此。昔我在此，见秋蛾之飞；今既改岁，春蚕生矣，桑华如结，柳条争荣，犹未得归。	杨齐贤曰：《毛诗》：昔我往矣，杨柳依依。今我来思，雨雪霏霏。曹子建诗：昔我初迁，朱华未希；今我旋止，素雪云飞。太白意亦同此。昔我在此，见秋蛾之飞；今既改岁，春蚕生矣，桑叶如结，柳条争荣，犹未得归。
7.《飞龙引二首·其二》:"后天而老凋三光。"	士赟曰："后天而老凋三光"者，言三光有时凋落，而此之真身则长存也。	杨齐贤曰：凋三光者，言三光有时凋落，而此之真身则常存也。

续表

李白诗句	元版	王琦本
8.《金陵歌送别范宣》："秀色横分历阳树。"	杨齐贤曰：和州历阳郡治历阳县。《建康图经》：西至本府界十里，自界首至和州八十三里，从采石而济，盖南北往来要津。	杨齐贤曰：和州历阳郡治历阳县。《建康图经》：西至本府界十里，自界首至和州八十三里，从采石而济，盖南北往来要津。
9.《幽州胡马客歌》："争战若蜂攒。"	齐贤曰：蜂攒，犹蜂之聚从也。	杨齐贤曰：蜂攒，犹蜂之聚从也。
10.《清平调词三首·其三》："名花倾国两相欢，……沉香亭北倚阑干。"	齐贤曰："名花"指牡丹，"倾国"指妃子。沉香亭以沉香为之，如柏梁台以柏香为之也。	杨齐贤曰：名花指牡丹，倾国指妃子。沉香亭以沉香为之，如柏梁台以香柏为之也。
11.《长相思》："赵瑟初停凤凰柱。"	齐贤曰：《史记》：赵王为秦王鼓瑟。杨恽：妇赵女，善鼓瑟。《舞赋》曰：若絙瑟促柱。江文通《别赋》曰：横玉柱而沾轼。凤凰柱，刻柱为凤凰形。司马相如，蜀郡成都人，好鼓瑟。有琴台，在浣溪正路，金花寺北。元魏伐蜀，于此下营掘堑，得大瓮二十余口，盖以响琴也。《西京杂记》：赵后有宝琴曰凤凰，皆以金玉隐起为龙螭、鸾凤、列女之状。"（按：《文选·马融〈长笛赋〉》："若絙瑟促柱，号钟高调。"）	杨齐贤曰：凤凰柱，刻柱为凤凰形也。

续表

李白诗句	元版	王琦本
12.《襄阳歌》："鸬兹杓，鹦鹉杯。"	齐贤曰：鸬鹚，水鸟也，其颈长，刻杓为之形。	杨齐贤曰：鸬鹚，水鸟，其颈长，刻杓为之形。
13.《僧伽歌》："手中万岁胡孙藤。"	齐贤曰：胡孙藤，乃藤杖，手所执者。	齐贤曰：胡孙藤，乃藤杖，手所执者。
14.《秋浦歌十七首·其十四》："炉火照天地，红星乱紫烟。"	齐贤曰：此言方士炼丹炉火炽然照曜天地，时有红星纷起于紫烟之中。	炉火，杨注以为炼丹之火。
15.《永王东巡歌十一首·其五》："诸侯不救河南地。"	齐贤曰：河南，洛阳也。时禄山据洛阳。	齐贤曰：河南，洛阳也。时禄山据洛阳。
16.《永王东巡歌十一首·其十一》："西入长安到日边。"	齐贤曰：《晋书》：只闻人自长安来，不闻人自日边来。 《晋书·明帝纪》：明帝幼而聪哲，元帝所宠异。数尝置膝前，属长安使来，因问帝曰："汝谓日与长安孰远?"对曰："长安近。不闻人从日边来，居然可知也。"元帝异之。明日，宴群僚，又问之，对曰："日近。"元帝失色，曰："何乃异向者之言乎?"对曰："举目则见日，不见长安。"由是益奇之。后人因之谓帝所为日边。	王琦注：日边，杨、萧二注皆引晋明帝"不闻人从日边来"之语，以为后人称帝都为日边因此。琦按：《晋书·陆云传》已有"云间陆士龙，日下荀鸣鹤"之对，似不始于东晋。盖日为君象，故邦畿之地有"日边""日下"之名耳。

续表

李白诗句	元版	王琦本
17.《上皇西巡南京歌十首·其六》："南京还有散花楼。"	齐贤曰：《成都志》：宣华苑城上有散花楼，隋蜀王秀所立。	杨齐贤曰：《成都志》：宣华苑城上有散花楼，隋蜀王秀所立。
18.《峨眉山月歌》："峨眉山月半轮秋，影入平羌江水流。夜发清溪向三峡，思君不见下渝州。"	齐贤曰：峨眉山在嘉州峨眉县罗目镇。平羌江在嘉州龙游县，有平羌山。资州清溪县乾德五年省入内江，内江在州东九十八里。资州东至昌州二百二十八里，昌州南至渝州三百里，渝州治巴县。水自渝上合，曰内江。自渝由戎卢上蜀，曰外江。自渝州明月峡至夔州西陵峡四千里。巴峡、明月峡、巫峡，是谓三峡。《蜀都赋》：经三峡之峥嵘。注：巴东永安县有高山相对，相去可二千丈左右，压甚高，谓之峡。古歌曰：巴东三峡巫峡长，猿鸣三声泪沾裳。	齐贤曰：峨眉山在嘉州峨眉县罗目镇。平羌江在嘉州龙游县，县中有平羌山。资州清溪县乾德五年省入内江，内江在州东九十八里。资州东至昌州二百二十八里，昌州南至渝州三百里，自渝州明月峡至夔州西陵峡四千里。巴峡、明月峡、巫峡，是为三峡。
19.《酬殷明佐见赠五云裘歌》	杨齐贤曰：五云裘者，五色绚烂如云，故以五云名之。	杨齐贤曰：五云裘者，五色绚烂如云，故以五云名之。（王本将此条诗句下注解转为题下注。）
20.《赠徐安宜》："浮人若云归。"	齐贤曰：浮人，流人也。	杨齐贤注：浮人，流人也。

续表

李白诗句	元版	王琦本
21.《温泉侍从归逢故人》："承恩赐御衣。"	齐贤曰：白为宫调，明皇赐以宫锦袍。	杨齐贤曰：太白为宫词，明皇赐以宫锦袍。
22.《赠裴十四》："黄河落天走东海。"	齐贤曰：黄河，出昆仑山，在吐蕃中，极西为最高，流入中国，势犹从天而落也。《禹贡》：同为逆河入于海。	杨齐贤曰：黄河，出昆仑山，在唐吐蕃中，隶大羊同国。极西为最高，其流入中国，势犹从天而落也。
23.《赠升州王使君忠臣》："六代帝王国，三吴佳丽城。"	齐贤曰：唐升州，六代吴、晋、宋、齐、梁、陈所都也。谢朓诗：江南佳丽地，金陵帝王州。升州，东极于海，西带长江，至于岷山。	杨齐贤曰：唐升州，吴、晋、宋、齐、梁、陈所都，东极于海，西带长江。
24.《经乱离后天恩流夜郎忆旧游书怀赠江夏韦太守良宰》："九十六圣君。"	齐贤曰：自秦始皇至唐元宗，中国传绪之君，凡九十六。	杨齐贤曰：自秦始皇至唐玄宗，中国传绪之君，凡九十有六。
25.《江上赠窦长史》："三年归及长风沙。"	齐贤曰：池州雁汉下八十里名长风沙。	杨齐贤曰：池州雁汉下八十里有长风沙。
26.《江夏赠韦南陵冰》："头陀云月多僧气，……赤壁争雄如梦里。"	齐贤曰：头陀寺在鄂州，宋大明五年建。天竺言头陀，比斗薮。斗薮，烦恼也。王巾曾撰《头陀寺碑》。……赤壁矶，与百人山对峙，在今鄂州上流八十里。	杨齐贤曰：头陀寺在鄂州，宋大明五年建。天竺言头陀，此言斗薮。抖擞，烦恼也。 杨齐贤曰：赤壁矶，与百人山对峙，在今鄂州上流八十里。

续表

李白诗句	元版	王琦本
27.《赠张相镐二首·其二》："龙颜惠殊宠。"	齐贤曰：《汉》：高祖，龙准而龙颜。"龙颜惠殊宠"，言召见之时，御手调羹，步辇降迎也。	齐贤曰："龙颜惠殊宠"，言召见之时，御手调羹，步辇降迎事也。刘琨表：猥蒙天恩，光授殊宠。
28.《自梁园至敬亭山见会公谈陵阳山水兼期同游因有此赠》："天开白龙潭。"	齐贤曰：《列仙传》：窦子明弃官学道，钓得白龙，放之于此，因名白龙潭。后五年，龙来迎，子明上居陵阳山，至百余年乃得仙。	杨齐贤曰：白龙潭，在宣州。世传窦子明弃官学道，钓得白龙，放之于此，因名白龙潭。
29.《赠汪伦》	齐贤曰：白游泾县桃花潭，村人汪伦常配美酒以待白。伦之裔孙至今宝其诗。	杨齐贤曰：白游泾县桃花潭，村人汪伦常配美酒以待白。伦之裔孙至今宝其诗。
30.《寄淮南友人》："青岁歇芳洲。"	齐贤曰：青岁，犹青春也。	杨齐贤曰：青岁，犹言青春也。
31.《沙丘城下寄杜甫》	齐贤曰：赵沙丘宫在鉅鹿，此沙丘在鲁。	杨齐贤曰：赵有沙丘宫，在鉅鹿。此沙丘宫当在鲁。
32.《金陵白下亭留别》："驿亭三杨树，正当白下门。"	齐贤曰：唐武德九年，更金陵县曰白下县。白下，吴之故都。	杨齐贤曰：白下亭，在今建康东门外。

续表

李白诗句	元版	王琦本
33.《江夏寄汉阳辅录事》："江夏黄鹤楼，青山汉阳县。"	齐贤曰：唐郢州江夏郡，治江夏县。黄鹤楼在郡城之东南，与汉阳县大别山相望，止隔一水。	杨齐贤曰：唐鄂州江夏郡，治江夏县。黄鹤楼在郡城之东南，与汉阳县大别山相望，止隔一水。
34.《江上寄巴东故人》："觉后思白帝。"	齐贤曰：白帝城，在旧夔州瞿塘关山上，下瞰滟滪堆。	杨齐贤曰：白帝城，在夔州瞿塘关山上，下瞰滟滪堆。
35.《别东林寺僧》："笑别庐山远，何烦过虎溪。"	齐贤曰：庐山在江州南三十里。二林寺又在山之南五里许，小岭可到，两寺相临。晋道永、道远所居，规制广寰，若一大县。水石深怪，古迹无穷。东林三门内有小渠，名曰虎溪。远师送客，未尝过溪。西林即永法师所居，规制稍不及东林。	杨齐贤曰：庐山在江州南三十里，东林、西林二寺在山之南五里许，小岭可到，两寺相临，规制广袤，若一大县。水石深怪，古迹无穷。东林是远法师所居，三门内有小渠，名曰虎溪，远师送客，未尝过溪。西林是永法师所居，规制稍不及东林。
36.《黄鹤楼送孟浩然之广陵》："古人西祠。"	齐贤曰：黄鹤楼以黄鹤山而名，在鄂州。	杨齐贤曰：黄鹤楼以黄鹤山而名，在鄂州。(按：转为题下注。)
37.《渡荆门送别》："渡远荆门外。"	齐贤曰：荆门军有山名荆门，蜀之诸山至此不复见矣。	杨齐贤曰：荆门军有山名荆门，蜀之诸山至此不复见矣。

续表

李白诗句	元版	王琦本
38.《闻李太尉大举秦兵百万出征东南，懦夫请缨，冀申一割之用，半道病还，留别金陵崔侍御十九韵》："长呼别吴京。"	齐贤曰：吴京，建康也。	杨齐贤曰：吴京，建康也。
39.《鲁郡尧祠送窦明府薄华还西京》："尧祠笑杀五湖水，至今憔悴空荷花。尔向西秦我东越，暂向瀛洲访金阙。"	齐贤曰：五湖，太湖也。一作镜湖。东越，会稽也。	杨齐贤曰：五湖，太湖也。东越，会稽也。
40.《送于十八应四子举落第还嵩山》："吾祖吹橐籥。"	齐贤曰：吾祖，老子也。《老子》云：天地之间，其犹橐籥乎？	杨齐贤曰：吾祖，老子也。《老子》云：天地之间，其犹橐籥乎！
41.《送梁公昌从信安王北征》："祖席留丹景。"	杨注无此条。	杨齐贤曰：丹景，日也。

续表

李白诗句	元版	王琦本
42.《送岑征君归鸣皋山》："奕世皆夔龙。"	齐贤曰：奕世，累世也。	杨齐贤曰：奕世，累世也。
43.《送王孝廉觐省》："姑苏在日边。"	齐贤曰：姑苏台隶唐苏州吴郡。以其近东海日所出之地，故云日边。	齐贤曰：姑苏，苏州吴郡。以其近东海日所出之地，故云日边。
44.《江夏送友人》："送君黄鹤楼。"	杨齐贤曰：黄鹤楼，在鄂州。图经云：费文伟（当作祎）得仙，驾黄鹤憩此。	杨齐贤曰：黄鹤楼，在鄂州。图经云：费文祎得仙，驾黄鹤憩此。
45.《送二季之江东》："西塞当路中，南风欲进船。"	齐贤曰：西塞山，在鄂州。袁宏《东征赋》：沿西塞之峻崿。	杨齐贤曰：西塞山，在鄂州。
46.《江西送友人之罗浮》："乡关渺安西。"	齐贤曰：唐安西大都护府初治西州，后徙治高昌故地，又徙至龟兹，而故府复为西州交河郡。	杨齐贤曰：唐安西大都护府初治西州，后徙治高昌故地，又徙至龟兹，而故府复为西州交河郡。琦按文义，安西字疑讹，指为陇右道安西大都护府者，恐未是。
47.《五松山送殷淑》	齐贤曰：五松山，在宣州南陵。	杨齐贤曰：五松山，在宣州南陵。（按：转为题下注。）

续表

李白诗句	元版	王琦本
48.《登黄山凌歊台送族弟溧阳尉济充泛舟赴华阴》："送君登黄山，长啸倚天梯。……杳在洛阳西。"	齐贤曰：太白自注："时在当涂。"即今之太平也。黄山在城北，凌歊台在其上。……华阴，在洛阳之西。	杨齐贤曰：太白自注："时在当涂。"即今之太平也。黄山在城北，凌歊台在其上。(按：转为题下注。) 杨齐贤曰：华阴，在洛阳之西。
49.《五月东鲁行答汶上君》："落日昏阴虹。"	杨齐贤曰：《说文》：霓，屈虹，青赤或白色，阴气也。白意指林甫、国忠辈昏蔽其君。	杨齐贤曰：阴虹，指林甫、国忠辈昏蔽其君。
50.《金门答苏秀才》："扁舟方渺然。"	齐贤曰：扁舟，言功成名遂身退，如范蠡扁舟泛五湖也。	杨齐贤曰：扁舟，言功成名遂身退，如范蠡乘扁舟泛五湖也。
51.《答高山人兼呈权顾二侯》："虹霓掩天光，……权子识通蔽。"	齐贤曰：虹霓，指太平公主辈。哲后，指元宗。郭氏曰：雄曰虹，谓明盛者。雌曰霓，谓黯微者。 齐贤曰：通蔽，通塞也。	杨齐贤曰：虹霓，指太平公主辈。哲后，指玄宗。 杨齐贤曰：通蔽，通塞也。
52.《至陵阳山登天柱石酬韩侍御见招隐黄山》："何意到陵阳。"	齐贤曰：陵阳山，在泾县西南百里，乃窦子明钓得白龙放之之处。	杨齐贤曰：陵阳山，在泾县西南百里，乃窦子明钓得白龙放之之处。(按：将诗句下注解转为题下注。)

续表

李白诗句	元版	王琦本
53.《与从侄杭州刺史良游天竺寺》："天竺森在眼，松风飒惊秋。"	齐贤曰：钱塘诸寺，天竺最盛。山有一门，南北相望，而上下两天竺寺。自西湖入天竺寺路，夹道皆古松也，名曰九里松。灵隐、天竺同在一处，皆由松门而进。《图经》：杭州灵山之阴，北涧之阳，即灵隐寺。灵山之南，南涧之阳，即天竺寺。	杨齐贤曰：自西湖入天竺寺路，夹道皆古松，其地名曰九里松。灵隐、天竺同在一处，皆由松门而进。
54.《陪族叔刑部侍郎晔及中书贾舍人至游洞庭五首·其一》："洞庭西望楚江分，水尽南天不见云。日落长沙秋色远，不知何处吊湘君。"	齐贤曰：岷江从西来，至岳阳楼前，与洞庭之水合而东行。潭州长沙郡，在洞庭上流三百余里。《河图玉版》曰：尧之二女为舜妃。死葬于此。冢在县北一百六十里青草山。	杨齐贤曰：岷江自西来，至岳阳楼前，与洞庭水合而东行。潭州长沙郡，在洞庭上流三百余里。
55.《登瓦官阁》："晨登瓦官阁，……淮水入南荣。"	齐贤曰：《瓦官寺碑》云：江左之寺，莫先于瓦官，晋武时，建以陶官故地，在秦淮北，故名瓦官，讹而为"棺"。或云昔有僧，诵经于此，既死，葬以虞氏之棺，墓上生莲花，故曰瓦棺。中有瓦棺阁，高二十五丈。唐为昇元阁。……淮水即秦淮，源于句容、漂（当作溧）水两山间，自方山合流至建邺，贯城中而西以达于江。	杨齐贤曰：《瓦官寺碑》云：江左之寺，莫先于瓦官，晋武时，建以陶官故地，故名瓦官，讹而为"棺"。或云昔有僧，诵经于此，既死，葬以虞氏之棺，墓上生莲花，故曰瓦棺。中有瓦棺阁，高二十五丈。唐为昇元阁。 杨齐贤曰：淮水即秦淮，源于句容、溧水两山间，自方山合流至建邺，贯城中而西以达于江。

续表

李白诗句	元版	王琦本
56.《寻雍尊师隐居》："花暖青牛卧，松高白鹤眠。"	齐贤曰：青牛，花叶上青虫也。有两角，如蜗牛。	杨齐贤曰：青牛，花叶上青虫也。有两角，如蜗牛，故云。琦按："青牛""白鹤"，不过用道家事耳，不必作别创解。
57.《观胡人吹笛》："十月吴山晓，梅花落敬亭。"	齐贤曰：《乐书》：古者，羌笛有《落梅花》曲。	杨齐贤曰：古者，羌笛有《落梅花》曲。
58.《三五七言》	齐贤曰：古无此体，自太白始。	杨齐贤曰：古无此曲，自太白始。

王琦本选用杨齐贤注共有 58 条，与元版相比，其中仅有 18 条在位置和字句上没有做任何改动，以训释简单明了的词语为主。形容词有"澹荡""蜂攒"，动词有"羽驾""飙车""吸景"。名词最多，普通名词有"海色""胡孙藤""浮人""青岁""奕世""青牛"；地理方位名词则包括"河南""白帝城""吴京""荆门"。此外，还有着重交代历史沿革及创作背景的，如历阳郡治，散花楼兴建，《赠汪伦》诗的创作背景，《三五七言》的诗体创立。王注在选用这部分杨注时，全盘接纳，不再另行注释或附上他人言语。

剩下的 40 条，均与元版有出入，王琦或多或少做了一些改动。

第一，调整杨齐贤注的字句、行文顺序，使注释准确清晰。如表格中注例 1《古风五十九首·其一》，王本所引杨注与元版及删节本系统各本均不相同，但却参考了各本的修改方法。删削旁枝末节，保持主干文路清晰明了。第一，元版中杨氏指明刘勰语，但删节本系统均将“刘勰”名删去，王本沿袭了这种精简方式。第二，郭本、霏玉斋本无端加入“《史记》曰”，王本则一仍元版之旧。第三，玉本删去了“屈平之后，司马相如、扬雄激扬其颓波，……非思索而得，岂欺我哉”这部分内容，仅止于“若《离骚》，可谓兼之”。王本没有用玉本的删减方案，但却采纳了玉本调整杨注字句顺序的理念，力求使杨注文从字顺，更加清晰明了。经过王琦修改后的杨注，将王政兴废，斯文更迭的过程展现得甚为流畅。

首先，王琦删减简化了一些冗繁的词汇。将“祖龙”换成“秦”，由秦始皇个人转为有秦一代；删去“风俗薄，人心侥”，突出造成“中正之声，日远日微”的核心原因——“斯文衰矣”。

其次，王琦对冗长引文进行撮引。杨齐贤引用刘勰《文心雕龙·辨骚》之话，王琦概括为“一变而为《离骚》，轩翥诗人之末，奋飞词家之前”。关于“风雅寝声”，杨注在“刘勰辨云”之前已经交代清楚了。《辨骚》中淮南作传所言“若《离骚》，可谓兼之”，这仍旧是对前文的重复与加强，结合注文前后语境，删去此处亦毫不影响文意，反倒使行文更加清楚流畅。

最后，王琦调整了杨注的语气。“太白盖以自认矣”，杨齐贤确认太白以“扫魏、晋之陋，起骚人之废”自认，王琦修改为“太白盖以自任乎?”将陈述调整为设问，下文“览其著述，笔力翩翩，如行云流水，出乎自然，非由思索而得，岂欺我哉?”这样就形成杨注自问自答的格局，只代表他个人的见解。而“自认”“自任”与否，王琦认为还需细细解读，不应草率下结论。现在，不少学者在评述李白诗文创作宗旨时，喜以《古风五十九首·其一》为证，认定李白有一种变革时弊的自任精神，或是从杨注中得到启发。但解读原诗，再结合李白实际创作，这种“扫魏、晋之陋，起骚人之废”并非其特别设定的任务或目标，仅是达到的效果之一罢了。不轻易下结论，对其他注家的言论持保留意见，这是王琦注的风格之一，从其删减简化注文的工作可窥见一斑。

表中例 10《清平调词三首·其三》注释"沉香亭北倚阑干"一句，齐贤曰："沉香亭以沉香为之，如柏梁台以柏香为之也。"诸删节本不做改动，王琦却将"柏香"改为"香柏"。盖杨氏以"柏香"对"沉香"，读来顺畅，声韵和谐，故如此用之。"柏香"，《诗集传名物钞》卷六："鬯，谓之郁鬯，又曰畅。臼以椈，杵以梧。椈，柏也；梧，桐也，以柏香桐洁白，用捣郁鬯于神为宜。"这个概念容易让人将普通建筑材料误解为经过特殊处理的香料或涂料。而香柏就是雪松，古朴典雅，表面具有丰富的自然木节，充满艺术气息，给人一种美的享受。柏梁台以此作为建筑材料，除了注重其天然的芳香气味外，首先当是看重其外观自然美丽。王琦这个调整看似简单，实际上使得注文中主观且模糊的地方复归客观与清晰。

表中例 25《江上赠窦长史》："三年归及长风沙。"杨注曰："池州雁汉下八十里名长风沙。"王注转引则曰："池州雁汉下八十里有长风沙。"长风沙，又名长风夹，即春秋时吴楚大战的鹊尾渚，位于今安庆市东郊长风村。此处为长江中一处自古与瞿塘、滟滪并称的险段。江边旧有长风城、长风港，供来往船舶停泊过夜。唐代以前已有街市，北宋建隆元年(960)置镇。南宋嘉定十年(1217)安庆建城后，集镇渐渐萎缩，但到元至正二十七年(1367)仍设有巡检司，清代仍设有炮台。李白在今安徽境内生活的二十余年间，曾多次过往活动于长风沙一带。唐开元十四年(726)李白出游襄汉，南泛洞庭，东至金陵扬州，第一次坐船经过长风沙，长风沙便引起了他的注意。上元二年(761)李白受永王案牵累遭流放，中途遇赦东还，又乘舟至此，并作《江上赠杜长史》诗，其中有"万里南迁夜郎国，三年归及长风沙"句。把到长风沙称为"归"，可见李白对其在感情上的亲近和印象上的深刻。虽然李白对长风沙的情况没有具体描写，但南宋诗人陆游在《入蜀记》中明确地指出："自金陵至长风沙七百里""地属舒州，苦最湍险"。陆游还在《长风沙——记阻风夜泊》中对长风沙的自然环境做了生动的描写："江水六月无津涯，惊涛骇浪高吹花。橹声已出雁翅浦，荻夹喜入长风沙。长风自古三巴路，樯杆参差杂烟树。南船北船各万里，凄凉小市相依住。"李白《长干行》中的女主人公之所以要不远七百里相迎青梅竹马的郎君于长风沙，正是因为这里是和巴山蜀水一样危险的地方，实在令人放心不下。在不能准确定位长风沙距离的情况下，王琦将"名"改为"有"，态度更加严谨一些。

例 33 《江夏寄汉阳辅录事》："江夏黄鹤楼，青山汉阳县。"杨齐贤注曰："唐郢州江夏郡，治江夏县。"王注引文曰："唐鄂州江夏郡，治江夏县。"《旧唐书》卷三十九：

> 郢州，后魏置温州，武德四年置郢州于长寿县，置京山、蓝水二县属焉。贞观元年，省蓝水入长寿，又废郢州，以长寿属鄀州，京山属荆州。十七年废温州，依旧置郢州，治京山。天宝元年改为富水郡。乾元元年复为郢州。……京山，隋县属安陆郡。武德四年置温州，因后魏领京山、富水二县。贞观八年废郢州，以长寿来属。十七年复于县置郢州。长寿，汉竟陵县，地属江夏郡。武德四年，于县置郢州。贞观元年废郢州，以长寿属荆州，八年又属温州，十七年又属郢州。富水，隋旧武德初属温州，州废属郢州。

又《旧唐书》卷四十：

> 隋江夏郡，武德四年平萧铣改为鄂州。天宝元年改为江夏郡。乾元元年复为鄂州。永泰后置鄂岳观察，使领鄂岳蕲黄四州，恒以鄂州为使理所旧，领县四，户三千七百五十四，口一万四千六百一十五。天宝，领县五，户一万九千一百九十，口八万四千五百六十三，后并沔州入鄂州，以汉阳、汉川来属，在京师东南二千三百四十六里至东都一千五百三十里。

武德四年(621)，离李白于中晚年写《江夏寄汉阳辅录事》有很长一段时间，故而唐人当已明确郢州与鄂州的区划不同。白居易《登郢州白雪楼》："白雪楼中一望乡，青山簇簇水茫茫。朝来渡口逢京使，说道烟尘近洛阳。"①这是他贬为江州司马，乘船路过郢州(钟祥郢中)时的诗作。隋唐时期，全国经济重心南移，因郢中古城处在江汉中心，是京都长安经汉水到长江一线的必经之道，正所谓"舟车往来，水陆之冲"。李白诗中的"江夏"隶属鄂州无疑，郢州已经专指另一区划。故改为"唐鄂州江夏郡"是符合历史地理沿革的。

第二，对杨注中地理名物予以进一步考证。如表中例31《沙丘城下寄杜甫》，王琦《李太白集注》卷十三："杨齐贤曰：'赵有沙丘宫，在鉅鹿。此沙丘当在鲁。'按在鉅鹿者乃沙丘台，赵于其地做宫，故有沙丘宫，非沙丘城也。《太平寰宇记》：'莱州掖县有沙丘城，殷纣所筑，始皇崩处。'夫纣所筑，始皇崩处，古今皆指在鉅鹿者是，不云在莱州。乐史所证亦误。据此诗而约其地，当与汶水相近。"此诗宋蜀本题下注明"齐鲁"，则沙丘城大体位置基本能确定。比较有争议的是"沙丘台""沙

① ［唐］白居易著，朱金城笺校：《白居易集笺校》卷十五，上海：上海古籍出版社，1988年，第941页。

丘宫”与“沙丘城”的称谓与所指。

沙丘台由纣王所筑，《三传折诸·左传折诸》卷二十七“夏卫灵公卒”条：“《一统志》：‘在平乡东北二十里纣筑沙丘台，卫灵公葬于沙丘宫。穿冢得石椁，有铭云：不凭其子，灵公夺我里。’子韦曰：‘灵公之为灵也久矣。’”这是说卫灵公卒，卜葬在沙丘，沙丘宫当因此而造。“赵于其地做宫”的说法并不准确，事实是赵武灵王在沙丘之乱中饿死于此。《史记》卷四十三：“主父欲出不得，又不得食，探爵𣪊而食之，三月余而饿死沙丘宫。”《集解》：“应邵曰：武灵王葬代郡灵丘县。”《史记正义》卷四十三“饿死沙丘宫”句，注云：“《括地志》云：‘赵武灵王墓在蔚州灵丘县东三十里。’应说是也。”明董说撰《七国考》卷四“沙丘宫”条：“《史记》：‘主父饿死沙丘宫。’正义曰：‘在邢州平乡县东北二十里。’”应劭所注武灵王墓葬具体位置得到张守节、董说的认可。这里牵扯沙丘宫称谓的演变，名字得来是因卫灵公卒葬于此，但灵丘县的名字却因赵武灵王葬于沙丘宫而得。

王琦认为“乐史所证亦误”，主要依据是“古今皆言在鉅鹿者是”。然而，李贤、彭时等奉敕修撰《明一统志》卷二十五曰：“古迹沙丘城，在掖县界内，世传商纣所筑，即秦始皇崩处。唐李白诗‘我来竟何事，高卧沙丘城。城边有古树，日夕连秋声。’”元代于钦《齐乘》卷四：“沙丘城，莱州北。相传商纣所筑，始皇崩处。按《史》《汉》皆云沙丘在鉅鹿县，此后人附会。”《山东通志》卷九：“沙丘城，在县(掖县)东北，相传商王纣所筑。”沙丘城在莱州的说法也得到支持，王琦对乐史的否定显然草率，但他根据李白诗意推测“当与汶水相近”，却非常合理，与《明一统志》对李白所写沙丘城的理解并不冲突。他对杨齐贤注的纠谬并不完美，但却指明了应当仔细区分的地理名称。

例 32 《金陵白下亭留别》：“驿亭三杨树，正当白下门。”

齐贤曰："唐武德九年，更金陵县曰白下县。白下，吴之故都。"诸本均置此注于诗句之下，所释词语均为"白下"，非白下亭。王本于题下注释"白下亭"，引文也与原注不同，曰："杨齐贤曰：白下亭，在今建康东门外。"此注从他处借来，《金陵酒肆留别》："风吹(一作白门)柳花满(一作酒)店香，吴姬压酒劝客尝。"杨齐贤释"白门"，注曰："白下亭，在今建康东门外。"此外，李诗还有多处出现"白下亭""白门"，如"五月金陵西，祖余白下亭"(《留别金陵诸公》)，"小子别金陵，来时白下亭"(《献从叔当涂宰阳冰》)，"春光白门柳，霞色赤城天"(《金陵送张十一再游东吴》)，因前已有注，故点到为止曰"金陵有白下门"。

按：唐高祖武德元年(618)置金陵县，筑城于白石山下的白下村(在今南京金川门外)。武德九年(626)，更金陵县为白下县。这时的"白下"，不仅指白下县所在的白下村，而且包括白下县地域。贞观七年(633)，移白下县于青溪上的白下桥(今白下区大中桥)畔，白石山下的故城遂废。此时，"白下"之名系指整个南京地区。白下亭的位置历史上变化不大，一直在白下桥附近，地处交通要道。南宋《景定建康志》卷十六云："白下桥一名上春桥在城东门外其侧有白下亭。"此条下《重建桥记》云："金陵为六朝故都，风土遗迹历历可考。自上元县治东行里许有桥，曰白下。白下之义，访诸故老，无传焉。宋元徽间，征北将军张永屯白下。唐武德中迁金陵县于白下村，其地盖在东晋白石垒之下也。国朝自六飞南驻，以是邦为陪都。白下一桥当江浙诸郡往来之冲，不惟士夫民牧所必经行而道也。"至宋，江宁府上元县驿站东西各有一亭，均可称为白下亭。《江南通志》卷三十："白下亭，在上元县驿亭也。唐李白诗'五月金陵西，祖余白下亭'，宋王安石诗'门前秋水可扬舲，有意西寻白下亭'，是亭在府西也。安石诗又有'东门白下亭，摧甓蔓寒葩’之句，似又在府东，意驿亭饯送东西各有亭耳。”李白所写之白下亭在府西，在府东者盖为宋新建。

例 46 《江西送友人之罗浮》：“桂水分五岭，衡山朝九疑。乡关渺（宋蜀本作“眇”）安西，流浪将何之？”王琦注：“杨齐贤曰：唐安西大都护府初治西州，后徙治高昌故地，又徙至龟兹，而故府复为西州交河郡。琦按文义，安西字疑讹，指为陇右道安西大都护府者，恐未是。”明朱谏串讲前两句，云：“送友人之罗浮，言桂水流散，分为五岭，衡山高峻，朝乎九疑。衡桂之南，炎蒸之地也，尔之乡关远在安西，与此相去万有余里，踪迹若浮云而飘忽不定，将何所之乎？”《李白全集校注汇释集评》：“安西，杨注：‘唐安西大都护府初治西州，后徙治南昌（应作高昌）故地，又徙治龟兹，而故府复为西州交河郡。’唐安西大都护府，初治西州，即今吐鲁番高昌故城，后徙治龟兹，即今新疆库车。王云：‘琦按文义，安西字疑讹，指为陇右道安西大都护府者，恐未是。’按：此句谓友人乡关在眇远的安西，非指太白。”

杨注浓缩记载了安西都护府在唐代的设立及沿革，王注虽采用，但对“安西”二字提出质疑。明朱谏将其解释为李白所送友人的故乡，今人亦表示认可。“流浪将何之？”不可理解太质实，是一种对两人前程的设问。题目中、诗句里对彼此具体要去的地方已经表明。王琦怀疑文字有讹误，虽无确证，但亦有道理。若借景起兴，“安西”或可为“江西”？王勃《送杜少府之任蜀州》前两句“城阙辅三秦，风烟望五津”，“城阙”，指京城长安，是送行地点；“五津”，是杜少府要去的地方。以当时两人同在某地，引发出“同是宦游人”的概叹。李白与友人送别的场景与王勃类似，都是即将奔赴前程，而这种前程并非二者所期望，有“已过黄发期”仍然不得意的萧条意绪在里面。若此处为“江西”，则前两句意思是诗人立足“江西”送行之地，在意念中对两人“乡关”的怅望，仅为泛指。

第三，将杨齐贤对诗句的注释摘选出来作为题下注。《登黄山凌歊台送族弟溧阳尉济充泛舟赴华阴》：“送君登黄山，长啸倚天梯。”杨齐贤注明李白写此诗的地点及黄山的方位。王琦注曰：“杨齐贤曰：太白自注：‘时在当涂。’即今之太平也。黄山在城北，凌歊台在其上。”他对注文未做任何字面上的改动，只是将其转为题下注。类似的还有《五松山送殷淑》《至陵阳山登天柱石酬韩侍御见招隐黄山》《黄鹤楼送孟浩然之广陵》《酬殷明佐见赠五云裘歌》，所注词汇分别为“五松山”“陵阳山”“黄鹤楼”“五云裘”。这些均为杨齐贤阐释具体诗句时所注，且全部在诗题中出现过。

古人诗作的题目通常很讲究，提供了许多有价值的信息，王琦这个改动有助于观者更快地掌握重要线索，从而对诗歌的创作背景有所了解，可称得上是将杨注的功能提升了一个层次。除此之外，王琦还做出更大范围的调整，采用不同作品间注释互借的方式。比如《送梁公昌从信安王北征》：“祖席留丹景。”王琦注：“杨齐贤曰：丹景，日也。”但此诗句下并无此条注文，笔者初以为是版本问题，经过查找，发现是从他处借来。前文所考对“白下”“白下亭”的注释也是如此。

第四，对杨注进行校勘，指瑕纠谬。例 44《江夏送友人》：“雪点翠云裘，送君黄鹤楼。”杨齐贤曰：“黄鹤楼，在鄂州。图经云：费文伟得仙，驾黄鹤憩此。”王琦将“费文伟”改正为“费文祎”。

除纠正明显错误，王琦还对杨注的注释方式提出了极有价值的见解。例 56《寻雍尊师隐居》：“花暖青牛卧，松高白鹤眠。”王琦注：“杨齐贤曰：青牛，花叶上青虫也。有两角，如蜗牛，故云。琦按：‘青牛’‘白鹤’，不过用道家事耳，不必作别创解。”注家多博学，有时会对某些比较“偏”的知识不忍弃置，甚至津津乐道。结合诗歌文本来看，起句“群峭碧摩天”视野开阔，“拨云寻古道”表现出山中云气缭绕，结句“语来江色暮，独自下寒烟”描写时间推移，光线变得更加黯淡，“云气”变成“暮气”。在这样始终云雾缭绕的环境下，“花暖青牛卧”与“松高白鹤眠”一样，都是大致看到的景象。或者是像王琦所说，仅是以道家事烘托尊师隐居的特殊环境，不存在一个近距离观察花叶上青虫的特写。此与苏轼所见王安石残句“黄犬卧花心”不同，“花心”很明确定位了“黄犬”的位置，可解释为虫子。“花暖”是一种移觉，花本无温度，却能在一片盛开景象中，以其灿烂的色泽、纷繁的姿态给人一种暖洋洋的感觉。此条杨注算不上硬伤，仅是注释方式太过质实，无形中挫磨了原诗空灵飘逸的气质，也缩小了观者的想象空间。并非杨注如此，这也是注家易犯的毛病。王琦能及时指出，也可从侧面看出他对他人注释的裁汰标准，对自己作注的严格要求。

第五，对“首创权”的认定保持谨慎的态度。例16《永王东巡歌十一首·其十一》：“西入长安到日边。”王琦注：“日边，杨、萧二注皆引晋明帝‘不闻人从日边来’之语，以为后人称帝都为日边因此。琦按：《晋书·陆云传》已有‘云间陆士龙，日下荀鸣鹤’之对，似不始于东晋。盖日为君象，故邦畿之地有‘日边’‘日下’之名耳。”

按：《晋书·天文志》云：

> 日为太阳之精，主生恩德，人君之象也。人君有瑕，必露其慝以告示焉。故日月行有道之国则光明，人君吉昌，百姓安宁。人君乘土而王，其政太平，则日五色无主。日变色，有军，军破；无军，丧侯王。其君无德，其臣乱国，则日赤无光。日失色，所临之国不昌。日昼昏，行人无影，到暮不止者，上刑急，下不聊生，不去一年有

大水。日昼昏，乌鸟群鸣，国失政。日中乌见，主不明，为政乱，国有白衣会，将军出，旌旗举。日中有黑子、黑气、黑云，乍三乍五，臣废其主。日蚀，阴侵阳，臣掩君之象，有亡国。

开篇即云日为人君之象，随即以日的各种变化比附人事，列出“人君有瑕”“人君吉昌”“其君无德”“主不明”“臣废其主”等情况。这种认识由来已久，《周易》中离卦便体现出这种对应关系，宋鲍云龙撰《天原发微》卷二下：“愚曰：《易》崇阳抑阴之书也。日为君象，故尊之崇之。上经三十卦而终于离，离在天为日，则苍生无不仰照。下经三十四卦而终于既未济，离皆在其中。民无此则不生活，所以济生民之日用也。”清陈法撰《易笺》卷二笺释离卦，曰：“日为君象，故以大人言之。大抵开创之君多天亶之圣，继之者为难覲光扬烈，善继善述则比德重华矣。”这种对应也被后世接受，用来阐明事理，宋王溥撰《唐会要》卷四十二：“元和七年八月京师地震，上谓宰臣曰：‘昨者地震，草树皆动摇，何祥也？’宰相李绛曰：‘……盖地载万物，日为君象，政有感伤，天地变异……’”《辞源》高度概括为：“封建社会以帝王比日，因以皇帝所在之地为日下。”

再看“云间陆士龙，日下荀鸣鹤”之对。“云间”“日下”，分别为陆机、荀隐二人的家乡，“士龙”“鸣鹤”分别是二人的表字，构成了天然的对偶。陆云是松江华亭(今上海)人，松江古称“云间”。荀隐是洛阳人，洛阳是西晋都城。故荀隐自称“日下荀鸣鹤”。云从龙，日照鹤，更有自高身价之意。以“云间”对“日下”，成为诗家常用的骈语。清李渔《笠翁对韵》：“名动帝畿，西蜀三苏来日下；壮游京洛，东吴二陆起云间。”

杨齐贤在注里大段引用《晋书·明帝纪》来解释“日边”这个词从何而来。王琦则扩展开来讨论类似词汇的由来问题，且以

"日为君象"做出阐释。而例 58《三五七言》，杨齐贤曰："古无此曲，自太白始。"王琦不改一字，直接引用，是能肯定李白的首创权。

第六，将杨注中串讲的诗句和部分文献资料删去。如例 11《长相思》："赵瑟初停凤凰柱。"齐贤曰："江文通《别赋》曰：'横玉柱而沾轼。'凤凰柱，刻柱为凤凰形。"王琦仅吸收"凤凰柱，刻柱为凤凰形"一句。《文选·江淹别赋》："掩金觞而谁御，横玉柱而沾轼。"李善注："琴有柱，以玉为之。"在这里，杨齐贤以江淹诗歌来解释"柱"，这是将"柱"的范围定位在"琴柱"，然后再顺承阐释"凤凰柱"。

例 18 《峨眉山月歌》，齐贤曰："峨眉山在嘉州峨眉县罗目镇。平羌江在嘉州龙游县，有平羌山。资州清溪县乾德五年省入内江，内江在州东九十八里。资州东至昌州二百二十八里，昌州南至渝州三百里，渝州治巴县。水自渝上合，曰内江。自渝由戎卢上蜀，曰外江。自渝州明月峡至夔州西陵峡四千里。巴峡、明月峡、巫峡，是谓三峡。《蜀都赋》：经三峡之峥嵘。注：巴东永安县有高山相对，相去可二千丈左右，厓甚高，谓之峡。古歌曰：巴东三峡巫峡长，猿鸣三声泪沾裳。"王琦删去了"渝州治巴县。水自渝上合，曰内江。自渝由戎卢上蜀，曰外江"一句、《蜀都赋》语句及文选注。王琦删去"内江"与"外江"的定义，影响信息的完整性。尽管杨注的引文与《文选》原注有出入，将"二十丈"写成"二千丈"，王琦完全可以在转引时修改，删去则没有必要；且古歌中"三峡"具有特殊的文化内涵，不仅仅指地名，应当予以保留。

例 22 《赠裴十四》："黄河落天走东海。"齐贤曰："黄河，出昆仑山，在吐蕃中，极西为最高，流入中国，势犹从天而落也。《禹贡》：同为逆河，入于海。"首先，王琦删去了《禹贡》引文。所谓"逆河"，指黄河入海处的一段河流，以迎受海潮而得名。《尚书·禹贡》："（禹导河）至于大陆，又北播为九河，同为逆河，入于海。"孔传："同合为一大河，名逆河，而入于渤海。"蔡沉集传："意以海水逆潮而得名。"宋曾巩《本朝政要策·黄河》："当禹之行水，功之所施者最多，自大伾而北，既酾为二，至大陆，又播为九，然后为逆河，以与海属。"杨注引用《禹贡》，明确何谓"走东海"，在这里极有必要。李白被视为浪漫主义诗人，给人造成的错觉就是，写诗歌所用词汇夸饰成分较多。实际上李白行走天下，见识广博，对地理名物非常了解，他本人也喜欢在诗歌中运用现实主义手法表现浪漫主义情怀①。杨注清楚地解释"黄河"与"东海"的关系，能够从侧面体现李白这一创作特点。

其次，王琦补充了"在唐吐蕃中，隶大羊同国"一句。清胡渭《禹贡锥指》卷十："自唐以前，未有言昆仑在羌中者，何可深信西域之昆仑？"那么杨注援引《唐书·吐蕃传》来释"黄河"，以唐解唐，本无可厚非，但应当注明断代。因为"言昆仑在羌中"，是唐首创，时代特色很鲜明，无论正确与否，都是唐人对黄河的理解。

例 23　《赠升州王使君忠臣》："六代帝王国，三吴佳丽城。"杨注引用谢朓《入朝曲》："江南佳丽地，金陵帝王州。"在解释"升州"时引用此句有助于理解李白诗，观者或可一探源流，或可品得学诗门径，比单纯知道"六代"与"升州"更有价值。

王琦这种做法多是效仿删节本系统，虽能精简篇幅，但却

① 如《峨眉山月歌》，连续运用地名，且仔细观察过月亮的变化（参看邓小军《李白〈峨眉山月歌〉释证》）。《梁园吟》："连呼五白行六博，分曹赌酒酣驰辉。"是对唐时"五白"及"六博"的确切描述，比杜甫《今昔行》"冯陵大叫呼五白，袒跣不肯成枭卢"，韩愈《送灵师》"六博在一掷，枭卢叱回旋"等更加精确。（参看曹慕樊《读诗杂说全编》第三部分《杜注琐谈》。）

忽略了集部注释应当尽可能体现出文学性的特质。

第七，在解释诗意时，以杨注作为驳论对象，逐步建立起自己的见解与观点。如例14《秋浦歌十七首·其十四》：“炉火照天地，红星乱紫烟。赧郎明月夜，歌曲动寒川。”后人对这首作品的注释与解读经历了一个漫长而曲折的过程。难点在于无法确定审美客体的准确指代，而最终指引后人找到正解的恰是其中洋溢的阳刚之美。王琦注曰：

> 炉火，杨注以为炼丹之火，萧注以为渔人之火，二火俱不能照及天地，其说固非。胡注谓“山川藏丹处，每夜必发火光，所在有之。《舆地纪胜》：宣州有朱砂山，石窍中每发红色，其大如月。又，赤溪，神龙初，有赤气冲天，诏凿之，溪水尽赤。第难定其所咏何处。”此解亦未是。琦考《唐书·地理志》，秋浦固产银、产铜之区，所谓“炉火照天地，红星乱紫烟”者正是开矿处，冶铸之火，乃足当之。郎，亦即指冶夫而言，于用力作劳之时，歌声远播，响动寒川，令我闻之不觉愧赧。盖其所歌之曲，适有与心相感者，故耳“赧”字当属己而言。旧注谓“赧郎”为吴音歌者助语之词，或谓是土语呼其所欢之词，俱属强解。

他认为杨齐贤理解的“炼丹之火”与萧士赟认为的“渔人之火”都不足以达到照及天地的壮大效果，而胡震亨注引《舆地纪胜》关于朱砂山的记载也很牵强。杨齐贤理解为炼丹之火，并无任何可靠依据，放在全诗小环境中，无法解释后三句；参看其他十六首作品，也找不到炼丹修炼的痕迹。萧士赟理解为“渔人之火”，首先是考虑到秋浦的自然环境，其次当是认定“赧郎”为吴音语助词或是渔人喜唱的赧郎歌，最后参考诗末“歌曲动寒川”一句，更是确信李白所写为渔舟唱晚的场景。胡震亨注将“炉火”视为静态，是山川藏丹、朱砂映红的特殊现象，与人类的活动没有关系。这里面存在的问题是：矿藏发出的红光不足以达到炉火蒸腾、紫烟缭乱的强烈效果；诗歌后两句所描写的人类活动与前两句脱节，没有必然联系。王琦既对三者的不足看得通透，又从中汲取了一些有用信息。胡注提供了“矿藏”这个重要线索，王琦顺此思路考察出秋浦盛产银、铜，那么近水燃炉以冶炼矿藏着实合情合理。杨注认为“赧，……犹言愧汝明月之夜，歌曲之声振动寒川也”，王琦吸收了“愧”这层含义，更点名“惭愧”的主体是李白，而羞愧的原因竟然是李白听见冶夫用力劳作时的歌声而“闻之不觉愧赧”。大概是觉得这个解释不是很妥当，王琦又补充道，是因为歌曲内容与李白当时心境或有相通，而触其情绪。

郭沫若《李白与杜甫》：“‘秋浦，有银有铜’，见《新唐书·地理志》。‘赧郎明月夜’与‘歌曲动前川’为对句。‘赧郎’，旧时注家不得其解，其实就是银矿或铜矿的冶炼工人。在炉火中脸被燃红了，故称之为‘赧郎’，这是李白独创的词汇。‘明月夜’的‘明’字当作动词解，是说红色工人的脸面使‘月夜’增加了光辉。工人们一面冶炼，一面唱歌。歌声使附近的贵池水卷起了波澜。”①直言诸位注家不得要领，且将诗意串讲为冶炼工人热火朝天劳动的场面。詹锳《李白全集校注汇释集评》：“此言采矿冶炼火光直照天地，红焰与紫焰交映。冶炼工人的脸色被火光映红，而其歌声则震动秋浦山川。”对郭沫若的解释表示认可。相比较而言，这个解释是最为清晰明确，合情合理的。这首诗前三句写了所见，最后一句写了所闻。从“赧郎明月夜”一句可以看出，李白离冶炼场地当是中远距离，视角为俯视。这样他才能够从天地宏大背景中，顺着红星紫烟看到火光源

① 郭沫若：《李白与杜甫》，北京：中国长安出版社，2010 年，第 119 页。

头，再注意到红色炉火照亮冶炼工人的脸庞。那种人影火光交相辉映热火朝天的场面，配上冶夫的歌声，使得山川有被点燃与撼动的感觉。为什么声光效果同时发生的情况下，最后才写声音？这是因为月夜背景下，人类大场面活动对视觉更有冲击力。整首诗中“歌曲”这个听觉所感并非重点，最后一句还是复归视觉。他的构思是顺着视角推移：自然—人—自然，可以说浪漫主义的诗歌意境纯然出之于写实主义笔法。

注家不得要领之处在于：第一，对现实生活的观察不够；第二，拘泥于个别字句的传统解释，对整首诗的意境体会不足；第三，阐释得过于质实生硬。郭沫若称“赧郎”是李白独创，清康熙五十九年奉敕撰《御定韵府拾遗》卷二十二上：“赧郎，李白诗‘赧郎明月夜，歌曲动寒川’。”将此词的原创权归于李白名下。但对“赧郎”的运用，后人多以其为渔歌，如明杨慎《长江万里图》：“笼筒津鼓惊浮客，欸乃渔歌属赧郎。”①明王世贞《江皋曲》：“赧郎轻舴艋，不敢向江皋。”②又《毗陵月夜张子歌》：“贪听赧郎歌宛转，任教风露湿衣裳。”③清黄之隽撰《香屑集》卷十六：“自扫一床间，双扉常自关。赧郎明月夜，别宅宠妖娴。”注曰：“自扫，贾岛《宿慈恩寺郁公房》；双扉，姚合《药堂》；赧郎，李白《秋浦歌》；别宅，元稹《台中鞫狱忆开元观旧事》。”黄之隽没有用渔歌之意，转而用其字面义为“羞涩的郎君”。明、清人对“赧郎”的理解与杨齐贤、萧士赟注差不多，王琦在这种整体趋向的语言环境下对旧注进行考证纠

① ［明］杨慎：《升庵集》卷三十一，《四库明人文集丛刊》，上海：上海古籍出版社，1993年，第652页。

② ［明］王世贞：《弇州四部稿》卷七，［清］永瑢，纪昀等编：《文渊阁四库全书》，集部，第1279册，上海：上海古籍出版社，2003年，第216页。

③ ［明］王世贞：《弇州四部稿》卷五十，［清］永瑢，纪昀等编：《文渊阁四库全书》，集部，第1280册，上海：上海古籍出版社，2003年，第847页。

谬，具有重要意义。

三、王琦本对萧士赟注的吸收

表 4-2　王琦本中所有萧士赟注

李白诗句	萧士赟注	王琦注
1.《大鹏赋》："燀赫乎宇宙。"	士赟曰：按"烜赫"当作"燀赫"。《庄子》曰：惊扬而奋鬐，白波若山，海水震荡，声侔鬼神，燀赫千里。世本作"烜"字，传写者作此"烜"字之误，人解不得，遂作"烜"字，今就厘正之。	萧士赟曰：按"燀赫"当作"烜赫"。《庄子》曰：惊扬而奋鬐，白波若山，海水震荡，声侔鬼神，燀赫千里。世本作"烜"字，由传写者作此"烜"字之误，人不能解，遂作"烜"字，今厘正之。
2.《大鹏赋》："韬兵戈，火网罟。"	士赟曰：韬，藏也。火，焚也。以示不用。	萧士赟曰：韬，藏也。火，焚也。以示不用意。
3.《古风五十九首·其二》	士赟曰：子见之说实祖于西山。士赟今演之曰：蟾蜍薄太清，月为之蚀，以喻武妃入后宫而卒为王后之蠹也。"蝃蝀入紫微"而"大明夷朝晖"，以喻武妃既得幸而元宗卒为所惑也。日，君象。月，后象。今焉废黜，是浮云隔之不得代明矣。"万象昏阴霏"者，谓自后卒不正中宫，浸成女宠之祸也。"萧萧长门宫"者，王后事，全与汉武陈后事迹相类。二后虽各以无子、巫蛊厌胜废，然推原其由，实卫子夫、武惠妃争宠，有以激之也。陈后之废，司马相如作《长门赋》，王后之废，王諲亦作《翠羽帐赋》以讽帝，	萧士赟曰：王后事，与汉武陈后事极相类。二后虽各以无子、巫蛊厌胜废，然推原其由，实卫子夫、武惠妃争宠有以激之也。陈后之废，司马相如作《长门赋》，王后之废，王諲亦作《翠羽帐赋》，先后一致。太白引此为证，最为切当。桂蠹不实，是采废后制中语。

续表

李白诗句	萧士赟注	王琦注
3.《古风五十九首·其二》	先后一致。太白引以此证，最为切当。“桂蠹花不实”，是采废后制中语。“天霜下严威”者，事发觉时，帝自临劾也。“沈叹终永夕，感我涕沾衣”者，白意若曰夫妇、君臣俱人之大伦也。至密近者莫如夫妇，而且不能保其终，况臣子之疏远乎！此白之所以感叹终夕而涕零也。	
4.《古风五十九首·其四》：“吾营紫河车。”	士赟曰：道书《蓬莱修炼法》：河车是水，朱雀是火。取水一斗铛中，以火炎之令沸，致圣石九两其中，初成姹女，次谓之玉液，后成紫色，谓之河车，白色曰白河车，青色曰青河车，赤色曰赤河车，亦曰黄芽。	萧士赟曰：道家蓬莱修炼法，河车是水，朱雀是火。取水一斗铛中，以火炎之令沸，致圣石九两其中，初成姹女，次谓之玉液，后成紫色，谓之河车，白色曰白河车，青色曰青河车，赤色曰赤河车，亦曰黄芽。
5.《古风五十九首·其七》：“两两白玉童。”	萧注无此条。	萧士赟曰：白玉童，言童子之颜如玉之白。
6.《古风五十九首·其十三》：“驺虞不虚来，鸑鷟有时鸣。”	士赟曰：此乃喻圣贤不虚生，其出也有时。	萧士赟曰：二句喻圣贤不虚生，其出也有时。

续表

李白诗句	萧士赟注	王琦注
7.《古风五十九首·其十九》："俯视洛阳川，茫茫走胡兵。流血涂野草，豺狼尽冠缨。"	士赟曰：安史乱离之际，朝廷借回纥兵复两京，故曰"茫茫走胡兵"；复用官爵赏功，不分流品，故曰"豺狼尽冠缨"也。太白此诗，似乎纪实之作。岂禄山入洛阳之时，太白适在云台观乎？	王琦曰：此诗大抵是洛阳破没之后所作，胡兵谓禄山之兵，豺狼谓禄山所用之逆臣。萧氏以"胡兵"为回纥，以"豺狼尽冠缨"为用官爵赏功，不分流品，似未是。
8.《古风五十九首·其二十》	士赟曰：此篇游仙诗，意分三节：第一节谓从仙人以远游；第二节为别亲友而呜咽；第三节是泣别之际，忽翻然自悟而笑曰：沉吟泣别者，为谁故哉？在世几时，不过为名利煎熬耳，于己分上事初何所益。末四句是决意远游之辞，谓终当高举，但留遗迹于人间。虽帝者求之，且不可得，岂能复为亲友之恋哉！此诗恐其是一时与亲友话别者，故中有不能忘情之词，未有永诀割断之语也。	王琦曰：萧本合作一首，而解之曰：此游仙诗，意分三节：第一节谓从仙人以远游；第二节谓别亲友而呜咽；第三节是泣别之际，忽翻然自悟而笑曰：沉吟泣别者，为谁故哉？在世几时，不过为名利煎熬耳，于己分上事初何所益。于是决意远游，终当高举，但留遗迹于人间。虽帝王求之，且不可得，岂更复为亲友之恋哉！
9.《古风五十九首·其二十一》	士赟曰：此篇感叹之诗也，高才者知遇之难，卑污者投合之易，古犹今也。士负才而不遭，能不读其诗而为之吞声叹息也欤！	萧士赟曰：此感叹之辞，高才者知遇之难，卑污者投合之易，负才不遇者，能不为之吞声叹息也欤！
10.《古风五十九首·其二十五》："世道日交丧。"	士赟曰：此篇谓世不知有道者之可尊，是世丧道矣。有道者见世如此，遂亦无心用世焉，非所谓道丧世者欤？故曰交相丧也。	萧士赟曰：世不知有道者之可尊，是世丧道矣。有道者见世如此，遂亦无心用世焉，非所谓道丧世者欤？故曰交相丧也。

续表

李白诗句	萧士赟注	王琦注
11.《古风五十九首·其二十七》："世道日交丧。	士赟曰：此诗比兴与二十六首同意。谓怀才抱艺之士，唯恐未见用之时而老之将至，思得君子而附离与共爵位而用世也。士有志而不遇者读之，能不一唱三叹而有余悲也邪？	萧士赟曰：此诗与二十六首同意。怀才抱艺之士，唯恐未能见用，而老之将至，思得君子而附离与共爵位而用世也。
12.《古风五十九首·其二十九》："世道日交丧。	士赟曰：唐以老子为祖，太白乃兴圣皇帝九世孙，故称"吾祖"。	萧士赟曰：唐以老子为祖，太白乃兴圣皇帝九世孙，故称"吾祖"。
13.《古风五十九首·其三十》	士赟曰：此诗太白感时忧世之作也，意谓古道日丧，季世之人不复返朴，汩没于名利声色之场，至死不悟。所谓儒者，又皆假经误世之人，借儒术以行其窃取之心。汉谚所谓"悬牛头，卖马脯，盗跖行，孔子语"者皆是也。彼岂知大道无为自然之化哉！三珠之树，喻大道也。虽苍苍在前，乃如之人目冥然无见，安能攀而至乎？忧愤之意，微而显矣。	萧士赟曰：此诗太白感时忧世之作也，意谓古道日丧，季世之人不复返朴，汩没于名利声色之场，至死不悟。所谓儒者，又皆假经欺世之人，借儒术以行其窃取之心。汉谚所谓"悬牛头，卖马脯，盗跖行，孔子语"者皆是也。彼岂知大道无为自然之化哉！三珠之树，喻大道也。虽苍苍在前，乃如之人目冥然无见，安能攀而至乎？忧愤之意，微而显矣。琦按：三株树乃仙境所生，"冥目焉能攀"，谓至死而不得采，以照上文"谁知蓬莱山"之意。

续表

李白诗句	萧士赟注	王琦注
14.《古风五十九首·其三十四》："群鸟皆夜鸣。"	士赟曰：此言一时之喧呼惊扰，栖鸟亦不得以安其巢，至于夜鸣也。 士赟曰：太白此诗盖讨云南时作也。首四句即见征兵时景象而言。五句至八句是设难，谓当此君明臣良、天清地宁、海内澹然、四郊无警之时，而忽有此举，果何为哉！九句至十二句乃白问之于人，始知征兵者，讨云南质子亡去之罪也。十三句至二十二句乃白逆知当时所调之兵，不堪受甲，悲号而别，真所谓驱市人而战之，如以困兽当虎，穷鱼饵鲸，吾见师之出而不见师之入也。末二句则比南诏为有苗，而深叹夫当国之大臣，不能如益之赞禹之佐舜，敷文德以来远人，致有覆军杀将之耻也。此诗爱君忧国之意深矣！言之者无罪，闻之者足以戒悲夫。	萧士赟曰：此言一时之喧呼惊扰，栖鸟亦不得以安其巢，至于夜鸣也。 萧士赟曰：此诗盖讨云南时作也。首即征兵时景象而言，当此君明臣良、天清地宁、海内澹然、四郊无警之时，而忽有此举。问之于人，始知征兵者，讨云南也。乃所调之兵，不堪受甲，所谓驱市人而战之，如以困兽当虎，穷鱼饵鲸，吾见师之出而不见师之入矣。末则深叹当国之臣，不能敷文德以来远人，致有覆军杀将之耻也。
15.《古风五十九首·其三十五》	士赟曰：此篇盖讥世之作诗赋者，不过借此以取科第、干禄位而已，何益于世教哉。太白尝论诗曰："将复古道，非我而谁？"《雅》《颂》之作，太白自负者如此。然安得《雅》《颂》之人识之，如郢人之质，能当匠石之运斤斧耶？	萧士赟曰：此篇盖讥世之作诗赋者，不过借此以取科第、干禄位而已，何益于世教哉。太白尝论诗曰："将复古道，非我而谁？"《雅》《颂》之作，太白自负者如此。然安得《雅》《颂》之人识之，使郢中之质，能当匠石之运斤斧耶？

续表

李白诗句	萧士赟注	王琦注
16.《古风五十九首·其三十七》	士赟曰：太白此诗，其遭高力士怀脱靴之耻，摘《清平乐词》之语谮于贵妃放黜之时所作乎？前八句引兴述事，浮云比力士，紫闼比中宫，白日比明皇，其意谓力士谮之于贵妃之言，明皇复信贵妃之言而疏之。难回光者，上意卒不可回也。群沙、众草以喻小人，明珠、孤芳以喻君子。“古来共叹息，流泪空沾裳”者，此乃太白自解慰，谓君子为小人所谗者，自古皆然，岂独今之世哉！夫如是，则唯有空自流泪沾裳，以寄吾睠恋之意云耳！吁哀而不伤，怨而不诽，太白此诗盖得之矣。	萧士赟曰：太白此诗，其遭高力士谮于贵妃放黜之时所作乎？浮云比力士，紫闼比中宫，白日比明皇，群沙、众草以喻小人，明珠、孤芳以喻君子。
17.《古风五十九首·其三十八》	士赟曰：此亦比兴之诗也。首两句谓君子在野，未能自拔于众人之中。三句至六句，谓虽蒙主知，而小人之谗谮者已至。孤寒之士亦如是而已矣。末句则谓，若非在位之人引类拔萃而荐用之，则虽有德馨，亦何以自见哉！或者谓，亦太白自伤而托辞孤兰也。见前注。	萧士赟曰：诗谓君子在野，未能自拔于众人之中，虽蒙主知，而小人之谗谮已至。若非在位之人引类拔萃而荐用之，虽有馨香，何以自见哉！
18.《古风五十九首·其三十九》	士赟曰：此篇“登高望四海，天地何漫漫”者，以喻高见远识之士知时世之昏乱也。“霜被群物秋，风飘大荒寒”者，以喻阴小用事而杀气之盛也。“荣华东流水，万事皆波澜”者，谓遭时如此。所谓“荣华”者如水	王琦注：“登高望四海，天地何漫漫”，见宇宙广大之意。“霜被群物秋，风飘大荒寒”，见生计萧索之意。“荣华东流水”，言年华日去，如水之东流，滔滔不返。“万事皆波澜”，言生事

续表

李白诗句	萧士赟注	王琦注
18.《古风五十九首·其三十九》	之逝，万事之无常，亦犹波澜之无底止也。日，君象。浮云，奸臣也，掩者蔽也。“徂辉”者，日落之光也，以喻人君晚节为奸臣蔽其明，犹白日将落为浮云掩其辉也。“无定端”者，政令之无常也。“梧桐巢燕雀”者，喻小人在上位而得志也。“枳棘栖鸳鸾”者，喻君子在下位而失所也。“且复归去来，剑歌行路难”者，白意盖谓危邦不入，乱邦不居。识时知几之士当此之际，唯有归隐而已吁，诗意亦微而显者欤？（按：①王琦所指旧注即萧注；②王琦对全诗的笺注思路与萧注相同；③怀疑萧注有意附会，却拿不出确证，亦不能非常准确地阐释诗意。）	扰扰，反复相乘，如水之波澜，无有精时。“白日掩徂辉”，谓日将落而无光，如人将有去志而意色不快。“浮云无定端”，言人生世上，行踪原无一定，何必恋恋于此。或以落日为浮云所掩，喻英明之人为谗邪所惑，两句作一意解者亦可。梧桐之木，本凤凰所止，而燕雀得巢其上，喻小人得志。枳棘之树，本燕雀所萃，而鹓鸾反栖其间，喻君子失所。以上皆即景而寓感叹于间，以见不得不动归来之念。意者，是时太白所投之主人，或于群小而不见亲礼，将欲去之而作此诗。旧注以时世昏乱、阴小用事为解，专指朝政而言，恐未是。
19.《古风五十九首·其四十一》：“朝弄紫沂海，夕披丹霞裳。”	士赟曰：此篇人多疑两句为不类起句，殊不知正是取法《选》诗体。如“朝发邺都桥，暮济白马津”“朝发广莫门，暮宿丹水山”“晨策寻绝壁，夕息在山栖”“朝旦发阳崖，景落憩阴峰”“晓日发云阳，落日次朱方”“朝游游曾城，夕息旋直庐”之类，皆起句也。而其文法则又皆自《楚辞》中来，如“朝发轫于天津兮，余济乎西极”“朝驰予马乎江皋，夕济乎西澨”是也。此篇自为一首无疑。	萧士赟曰：或疑首二句为不类起句，殊不知正是取法《选》诗体。如“朝发邺都桥，暮济白马津”“朝发广莫门，暮宿丹水山”“朝旦发阳崖，景落憩阴峰”之类，皆起句也。而其文法则又皆自《楚辞》中来，如“朝发轫于天津兮，余济乎西极”“朝驰予马乎江皋，夕济乎西澨”是也。

续表

李白诗句	萧士赟注	王琦注
20.《古风五十九首·其四十三》："瑶水闻遗歌，玉杯竟空言。"	士赟曰：《封禅书》：汉文帝时，新垣平使人持玉杯上书阙下献之，平言上曰："阙上有宝玉气来者。"已视之，果有献玉杯者，刻曰"人主延寿"。"瑶水闻遗歌"，穆王事见前句注。《诗》云：野有蔓草。此言二君虽遇王母、上元夫人，然亦卒不免于死，是亦犹新垣平玉杯之空言耳。后之求神仙者，可不鉴诸当时明皇亦好神仙之事。此诗盖有所讽云耳。	王琦注：《三辅黄图》庙记曰：神明台，武帝造，祭仙人处。上有承露盘，有铜仙人舒掌捧铜盘玉杯，以承云表之露，以露和玉屑服之，以求仙道。《太平御览》：《汉武故事》曰：上崩后，鄠县有一人于市货玉杯，吏疑其御物，欲捕之，因忽不见。县送其器，推问，乃茂陵中物也。霍光自呼吏问之，说市人形貌如先帝。其事载在杯类中，而今本多作玉碗，盖今本误矣。按二事注此皆可通，但未知太白所用者何耳？若旧注引新垣平玉杯，则文帝时事，非武帝也，恐未是。
21.《古风五十九首·其四十五》	士赟曰：予按太白此诗前四句是指遭禄山之乱，乘舆播迁，天下惊扰。五句至末句，是太白罹难，脱身羁囚，无所依托也。然太白亦人中之豪，时君卒不能用之，唯有咏《白驹》之诗自遣耳。此意明白，坦然可见。	萧士赟曰：此诗前指遭禄山之乱，乘舆播迁，天下惊扰。后言己之罹难，脱身羁囚，无所依托。

续表

李白诗句	萧士赟注	王琦注
22.《古风五十九首·其四十六》："斗鸡金宫里，蹴鞠瑶池边。举动摇白日，指挥回青天。当涂何翕忽，失路长弃捐。"	士赟曰：此篇前六句，意出自梁鸿《五噫歌》。大意谓有唐得国之久，如此国容之盛，如此王侯宾客，又如此所谓金宫瑶台，正当为延贤之地，今乃为斗鸡蹴鞠之场。"白日""青天"者，天、日以比其君。斗鸡、蹴鞠，明皇所好。此等之人得志用事，举动指挥，足以动摇主听也。"当涂何翕忽"者，以喻得其蹊径而依附之者，可以翕忽而暴贵也。"失路长弃捐"者，以喻不得其蹊径而不依附之者，终于弃捐而不见用也。"独有杨执戟，闭关草太玄"者，意谓当此之时无所守者，鲜不依附之矣。惟儒者独有定守，闭关着书而已。此诗刺时之作也，亦有所感而发欤？	萧士赟曰：白日青天者以比其君，斗鸡蹴鞠，明皇所好。此等得志用事，举动指挥，足以动摇主听也。 王琦注：太白意谓此辈幸臣，当其得志，不过翕忽之顷，一朝失宠，长于弃捐不用，盖言不足恃之意。而萧注谓得其蹊径而依附之，可以翕忽而暴贵，不得其蹊径而不依附，终于弃捐而不用，似失其解。
23.《古风五十九首·其四十九》	士赟曰：此太白遭谗摈逐后之诗也。去就之际，曾无留难。虽然，自后人而观之，其志亦可悲矣。	萧士赟曰：此太白遭谗摈逐后之诗也。去就之际，曾无留难。虽然，自后人而观之，其志亦可悲矣。
24.《古风五十九首·其五十》	士赟曰：此诗讥世之人不识真儒，而假儒之人反得用世而非笑真儒焉。辞简意明，切中古今时病。读之者，其将有感于斯诗也欤？	萧士赟曰：此诗讥世人不识真儒，而假儒反得用世以非笑真儒焉。辞简意明，切中古今时病。

续表

李白诗句	萧士赟注	王琦注
25.《古风五十九首·其五十一》："虎口何婉娈。"	士赟曰：虎口事，如《史记》秦二世拜叔孙通为博士，诸生曰："先生何言之谀也?"通曰："公不知也，我几不脱于虎口"之类。此谓比干以谏死，是陷于虎口矣，何所为而婉娈如是哉?《诗》云：婉与娈兮。潘尼诗：婉娈二宫，徘徊殿闳。注曰：皆顾慕貌。陆机诗：婉娈岷山阴。注曰：婉娈，存思貌。	士赟曰：虎口事，如《史记》秦二世拜叔孙通为博士，通曰"我几不脱于虎口"之类，谓比干以谏死，是陷于虎口，何所为而婉娈如是哉?《诗》云：婉与娈兮。注曰：皆顾慕貌。陆机诗：婉娈岷山阴。注曰：婉娈，存思貌。 王琦注：虎口二句，是反言以起下文，见贤者所为，众人不知，反以为非至意。
26.《古风五十九首·其五十二》	士赟曰：《楚辞》：结微情以陈词兮，矫以遗夫美人。昔君与我成言兮，日黄昏以为期。羌中道而回畔兮，反既有此他志。又日月忽其不淹兮，春与秋其代序。惟草木之零落兮，恐美人之迟暮。此篇诗意全出于此。美人，况时君也。时不我用，老将至矣，怀才而见弃于世，能不悲夫。	萧士赟曰：《楚辞》：日月忽其不淹兮，春与秋其代谢。惟草木之零落兮，恐美人之迟暮。诗意全出于此。美人，况时君也。时不我用，老将至矣，怀才而见弃于世，能不悲夫。
27.《古风五十九首·其五十四》	士赟曰：此篇首两句乃居高见远之意也。三句、四句比小人据高位，而君子在野也。五句至八句盖谓当时君子亦有用世之意，而在朝无君子已安之，反不如小人之得位，呼俦引类，至于万族之多也。末句借晋为喻，谓如此则君子道消，风俗颓靡，居然可知，若阮籍	萧士赟曰：三句、四句比小人据高位，而君子在野。五句至八句谓当时君子亦有用世之意，而在朝无君子以安之，反不如小人之得位，呼俦引类，至于万族之多也。末句借晋为喻，君子道消，风俗颓靡，若阮籍之途穷恸哭，

续表

李白诗句	萧士赟注	王琦注
27.《古风五十九首·其五十四》	之途穷然后恸哭，毋乃见事之晚乎！尝以《唐史》考之，魏知古上疏谏睿宗为城西、隆昌二公主造金仙、玉真观，亦有今风教颓替，日益甚之。则知太白此诗以古喻今，无可疑者。	毋乃见事之晚乎！
28.《古风五十九首·其五十九》	士赟曰：此诗讥世道交者，必当时有所为而作。太白罹难之余，友朋之交道，其不能始终如一而奔趋权门者，谅亦多矣。徒有一类失欢之客，亲亲问劳，亦何所规益乎！观此诗者，亦可以知人心之不古已夫！	萧士赟曰：此诗讥世道交者。太白罹难之余，友朋之交道，其不能始终如一者，谅亦多矣。徒有一类失欢之客，亲亲问劳，亦何所规益乎！
29.《远别离》	士赟曰：此篇，前辈咸以为上元间，李辅国张后矫帝制迁上皇于西内时，太白有感而作。余曰：非也。为是说者，盖未尝以全篇诗意观之。此诗大意谓无借人国柄，借人国柄则失其权，失其权则虽圣哲不能保其社稷、妻子焉，其祸有必至之势也。然则此诗之作，其在于天宝之末乎？按唐史《高力士传》曰：天宝中，边将争立功，帝尝曰："朕春秋高，朝廷细务付宰相，蕃夷不龚付诸将，宁不暇耶？"力士对曰："臣间至阁门，见奏事者言云南数丧师，又北兵悍且强，陛下何以制之？臣恐祸成不可禁。"其指盖谓禄山。帝曰："卿勿言，朕将图之。"又帝尝斋大同殿，力士侍，	萧士赟曰：此篇，前辈咸以为上元间，李辅国张后矫帝制迁上皇于西内时，太白有感而作。余曰：非也。为是说者，盖未尝以全篇诗意观之。此诗大意谓无借人国柄，借人国柄则失其权，失其权则虽圣哲不能保其社稷、妻子焉，其祸有必至之势也。诗之作，其在于天宝之末乎？按唐史《高力士传》曰：天宝中，帝尝曰："朕春秋高，朝廷细务付宰相，蕃夷不龚付诸将，宁不暇耶？"又帝尝斋大同殿，力士侍，曰："海内无事，朕将吐纳导引，以天下事付林甫，若何？"力士对曰：

续表

李白诗句	萧士赟注	王琦注
29.《远别离》	曰："海内无事，朕将吐纳导引，以天下事付林甫，若何？"力士对曰："天下大柄，不可假人。威权既振，孰敢议者？"帝不悦。自是国权卒归于林甫、国忠，军权卒归于禄山、舒翰。太白此时热识时病，欲言则惧祸及己，不得已而形之诗章，聊以致其爱君忧国之志而已，所谓皇、英之事，特借之以引喻发兴。而曰日，曰皇穹者，所以比其君。而云，则其臣也。诗曰"日惨惨兮云冥冥"者，喻君昏于上，而权臣障蔽于下也。"猩猩啼烟兮鬼啸雨"者，极小人之形容，而政乱之甚也。"我纵言之将何补"者，太白感叹之辞，谓时事如此矣，我纵言之，诚恐君不以我为忠，而适以取憎于权臣也夫。如是，则又将何补哉！"尧、舜当之亦禅禹"而下数句，乃是太白所欲言之事，谓权归于臣，其祸必至于此，所引《竹书》事，特起兴耳。末句曰"苍梧山崩湘水绝，竹上之泪乃可灭"者，白意若曰：事若至此，是抱万古之恨与山水而无穷也。诗意切直着明，流出胸臆，非识时忧世之士，怀存君忠国之心者，孰能与于？此使时有采诗之官，而君之一悟，俗之一改，则安史之乱可消播，迁幽居之祸不作，岂曰	"天下大柄，不可假人。威权既振，孰敢议者？"自是国权卒归于林甫、国忠，军权卒归于禄山、舒翰。太白熟观时事，欲言则惧祸及己，不得已而形之诗，聊以致其爱君忧国之志，所谓皇、英之事，特借之以隐喻耳。曰日，曰皇穹者，比其君也。曰云，比其臣也。"日惨惨兮云冥冥"喻君昏于上，而权臣障蔽于下也。"猩猩啼烟兮鬼啸雨"者，极小人之形容，而政乱之甚也。"尧、舜当之亦禅禹"而下，乃太白所欲言之事，权归臣下，祸必至此，诗意切直着明，流出胸臆，非识时忧世之士，怀存君忠国之心者，孰能与于此哉！

续表

李白诗句	萧士赟注	王琦注
29.《远别离》	“小补”之哉！若曰作于上元间，则是，夫人皆能言之，不几于乐祸之小人也耶？曾谓太白肯为之乎？吾故表而出之，后世无太白则已，有则应必谓然。	
30.《公无渡河》	士赟曰：此篇大意谓洪水滔天，下民昏垫，天之作孽，不可逭也。地平天成、上下相安之时，乃无故冯河而死，是则非所谓自作孽者欤？亦可哀而不足恤也矣。故诗曰“旁人不惜妻止之”也，是亦讽当时不靖之人，自投宪网者，借此为喻云耳。	萧士赟曰：诗谓洪水滔天，下民昏垫，天之作孽，不可违也。当地平天成、上下相安之时，乃无故冯河而死，是则所谓自作孽者，其亦可哀而不足惜也矣。故诗曰“旁人不惜妻止之”，讽当时不靖之人，自投天网，借以为喻云耳。
31.《蜀道难》：“上有六龙回日之高标。”	士赟曰：《图经》：高标山一名高望，乃嘉定府之主山，岿然高峙，万象在前。 士赟笺释：已有客曰：“洪驹父诗话云：《新唐书·严武传》：武在蜀放肆，房琯以故宰相为部内刺史，武踞慢不为礼。最厚杜甫，然欲杀甫数矣。李白作《蜀道难》，乃为房与杜危之也。书据范摅《云溪友议》言之耳。按《唐摭言》载，李白始自西蜀至京，道未甚振，因以所业贽谒贺知章。知章览《蜀道难》一篇，曰：‘子谪仙人也。’按白本传，天宝初，因吴筠被召，亦至长安，时往见贺知章。则与严武帅蜀，岁月悬远。尝	萧士赟曰：《图经》：高标山一名高望，乃嘉定府之主山，岿然高峙，万象在前，是亦一说。 士赟笺释：已有客曰：“洪驹父诗话云：《新唐书·严武传》：武在蜀放肆，房琯以故宰相为部内刺史，武踞慢不为礼。最厚杜甫，然欲杀甫数矣。李白作《蜀道难》，乃为房与杜危之也。书据范摅《云溪友议》言之耳。按《唐摭言》载，李白始自西蜀至京，道未甚振，因以所业贽谒贺知章。知章览《蜀道难》一篇，曰：‘子谪仙人也。’按白本

续表

李白诗句	萧士赟注	王琦注
31.《蜀道难》:“上有六龙回日之高标。”	见《李集》一本于《蜀道难》题下注，讽章仇兼琼也。考之年月，近之矣。谓危房、杜者，非也，《新唐书》第弗深考耳。沈存中《笔谈》曰：前史称严武为剑南节度不法，李白为作《蜀道难》。按孟棨所记，白初至京师，贺知章闻其名，首诣之。白出《蜀道难》，时乃天宝初也。严武为剑南，乃在至德以后肃宗时，年代甚远。盖小说所记，率多舛误。今子以何说为是乎?”予曰：“以臆断之，其说皆非也。史不足征，小说传记反足信乎?所谓尝见《李集》一本于《蜀道难》下注讽章仇兼琼者，山谷黄鲁直尝于宜州用三钱买鸡毛笔，为周惟深作草书《蜀道难》，亦于题下注云讽章仇兼琼也。然天宝初，天下乂安，四郊无警，剑阁乃长安入蜀之道，太白乃拳拳然欲其严剑阁之守，不知将何所拒乎?以此知其不为章仇兼琼也。尝以全篇诗意与唐史参考之，是盖太白初闻禄山乱华、天子幸蜀时作也。若曰为房琯、杜甫、章仇兼琼而作，何至始引蚕丛开国，终言剑阁之险，复及所守匪亲、化为豺狼等语哉?引喻非伦，以是知其不为章与房、杜也。按唐史，哥舒翰兵败，潼关不守，杨国忠首倡幸蜀之策，当时臣庶皆	传，天宝初，因吴筠被召，亦至长安，时往见贺知章。则与严武帅蜀，岁月悬远。尝见《李集》一本于《蜀道难》题下注，讽章仇兼琼也。考之年月，近之矣。谓危房、杜者，非也，《新唐书》第弗深考耳。沈存中《笔谈》曰：前史称严武为剑南节度不法，李白为作《蜀道难》。按孟棨所记，白初至京师，贺知章闻其名，首诣之。白出《蜀道难》，时乃天宝初也。严武为剑南，乃在至德以后肃宗时，年代甚远。盖小说所记，率多舛误。今子以何说为是乎?”予曰：“以臆断之，其说皆非也。史不足征，小说传记反足信乎?所谓尝见《李集》一本于《蜀道难》下注讽章仇兼琼者，山谷黄鲁直尝于宜州用三钱买鸡毛笔，为周惟深作草书《蜀道难》，亦于题下注云讽章仇兼琼也。然天宝初，天下义安，四郊无警，剑阁乃长安入蜀之道，太白乃拳拳然欲其严剑阁之守，不知将何所拒乎?以此知其不为章仇兼琼也。尝以全篇诗意与唐史参考之，是盖太白初闻禄山乱

续表

李白诗句	萧士赟注	王琦注
31.《蜀道难》：“上有六龙回日之高标。”	非之。马嵬父老遮道谏曰：‘宫阙陛下家居，陵寝陛下坟墓，今舍此欲何之?’又告太子曰：‘若殿下与至尊皆入蜀，中原百姓谁为主?’建宁王倓亦曰：‘今殿下从至尊入蜀，若贼兵烧绝栈道，则中原之地，拱手授贼。’既上至扶风，士卒潜怀去就，往往流言不逊。比至成都，从官及六军至者，千三百人而已。太白此时盖亦深知幸蜀之非计，欲言则不在其位，不言则爱君忧国之情，不能自已，故作是诗以达意也。诗曰‘噫吁嚱，危乎高哉，蜀道之难，难于上青天’者，极路险难之形容，言当时欲从君于难者，至蜀之难如上天之难也。‘蚕丛及鱼凫，开国何茫然。尔来四万八千岁，不与秦塞通人烟’者，言蕞尔之蜀，僻在一隅，自古声教所不暨。虽秦塞之近，且不相通，非可为中国帝王之都也。‘西当太白有鸟道，可以横绝峨眉巅’者，言五丁未开道之前，惟长安正西太白山，仅有鸟道可以横绝峨眉之巅，非人迹所可往来也。‘地崩山摧壮士死，然后天梯石栈相钩连’者，言五丁既开道之后，梯栈相连，始与秦通。今焉安处于蜀，设若烧绝栈道，则中原道断矣。‘上有六龙回日之高标，下有冲	华、天子幸蜀时作也。若曰为房琯、杜甫、章仇兼琼而作，何至始引蚕丛开国，终言剑阁之险，复及所守匪亲、化为豺狼等语哉?引喻非伦，以是知其不为章与房、杜也。按唐史，哥舒翰兵败，潼关不守，杨国忠首倡幸蜀之策，当时臣庶皆非之。马嵬父老遮道谏曰：‘宫阙陛下家居，陵寝陛下坟墓，今舍此欲何之?’又告太子曰：‘若殿下与至尊皆入蜀，中原百姓谁为主?’建宁王倓亦曰：‘今殿下从至尊入蜀，若贼兵烧绝栈道，则中原之地，拱手授贼。’既上至扶风，士卒潜怀去就，往往流言不逊。比至成都，从官及六军至者，千三百人而已。太白此时盖亦深知幸蜀之非计，欲言则不在其位，不言则爱君忧国之情，不能自已，故作是诗以达意也。诗曰‘噫吁嚱，危乎高哉，蜀道之难，难于上青天’者，极路险难之形容，言当时欲从君于难者，至蜀之难如上天之难也。‘蚕丛及鱼凫，开国何茫然。尔来四万八千岁，不与秦塞通人烟’，言蕞尔

续表

李白诗句	萧士赟注	王琦注
31.《蜀道难》："上有六龙回日之高标。"	波逆折之回川'者，言其险上际于天，下极于地也。'黄鹤之飞尚不得过，猿猱欲度愁攀援'者，言鸟兽犹惮其出入，人可知也。'青泥何盘盘，百步九折萦岩峦'者，历言蜀道险难之所也。'扪参历井仰胁息，以手抚膺坐长叹'者，盖参与井为蜀分野，扪参历井，言环蜀之境，道里险难，所在皆然，令人胁敛屏气而息，唯有抚膺长叹而已也。'问君西游何时还'者，君字非泛然而言，犹杜子美《北征》诗'恐君有遗失'及'君诚中兴主'之义。所谓君者，明皇也。西游者，西幸也。何时还者，言既幸蜀矣，何时可还中原而为生灵之主也。'畏途巉岩不可攀'者，此两句乃太白兴叹发问之辞，言君既幸蜀矣，何时可还，而畏途如此，忠臣义士虽欲从君于难，道路险阻，不可以猝然攀附也。史曰，上至成都，从官六军近千三百人，此其验矣。'但见悲鸟号古木，雄飞从雌绕林间。又闻子规啼夜月，愁空山'者，言朝夕之间，空山丛林，唯有禽鸟飞鸣，则人迹之稀少从可知也。复申之曰：'蜀道之难，难于上青天'者，言其险之极，一言之不足，再言之也。'使人听此凋朱颜'者，此乃太白自述，闻涉险	之蜀，僻在一隅，自古声教所不暨。虽秦塞之近，且不相通，非可为中国帝王之都也。'西当太白有鸟道，可以横绝峨眉巅'，言五丁未开道之前，惟长安正西太白山，仅有鸟道可以横绝峨眉之巅，非人迹所可往来也。'地崩山摧壮士死，然后天梯石栈相钩连'者，言五丁既开道之后，梯栈相连，始与秦通。今焉安处于蜀，设若烧绝栈道，则中原道断矣。'上有六龙回日之高标，下有冲波逆折之回川'者，言其险上际于天，下极于地也。'黄鹤之飞尚不得过，猿猱欲度愁攀援'，言鸟兽犹惮其险，人其可知也。'青泥何盘盘，百步九折萦岩峦'者，历言蜀道险难之所也。'扪参历井仰胁息，以手抚膺坐长叹'，参与井为蜀分野，扪参历井，言环蜀之境，道里险难，所在皆然，令人胁敛屏气而息，唯有抚膺长叹而已也。'问君西游何时还'，君字实指明皇，非泛然而言，犹杜子美《北征》诗'恐君有遗失'及'君诚中兴主'之义。所谓君者，明皇也。西游者，

续表

李白诗句	萧士赟注	王琦注
31.《蜀道难》："上有六龙回日之高标。"	之时，欲攀从而不可，徒感伤于心，而形诸颜色也。'连峰去天不盈尺，枯松倒挂倚绝壁。飞湍瀑流争喧豗，砯厓转石万壑雷。其险也如此'者，备言蜀道险难之状也。'嗟尔远道之人胡为乎来哉'者，'嗟'字乃发叹之音；远道之人，以喻疏远之臣。言蜀道之险如此，若白之疏远者，虽欲从君于难，胡为而能来也。'剑阁峥嵘而崔嵬，一夫当关，万夫莫开。所守或匪亲，化为狼与豺'者，言赞帝幸蜀者，不过谓有剑阁之险而已。然太白私忧过计，谓险则险矣，守关者任非其人，如狼豺之反噬，是未可知，此则尤可忧也。'朝避猛虎，夕避长蛇，磨牙吮血，杀人如麻'者，言蜀与羌夷杂处，如虎如蛇，朝夕皆当避之。或者变生肘腋，是又可忧之大者也。'锦城虽云乐，不如早还家'，言蜀都之乐，不如早还中国之乐也。复申之曰：'蜀道之难，难于上青天，侧身西望长咨嗟'者，再言之不足，故三言之，反复再三谓从君于难者，至蜀之难，真如上天之难矣。夫如是，则白也侧身无所西望吾君，唯有长叹咨嗟以致吾眷恋之意云耳，吁！诗意亦微而显者欤。"客曰："是则然矣，《上皇西巡南京歌》	西幸也。何时还者，言既西幸蜀矣，何时可还中原而为生灵之主也。'畏途巉岩不可攀'，言忠臣义士虽欲从君于难，道路险阻，不可以猝然攀附也。'但见悲鸟号古木，雄飞从雌绕林间。又闻子规啼夜月，愁空山'，言朝夕之间，空山丛木，唯有禽鸟飞鸣，则人迹之稀少可知也。复申之曰：'蜀道之难，难于上青天'，言其险之极，一言之不足，再言之也。'使人听此凋朱颜'，乃太白自述感伤于心，而形诸颜色也。'连峰去天不盈尺，枯松倒挂倚绝壁。飞湍瀑流争喧豗，砯厓转石万壑雷。其险也如此，嗟尔远道之人胡为乎来哉'备言蜀道险难之状，疏远之臣若白者，虽欲从君于难，胡为而能来也。'剑阁峥嵘而崔嵬，一夫当关，万人莫开。所守或匪亲，化为狼与豺'，言赞帝幸蜀者，不过谓有剑阁之险而已。然守关者任非其人，狼豺反噬，此则尤可忧也。'朝避猛虎，夕避长蛇，磨牙吮血，杀人如麻'，言蜀与羌夷杂处，如虎如蛇，朝夕皆当

续表

李白诗句	萧士赟注	王琦注
31.《蜀道难》："上有六龙回日之高标。"	胡为而作耶?"予曰："《蜀道难》是初闻上皇仓卒幸蜀之时，见得事理不便者如此，情发于中，不得已而言也。《西巡南京歌》，是事已定之后所作，成事不说，遂事不谏，朝廷处分已定，何必更为异议乎?"客又曰："太白为宋中丞撰《请都金陵表》，胡为称美蜀中，欲使上皇安居之耶?"予曰："操辞者，太白也。命意者，宋中丞也。太白方依于中丞，乃不从中丞之意而自为异论乎?此又不待辩而自明者也。"	避之。其或变生肘腋，是又可忧之大者也。'锦城虽云乐，不如早还家'，言蜀都之乐，不如早还中国之乐也。复申之曰：'蜀道之难，难于上青天，侧身西望长咨嗟。'再言之不足，故三言之，谓从君于难者，至蜀之难，真如上天之难矣。夫如是，则白也侧身西望吾君，唯有长叹咨嗟以致吾惓恋之意云耳，诗意亦微而显矣。"客曰："是则然矣，《上皇西巡南京歌》胡为而作耶?"予曰："《蜀道难》是初闻上皇仓卒幸蜀之时，见得事理不便者如此，情发于中，不得已而言也。《西巡南京歌》，是事已定之后所作，成事不说，遂事不谏，朝廷处分已定，何必更为异议乎?"客又曰："太白为宋中丞撰《请都金陵表》，胡为称美蜀中，欲使上皇安居之耶?"予曰："操辞者，太白也，命意者，宋中丞也。太白方依于中丞，乃不从中丞之意而自为异论乎?此又不待辩而自明者也。"

续表

李白诗句	萧士赟注	王琦注
32.《梁甫吟》	士赟曰：此篇意思转折甚多，盖太白借此以言志也。“长啸《梁甫吟》，何时见阳春”，是叹三士之不可复生，亦以喻有志之士，何时而遇主也。“君不见”两段，乃太白聊自慰解之辞，谓太公之老，食其之狂，当时视为寻常落魄之人，后犹遇合如此，则为士者终有遇合之时也。“我欲攀龙见明主”，乃太白于时事有所见而欲告于其君也。“雷公砰訇震天鼓，帝傍投壶多玉女，三时大笑开电光，倏烁晦冥起风雨”，以喻权奸女谒用事，而政令无常也。“阊阖九门不可通，以额扣关阍者怒”，以喻言路壅塞，下情不得以上达，而言者往往获罪于权近也。“白日不照吾精诚，杞国无事忧天倾”者，乃太白灼见当时贵妃、国忠、林甫、禄山，窃弄权柄等事，祸已胎而未形，欲谏则言无证而不信，倘使其君不鉴吾之诚，则正所谓杞人忧天之类耳。“猰貐磨牙竞人肉，驺虞不折生草茎”，此乃深叹当时小人在位，为政害民，有如猰貐磨牙竞食人肉，使有道之朝，则当仁如驺虞，虽生草不履，况肯以人肉为食哉！况肯轻杀一士哉！“手接飞猱搏雕虎，侧足焦原未言苦。智者可卷愚者豪，世人见我轻鸿毛。	萧士赟曰：“长啸《梁甫吟》，何时见阳春”，喻有志之士，何时而遇主也。“君不见”两段，聊自慰解，谓太公之老，食其之狂，当时视为寻常落魄之人，后犹遇合如此，则为士者终有遇合之时也。“我欲攀龙见明主”，于时事有所见而欲告于君也。“雷公砰訇震天鼓，帝傍投壶多玉女，三时大笑开电光，倏烁晦冥起风雨”，喻权奸女谒用事，而政令无常也。“阊阖九门不可通，以额扣关阍者怒”，以喻言路壅塞，下情不得以上达，而言者往往获罪于权近也。“白日不照吾精诚，杞国无事忧天倾”太白灼见当时贵妃、国忠、林甫、禄山，窃弄权柄等事，祸已胎而未形，欲谏则言无证而不信，倘使其君不鉴吾之诚，则正所谓杞人忧天之类耳。“猰貐磨牙竞人肉，驺虞不折生草茎”，叹当时小人在位，为政害民，有如猰貐磨牙竞食人肉，彼有道之朝则当仁如驺虞，虽生草不履，况肯以肉为食哉！况肯轻杀一士哉！“手接飞猱搏雕虎，侧足焦原未言

续表

李白诗句	萧士赟注	王琦注
32.《梁甫吟》	力排南山三壮士，齐相杀之费二桃”，白意盖谓使当有道之朝，得君而佐之，为国出力，刺奸击邪，不惮勤劳，如接抟猱虎，虽侧足焦原，未足言苦耳。今时事如此，则惟当卷其智而为愚。乃为人豪，世不我知，谓为真愚，而轻之如鸿毛。然白亦卒不改行者，亦思古来三壮士之功力如此，一忤齐相，用计杀之，特费二桃，殊不劳力。白也倘不卷其智而怀之，适足使权近得以甘心焉耳，又何补哉！“吴楚弄兵无剧孟，亚夫咍尔为徒劳”者，此又白深自慰解之辞，谓当国者终须得人为用，必有遇合之时也。“《梁甫吟》，声正悲。张公两龙剑，神物合有时。风云感会起屠钓，大人山儿屼当安之”者，此乃申言有志之士，终当如太公、食其之感会风云，犹神剑之会合有时也。则夫大人君子，遭时屯否，山儿屼不安者，且当安时以俟命可也。“安之”亮字，其义出《庄子·人间世》，曰：自事其心者，哀乐不易施乎前，知其不可奈何而安之若命，德之至也。注云：知不可奈何者命也而安之，则无哀无乐，何易施之有哉！又《德充符》曰：知不可奈何而安之若命，唯有德者能之。	苦。智者可卷愚者豪，世人见我轻鸿毛。力排南山三壮士，齐相杀之费二桃”，白意谓当有道之朝，得君而佐之，为国出力，刺奸击邪，不惮勤劳，如接抟猱虎，虽侧足焦原，未足言苦。今时事如此，则当卷其智而为愚。乃为人豪，世不我知，谓为真愚，而轻我如鸿毛。我亦卒不改行者，思古之壮士，勇力如此，一忤齐相，用计杀之，特费二桃，殊不劳力。白也倘不卷其智而怀之，适足使权近得以甘心焉耳。“吴楚弄兵无剧孟，亚夫咍尔为徒劳”，又自慰解，当国者终须得人为用，必有遇合之时也。“《梁甫吟》，声正悲。张公两龙剑，神物合有时。风云感会起屠钓，大人山儿屼当安之”，申言有志之士，终当感会风云，如神剑之会合有时。则夫大人君子，遭时屯否，山儿屼不安，且当安时以俟命可也。 王琦注：萧氏解驺虞数句，似与诗意不甚想合，当分别观之。

续表

李白诗句	萧士赟注	王琦注
33.《战城南》	士赟曰：开元天宝中，上好边功，征伐无时，此诗盖有所讽者也。	萧士赟曰：开元天宝中，上好边功，征伐无时，此诗盖以讽也。
34.《行行且游猎篇》："弓弯满月不虚发。"	士赟曰：满月者，弯弓圆满之状。《西都赋》曰：机不虚掎，中必迭双。	萧士赟曰：满月，弯弓圆满之状。
35.《天马歌》	士赟曰：此篇盖为逸群绝伦之士不遇知己者叹。亦白自伤其不用于世，而求知于人也欤。	萧士赟曰：此诗为逸群绝伦之士不遇知己者叹也。
36.《胡无人》	士赟曰：诗至"汉道昌"，一篇之意已足。"陛下之寿三千霜，但歌大风云飞扬，安用猛士兮守四方"，一本云无此三句者是也。使苏子由见之，必不肯轻致不识理之诮矣。东坡云：今《太白集》之有《悲来乎》《笑矣乎》及赠怀素草书数诗，决非太白作，盖唐末五代间齐己辈诗也。仆亦曰：此诗末后三句，安知非此辈所增乎？致使太白贻讥于数百载之后，惜哉！虽然，东坡能辩之，颖滨直致讥焉，是亦足以定二苏之优劣。今遂删去，后人具正法眼藏者，必蒙赏音。	萧士赟曰：诗至"汉道昌"，一篇之意已足。一本云无此三句者是也。使苏子由见之，必不肯轻致不识理之诮矣。东坡云：今《太白集》有《悲来乎》《笑矣乎》、赠怀素草书数诗，决非太白作，盖唐末五代间齐己辈诗也。仆亦曰：此诗末后三句，安知非此辈所增乎？致使太白贻讥于数百载之后，惜哉！今遂删去，后人具正法眼藏者，必蒙赏音。 王琦注：后人录此诗者，悉删去后三句，盖多从萧本也。

续表

李白诗句	萧士赟注	王琦注
37.《关山月》	士赟曰：关山月者，乐府鼓角横吹十五曲之一也。王褒诗云：无复汉地关山月。	萧士赟曰：《关山月》者，乐府鼓角横吹十五曲之一。王褒诗云：无复汉代关山月。
38.《独漉篇》："神鹰梦泽，不顾鸱鸢。"	士赟曰：《独漉篇》即《拂舞歌》五曲中之《独禄篇》也，特《太白集》中"禄"字作"漉"字，其间命意造辞亦模仿规拟，特古词为父报仇，太白则为国雪耻耳。今录古词于题下，曰："独禄禄，水深泥浊；泥浊尚可，水深杀我。噰噰双雁，游戏田畔。我欲射雁，念子孤散。翩翩浮萍，得风遥轻。我心何念，与之同并。空床低帏，谁知无人；夜求锦绣，谁别伪真。刀鸣鞘中，倚床无施。父冤不报，欲活何为！" 士赟曰：此比兴之意，谓士之用世，则当为国雪耻，立大功以成名，犹神鹰之不顾凡鸟而但击九天之鹏也。	萧士赟曰：《独漉篇》即《拂舞歌》五曲中之《独禄篇》也，特《太白集》中"禄"字作"漉"字，其间命意造辞亦模仿规拟，但古词为父报仇，太白言为国雪耻耳。古词曰："独禄独禄，水深泥浊；泥浊尚可，水深杀我。噰噰双雁，游戏田畔。我欲射雁，念子孤散。翩翩浮萍，得风遥轻。我心何合，与之同并。空床低帏，谁知无人；夜衣锦绣，谁别伪真。刀鸣削中，倚床无施。父冤不报，欲活何为！猛虎斑斑，游戏山间。虎欲杀人，不避豪贤。" 王琦注：乐府诸书亦引古词作"独鹿"者，亦有作"独漉"者，是禄、鹿、漉，古者通用，非始于太白也。 士赟曰：此比兴之意，谓士之用世，当为国雪耻，立大功以成名，犹神鹰之不顾凡鸟而但击九天之鹏也。

续表

李白诗句	萧士赟注	王琦注
39.《山人劝酒》	士赟曰：太白盖为明皇欲废太子瑛有所感而作是诗也。初，瑛母以倡进；鄂、光二王母以色选。及武惠妃宠幸后宫，生寿王，爱与诸子绝等。而太子、二王以母失宠，颇怏怏。惠妃女婿杨洄揣妃旨，伺太子短，哗为丑语，惠妃诉于帝，且泣，帝大怒，召宰相议废之。张九龄谏，得不废。俄而九龄罢，李林甫专国，数称寿王美，以探妃意，妃果德之。二十五年，洄复构瑛、瑶、琚与妃之兄薛锈异谋。惠妃使人诡召太子、二王，曰：“宫中有贼，请戒以兵入。”太子从之，妃白帝曰：“太子、二王谋反，甲而来。”帝使中人视之，如言，遽召宰相林甫议，答曰：“陛下家事，非臣所宜豫。”帝意决，乃诏，废为庶人。寻遇害，天下冤之，号“三庶人”。岁中，惠妃病，数见庶人为祟，因召巫祈之，请改葬，且射行刑者瘗之，讫不解。妃死，祟亡。明皇之时，卢鸿、王希夷隐居嵩山，李元恺、吴筠之徒，皆以隐逸称。或召至阙庭，或遣问政事，徒尔高议阔论，然未有能如四皓之一言而太子得不易也。末句曰“浩歌望嵩岳，意气还相倾”，亦深不满于当时嵩、岳之隐者欤。其意微而婉矣。	士赟曰：太白盖为明皇欲废太子瑛有所感而作是诗也。时卢鸿、王希夷隐居嵩山，李元恺、吴筠之徒，皆以隐逸称。或召至阙庭，或遣问政事，徒尔高议阔论，然未有能如四皓之一言而太子得不易也。末句曰“浩歌望嵩岳，意气还相倾”。亦深不满于当时嵩、岳之隐者欤。 王琦注：此诗大意美四皓，当暴秦之际，能避世隐居，及汉有天下，虽一出而辅佐太子，乃功成身退，曾不系情爵位，真可以希风巢、许者矣。箕山、颖水是二子洗耳盘桓之地，俱在嵩山，故望之而慨焉生慕，巢、由如在，意气可以相倾，此正尚友古人之意。初无讥评独清之说，明皇一证，其见左矣。

续表

李白诗句	萧士赟注	王琦注
40.《鞠歌行》	齐贤曰：太白此词，始则伤士之遭谗废弃，中则羡乎四贤之遇合有时，终则重叹今人不能如古人之识士也，亦借此自况云耳。	萧士赟曰：太白此词，始伤士之遭谗废弃，中羡昔贤之遇合有时，末则叹今人不能如古人之识士，亦聊以自况云尔。（按：王注引用时混淆杨、萧注。）
41.《白头吟·其二》	士赟曰：按此篇出入前篇，语意多同，或谓初本云。	萧士赟曰：按此篇出入前篇，语意多同，或谓初本云。
42.《上之回》："万乘出黄道。"	萧士赟曰：前汉《天文志》：日有中道。中道者，黄道也。日，君象，故天子所行之道亦曰黄道。	萧士赟曰：前汉《天文志》：日有中道。中道者，黄道也。日，君象，故天子所行之道亦曰黄道。
43.《怨歌行》："舞衣罢雕龙。"	士赟曰：《七略》：雕龙。赫注曰：言操修邹衍之术，若雕镂龙文也。此言雕龙者，谓舞衣上雕画龙文也。	萧士赟曰：雕龙，谓舞衣上雕画龙文也。
44.《玉阶怨》："却下水晶帘。"	士赟曰：太白此篇无一字言怨，而隐然幽怨之意见于言外，晦庵所谓圣于诗者，此欤？ 士赟曰：水精帘以水晶为之，如今之琉璃帘也。	萧士赟曰：水精帘以水晶为之，如今之琉璃帘也。太白此篇无一字言怨，而隐然幽怨之意见于言外，晦庵所谓圣于诗者，此欤？（按：王注将萧本题下注与诗句下注解合二而一。）
45.《宫中行乐词八首》《清平调词三首》	士赟曰：太白诗用意深远，非洞悟《三百篇》之旨趣者，未易窥其藩篱，晦庵所谓圣于诗者是也。《清平乐词》《宫中行乐词》，其中数首全得《国风》讽谏之体，如"玉楼巢翡翠，金殿锁	萧士赟曰：太白诗用意深远，非洞悟《三百篇》之旨趣者，未易窥其藩篱，晦庵所谓圣于诗者也。《清平调词》《宫中行乐词》，其中数首全得《国风》讽谏之

续表

李白诗句	萧士赟注	王琦注
45.《宫中行乐词八首》《清平调词三首》	鸳鸯”，是讽其金殿、玉楼不为延贤之地，徒使女子小人居之也。“选妓随雕辇，征歌出洞房”，是讽其不好德而好色，不听雅乐而听郑声也。“宫中谁第一，飞燕在昭阳”，是以飞燕比贵妃，妃与赵飞燕事迹全相类，盖欲使明皇以古为鉴，如飞燕之为汉祸水，而不惑溺于贵妃也。“君王多乐事，还与万方同”，是讽其与民同乐也。“今朝风日好，宜向未央游”，是讽其辍游宴之乐，而临政事于未央也。是时明皇有声色之惑，多不视朝政，因及之也。言在于此，意在于彼，正得谲谏之体。太白才得近君，当时人所难言者，即寓讽谏之意于诗内，使明皇因诗而有悟，其社稷苍生庶有瘳乎？岂曰小补之哉。（按：此段注在《清平调词三首》篇目之后，但王琦注将其移至《宫中行乐词八首》之后。）	体，如“玉楼巢翡翠，金殿锁鸳鸯”，是讽其金殿、玉楼不为延贤之地，徒使女子小人居之也。“选妓随雕辇，征歌出洞房”，是讽其不好德而好色，不听雅乐而听郑声也。“宫中谁第一，飞燕在昭阳”，是以飞燕比贵妃，妃与赵飞燕事迹全相类，盖欲使明皇以古为鉴，如飞燕之为汉祸水，而不惑溺于贵妃也。“君王多乐事，还与万方同”，是讽其与民同乐也。“今朝风日好，宜向未央游”，是讽其辍游宴之乐，而临政事于未央也。是时明皇有声色之惑，多不视朝政，因及之也。言在于此，意在于彼，正得谲谏之体。太白才得近君，当时人所难言者，即寓讽谏之意于诗内，使明皇因诗而有悟，其社稷苍生庶有瘳乎？岂曰小补之哉。 王琦注：萧氏此说甚凿，使解诗者必执此见于胸中而句度字权之，则古今之诗无一而非讥时诽政之作，而忠厚和平之旨，盖于是失矣。尤而效之，几何不为谗邪之嚆矢哉。

续表

李白诗句	萧士赟注	王琦注
46.《清平调词三首·其二》	士赟曰：传者谓高力士指摘“飞燕”之事，以激怒贵妃。予谓使力士而知书，则“云雨巫山”岂不尤甚乎?《高唐赋·序》谓神女尝荐先王之枕席矣，后序又曰襄王复梦遇焉。此云“枉断肠”者，亦讥其曾为寿王妃，使寿王而未能忘情，是“枉断肠”矣。诗人比事引兴，深切着明，特读者以为常事而忽之耳。	萧士赟曰：传者谓高力士指摘“飞燕”之事，以激怒贵妃。予谓力士知书，则“云雨巫山”不尤甚乎?《高唐赋·序》谓神女尝荐先王之枕席矣，后序又曰襄王复梦遇焉。此云“枉断肠”者，亦讥贵妃曾为寿王妃，使寿王而未能忘情，是“枉断肠”矣。诗人比事引兴，深切着明，特读者以为常事而忽之耳。 王琦注：力士之谮恶矣，萧氏所解则尤甚。而揆之太白起草之时，则安有是哉！巫山云雨、汉宫飞燕，唐人用之已为数见不鲜之典实。若如二子之说，巫山一事只可以喻聚淫之艳冶，飞燕一事只可以喻微贱之宫娃，外此皆非所宜言，何三唐诸子初不以此为忌耶？古来“新台”“艾豭”诸作，言而无忌者，大抵出自野人之口，若《清平调》是丰诏而作，非其比也。乃敢以宫闱暗昧之事，君上所讳言者而微辞隐喻之，将蕲君知之耶？如其不知，言益何益。如其知之，是批龙之逆鳞而履虎尾也。非至愚极妄之人，当不为此。又太真

续表

李白诗句	萧士赟注	王琦注
46.《清平调词三首·其二》		入宫，至此时几将十载，斯时即有忠君爱主之亲臣，亦只以成事不说，既往不咎，付之无可奈何，而谓新进如太白者，顾托之无益之空言而期君之一悟，何其不智之甚哉！古来文字之累，大抵出于不自知而成于莫须有，若苏轼双桧之诗，而谮其求知于地下之蛰龙，蔡确车盖亭之十绝，而笺注其五篇，悉涉讥讽，小人机穽，深是可畏。然小人以陷人为事，其言无足怪。而词人学士品骘诗文于数百载之下，亦效为巧词曲解以拟议前人辞外之旨，不亦异乎？
47.《鼓吹入朝曲》	士赟曰：太白命题添“入朝”字耳，或者谓讽永王入朝而作。	王琦注：此篇盖拟六朝人之作，故以金陵、吴京为辞。萧氏以为讽永王入朝而作，则天子当在长安，与金陵、吴京何预？而朝罢遨游之地，亦不当在阆风亭矣。其说非是。
48.《短歌行》：“麻姑垂两鬓，一半已成霜。”	士赟曰：麻姑鬓成霜事，未详所祖，恐只《大人赋》西王母曜然白首之推也。	萧士赟注：麻姑鬓成霜事，未详所祖，恐只《大人赋》西王母嚯然白首之意。

续表

李白诗句	萧士赟注	王琦注
49.《菩萨蛮》《忆秦娥》	士赟曰：按此二词，至今其调犹存，其所自始乎？	王琦注：宋黄玉林《绝妙好词》以太白《菩萨蛮》《忆秦娥》二词，为百代词曲之祖。然考古本《太白集》中，缺此二首。萧本乃有之，其真赝诚未易定决。《笔丛》所辨，未为无见，至谓出自《草堂诗余》之伪题，则非也。盖《菩萨蛮》一词，自北宋时，已传为太白之作矣。
50.《发白马》："铁骑若雪山。"	士赟曰：铁骑，马之带甲者，其多如山，其白如雪。	萧士赟曰：铁骑，马之带甲者。
51.《丁都护歌》	士赟曰：太白乐府，每篇必檃括一事而作，非泛然而言者。此篇之意是咏秦皇凿北坑，以压天子气之事。徒尔劳民凿石，而不知真主已在芒砀山泽间矣，非人力之所能胜也。触热拖船，就饮浊水，征夫之苦徒兴千古之悲耳。或曰诗者，所以抒下情而通风谕。此诗乃是为韦坚开广运潭而作，借秦为喻耳。按《唐史》，天宝初，江、淮南租庸等使韦坚引淮水抵苑东望春楼下为潭，以聚江、淮运船，役夫匠通漕渠，发人丘垅，自江、淮至京城，民间萧然愁怨，二年而成。三月，上幸望春楼观新潭，名其潭曰	王琦注：此篇萧注谓是咏秦皇造北坑，以压天子气一事。或曰为韦坚开广运潭而作，借秦为喻。又引吴孙权尝遣校尉陈勋将屯田及作士三万人凿句容中道，自小坻至云阳西城，通会市，作邸阁云云。

续表

李白诗句	萧士赟注	王琦注
51.《丁都护歌》	广运。太白之诗，其为是欤？吴孙权时，亦尝遣校尉陈勋将屯田及作士三万人凿句容中道，自小坻至云阳西域，通会市，作邸阁。今以首句观之，似咏此事。然诗意重在末句，故以秦事为证，附注吴事于末云。	
52.《豫章行》："波荡落星湾。"	士赟曰：王僧虔《技录》：相和歌清调六曲有《豫章行》。 士赟曰：落星湾在今南康军城之右，唐时属江州及洪州。《舆地广记》曰：昔有星坠水化为石。夏秋之交湖水方涨，则星石泛于波澜之上。至隆冬水涸，则可以步涉，寺居其上曰法安院。	萧士赟曰：王僧虔《技录》：相和歌清调六曲有《豫章行》。 萧士赟曰：落星湾在今南康军城之右，唐时属江州及洪州。《舆地广记》曰：昔有星坠水化为石。夏秋之交湖水方涨，则星石泛于波澜之上。至隆冬水涸，则可以步涉，寺居其上曰法安院。
53.《春思》	士赟曰：燕草者，燕地之草。秦桑者，秦地之桑也。燕北地寒，草生迟，当秦桑低绿之时，燕草方生，如丝之碧也。秦桑低枝者，兴，思妇之断肠也。言其夫方萌怀归之心，犹燕草之方生，妾则思君之久，先已肠断矣，犹秦桑之已低枝也。末句则兴，此心贞洁，非外物所能动也。此诗可谓得《国风》不淫不诽之体矣。	萧士赟曰：燕北地寒，生草迟，当秦地柔桑低绿之时，燕草方生，与其夫方萌怀归之志，犹燕草之方生，妾则思君之久，犹秦桑之已低绿也。末句喻此心贞洁，非外物所能动。此诗可谓得《国风》不淫不诽之体矣。
54.《少年行》	士赟曰：此篇末章十二句辞意迫切，似非太白之作，巨眼者必能辨之。	萧士赟：末章十二句辞意迫切，似非太白之作，巨眼者必能辨之。

续表

李白诗句	萧士赟注	王琦注
55.《去妇词》	士赟曰：此篇即顾况《弃妇词》也，后人添增数句而窜入于《太白集》中，语俗意重，斧凿之痕斑斑可见。可谓作伪心劳日拙者矣。子见注已详，兹不复注。	萧士赟曰：此篇是顾况《弃妇词》也，后人添增数句，窜入于《太白集》中，语俗意重，斧凿之痕斑斑可见。
56.《江上吟》："仙人有待乘黄鹤。"	士赟曰：黄鹤楼，在鄂州西南隅黄鹤山上。《南齐志》云：仙人子安乘黄鹤过此。	萧士赟曰：黄鹤楼，在鄂州西南隅黄鹤山上。《南齐志》云：仙人子安乘黄鹤过此。 王琦注：《一统志》：黄鹤楼，在武昌府城西黄鹤矶上，世传仙人子安乘黄鹤过此。又云：费文祎登仙，驾黄鹤返憩于此。唐阎伯理作记，以文祎为信。或者又引《述异记》，谓驾鹤之宾是荀叔伟，后人误作费文祎。今按《述异记》：荀瑰，字叔伟，尝东游，憩江夏黄鹤楼上，望西南有物飘然降自霄汉，俄顷已至，乃驾鹤之宾也。鹤止户侧，仙者就席，羽衣虹裳。宾主欢对，已而辞去，跨鹤腾空而灭。是言叔伟于此遇鹤之仙，非谓驾鹤之仙即叔伟也。又或以与蜀汉之大将军费祎字文伟者，其姓字相同，遂驳其既为降人郭循所害，何以又能登仙驾鹤返憩此楼？夫古今同姓名者甚多，安得谓此二人即是一人？以此相难，更蜀孟浪。

续表

李白诗句	萧士赟注	王琦注
57.《扶风豪士歌》："我亦东奔向吴国，浮云四塞道路赊。东方日出啼早鸦，城门人开扫落花。梧桐杨柳拂金井，来醉扶风豪士家。"	士赟曰：此太白避乱东土时，言道路艰阻，京国乱离，而东土之太平目（当作"自"）若也。扶风乃三辅郡，意豪士亦必同时避乱于东吴，而与太白衔杯酒接殷勤之欢者。	萧士赟曰：此太白避乱东土时诗。扶风乃三辅郡，意豪士亦必同时避乱于东吴，而与太白衔杯酒接殷勤之欢者。
58.《金陵歌送别范宣》："四十余帝三百秋。"	萧士赟曰：按史书自吴大帝建都金陵后，历晋、宋、齐、梁、陈，凡六代，共三十八主，此言四十余帝者，并其间推尊者而总言之也。"三百秋"者，自吴大帝黄武元年壬寅岁，至陈祯明三年己酉，共三百三十二年。吴亡后，歇三十六年，总三百六十七年。诗人造辞遣意，举成数而言耳。	萧士赟曰：按史书自吴大帝建都金陵后，历晋、宋、齐、梁、陈，凡六代，共三十九主，此言四十余帝者，并其推尊者而混言之也。自吴大帝黄武元年壬寅岁，至陈祯明三年己酉，共三百六十八年。吴亡后，歇三十六年，只三百三十二年，此言三百秋者，举成数而言耳。
59.《秋浦歌十七首·其十四》："炉火照天地，红星乱紫烟。"	齐贤曰：此言方士炼丹炉火炽然照曜天地，时有红星纷起于紫烟之中。 士赟曰：炉火，恐只渔人之火。子见以为炼丹之火，恐非是。	王琦注：炉火，杨注以为炼丹之火，萧注以为渔人之火，二火俱不能照及天地，其说固非。……琦考《唐书·地理志》，秋浦固产银、产铜之区，所谓"炉火照天地，红星乱紫烟"者，正是开矿处冶铸之火，乃足当之。

续表

李白诗句	萧士赟注	王琦注
60.《永王东巡歌十一首·其十一》："西入长安到日边。"	齐贤曰：《晋书》：只闻人自长安来，不闻人自日边来。 《晋书·明帝纪》：明帝幼年而聪哲，元帝所宠异。数尝置膝前，属长安使来，因问帝曰："汝谓日与长安孰远?"对曰："长安近。不闻人从日边来，居然可知也。"元帝异之。明日，宴群僚，又问之，对曰："日近。"元帝失色，曰："何乃异向者之言乎?"对曰："举目则见日，不见长安。"由是益奇之。后人因之谓帝所为日边。	王琦注：日边，杨、萧二注皆引晋明帝"不闻人从日边来"之语，以为后人称帝都为日边因此。琦按：《晋书·陆云传》已有"云间陆士龙，日下荀鸣鹤"之对，似不始于东晋。盖日为君象，故邦畿之地有"日边""日下"之名耳。
61.《清溪行》："清溪清我心，水色异诸水。借问新安江，见底何如此。"	士赟曰：图经：清溪属宣城。盖发源于新安。新安，即今徽州，在唐为歙州，在隋为新安郡。新安江者，凡水发源于徽者皆曰新安江。自歙来者出黟山，自休宁者出率山，自绩溪者出太嶂山，自婺源者出浙山。自浙江泝休宁者为滩三百六十。	士赟曰：图经：清溪属宣城。盖发源于新安。新安，即今徽州，在唐为歙州，在隋为新安郡。凡水发源于徽者皆曰新安江。自歙者出黟山，自休宁者出率山，自绩溪者出大嶂山，自婺源者出浙山。自浙江泝休宁者为滩三百六十。 （按：王注在此段话前加上《原核郡县制》引文，其后添加杨齐贤引文，即"沈休文有《新安江水至清浅深见底诗》"。）
62.《酬殷明佐见赠五云裘歌》："上朝三十六玉帝。"	士赟曰：三十六玉皇者，道家所谓三十六天帝王也。	萧士赟：三十六玉皇，即所谓三十六天帝也。

续表

李白诗句	萧士赟注	王琦注
63.《赠韦秘书子春二首》（《赠韦秘书子春》）	萧本题名为《赠韦秘书子春二首》，诗分二首。	王琦注：萧本自“徒为风尘苦”以下五联，另作一首。发字作“须”，叶下韵也。今按此诗一气贯注，不能断乙，通作一首为是，故校从古本。
64.《赠清漳明府侄聿》：“我李百万叶。”	士赟曰：《史·老子传》：老子者，姓李氏，名耳，字伯阳，谥曰聃。《正义》曰：《玄妙内篇》云：李母怀胎八十一载，逍遥李树下，乃剖左腋而生，生而指李树，因以为姓。唐祖老子，白与聿皆帝室之胄，故用李树之事。《毛苌诗注》：叶，世也。	萧士赟曰：《史·老子传》：老子者，姓李氏，名耳，字伯阳，谥曰聃。《正义》云：《玄妙内篇》云：李母怀胎八十一载，逍遥李树下，乃剖左腋而生，生而指李树，因以为姓。唐以老子为祖，白与聿皆帝室之胄，故用李树之事。叶，世也。
65.《赠卢征君昆弟》	士赟曰：按卢征君名鸿，字颢然。《唐书》有传，云其先范阳人，博学，善书籀。庐嵩山。玄宗开元初，备礼征再不至。五年，再诏，征至东都谒见，拜谏议大夫，固辞，制许还山，赐隐居服宫营草堂。及卒，帝赐万钱。鸿所居室自号宁极云。	王琦注：萧注以卢征君即是卢鸿，考《唐书》及他书所载鸿事，都不言其有弟同隐，恐此卢又是一人。
66.《口号赠征君鸿》（《口号赠杨征君》）	士赟曰：见前《赠卢征君》题注。 （按：太白自注：此公时被征。）	王琦注：萧本作《口号赠征君鸿》，而注云“见前《赠卢征君》题注”，盖以为即卢鸿矣，未详是否。注中“被征”一作“被召”。

续表

李白诗句	萧士赟注	王琦注
67.《游溧阳北湖亭望瓦屋山怀古赠同旅》："高坟五六墩，崒兀栖猛虎。"	士赟曰：《汉·盖宽饶传》：猛虎在山。“栖猛虎”者，谓坟如伏虎之状，犹马鬣封之谓也。	王琦注：萧士赟曰：栖猛虎，谓坟如猛虎之状，犹马鬣封之谓也。琦谓坟势崒兀，有若猛虎，是写遥望中拟似景耳。以马鬣封为此，恐未是。据此诗，贞义之坟唐时尚存，当在瓦屋山下。今则不考矣。
68.《流夜郎赠辛判官》："秦宫桃李向明开。"	士赟曰：子见以“桃李向明开”为公卿归禄山，非也。太白诗意是指同时侪类如辛判官之辈，因兵兴之际，不次被用，为人桃李，我独遭谪也。“向明”者，向阳花木之义。详观末句，诗意显然。傥如子见所言，殊失大体。	萧士赟曰：子见以“桃李向明开”为公卿归禄山，非也。是指同时侪类，因兵兴之际，不次被用，为人桃李，我独遭谪也。向明者，向阳花木之义。
69.《赠常侍御》："季叶轻风雅。"	士赟曰：《毛苌诗注》：叶，世也。季叶，季世也。	萧士赟曰：叶，世也。季叶，季世也。
70.《系寻阳上崔相涣三首·其二》："虚言误公子，投杼惑慈亲。"	士赟曰：按此一首诗乃是全櫽括葛洪《西京杂记》一段之语，今录于下，曰：汉杜陵秋胡者，能通《尚书》，善为古隶字。为翟公所礼，欲以兄女妻之。或曰：“秋胡已经娶而失礼，妻遂溺死，不可妻也。”驰象曰：“今之秋胡非昔之秋胡也。昔鲁有两曾参，赵有两毛遂。南曾参杀人见捕，人以告北曾参母，母见以疑。野人毛遂堕井而死，客人告平原君。	萧士赟曰：太白引此自况其遭诬耳。

续表

李白诗句	萧士赟注	王琦注
70.《系寻阳上崔相涣三首·其二》：“虚言误公子，投杼惑慈亲。”	平原君曰：‘嗟乎！天丧予矣。’既而知野人毛遂，非平原君客也。岂得以昔之秋胡失礼，而绝婚今之秋胡哉！物固亦有似之而非者，玉之未理者为璞，死鼠未屠者亦为璞，月之旦为朔，车之旂亦谓之朔，名齐实异，所宜辨也。”太白引此事者，亦自况其遭诬耳。	
71.《赠宣城宇文太守兼呈崔侍御》：“曾标横浮云。”	士赟曰：曾标，言其标致之高也。	萧士赟曰：曾标，言其标致之高也。
72.《留别金陵诸公》：“祖余白下亭。”	士赟曰：《图经》：白下，在上元县西北。	萧士赟曰：《图经》：白下亭，在上元县西北。
73.《送别》：“寻阳五溪水，沿洄直入巫山里。”	士赟曰：“寻阳五溪水，沿洄直入巫山里”者，诗意盖谓由寻阳上五溪而入巫山也。巫山介乎夔、峡二州之间。峡有青溪、赤溪、绿萝溪、滄茫溪、姜诗溪，为峡之五溪。必知别者由九江径之三峡而入巫山也。今子见直指为武陵五溪，恐失诗意。按此五溪，由沅合湘，潴于洞庭，至岳阳而后入江，与巫峡地势不相联属借四，此水亦经寻阳，太白岂肯遗乎沅湘。洞庭之大而独举夫武陵五	萧士赟曰：巫山介乎夔、峡二州之间。峡有青溪、赤溪、绿萝溪、沧茫溪、姜诗溪，为五峡之五溪。盖谓别者由寻阳上五溪而入巫山也。乃子见指为武陵五溪，恐失诗意。武陵五溪，由沅合湘，潴于洞庭，至岳阳而后入江，与巫峡地势不相联属，所引非武陵五溪明矣。

续表

李白诗句	萧士赟注	王琦注
73.《送别》："寻阳五溪水，沿洄直入巫山里。"	溪之细乎，所引非武陵五溪甚明，当是峡之五溪也。	
74.《送张秀才从军》："六驳食猛虎。"	士赟曰：按"猛武"当作"猛虎"，昔唐国讳"虎"，故以"武"易之。异代不讳，因矫正焉。	萧士赟曰：猛武，当作猛虎。唐国讳虎，故以武易之。
75.《白云歌送友人》	士赟曰：此诗已见第六卷，特首尾数语不同，而此则尾语差拙，恐是初本未经改定者，今两存之。	萧士赟曰：此诗已见七卷，特首尾数语不同，而此则尾语差拙，恐是初本未经改定者，今两存之。
76.《至陵阳山登天柱石酬韩侍御见招隐黄山》："朗咏《紫霞篇》，请开蕊珠宫。"	士赟曰：《紫霞篇》即《黄庭内景经》也。经曰：上清紫霞虚皇前，太上太道玉宸君。闲居蕊珠作七言，散化五形变万神。是为黄庭曰内篇……咏之万遍升三天。《秘要经》云：仙宫中有寥阳之殿，蕊珠之阙，翠璎之房，道君在中而说经。	萧士赟曰：《紫霞篇》即《皇庭内景经》也，经曰：上清紫霞虚皇前，太上大道玉晨君。闲居蕊珠作七言，散化五形变万神。是为黄庭曰内篇。
77.《游秋浦白笴陂二首》	士赟曰：末句"有"字，依《孟子》音又，去声发破。	萧士赟曰：末句"有"字，依《孟子》音又，去声。一本竟改作"又"字，非也。
78.《安州应城玉女汤作》	士赟曰：此虽纪咏诗，然寄兴则谓士不幸而居于僻远之乡，虽抱王佐之才，而无由自达。身在江海，心存魏阙而已悲夫！	萧士赟曰：寄兴谓士不幸而居于僻远之乡，虽抱王佐之才，而无由自达。身在江海，心存魏阙而已，悲夫！

续表

李白诗句	萧士赟注	王琦注
79.《拟古十二首》	士赟曰：此篇伤时穷兵黩武，行役无期度，男女怨旷，不得遂其室家之情，感时而悲者焉。哀而不伤，怨而不诽，真有国风之体。此晦庵之所谓"圣于诗"者欤！	萧士赟曰：此篇伤时穷兵黩武，行役无期，男女怨旷，不得遂其室家之情，感时而悲者焉。哀而不伤，怨而不诽，真有国风之体。此晦庵之所谓"圣于诗"者欤！
80.《感兴八首・其二》	士赟曰：《高唐》《神女》二赋，乃宋玉寓言以成其文章。《洛神赋》，则子建拟之而作。后世之人如痴子听人说梦，以为诚有是事，至为传奇以实之。唯太白知其托词而讥其不雅，可谓识见高远者矣。	萧士赟曰：《高唐》《神女》二赋，乃宋玉寓言以成文章。《洛神赋》，则子建拟之而作。后世之人如痴子听人说梦，以为诚有是事。太白知其托词，而讥其伤大雅，可谓识见高远矣。
81.《感兴八首・其四》	士赟曰：按此篇已见二卷古诗四十七首。必是当时传写之殊，编书者不能别，姑存于此卷耳。观者试以首一句比并而论，美恶显然，识者自见之矣。	萧士赟曰：按此篇已见二卷古诗四十七首。必是当时传写之殊，编诗者不能别，姑存于此卷。观者试以首句比并而论，美恶显然，识者自见之矣。
82.《感兴八首・其七》	士赟曰：按此篇已见二卷古风三十六首，但有数语之异，是亦当时衲本、传本之殊，编诗者不忍弃，两存之耳。	萧士赟曰：此篇已见二卷古风之三十六首，但有数语之异，是亦当时初本传写之殊，编诗者不忍弃，两存之耳。
83.《感兴八首・其八》	士赟曰：此篇比兴之诗，刺时贤之不能引类拔萃以为国用者欤？"嘉谷隐丰草，草深苗且稀"，喻贤人在野，混于常人之中。常人类多而贤人类少。	萧士赟：此篇比兴之诗，刺时贤之不能引类拔萃以为国用者欤？"嘉谷隐丰草，草深苗且稀"，喻贤人在野，混于常人之中。

续表

李白诗句	萧士赟注	王琦注
83.《感兴八首·其八》	"农夫既不异，孤穗将安归"，盖谓农夫知稼穑者，以喻唯贤则知贤也。农夫见谷之在草，而不别异之，犹贤者见贤之在野，而不能荐进之也，如此则将安适归乎？"常恐委畴陇，忽与秋蓬飞"者，喻在野之贤唯恐老之将至，埋光铲彩，与草木俱腐也。"乌得荐宗庙，为君生光辉"者，以喻在野之贤冀希望在位之贤引而进之，以羽仪朝廷也。嗟夫！士怀才而不遇，千载读之，犹有感激！	"农夫既不异，孤穗将安归"，农夫见谷之在草，而不别异之，犹贤者见贤之在野，而不能荐进之也。"常恐委畴陇，忽与秋蓬飞"，喻在野之贤唯恐老之将至与草木俱腐也。"乌得荐宗庙，为君生光辉"，在野之贤冀希望在位之贤引而进之，以羽仪朝廷也。嗟夫！士怀才而不遇，千载读之，犹有感激！
84.《寓言三首·其二》	士赟曰：此篇比兴之诗，于时盖有所讽刺焉。彩凤、青禽，以比佞幸之人，瑶台、玉山以比宫掖。秦娥，以比公主。王母，以比后妃。盖以讽刺当时出入宫掖，取媚后妃、公主，以求爵位者。精卫衔木石，以比小臣怀区区报国之心，尽忠竭力而不见知者，其意微而显矣。	萧士赟曰：刺当时出入宫掖，取媚后妃、公主，以求爵位者。彩凤、青禽，以比佞幸。瑶台、玉山，以比宫掖。秦娥，以比公主。王母，以比后妃。精卫衔木，以比小臣怀区区报国之心，尽忠竭诚而不见知，其意微而显矣。（按：王琦调整了萧注的字句顺序，直接点明讽刺对象，再解释各意象实指。）
85.《寓言三首·其三》	士赟曰：此篇闺思诗也。良人从军，滔滔不归，感时触物而动怀春之思者欤？绿杨、海燕，以起兴也，宛然《国风》之体，所谓"圣于诗"者，此哉！	萧士赟曰：此篇闺思诗也。良人从军，滔滔不归，感时触物而动怀人之思者欤？绿杨、海燕，以起兴也，宛然《国风》之体，所谓"圣于诗"者，此哉！

续表

李白诗句	萧士赟注	王琦注
86.《感遇四首·其一》	士赟曰：此诗盖有所怀，托二仙而言也。	萧士赟曰：此诗盖有所怀，托二仙而言也。
87.《感遇四首·其四》	士赟曰：此篇太白特借宋玉事以申己之意耳，如后篇《咏壁上鹦鹉》亦此意也。	萧士赟曰：太白此篇，借宋玉事以申己意也。
88.《万愤词投魏郎中》："恋高堂而掩泣。"	士赟曰：高堂，喻朝廷也。	萧士赟曰：高堂，喻朝廷也。 王琦注：世之称父母多曰高堂，太白诗中绝无思亲之句，疑其迂化久矣。考《汉书·贾谊传》曰：人主之尊譬如堂，群臣如陛，众庶如低，故陛九级上，廉远地，则堂高。陛亡级，廉近地，则堂卑。高者难攀，卑者易陵，理势然也。萧氏以高堂喻朝廷，其说近是。

综观图表，王琦共征引了 88 条萧士赟注。其中，未做任何改动，亦没有提出任何异议的仅有 10 条，其他 78 条均做了改动，修改的方式与杨齐贤注大致相同，故笔者不予赘述。在这部分，将重点放在诗意比较难解，或二者注释产生较大分歧的地方。

例 3　《古风五十九首·其二》，王琦按语："《旧唐书》：开元十二年(724)秋七月壬申，月蚀既。己卯，废皇后王氏为庶人。太白此篇，首以月蚀为喻，是虽比而实赋也。"詹锳先生《李白诗文系年》将此诗系于开元十二年，又引曾国藩《求阙斋读书录》所云："蟾蜍句暗指杨妃，蝃蝀句暗指禄山陷京师，两耀谓玄宗在蜀，肃宗在灵武。"以为曾氏之说"独异"，依其所言则"桂蠹花不结实，天霜下严威"二句不可解，相比之下杨、萧、王三者所解为是。实际上，曾国藩所云算不得"独异"，此前胡震亨已提出了不同的看法，《唐音癸签》卷二十一：

> 太白古风六十首，第一首自咏诗业，志在删述；第二首"蟾蜍薄太清"即咏玄宗宠武妃废王皇后事，殊觉不伦。及读结语"沈叹终永夕，感我涕沾衣"始知白自有深指在彼，盖谓当世相如是我，赋长门悟主我事耳，作是，观吟脉才有伦次。

胡氏是结合古风整体来看的，认为古风的排序有讲究，并非独立不相关的个体。如果第一首已经表明远大志向，第二首没有理由忽然跳跃去纯粹吟咏他事，而于己志毫不相干。然而，太白古风非作于一时，顺序乃后人结集时所排，并不能作为硬性的参考标准。不过胡氏注意到末句"自有深指"，这是很重要的。他没有打算彻底推翻杨、萧二人的观点，只是以"当世相如""长门悟主"来转换思路，将前人的观点解释得圆满罢了。一旦前人的观点不对，这样的"转换"无疑会穿凿得更为彻底。

相比之下，王琦的做法好像要"聪明"一些。他根据萧氏所言"'桂蠹花不实'，是采废后制中语"，征引《新唐书》，补充了玄宗废后的细节以及废后制的具体内容。又在按语中言开元二十七年七月月蚀，与此同时王皇后被废。这样就坐实了萧注，无须调整角度便解释得合情合理。瞿蜕园、朱金城《李白集校注》云："是年李才二十四岁，远在蜀中，无由知此，即知之亦无缘关心此宫闱中事。若云事后追咏，则天下事大于此者甚多，李意恐不在此也。"进一步说，就算李白未出蜀便热衷咏叹此宫闱之事，以冷眼旁观，热心评判便是，何以至于“沉叹终永夕，感我涕沾衣”？且抱负还未施展，没在君旁侍奉片刻，何来“不能如相如作《长门赋》以悟主”之叹？则此诗不当系于出蜀之前明矣，注家亦不当泥于“长门宫”“花不实”等语，弃末句沉痛之情于不顾，将此诗解释成咏叹夫妻、君臣大伦的作品。

安旗又将此诗系于天宝十二载(753)，理由是“此篇与《古朗月行》比兴手法及遣词用语多有相同之处，是太白同一时期对同一主题反复吟咏之作”，都是“以月之明暗圆缺喻朝政之变化，寄托对天宝季叶时局之殷忧”①。这种解释大体合理，却又无法言明太白在“万象昏阴霏”句之后另起一层次专门写“长门宫”之事。盖此诗当作于天宝三载(744)，被放之初。既有感于君道衰微，为女色佞幸所蔽，又感伤于君臣遇合之梦终于破碎，不能复进片言以效江山社稷，亦不能展自我大鹏之志，怎能不永夜沉叹，涕泣沾衣？

复观王琦注释，则知其在吸收萧注时有保守的一面，未能深究太白诗中充沛的个人情感，从而体察旧论的不足之处。

例 7　《古风五十九首·其十九》：“俯视洛阳川，茫茫走胡兵。流血涂野草，豺狼尽冠缨。”王琦曰：“此诗大抵是洛阳破没之后所作，胡兵谓禄山之兵，豺狼谓禄山所用之逆臣。萧氏以‘胡兵’为回纥，以‘豺狼尽冠缨’为用官爵赏功，不分流品，似未是。”詹锳先生认为：“诗中不及长安事，当是西京未陷以前所作。”此诗有两处地名，一是“莲花山”“云台”，指西岳华山，具体到云台峰；二是“洛阳”。萧氏因第一处地名揣测“禄山入洛阳之时，太白适在云台观”，王氏则结合时事，认为“此诗大抵是洛阳破没之后所作”。究竟何者有理？

郭云鹏本卷二引徐祯卿语：“此篇刺玄宗也。此诗前半篇

① 安旗：《李白诗秘要》，西安：三秦出版社，2001 年，第 202—204 页。

皆游仙之词。”清奚禄诒曰：“只是悼长安之乱，不甚重仙耳。”清陈沆撰《诗比兴笺》：“皆遁世避乱之词，托之游仙也。”安旗云：“幻想亦可反映现实，非必适在云台观。”此诗从开篇至“驾鸿凌紫冥”，无一句写登山实景，所见为仙女明星，所揖为仙人叔卿，幻想仙女升天之状，遐想与仙人驾鸿同去。中间言及“云台”，不过是虚拟仙人所在之处，断然不能坐实。况且，若真是登华山云台峰，当以俯视河渭为宜，何由顿生千里眼目轻松看见洛阳川？故知，前人所言“托之游仙”甚是，华山云台峰不可作为推测太白处所的可靠依据。太白创作构思为与仙人驾鸿、浮于云端时，俯视下界兵戎之地。

再看第二处地名“洛阳”。《旧唐书》卷九本纪第九玄宗下：

> （天宝）十四载（755）……丙戌朔（即初一日），禄山于灵昌郡渡河；辛卯（即初六日）陷陈留郡，杀张介然；甲午（即初九日）陷荥阳郡，杀太守崔无诐；丙申（即十一日），封常清与贼战于成皋罂子谷，官军败绩，常清奔于陕郡；丁酉（即十二日）禄山陷东京，杀留守李憕、中丞卢奕、判官蒋清。

则“俯视洛阳川，茫茫走胡兵。流血涂野草，豺狼尽冠缨”正当写禄山入洛、中原横溃之事。又据《资治通鉴·唐纪》，天宝十五载（756）正月初一，安禄山僭号于东京，自称大燕皇帝，署拜伪官多人。豺狼当指代这些叛贼及伪官。萧氏以“豺狼”为回纥兵，甚为不妥，不仅不符合史实，语气上也太过。据以上分析，此诗当作于天宝十四载（755）十二月至天宝十五载（756）正月期间。王琦对萧注的质疑是完全正确的。

例 8 《古风五十九首·其二十》，王琦曰：“此诗古本‘昔我游齐都’以下五韵作一首，‘泣与亲友别’以下四韵作一首，

‘在世复几时’以下六韵作一首。萧本合作一首而解之曰：……。琦按：中节语意与上下全不相类，当弃世远游，何事犹作儿女子态，与亲友哭泣别，至于欲语再三咽耶？韦縠《才调集》，只选中四韵作一首而前后不录，是知古本似未失真，萧本未免误合。但首章语意似未完，或有缺文未可知。朱子谓太白诗多为人所乱，有一篇分为三篇者，有二篇合为一篇者，岂指此章而言耶？今姑仍萧本，俟识者再为定之。”王琦所言“古本”就是宋蜀本①。而他的见解，主要借鉴了明朱谏的看法，《李诗选注》卷一：

> 今详诗意恐未然，第十句与第十一句上下文义不相续，似有缺文，或有错简。何也？既曰“欣然愿相从矣”，又何至于与亲友泣别而再三呜咽耶？所谓君者，又不知其何所指也。分手千里去，何时而还者，又行役离别之辞，非从仙之事也。自第是一句至第十九句，凡八句，意既不谐，辞宜节去。今以旧本全章附写于后，以俟知者与校订云。②

不同的是，王琦补充了韦縠《才调集》的收录方法，使论据更加充分。

细读太白诗，第一节中“昔我游齐都”，开篇即有回忆性质，实写山之峻峭青翠，虚写赤松借鹿、自挟青龙，而情感基调是愉悦而明朗的，所谓“含笑”“欣然”。至十一句，突然转喜为悲，与亲友泣别哽咽，而“勖君青松心，努力保霜雪”明显是

① 参看胡振龙：《李白诗古注本研究》，南京：南京师范大学，2003 年。

② ［唐］李白撰，［明］朱谏选注：《李诗选注》，《续修四库全书》第 1305 册，上海：上海古籍出版社据南京图书馆藏明隆庆六年刻本影印，1995 年，第 537 页。

当面告别之语，已经超出了“昔日游齐”的范畴。第十五句说“世路多险艰”，十六、十七句顺承而下，写分手远别，不知何时相见。至第三节“在世复几时，倏如飘风度”俨然《古诗十九首》作法，起句直陈哀人生之苦短；至“抚己忽自笑”，所笑内容乃自我困于名利，徒被煎熬，遂下定决心“东上蓬莱路”。末句则以秦皇求仙不成暗示寻仙之路亦茫然而不可行。这三节的跳跃幅度太大，若真为混融一首，当从“齐都”来而复还于“华不注峰”，何必多此一举东上蓬莱？既知寻仙渺茫，又缘何当初欣喜愿从？若中间想写思想渐变过程，也该是从别离之苦，时命之短悟出超尘自释之意，又何须以末句添足，归结于此路不通？

此诗《才调集》只选中四韵，宋蜀本又别为三首。虽因可能存在的漏句情况而不能尽善尽美，但断然不至于出现前后矛盾、情绪转变突兀、主题飘忽不定的情况。萧氏置时空方位转变与情感基调冲突于不顾，强为串解，亦不能打通前后不搭之死结。王琦以萧注为驳斥对象，参考朱谏观点，补充可靠材料，证明“萧本未免误合”“太白诗为人所乱”是比较有说服力的。

例 13 《古风五十九首·其三十》，王琦曰：“三珠树乃仙境所生，‘冥目焉能攀’，谓至死而不得采，以照上文‘谁知蓬莱山’之意。”这与萧氏理解的末句不同，士赟曰：“三珠之树，喻大道也。虽苍苍在前，乃如之人目冥然无见，安能攀而至乎？”焦点在于对“三株树”“冥目”的理解。三珠树，古代神话中珍奇的树。《山海经·海外南经》：“三株树在厌火北，生赤水上。其为树如柏，叶皆为珠。一曰，其为树若慧。”汉高诱注《淮南子》卷四《墬形训》：“凡海外三十六国……三珠树在其东北方，有玉树在赤水之上，昆仑华丘在其东南方。”王琦所言“三珠树乃仙境所生”，依其本意自是不错，只是萧氏理解的更为透彻罢了。太白诗开篇即云“道丧无时还”，中间言季叶之人奔走富贵名利之间，耽于俗世享受，根本无暇顾虑更高层次的追求。而大儒挥槌欲醒世，挽颓风于诗礼道德之间，亦是修补细枝末节，于本根无补。世人依旧为眼前俗物障目，始终无法识得大道。故末句云“苍苍三珠树，瞑目焉能攀”，不仅与“谁知蓬莱山”呼应，更是照应开篇“道丧”主题。“三珠树”引申为大道，而“冥目”自不必坐实于“至死”，如萧氏所云“冥然无见”，朱谏所云“所见不过近小之物，于此（大道）或昧焉”①，无疑更加准确妥帖。

例 18　《古风五十九首·其三十九》，本诗有两个版本，兹录如下：

> 登高望四海，天地何漫漫。霜被群物秋，风飘大荒寒。荣华东流水，万事皆波澜。白日掩徂辉，浮云无定端。梧桐巢燕雀，枳棘栖鸳鸾。且复归去来，剑歌行（宋蜀本注：一作悲）路难。

又一本云：

> 登高望四海，天地何漫漫。霜被群物秋，风飘大荒寒。杀气落乔木，浮云蔽层峦。孤凤鸣天倪，遗声何辛酸。游人悲旧国，无心亦盘桓。倚剑歌所思，曲终涕洄澜。

萧本主要以第一个版本为主，采取逐句笺释的方式串讲诗意，申明主旨却并未考证其具体写作时间。在第二个版本后，

① ［唐］李白撰，［明］朱谏选注：《李诗选注》，《续修四库全书》第 1305 册，上海：上海古籍出版社据南京图书馆藏明隆庆六年刻本影印，1995 年，第 542 页。

萧氏云："太白此诗，其作于安史乱离之后乎？睠恋京国之情溢于言辞之表，读之令人感涕。此篇从'杀气落乔木'八句元附在三十九首第四句之下，云一本。如此臆见观之，恐是当时初本改本，编集者两存之，今揭出别作一首，以为又本三十九本云。"这里大致将诗的写作时间定于安史乱离之后，概以"杀气落乔木"一句有很强的暗示性。

明朱谏不同于萧氏，选择了两个版本，《李诗选注》卷一云：

> 此诗必是安史陷京后，白在流窜之际而作。旧集所载前后凡两章，章首四句皆同，自第五句以下有小异。此章词意，上下接续明白易晓，旧本置之于次。今观前章自第五句以下，意与上文不相蒙，岂初本与改本之不同欤？故以此章注释其意，而以前章附见于后，以俟知者。①

之所以选择这个版本，主要是因为其"上下接续明白易晓"。也就是说较之"荣华东流水，万事皆波澜""杀气落乔木，浮云蔽层峦"能够更加流畅地承接以上四句。细读两个版本，因第五、六句的不同，诗的结构也有了显著的变化。前者，首四句写登高远望，见天地辽阔、霜秋荒寒，顿起对人世浮华的感叹，接着再写具体的遭际。后者，没有"顿起浩叹"这个层次，将"霜被群物秋"细节化，承接以"杀气落乔木"；再以"孤凤遗声""游子悲国"引出个人哀思，最后以"曲终涕洄澜"煞拍。从是否流畅这个角度来看，第二个版本的确略胜一筹。但从主题深化的角度来说，"荣华东流水，万事皆波澜"惊警动人，极大地扩展

① ［唐］李白撰，［明］朱谏选注：《李诗选注》，《续修四库全书》第 1305 册，上海：上海古籍出版社据南京图书馆藏明隆庆六年刻本影印，1995 年，第 547 页。

了诗境。虽然选择阐释不同版本，萧、朱二人对版本流传与诗意的理解却大体一致，否则也不会一致判断此诗作于安史之乱后，流离之时。

王琦与萧氏一样，选择了第一个版本，其云：

> “登高望四海，天地何漫漫”，见宇宙广大之意。“霜被群物秋，风飘大荒寒”，见生计萧索之意。“荣华东流水”，言年华日去，如水之东流，滔滔不返。“万事皆波澜”，言生事扰扰，反复相乘，如水之波澜，无有精时。“白日掩徂辉”，谓日将落而无光，如人将有去志而意色不快。“浮云无定端”，言人生世上，行踪原无一定，何必恋恋于此。或以落日为浮云所掩，喻英明之人为谗邪所惑，两句作一意解者亦可。梧桐之木，本凤凰所止，而燕雀得巢其上，喻小人得志。枳棘之树，本燕雀所萃，而鹓鸾反栖其间，喻君子失所。以上皆即景而寓感叹于间，以见不得不动归来之念。意者，是时太白所投之主人，惑于群小而不见亲礼，将欲去之而作此诗。旧注以时世昏乱、阴小用事为解，专指朝政而言，恐未是。

第一，王琦所言“旧注”，主要针对萧注；第二，他的笺释思路与萧氏大体一致，这是他借鉴吸收的地方；第三，王琦认为此诗即景抒情，有感而发，并非专指朝政。然而，“英明之人为谗邪所惑”“君子失所”“太白所投之主人，惑于群小而不见亲礼，将欲去之”，结合太白自己的遭际，就是指代玄宗被谗佞所惑，太白于天宝三载(744)为同列所谤而去朝。则萧注的失误不在于“专指朝政”，而是判断错了全诗是针对何时的“朝政”。

将两个版本互参，“孤凤鸣天倪”“游人悲旧国”侧重写自己的境况，而“梧桐巢燕雀，枳棘栖鸳鸾”在对比中，以小人得志来反衬君子沉沦的凄惨，诗歌的主体还是要体现一种郁郁不得志的情绪。由登高远望，以至感慨遂深，始终是有寄托的。诗中肃杀苍凉的气氛，也是烘托内心的失意，并非暗指安史之乱民不聊生的惨状。末句所伤，也不是萧氏所言“危邦不入，乱邦不居。识时知几之士当此之际，唯有归隐而已”，而是叹息白日回光之难，君子复归其位遥遥无期。这恰是离朝时那种不甘心，却不得不死心状态的真实写照。詹锳先生认为：“诗中‘且将归去来，剑歌行路难’等句，似应指被谗去朝而言。”良是。王琦“将欲去之而作此诗”说得不够透彻，但比之萧氏还是迈进了一步。

例 20 《古风五十九首·其四十三》：“瑶水闻遗歌，玉杯竟空言。”王琦注：“《三辅黄图》庙记曰：神明台，武帝造，祭仙人处。上有承露盘，有铜仙人舒掌捧铜盘玉杯，以承云表之露，以露和玉屑服之，以求仙道。《太平御览》：《汉武故事》曰：上崩后，鄠县有一人于市货玉杯，吏疑其御物，欲捕之，因忽不见。县送其器，推问，乃茂陵中物也。霍光自呼吏问之，说市人形貌如先帝。其事载在杯类中，而今本多作玉碗，盖今本误矣。按二事注此皆可通，但未知太白所用者何耳？若旧注引新垣平玉杯，则文帝时事，非武帝也，恐未是。”这里王琦纠正了萧氏一处不足，即对典故注释不够确切精准。考诸典籍，涉及“玉杯”的有：

(1)殷纣王玉杯。《史记》卷三十八宋微子世家第八：“箕子曰：‘彼为象箸，必为玉杯；玉杯不已，必思远方珍异之物而御之矣。舆马宫室之渐，自此始，不可振也。’纣为淫泆，箕子谏不听。”

(2)新垣平玉杯。《史记》卷十孝文本纪第十：“十七年得玉杯，刻曰‘人主延寿’。于是天子始更为元年。”宋裴骃集解：

“应劭曰：新垣平诈令人献之。”又卷二十八封禅书第六：“新垣平使人持玉杯上书阙下献之。平言上曰：‘阙下有宝玉气来者。’已视之，果有献玉杯者，刻曰‘人主延寿’。平又言：‘臣候日再中。’居顷之，日郄复中。于是始更以十七年为元年。”

(3)董仲舒所著书名。《四库全书总目》卷二十九《春秋繁露》十七卷(永乐大典本)：“考仲舒本传，《繁露》《玉杯》《竹林》皆所著书名，而今本《玉杯》《竹林》乃在此书之中，故崇文总目颇疑之，而程大昌攻之尤力。今观其文虽未必全出仲舒，然中多根极理要之言，非后人所能依托也。”

(4)铜仙人所捧玉杯。《三辅黄图》卷三“未央宫”条：“《庙记》曰：神明台，武帝造，祭仙人处。上有承露盘，有铜仙人舒掌捧铜盘玉杯，以承云表之露。以露和玉屑服之，以求仙道。”

(5)《太平御览》卷八十八皇王部十三孝武皇帝：“居岁余，郿县又有一人于市货玉杯。吏疑其御物，欲捕之，因忽不见。县送其器，推问，又茂陵中物也。(霍)光自呼吏问之，说市人形貌如先帝。光于是默然，乃赦前所系者。”又卷七百五十九“杯”条：“《汉武故事》曰：上崩后，鄠县有一人于市货玉杯。吏欲捕，因忽不见。县送其器，推问，茂陵中物。霍光呼问，说市人形貌如先帝。”

为了辨明哪个典故最为贴切，兹录太白诗于下：

> 周穆八荒意，汉皇万乘尊。淫乐心不极，雄豪安足论。西海宴王母，北宫邀上元。瑶水闻遗歌，玉杯竟空言。灵迹成蔓草，徒悲千载魂。

这首诗的脉络清晰，布局巧妙。周穆王、汉武帝各自领起一串求仙问道的荒唐事，以此来观，“玉杯竟空言”必定是与汉武帝所为相关。则(1)虽符合“淫乐心不极”，却与“灵迹”无关，只是纣王想要占有的享乐俗物罢了，突出其欲望无止境，以致亡国。(3)为董仲舒著书，其中有《玉杯》一篇。通观全篇，以春秋为据，谈人君治道，确为根极理要之言。如武帝读过，却不予履行，则真成“空言”。但“瑶水”为瑶池，名词，“玉杯”还是以实物为妥，方可对仗工整。(5)为汉武帝逝后化为市井之人，售卖茂陵中物。显系虚构。包括这次在内，先帝的几次现身，是为了告诫后人：“吾虽失世，犹为汝君。奈何令吏卒上吾陵上磨刀剑乎!”而史籍中这种神乎其神的记载，无非是想说明先帝终于成仙，灵魂不散，常伴子孙左右。貌似此典相当符合“玉杯竟空言”，只不过要与“瑶水闻遗歌”对仗，还是要用武帝生前事迹，而不是后人为了安抚先帝那颗求仙的诚心，杜撰出来的“死后成仙”。(4)是诸典故中与武帝求仙最为密切的，只是玉杯与承露盘的作用一样，是用来接露水，供武帝服用玉屑的，上面没有只言片语，则“言”从何来？太白定不是以思想内容屈就声韵形式之辈，则“言”当是实指。(2)虽然写汉文帝时事，玉杯上却真有言语，即“人主延寿”。问题是，人主最终还是去了，那么玉杯之言，终究不过是一句空荡荡的吉利话，无法实现。而武帝求仙问道的目的就是长生不老、延年益寿，玉杯之言以衬其目的的落空，是非常贴切的。

王琦以典故(4)(5)来解释“玉杯空言”，前者勉强可通，后者比较牵强。萧注以典故(2)来训释，虽有“文”“武”之别，却最符合诗意，既与前一句对仗，又能充分印证末句“灵迹成蔓草，徒悲千载魂”。

例 22 《古风五十九首·其四十六》：“当涂何翕忽，失路长弃捐。”王琦曰：“太白意谓此辈幸臣，当其得志，不过翕忽之顷，一朝失宠，长于弃捐不用，盖言不足恃之意。而萧注谓得其蹊径而依附之，可以翕忽而暴贵，不得其蹊径而不依附，终于弃捐而不用，似失其解。”

在王琦之前，明代人便对此句发表了不同的看法。徐祯卿对萧注提出质疑。郭云鹏本卷二，徐祯卿曰：“此诗交刺其君臣也。”又云：“‘当途’以后，萧说未善。盖言此辈得志之人据要路则气焰挥霍，而失路者则终于弃捐而不用也。唯扬子云则闭门著书，以道自守，不以得丧为心。”这里的“此辈人”包括两种，一是策高足、占据要路的人，一是一朝失路而遭摒弃的人。两类人都不能像扬子云一样在盛世繁华中淡泊名利，安然守道。朱谏的认识与萧氏近似，曰：

> 承上言大臣接幸，居当要路，其势焰之可畏者如此，何翕赫耶！彼失路之人永遭摒斥，置于闲地，终身不蒙录用。狎昵者日以亲，疏贱者日以远，人人皆急者求进，惟有扬子云闭门草玄，澹然自守，不求闻达也。白盖以雄自拟，而讥当时之富贵者，皆为幸进之徒。按诗意谓明皇当国家全盛之日，不能养贤用人，以致于小人进而君子退，祸乱之几或明于此，此意在于言表。①

朱谏认为“当涂何翕忽”者有得势的大臣、狎昵者，而“失路长弃捐”者则是“终身不蒙录用”的失路者、疏贱者。而太白讥刺的自然是富贵幸进之徒，也就是前者，后者则是那些全盛之日不被重视的贤人君子，太白自己则如扬子云一样“澹然自守，不求闻达”。与萧注不同的是，朱谏所划分的两类人指代清晰，范围也比较广。萧注则以是否“得其蹊径”作为唯一的划分标准，未免过于狭隘。胡震亨则曰：“当途失路二语，言权势之

① ［唐］李白撰，［明］朱谏选注：《李诗选注》，《续修四库全书》第 1305 册，上海：上海古籍出版社据南京图书馆藏明隆庆六年刻本影印，1995 年，第 550 页。

人，附者升青云，忤者委沟渠，是以知几之士，杜门潜隐。”他的划分类似朱谏，附者、忤者、知几者，只是不将太白与子云对号入座，知几者也算一类，并非特指。

王琦大体接受了徐祯卿对萧注的完善改进，将“当涂何翕忽，失路长弃捐”者视为一类，全是凭借攀附谋求功名富贵之辈，境遇不同，则由攀附是否成功造成。较之明人纠结于划分标准，王氏直接点明“盖言不足恃之意”。此辈幸臣在浮华面前失去阵脚，汲汲于攀附之事，弃大道于不顾。通观太白全诗，“一百四十年，国容何赫然”领起全篇；中间“隐隐五凤楼”至“宾客如云烟”几句，泛写山川壮美，人物繁华；从“斗鸡金宫里”至“失路长弃捐”，具体写攀附之人的气焰与境遇落差；最后两句聚焦于在滚滚浮尘中固守宁静淡泊之人。落脚于此，并非为歌颂，而是深深地慨叹君主耽于享乐，宠爱佞幸，世道也跟着沉沦，君子在国势强盛的情况下，得不到应有的待遇。太白作此诗，似离长安未久，内心已感到国运将走向衰颓。结合诗意考察萧、王二注，则王注更加明晰通透。

例 25 《古风五十九首·其五十一》：“虎口何婉娈，女媭空婵娟。”此二句不大易解，当先明其写作背景。士赟曰：“此诗比兴之诗也。其作于贬责张九龄之时乎？”清陈沆撰《诗比兴笺》：“此叹明皇拒直谏之臣，张九龄、张子谅皆窜死也。”考诸史料，《资治通鉴》卷二百十四唐纪三十：“夏四月辛酉，监察御史周子谅弹牛仙客非才，引谶书为证。上怒命左右暴于殿庭，绝而后复苏；仍杖之朝堂，流瀼州，至蓝田而死。李林甫言子谅张九龄所荐也，甲子贬九龄荆州长史。……二十八年二月，荆州长史张九龄卒。”那么，此诗当作于开元二十八年(740)，张九龄去世不久。安旗则以“开元季叶之时局在李白心目中不至于此”为由，认为此诗当作于天宝十二载(753)，即

“三入长安献策不果，离去时作”①。通观太白全诗：

> 殷后乱天纪，楚怀亦已昏。夷羊满中野，菉（宋蜀本作“绿”）葹盈高门。比干谏而死，屈平窜湘源。虎口何婉娈，女媭（宋蜀本作“颜”）空婵媛。彭咸久沦没，此意与谁论。

借古讽今，感时而作，哀思怨怒不加收敛，郁勃不平之气浩荡充盈。当是受到某个具体事件的刺激，且情绪起伏较大时挥笔书就。“殷纣”“楚怀”昏暴之君，太白以此比玄宗，看似不合适，实则侧重言其“乱”“昏”，朝中奸佞当道，为人所弊。以致于“比干谏死”“屈平窜湘”这样的事，在当朝重演，而周子谅、张九龄二人的遭际恰与此同。抛开“虎口何婉娈，‘女媭空婵媛”二句，直接看末句，则这种遵循“彭咸之遗则”无悔于亡身、遭贬谪的行为，在当世是没有人能理解的②。回过头再看“虎口”二句，当是针对那些不理解贤者举动之人而发。“虎口”用叔孙通躲过一劫之事；“女媭”为屈原姊也，以屈原刚直太过，恐其将如鲧之遇祸也，故反复告诫过屈原。这两个典故的共通之处在于体现了“明哲保身”的观念，诗中以其指代那些不仅不帮助贤人，反而诟病其举谏行为的人。萧氏以为：“‘虎口何婉娈’者，诗人兴叹之辞，曰忠谏之士宁丧身而不悔。视死如归者，果何所为而然哉！亦欲其君改行，而国赖以安耳。世人悲其以谏亡身，如‘女媭之詈予’者徒多，谁能如彭咸之先后合德而可与论心者欤?”这里对“虎口”的理解有偏差，却推理出了一个正确的答案。王琦注：“虎口二句，是反言以起下文，见贤者所

① 安旗：《李白诗秘要》，西安：三秦出版社，2001 年，第 187—188 页。

② 《离骚》：“謇吾法夫前修兮，非世俗之所服。虽不周于今之人兮，愿依彭咸之遗则。”注曰：“彭咸，殷贤大夫。谏其君不听，自投水而死。”

为，众人不知，反以为非之意。”这是接受了萧氏的最终观点，却将逻辑关系梳理得更加顺畅。

例 32 《梁甫吟》：“猰貐磨牙竞人肉，驺虞不折生草茎”。士赟曰：“此乃深叹当时小人在位，为政害民，有如猰貐磨牙竞食人肉，使有道之朝，则当仁如驺虞，虽生草不履，况肯以人肉为食哉！况肯轻杀一士哉！”王琦注：“萧氏解驺虞数句，似与诗意不甚相合，当分别观之。”这里王琦对萧氏对诗句的串讲，提出一些质疑，但并未删去原注，仅提示观者读时当倍加留心。

萧氏将“猰貐磨牙竞人肉，驺虞不折生草茎”视为转折关系。也就是说，当朝的情况是“小人在位，为政害民”，而有道之朝应当仁如驺虞，不肯轻杀一士。如果仅仅强调前一句，把朝廷写成没有多少贤良的状态，则太白在其后欲起而奋争之语，全然成了毫无指望的孤军奋战，又何来末句“风云感会起屠钓，大人山儿屼當安之”的自信呢？因此，这两句还是视为平行关系比较妥当，有正、邪两种势力存在。

后来评笺者甚多，大体符合诗旨，然对这两句认识略有不同。明唐汝询《唐诗解》：“彼邪臣之肆虐如猰貐之啖人，贤者之爱才如驺虞之惜草。君苟能择用之，则我当剪除奸暴，不避险难。”清沈德潜《唐诗别裁》曰：“‘猰貐磨牙竞人肉’至‘世人见我轻鸿毛’，见君子小人并列，而人主不知，我欲起而除去邪恶，犹‘接飞猱搏调虎’，不自言苦也，以愚自谓。”前者以为“猰貐啖人”比“邪臣肆虐”，“驺虞惜草”比“贤者爱才”；后者则简化为“君子小人并列”，更宽泛一些。但二者均认为此句意在点明君主不能知人善任，太白欲剪除奸暴、去除邪恶，力争有所作为。王琦认为：“廷臣之中贤奸不一，其倾险一流，如食人之恶兽，一犯其怒，立见死亡；其忠良一流，则专一保全善类，如驺虞之不肯有伤草木。我处贫穷疏贱之中，而确然践义以行，虽屡险犯难，亦所不忌。”汲取前人精髓，阐释得更加清楚。

例 39 《山人劝酒》，士赟曰：“太白盖为明皇欲废太子瑛有所感而作是诗也。……时卢鸿、王希夷隐居嵩山，李元恺、吴筠之徒，皆以隐逸称。或召至阙庭，或遣问政事，徒尔高议阔论，然未有能如四皓之一言而太子得不易也。末句曰‘浩歌望嵩岳，意气还相倾’亦深不满于当时嵩、岳之隐者欤。”明胡震亨的观点大致与萧氏相同，《唐音癸签》卷二十一诂笺六：“山人劝酒，琴曲，咏四皓出佐太子事。末云‘浩歌望嵩岳，意气遥相倾’，嵩岳非商颜地。用此者，明皇时卢鸿一、王希夷诸人皆隐居嵩山，时蒙征召顾问太子瑛之废，诸人并无一言救止如四皓，致不满意耳。”这在萧注的基础上更明确地提出了“嵩岳非商颜地”的问题。那么隐居嵩岳者究竟指谁，便成了理解诗意的关键所在。通观太白全诗：

> 苍苍云松，落落绮皓。春风尔来为阿谁？蝴蝶忽然满芳草。秀眉霜雪颜桃花，骨青髓绿长美好。称是秦时避世人，劝酒相欢不知老。各守麋鹿志，耻随龙虎争。歘起佐太子，汉皇乃复惊。顾谓戚夫人，彼翁羽翼成。归来商山下，泛若云无情。举觞酹巢由，洗耳何独清。浩歌望嵩岳，意气还相倾。

首二句以云松起兴，赞美四皓卓尔不群。三、四句言岁时推移，春风悄至，蝴蝶蹁跹。五至八句形容四皓色如桃花，骨骼强健，在悠悠岁月中怡然自得，不知老之将至。九至十四句，言其原本高洁出世，一遭风云际会期，便歘起辅佐，稳定江山。这是将史书中浓墨重彩的记载，以清淡流利的笔墨点染出来。十五句之后便跳出历史实录的范畴，虚构一幅重返商山的美丽图景——不恋人世功名，安于恬淡自由的隐居生活。举杯对饮，邀约远方异代知音，意气在百代流转中挥洒飞扬。整首诗充满了由衷的赞美，也寄予了诗人的理想——能够成就不凡的功业，拥有最完美的人格；功成身退，则可逍遥于山水，隐遁于诗酒，举杯与高士畅饮，心意与前贤相通，亦可称无悔无愧矣！在虚构的场景中，四皓是绝对的主角，“举觞”“望岳”都是他们做出的动作，而非太白陡然加入自己的活动。很明显，隐居嵩岳者当是倾心相约的对象——巢父、许由。

故知，萧注讥刺“独清”之说，过于倾心时事，而对全诗主旨、意境及行文脉络把握不足。王琦注曰：“此诗大意美四皓，当暴秦之际，能避世隐居，及汉有天下，虽一出而辅佐太子，乃功成身退，曾不系情爵位，真可以希风巢、许者矣。箕山、颍水是二子洗耳盘桓之地，俱在嵩山，故望之而慨焉生慕，巢、由如在，意气可以相倾，此正尚友古人之意。初无讥评独清之说，明皇一证，其见左矣。”良是。

综合以上各例，我们可以看出王琦在吸收萧注时下了一番苦功。第一，他尽可能剔除萧注中浓重的时政比附。虽然不一定完全正确，但能首先关照太白诗意与诗境，这种以文本为优先的客观态度是极为可贵的。第二，如果认为萧氏的观点是正确的，则会借鉴其思路及注释方式，补充更多有价值的论据。第三，如果萧氏的观点可取，但论证不够清晰，则调整其论证思路，力求逻辑严密，条理清晰。第四，积极汲取前人研究成果，仔细鉴别分析，将合理成分注入萧注。第五，将萧注所持观点向前推进一步，在弥补不足的同时，将正确的那部分表达得更加圆满透彻。第六，善于在驳斥萧氏观点的基础上，逐步建立自己的理论，极大提高了可信度与准确度。当然，王琦在吸收萧注时，也有其保守的一面，造成“错上加错”的负面效果。然而瑕不掩瑜，王琦的努力使萧注的价值得以充分发挥。

结　语

作为现存最早的李白诗注本，《分类补注李太白诗》在学术史上具有重要的地位。可以说它是李白诗歌传播过程中不可忽视的一个环节。杨齐贤、萧士赟两位注者为此倾注了大量的心血，付出了巨大的努力。后世往往诟病杨、萧注繁杂，但在南宋末年诗文评点逐步兴起的情况下，坚持传统诗文笺注极为重要。注本中保藏了数量惊人的文献资料，对于读者理解原诗甚为有用，扫除了不少因年代差异而产生的词句理解障碍。从创作论的角度而言，杨、萧注在征引前人诗文时不厌其详，尤其注重引用前人同体裁、同题材、同手法、同源流的作品来注释李诗。这使观者在对比中见识到李诗的继承与创新，逐步体会到李诗并非羚羊挂角，无迹可寻，也是在不断借鉴、学习前人成果的基础上逐步积累创作经验的。

然而，将注本与李白诗通读之后，不难发现二者之间似有一层隔膜。萧士赟有意在注释中倾注爱国忠君的思想，"无一字无来处"的理念，竟使得李诗读来恍惚有杜诗的"沉郁"之气，多了些老成厚重，少了些轻灵飘逸。在宋末元初那种政治与学术氛围中，这种注释与诗歌气质上的冲突还不大明显。时过境迁，后世刊刻者及注家便清楚地意识到这一点，遂对原注不断进行删改、辨析。这是《分类补注李太白诗》在流传过程中出现删节本系统的一个重要原因，也是王琦等注家在吸收杨、萧注时特别关注的地方。这其中有成功之处，自然也有修改得矫枉过正的地方。笔者在研究《分类补注李太白诗》版本系统时，对此进行了深入的分析与考辨。

短短的四章及附录(《〈分类补注李太白诗〉征引集部文献考》)不足以充分发掘杨、萧注的价值，笔者拟进行以下后续研究。第一，接着完成附录的工作，对注释中征引经、史、子三类文献的数量、比例予以统计。第二，对注释中征引的稀见散佚文献进行考察，突出杨、萧注的文献价值。例如杨注中《吴氏语录》《述征记》《吕居仁语录》《浔阳记》《交州异物志》《虞衡志》《南兖州记》《会稽志》《华山记》《成都记》《凉州记》《图经》等，均有一定的文献价值。萧注中常征引《春秋元命苞》，此书为纬书代表作，假托神意解释经典。在西晋、后赵、前秦、北魏、南朝刘宋、萧梁、隋、元、明九个王朝十三次被查禁，引文可对现存黄奭辑《春秋元命苞》一卷清刻本起到补充作用。诸如此类，还有许多。第三，专门研究杨、萧二人对乐府诗的注释。李白是《乐府诗集》中收入诗歌最多、使用曲调最多的诗人，是传播乐府学的大家。杨、萧二人在阐释李白作品时甚少从乐府学本身发展的角度来看，但乐府诗涉及许多本事，注家可能会抄录别人或自己挖掘。这就会对乐府学做出一定的贡献，所以很值得研究。笔者拟将《分类补注李太白》与《乐府诗集》，其他注释乐府诗的注本进行比照，探索杨、萧注中体现出的乐府学思想。

参考文献

[1][唐]李白撰，[宋]宋敏求，[宋]曾巩等编．李太白文集[M]. 成都：巴蜀书社影印宋蜀刻本，1986.

[2][唐]李白撰，[宋]杨齐贤集注，[元]萧士赟补注．分类补注李太白诗[Z]. 北京：北京图书馆出版社影印本，2003.

[3][唐]李白撰，[宋]杨齐贤集注，[元]萧士赟补注．分类补注李太白诗[Z]. 建安余氏勤有堂刻明修本，元(1217—1368).

[4][唐]李白撰，[宋]杨齐贤集注，[元]萧士赟补注．分类补注李太白诗[Z].[宋]薛仲邕．唐翰林李太白年谱[Z]. 建安余氏勤有堂刻本，元(1271—1368).

[5][唐]李白撰，[宋]杨齐贤集注，[元]萧士赟补注．分类补注李太白诗[M]. 东京：汲古书院影印本，2005—2006.

[6][唐]李白撰，[宋]杨齐贤集注，[元]萧士赟补注．分类补注李太白诗文[Z]. 郭云鹏宝善堂刻本，明嘉靖二十二年(1543).

[7][唐]李白撰，[宋]杨齐贤集注，[元]萧士赟补注．分类补注李太白诗文[Z]. 郭云鹏宝善堂刻本，明嘉靖二十三年(1544).

[8][唐]李白撰，[宋]杨齐贤集注，[元]萧士赟补注．李太白集分类补注[M]. 台北：台湾商务印书馆影印，1983.

[9][唐]李白撰，[宋]杨齐贤注，[元]萧士赟补注．分类补注李太白诗[M]. 上海：上海书店影印本，1989.

[10][唐]李白撰，[宋]杨齐贤撰，[元]萧士赟补注．分类补注李太白诗//商务印书馆四库全书工作委员会编．文津阁四库全书[M]. 北京：商务印书馆影印本，2005.

[11][唐]李白撰，[宋]杨齐贤撰，[元]萧士赟补注．分类补注李太白

诗//[宋]薛仲邕．唐翰林李太白年谱[Z]. 玉几山人刻本，明嘉靖二十五年(1546).
[12][唐]李白撰，[宋]杨齐贤集注，[元]萧士赟补注．分类补注李太白诗[Z]. 长洲许自昌刻本，明万历三十年(1602).
[13][唐]李白撰，[宋]杨齐贤集注，[元]萧士赟补注．分类补注李太白诗[Z].[唐]李白．分类编次李太白文[Z]. 霏玉斋刻本，明(1368—1644).
[14][唐]李白，杜甫撰，[明]刘世教辑．合刻分体李杜全集[Z]. 北京：全国图书馆文献缩微中心，1988.
[15][唐]李白撰，[明]朱谏选注．李诗选注[Z]. 朱守行刻本，明隆庆六年(1572).
[16][唐]李白撰，[明]朱谏选注．李诗选注[Z]. 北京：全国图书馆文献缩微中心，1986.
[17][唐]李白撰，[明]林兆珂述注．李诗钞述注[Z]. 明万历间(1573—1620).
[18][唐]李白，杜甫撰，[明]胡震亨．李杜诗通[Z]. 北京：全国图书馆文献缩微中心，1988.
[19][唐]李白撰，[清]王琦注．李太白全集[M]. 北京：中华书局，1977.
[20][唐]李白．李翰林集：当涂本[M]. 合肥：黄山书社影印，2004.
[21][唐]李白撰，瞿蜕园，朱金城校注．李太白集校注[M]. 上海：上海古籍出版社，1980.
[22][唐]李白撰，詹锳主编．李白全集校注汇释集评[M]. 天津：百花文艺出版社，1996.
[23][唐]李白撰，安旗主编．新版李白全集编年注释[M]. 成都：巴蜀书社，2000.
[24][唐]李白．李太白文集[Z]. 东京：汲古书院影印，2006.
[25][清]黄锡珪编．李太白年谱[M]. 北京：作家出版社，1958.
[26]中华书局编辑．李白研究论文集[M]. 北京：中华书局，1964.
[27]郭沫若．李白与杜甫[M]. 北京：人民文学出版社，1971.
[28]王伯祥编．增订李太白年谱[M]. 成都：四川人民出版社，1981.

[29]裴斐．李白十论[M]．成都：四川人民出版社，1981.
[30]安旗，薛天纬编．李白年谱[M]．济南：齐鲁书社，1982.
[31]詹锳．李白诗论丛[M]．北京：人民文学出版社，1984.
[32]詹锳．李白诗文系年[M]．北京：人民文学出版社，1984.
[33]李从军．李白考异录[M]．济南：齐鲁书社，1986.
[34]乔象钟．李白论[M]．济南：齐鲁书社，1986.
[35]平冈武夫编．李白的作品[M]．上海：上海古籍出版社影印本，1989.
[36]花房英树编．李白歌诗索引//平冈武夫主编．唐代研究指南第八[C]．上海：上海古籍出版社，1991.
[37]裴斐，刘善良编．李白资料汇编：金元明清之部[M]．北京：中华书局，1994.
[38]松浦友久撰，刘维治译．李白诗歌抒情艺术研究[M]．上海：上海古籍出版社，1996.
[39]松浦友久．李白的客寓意识及其诗思[M]．北京：中华书局，1996.
[40]杨文雄．李白诗歌接受史[M]．台北：五南图书出版公司，2000.
[41]林庚．诗人李白[M]．上海：上海古籍出版社，2000.
[42]安旗．李白诗秘要[M]．西安：三秦出版社，2001.
[43]郁贤皓．李白与唐代文史考论[M]．南京：南京师范大学出版社，2008.
[44]金涛声，朱文彩编．李白资料汇编：唐宋之部[M]．北京：中华书局，2007.
[45][清]阮元校刻．十三经注疏[M]．北京：中华书局，1980.
[46][清]马瑞辰撰，陈金生点校．毛诗传笺通释[M]．北京：中华书局，1989.
[47][清]王先谦撰，吴格点校．诗三家义集疏[M]．北京：中华书局，1987.
[48][清]胡渭撰，邹逸麟整理．禹贡锥指[M]．上海：上海古籍出版社，2006.
[49][清]孙希旦撰，沈啸寰，王星贤点校．礼记集解[M]．北京：中华书局，1989.

[50]杨伯峻编注．春秋左传注[M]. 北京：中华书局，1982.
[51][汉]董仲舒．春秋繁露[M]. 上海：上海古籍出版社，1989.
[52][清]刘宝楠撰，高流水点校．论语正义[M]. 北京：中华书局，1982.
[53][清]焦循撰，沈从倬点校．孟子正义[M]. 北京：中华书局，1987.
[54][宋]朱熹．四书章句集注[M]. 北京：中华书局，1983.
[55][汉]司马迁．史记[M]. 北京：中华书局，1982.
[56][汉]班固撰，[唐]颜师古注．汉书[M]. 北京：中华书局，2000.
[57][晋]陈寿撰，[宋]裴松之注．三国志[M]. 北京：中华书局，2005.
[58][南朝宋]范晔撰，[唐]李贤等注．后汉书[M]. 北京：中华书局，1965.
[59][梁]沈约．宋书[M]. 北京：中华书局，2003.
[60][梁]萧子显．南齐书[M]. 北京：中华书局，2003.
[61][北齐]魏收．魏书[M]. 北京：中华书局，2003.
[62][唐]姚思廉．梁书[M]. 北京：中华书局，2003.
[63][唐]房玄龄等．晋书[M]. 北京：中华书局，2008.
[64][唐]魏征．隋书[M]. 北京：中华书局，2002.
[65][唐]李延寿．南史[M]. 北京：中华书局，2003.
[66][唐]李延寿．北史[M]. 北京：中华书局，2003.
[67][唐]刘知几撰，[清]浦起龙释．史通通释[M]. 上海：上海古籍出版社，1978.
[68][后晋]刘昫．旧唐书[M]. 北京：中华书局，2002.
[69][宋]欧阳修，宋祁．新唐书[M]. 北京：中华书局，2003.
[70][宋]薛居正．旧五代史[M]. 北京：中华书局，2003.
[71][宋]欧阳修撰，[宋]徐无党注．新五代史[M]. 北京：中华书局，2002.
[72][宋]司马光编撰，[元]胡三省音注．资治通鉴[M]. 北京：中华书局，2005.
[73][元]脱脱等．宋史[M]. 北京：中华书局，2004.
[74][北魏]郦道元撰，陈桥驿校证．水经注校证[M]. 北京：中华书局，2007.

[75][唐]长孙无忌等撰，刘俊文点校．唐律疏议笺解[M]．北京：中华书局，1996.
[76][唐]吴兢撰，谢宝成集校．贞观政要集校[M]．北京：中华书局，2003.
[77][唐]李林甫等撰，陈仲夫点校．唐六典[M]．北京：中华书局，1992.
[78][唐]杜佑．通典[M]．北京：中华书局，1988.
[79][唐]李吉甫撰，贺次君点校．元和郡县图志[M]．北京：中华书局，1983.
[80][唐]林宝撰，岑仲勉校记．元和姓纂[M]．北京：中华书局，1994.
[81][宋]王溥．唐会要[M]．北京：中华书局，1955.
[82][宋]乐史撰，王文楚等点校．太平寰宇记[M]．北京：中华书局，2007.
[83][宋]晁公武撰，孙猛校证．郡斋读书志校证[M]．上海：上海古籍出版社，1990.
[84][宋]罗泌．路史[Z]．北京：北京图书馆出版社影印本，2003.
[85][宋]祝穆撰，[宋]祝洙增订，施和金点校．方舆胜览[M]．北京：中华书局，2003.
[86][宋]陈振孙．直斋书录解题[M]．上海：上海古籍出版社，1987.
[87][宋]王应麟撰，张保见校注．通鉴地理通释校注[M]．成都：四川大学出版社，2009.
[88][明]胡琏等纂修．永州府志[Z]．北京：全国图书馆缩微文献复制中心，1992.
[89][清]赵翼撰，王树民校证．廿二史札记校证[M]．北京：中华书局，1984.
[90][清]王谟辑．汉唐地理书钞：附麓山精舍辑本六十六种[M]．北京：中华书局，1961.
[91][清]钱大昕．廿二史考异[M]．北京：中华书局，1985.
[92][清]嘉庆．嘉庆重修一统志[M]．上海：上海书店，1984.
[93][清]徐松撰，孟二冬补正．登科记考补正[M]．北京：北京燕山出版社，2003.

[94][清]莫友芝撰，傅增湘订补，傅熹年整理．藏园订补郘亭知见传本书目[M]. 北京：中华书局，2009.
[95][春秋]老子撰，[魏]王弼注，楼宇烈校释．老子道德经注校释[M]. 北京：中华书局，2008.
[96][战国]庄子撰，[清]郭庆藩集释，王孝鱼点校．庄子集释[M]. 北京：中华书局，2004.
[97][汉]佚名撰，何清谷校释．三辅黄图校释[M]. 北京：中华书局，2005.
[98][三国魏]王弼撰，楼宇烈校释．王弼集校释[M]. 北京：中华书局，1980.
[99][南朝宋]刘义庆撰，[南朝梁]刘孝标注，余嘉锡笺疏，周祖谟，余淑宜，周士琦整理．世说新语笺疏[M]. 北京：中华书局，2007.
[100][唐]欧阳询撰，汪绍楹校．艺文类聚[M]. 北京：中华书局，1965.
[101][唐]封演撰，赵贞信校注．封氏闻见记校注[M]. 北京：中华书局，2005.
[102][宋]李昉等．太平御览[M]. 北京：中华书局影印本，1960.
[103][宋]王应麟辑．玉海[M]. 扬州：广陵书社，2003.
[104][宋]张载撰，章锡琛点校．张载集[M]. 北京：中华书局，1978.
[105][宋]朱熹编，张伯行集解：《近思录》，北京：中华书局，1985.
[106][宋]黎靖德编，王星贤点校．朱子语类[M]. 北京：中华书局，1986.
[107][宋]陆九渊撰，钟哲点校．陆九渊集[M]. 北京：中华书局，1980.
[108][明]陶宗仪辑．说郛[Z]. 台北：台湾商务印书馆影印本，1983.
[109][明]杨慎．丹铅总录[Z]. 北京：国家图书馆善本阅览室藏明刻本．
[110][清]马国翰辑．玉函山房辑佚书[M]. 扬州：广陵书社影印本，2004.
[111][清]黄奭编校．汉学堂知足斋丛书[M]. 北京：书目文献出版社影印本，1992.
[112][清]顾炎武撰，黄汝成集释，栾保群，吕宗力校点．日知录集释：

全校本[M]. 上海：上海古籍出版社，2006.
[113][清]陈运溶辑撰．麓山精舍丛书[M]. 长沙：岳麓书社影印本，2008.
[114][西汉]刘向辑，[东汉]王逸注，[宋]洪兴祖补注，白化文等点校．楚辞补注[M]. 北京：中华书局，1983.
[115][三国魏]曹操．曹操集[M]. 北京：中华书局，1959.
[116][三国魏]曹植撰，赵幼文校注．曹植集校注[M]. 北京：人民文学出版社，1984.
[117][三国魏]阮籍撰，陈伯君校注．阮籍集校注[M]. 北京：中华书局，1987.
[118][晋]陶潜撰，逯钦立校注．陶渊明集[M]. 北京：中华书局，1979.
[119][南朝宋]谢灵运撰，顾绍柏校注．谢灵运集校注[M]. 台北：里仁书局，2004.
[120][南朝宋]鲍照撰，黄节注．鲍参军诗注[M]. 北京：中华书局，2008.
[121][南朝齐]谢朓撰，曹融南校注集说．谢宣城集校注[M]. 上海：上海古籍出版社，1991.
[122][梁]萧统编，[唐]李善注．文选[M]. 上海：上海古籍出版社，1986.
[123][陈]徐陵编，[清]吴兆宜注，[清]程琰删补，穆克宏点校．玉台新咏笺注[M]. 北京：中华书局，1985.
[124][北朝周]庾信撰，[清]倪璠注．庾子山集注[M]. 北京：中华书局，1980.
[125][唐]孟浩然撰，徐鹏校注．孟浩然集校注[M]. 北京：人民文学出版社，1989.
[126][唐]王维撰，陈铁民校注．王维集校注[M]. 北京：中华书局，1997.
[127][唐]高适撰，刘开扬笺注．高适诗集编年笺注[M]. 北京：中华书局，1981.
[128][唐]岑参撰，陈铁民，侯忠义校注，陈铁民修订．岑参集校注[M].

上海：上海古籍出版社，2004.
[129][唐]杜甫撰，[清]仇兆鳌注．杜诗详注[M]．北京：中华书局，1979.
[130][唐]韩愈撰，钱仲联校注．韩昌黎诗系年集释[M]．上海：上海古籍出版社，1984.
[131][唐]柳宗元．柳宗元集[M]．北京：中华书局，1979.
[132][唐]白居易撰，谢思炜校注．白居易诗集校注[M]．北京：中华书局，2006.
[133][唐]元稹撰，冀勤点校．元稹集[M]．北京：中华书局，1982.
[134][唐]刘禹锡撰，瞿蜕园笺证．刘禹锡集笺证[M]．上海：上海古籍出版社，1989.
[135][唐]杜牧撰，冯集梧注．樊川诗集注[M]．上海：上海古籍出版社，1978.
[136][唐]李商隐撰，刘学锴，余恕诚笺注．李商隐诗歌集解[M]．北京：中华书局，2004.
[137][宋]李昉等编．文苑英华[M]．北京：中华书局影印本，1982.
[138][宋]欧阳修撰，李逸安点校．欧阳修全集[M]．北京：中华书局，2001.
[139][宋]曾巩撰，陈杏珍，晁继周点校．曾巩集[M]．北京：中华书局，1984.
[140][宋]苏轼撰，[清]王文诰辑注，孔凡礼点校．苏轼诗集[M]．北京：中华书局，1982.
[141][宋]郭茂倩编．乐府诗集[M]．北京：中华书局，1979.
[142][宋]黄庭坚撰，[宋]任渊等注，刘尚荣点校．黄庭坚诗集注[M]．北京：中华书局，2003.
[143][宋]苏辙撰，曾枣庄，马德富点校．栾城集[M]．上海：上海古籍出版社，2009.
[144][宋]陆游撰，钱仲联校注．剑南诗稿校注[M]．上海：上海古籍出版社，2005.
[145][宋]计有功撰，王仲镛校笺．唐诗纪事校笺[M]．北京：中华书局，2007.

[146][宋]萧立之．萧冰崖诗集拾遗[Z]．北京：全国图书馆文献缩微中心，1985.
[147][清]彭定求等编，中华书局编辑部点校．全唐诗[M]．北京：中华书局，2008.
[148][清]陈元龙编．历代赋汇[M]．南京：凤凰出版社影印本，2004.
[149][清]沈德潜选．古诗源[M]．北京：中华书局，2006.
[150][清]董诰等编．全唐文[M]．北京：中华书局影印本，1983.
[151][清]何文焕辑．历代诗话[M]．北京：中华书局，2004.
[152][清]刘熙载撰，袁津琥校注．艺概注稿[M]．北京：中华书局，2009.
[153][清]杜文澜辑，周绍良点校．古谣谚[M]．北京：中华书局，1958.
[154]郭绍虞．宋诗话考[M]．北京：中华书局，1979.
[155]郭绍虞辑．宋诗话辑佚[M]．北京：中华书局，1980.
[156]郭绍虞，富寿荪编．清诗话续编[M]．上海：上海古籍出版社，1983.
[157]丁福保辑．历代诗话续编[M]．北京：中华书局，2006.
[158]万曼．唐集叙录[M]．北京：中华书局，1980.
[159]叶秀山．思·史·诗：现象学和存在哲学研究[M]．北京：人民出版社，1988.
[160]王运熙，杨明．隋唐五代文学批评史[M]．上海：上海古籍出版社，1994.
[161]陈伯海主编．唐诗汇评[M]．杭州：浙江教育出版社，1995.
[162]陶敏编．全唐诗人名考证[M]．西安：陕西人民教育出版社，1996.
[163]佟培基编．全唐诗重出误收考[M]．西安：陕西人民教育出版社，1996.
[164]孙启治，陈建华编．中国古佚书辑本目录：附考证[M]．北京：中华书局，1997.
[165]河北大学中文系、古籍所编．詹锳先生八十华诞纪念文集[C]．保定：河北大学出版社，1998.
[166]傅璇琮主编．唐五代文学编年史[M]．沈阳：辽海出版社，1998.
[167]赵园．明清之际士大夫研究[M]．北京：北京大学出版社，1999.

[168]孙琴安．中国评点文学史[M]．上海：上海社会科学出版社，1999.
[169]郝润华．《钱注杜诗》与诗史互证[M]．合肥：黄山书社，2000.
[170]王友胜．苏诗研究史稿[M]．长沙：岳麓书社，2000.
[171]郁贤皓．唐刺史考全编[M]．合肥：安徽大学出版社，2000.
[172]周勋初．周勋初文集[M]．南京：江苏古籍出版社，2000.
[173]尚学锋，过常宝，郭英德．中国古典文学接受史[M]．济南：山东教育出版社，2000.
[174]于立君，王安节．中国诗文评点史研究[M]．长春：时代文艺出版社，2001.
[175]张伯伟．中国古代文学批评方法研究[M]．北京：中华书局，2002.
[176]詹福瑞主编．中国诗体丛书[M]．保定：河北大学出版社，2004.
[177]傅璇琮，罗联添主编．唐代文学研究论著集成[M]．西安：三秦出版社，2004.
[178]岑仲勉．唐人行第录：外三种[M]．北京：中华书局，2004.
[179]吴云编．20世纪中古文学研究[M]．天津：天津古籍出版社，2004.
[180]金开诚，葛兆光．古诗文要籍叙录[M]．北京：中华书局，2005.
[181]詹福瑞．南朝诗歌思潮[M]．保定：河北大学出版社，2005.
[182]詹福瑞．中古文学理论范畴[M]．北京：中华书局，2005.
[183]王运熙．乐府诗述论（增补本）[M]．上海：上海古籍出版社，2006.
[184]蔡锦芳．杜诗版本及撰作研究[M]．上海：上海大学出版社，2007.
[185]邓莹辉．两宋理学美学与文化研究[M]．武汉：华中师范大学出版社，2007.
[186]吴平，回达强主编．楚辞文献集成[M]．扬州：广陵书社影印本，2008.
[187]郁贤皓．唐风馆杂稿续集[M]．合肥：安徽大学出版社，2008.
[188]李红霞．注释学与诗文注释研究[M]．北京：中国大地出版社，2008.

[189]洪汉鼎．当代哲学诠释学导论[M]．台北：五南图书出版股份有限公司，2008.
[190]赵荣蔚．唐五代别集叙录[M]．北京：中国言实出版社，2009.
[191]赵昌智，顾农主编．李善文选学研究[M]．扬州：广陵书社，2009.
[192]巩本栋．宋集传播考论[M]．北京：中华书局，2009.
[193]毛水清．唐诗写本残卷校考札记[J]．南宁师院学报，1983(1)(2).
[194]詹锳，杨庆华．《分类补注李太白诗》及其不同版本[J]．河北大学学报，1987(4).
[195]芳村弘道著，詹福瑞译．元版《分类补注李太白诗》与萧士赟[J]．河北大学学报，1993(2).
[196]李嘉瑜．元人对李白及其诗的诠释[J]．中山人文学报，1999(2).
[197]刘崇德．日本学者芳村弘道《分类补注李太白诗》研究述要//刘崇德．敝帚集[M]．保定：河北大学出版社，2001.
[198]胡振龙．李白佚诗文存目小辑[J]．中国典籍与文化，2003(1).
[199]胡振龙．李白诗古注本研究[D]．南京：南京师范大学，2003.
[200]俞明．历史名胜与中国古代文学[D]．南京：南京师范大学，2003.
[201]鲍远航．《水经注》文献学文学研究[D]．北京：首都师范大学，2004.
[202]黄英．李白诗歌中并列式复合词研究[D]．成都：四川大学，2004.
[203]胡振龙．略论王琦《李太白全集》的校勘[J]．古籍整理研究学刊，2005(3).
[204]吴淑玲．仇兆鳌及《杜诗详注》研究[D]．保定：河北大学，2005.
[205]梁桂芳．杜甫与宋代文化[D]．济南：山东大学，2005.
[206]姜玉芳．我诗故我在——杜甫与唐代文化[D]．济南：山东大学，2005.
[207]柯卓英．唐代的文学传播研究[D]．西安：陕西师范大学，2006.
[208]范伟军．黄生及其《杜诗说》研究[D]．合肥：安徽大学，2006.
[209]黄桂凤．唐代杜诗接受研究[D]．北京：北京师范大学，2006.
[210]胡振龙．读李白集古注本札记[J]．文献，2007(3).
[211]吉文斌．李白乐辞述考[D]．上海：华东师范大学，2008.

附录 《分类补注李太白诗》征引集部文献考

一、征引文献次数及比例

杨、萧注中大量征引四部典籍，其中次数最多的就是集部。两位注家在征引集部文献时比较随意，有时标明著作或单篇的名字，有时又只称诗人名号，且名称使用混乱，不利于探索李诗的创作方法与渊源问题。故有必要特别对集部文献的征引情况进行量化分析考察。笔者列图表如下：

表1 征引集部文献次数

引用集部文献总次数(降序)	作者（注本中各种称谓）	著作或单篇次数(注本中标出篇名，却不标明作者之处)
390	—	《楚辞》(《楚词》)
381	鲍明远(照)	《芜城赋》十一，《舞鹤赋》七，《结客少年场》十一，《咏史诗》二，《北门行》一，《观漏赋》一，《出自蓟北门行》五，《朗月行》一，《代白纻歌词》六，《东武吟》四，《野鹤赋》二，《游思赋》二，《登大雷岸与妹书》六，《尺蠖赋》一
301	江文通(淹)	《恨赋》二十五，《别赋》五十二，《扇诗》二，《狱中书》一，《杂三言访道经》三，《山中楚辞》一，《谒建平王上书》一

续表

引用集部文献总次数(降序)	作者(注本中各种称谓)	著作或单篇次数(注本中标出篇名，却不标明作者之处)
300	曹子建(植，陈思王)	《洛神赋》二十五，《七启》二十五，《妾薄相行》一，《与吴质书》五，《明都篇》一，《美女篇》四，《名都篇》六，《与杨修书》一，《白马篇》七，《七哀诗》六，《求通亲亲表》五，《求自试表》二，《善哉行》一，《远游诗》二，《结客篇》一
297	谢灵运	《游赤石进帆海诗》二，《拟魏太子邺中集序》一，《游名山志》二，《登石门最高顶》二，《山居赋》二，《七里濑》二，《入彭蠡湖口》二
294	无名氏	《古诗十九首》
258	萧统(昭明太子)编	《文选》(《选》)，《陶渊明传》二
250	陆士衡(机)	《辨亡论》二，《叹逝赋》三，《云赋》二，《长歌行》一，《乐府》八，《吊魏武帝文》一，《猛虎行》一，《挽歌》一，《门有车马客行》五，《挽诗》二，《思归赋》一，《文赋》十，《演连珠》四，《应嘉赋》一，《浮云赋》一，《鼈赋》一，《拟涉江采芙蓉》一，《谢平原内史表》一
196	陶渊明(潜)	《扇上画赞》一，《归去来兮辞》十三，《桃花源记》五，《问来使》一，《感士不遇赋》二

续表

引用集部文献总次数(降序)	作者(注本中各种称谓)	著作或单篇次数(注本中标出篇名,却不标明作者之处)
141	张平子(衡)	《思玄赋》十一,《东都赋》四十七,《西京赋》六十八,《归田赋》三,《七辩》五,《四愁诗》九
124	扬(杨)子云(雄)	《羽猎赋》三十三,《长杨赋》三十四,《解嘲》十四,《甘泉赋》二十九,《橄灵赋》二,《校猎赋》五,《河东赋》五,《解难》一,《益州箴》一
123	班孟坚(固)	《宾戏》八,《西都赋》九十,《东都赋》九,《辟雍诗》一,《明堂诗》二,《幽通赋》四,《灵台诗》一,《白雉诗》一,《燕然山铭》四,《答宾戏》三
123	郭景纯(璞)	《江赋》五十一,《游仙诗》十三
117	宋玉	《高唐赋》八,《神女赋》十七,《好色赋》四,《招魂赋》五,《招魂》十九,《风赋》八,《大言赋》八,《小言赋》一,《九辩》十,《舞赋》九,《笛赋》三
113	谢玄晖(朓)	《临楚江赋》一,《酬德赋》三,《玉阶怨》一,《鼓吹曲》二,《晚登三山还望京邑》三,《观朝雨诗》一,《拜中军记室辞隋王笺》一,《张子房诗》一,《之宣城出新林浦向板桥》一,《登三山望京邑》一
112	阮嗣宗(籍)	《通老论》一

续表

引用集部文献总次数(降序)	作者(注本中各种称谓)	著作或单篇次数(注本中标出篇名，却不标明作者之处)
108	左太冲(思)	《吴都赋》四十四，《蜀都赋》四十七，《魏都赋》十七
96	沈休文(约)	《愍涂赋》二，《齐安陆昭王碑文》一，《新安江水至清浅深见底诗》一，沈约撰《齐安陆昭王碑文》
95	司马长卿(相如)	《子虚赋》二十八，《上林赋》四十一，《封禅书》十，《长门赋》十五，《谏猎书》一
88	潘安仁(岳)	《寡妇赋》六，《射雉赋》八，《关中诗》三，《怀旧赋》三，《笙赋》四，《闲居赋》四，《秋兴赋》五，《西征赋》二
74	屈原	《离骚》五十二，《九章》二，屈原《卜居》八，《东皇太一》一，《渔父》五，《怀沙赋》五，《哀郢》一
73	木玄虚(华)	《海赋》七十三
73	张景阳(协)	《七命》二十九
71	魏文帝	《柳赋》一，《燕歌行》一，《秋霖赋》一，《喜霁赋》一
70	王仲宣(粲)	《登楼赋》六，《秋胡行》四，《刀铭》一，《赠蔡睦诗》一，《七释》一
67	苏子卿(武)	—
63	刘越石(琨)	—
61	贾谊	《鵩赋》九，《过秦论》十四，《吊屈原赋》二，《惜誓》一

续表

引用集部文献总次数（降序）	作者（注本中各种称谓）	著作或单篇次数（注本中标出篇名，却不标明作者之处）
60	嵇叔夜（康）	《琴赋》十三，《养生论》一，《与山巨源绝交书》一
52	曹孟德（操，魏武帝，魏公）	《短歌行》十三，《苦寒行》十一
48	王逸	《九思》一
47	李少卿（陵）	《与苏武书》一
38	何晏	《景福殿赋》三十八
36	邹阳	《吴王书》一
34	孔德璋（稚圭）	《北山移文》三十二
31	谢惠连	《雪赋》十四
29	王子渊（褒）	《洞箫赋》二，《甘泉颂》一，《四子讲德论》四，《圣主得贤臣颂》五
27	王羲之	《兰亭序》三
27	王文考（延寿）	《鲁灵光殿赋》
26	傅休义（玄）	《鹰赋》二，《西都赋》一，《拟楚篇》二，《日升歌》一，《鹰兔赋》一，《拟天问》三，《拟楚词》一
26	马融	《长笛赋》四，《广成颂》九
25	刘孝标	《辨命论》七，《重答刘秣陵沼书》（《与刘沼书》）二，《广绝交论》十六
25	颜延年（延之）	《祭屈原文》一，《赭白马赋》十九，《陶征士诔》三，《应诏观北湖田收》一，《向常侍》一

续表

引用集部文献总次数(降序)	作者(注本中各种称谓)	著作或单篇次数(注本中标出篇名，却不标明作者之处)
24	淮南小山	《招隐赋》十
24	张载	—
23	谢宣远(瞻)	—
23	蔡文姬(琰)	《胡笳十八拍》二十一，《悲愤诗》一
23	蔡伯喈(邕)	《琴操》十八，《明堂论》一，《独断》二，《释诲》二
23	任彦升(昉)	《为范尚书让吏部封侯第一表》一，《策秀才文》一
22	张茂先(华)	《博物志》十一，《鹪鹩赋》七
21	范彦龙(云)	—
21	班婕妤	《怨歌行》六，《自悼赋》一
21	陆士龙(云)	《九愍》二
20	司马迁	《悲士不遇赋》一，《报任安书》一
19	谢希逸(庄)	《月赋》十八
19	孙兴公(绰)	《天台赋》六
19	枚叔(乘)	《七发》十七，《兔园赋》二
17	桓谭	《新论》
15	卢子谅(谌)	《赠刘琨诗》一
15	王康琚	—
15	班彪	《王命论》五，《西征赋》十
14	徐敬业	—

续表

引用集部文献总次数(降序)	作者（注本中各种称谓）	著作或单篇次数(注本中标出篇名，却不标明作者之处)
14	陈孔璋(琳)	《檄吴将部曲文》七，《饮马长城窟行》一
14	成公绥	《啸赋》十二，《大河赋》一，《琵琶赋》一
12	何敬祖(劭)	—
11	石季伦(崇)	《思归引序》一，《王明君序》一
10	宗懔	—
10	欧阳坚石(建)	—
10	张孟阳	《剑阁铭》三
10	刘公干(桢)	《赠从弟诗》一，《与临淄侯书》一
9	丘希范(迟)	《与陈伯之书》二
9	王僧达	—
9	王简栖	《头陀寺碑》九
9	王俭	《褚渊碑》三
8	潘尼	—
8	陆韩卿(厥)	《中山孺子妾歌》二，《临江王节士歌》一
8	—	《罗敷艳歌》(《古罗敷行》)八
7	范蔚宗(晔)	《宦者传论》一
7	向秀	《叹逝赋》五，《思旧赋》二
7	应德琏(玚)	—
7	殷仲文	《解尚书表》一

续表

引用集部文献总次数(降序)	作者(注本中各种称谓)	著作或单篇次数(注本中标出篇名，却不标明作者之处)
7	王景玄(徽)	—
7	杨修	《答临淄侯笺》一，《答曹子建书》一
6	李萧远(康)	《游小山序》一，《运命论》四
6	李尤	《辟雍赋》二，《函谷关铭》一，《七叹》二，《马鞍铭》一
6	息夫躬	《绝命辞》二
6	虞羲	—
6	李延年	《李延年歌》六
6	陆佐公(倕)	《新刻漏铭》一，《石阙铭》五
6	卓文君	《白头吟》六
6	刘伶	《酒德颂》六
6	—	童谣六
6	赵壹	—
6	东方曼倩(朔)	《七言》四，《非有先生传》一，《七谏》一
5	庾信	《舟中望月》一
5	南平王	《白纻舞曲》四
5	辛延年	《羽林郎》三
5	—	《逸诗》五
5	夏侯湛	—
5	梁鸿	《五噫歌》五

续表

引用集部文献总次数(降序)	作者(注本中各种称谓)	著作或单篇次数(注本中标出篇名，却不标明作者之处)
5	繁钦	《述行赋》五，《定情诗》一
5	赵景真(至)	《与嵇茂齐书》
4	李邕	《明堂论》三
4	曹摅	—
4	贾山	《至言》四
4	严安	—
4	刘邵	《赵都赋》四
4	诸葛亮	《出师表》四
4	汉武帝	《秋风辞》
4	傅毅	《七激》四，《舞赋》三
4	陈子昂	—
3	潘正叔	—
3	江朝请	《渌水曲》三
3	钟会	《怀士赋》一，《遗荣赋》二
3	张奂	《与崔元始书》二
3	曹颜远	《感旧赋》二
3	—	《古猛虎行》三
3	何逊	—
3	张升	《与任彦坚书》三
3	刘向	《九叹》一，《愍命》一，《七言》一
3	阮瑀	《为魏武与刘备书》

续表

引用集部文献总次数(降序)	作者(注本中各种称谓)	著作或单篇次数(注本中标出篇名，却不标明作者之处)
3	孔文举(融)	《与康父书》一
3	枣据	—
2	郭泰机	—
2	张说	《封禅颂》一
2	庾元规(亮)	—
2	刘休玄(铄)	—
2	周舍	—
2	应桢	—
2	杨恽	《与孙会宗书》二
2	王景玄	—
2	—	《古乌生八九子歌》二
2	—	《宁戚歌》二
2	卢思道	《纳凉赋》二
2	王融	—
2	—	《前缓声歌》二
2	—	《古伤歌行》二
2	—	《古白鸿颂》二
2	阮宣子(修)	《大鹏赞》二
2	江总	《玛脑盌赋》一
2	戴逵	《林栖赋》二
2	束皙	—

续表

引用集部文献总次数(降序)	作者(注本中各种称谓)	著作或单篇次数(注本中标出篇名，却不标明作者之处)
2	徐陵	《玉台新咏》二
2	张蕴古	《大宝箴》二
1	魏彦深	《鹰赋》
1	干宝	《搜神记》
1	庾肩吾	—
1	颜之推	—
1	马第伯	《封禅仪记》
1	唐玄宗	《西岳泰华山碑序》
1	潘勖	《魏公九锡文》
1	真德秀	《文章正宗》
1	谢道韫	《雪诗》
1	崔骃	《达旨》
1	唐太宗	《凤赋》
1	魏明帝	《悲哉行》
1	—	《秦嘉妇徐氏书》
1	郭元振(震)	《剑歌》
1	—	《独禄篇》
1	公孙乘	《月赋》
1	—	《长安有狭邪曲(行)》
1	缪袭	《挽歌》
1	周弘正	《送妇葬》

续表

引用集部文献总次数(降序)	作者（注本中各种称谓）	著作或单篇次数(注本中标出篇名，却不标明作者之处)
1	羊胜	《屏风赋》
1	张柬之	《大堤曲》
1	—	《枯鱼过河泣》
1	—	《古长歌行》
1	—	《古豫章行》
1	张翰	《吊贾生赋》
1	—	《古轻薄篇》
1	梁武帝	《河中之水歌》
1	—	《四皓歌》
1	庾翼	《与兄冰书》
1	杜笃	《首阳山赋》
1	姚崇	《冰壶赋》
1	傅季友(亮)	《为宋公修张良庙教》
1	韦仲将(诞)	《景福殿赋》
1	江韦	《答军司马诗》
1	荀爽	《遗膺书》
1	—	《古杏坛操》
1	荀组	《七哀诗》
1	曹毗	《临园赋》
1	葛龚	《与梁相张府君笺》
1	鲍泉	《寒闺诗》

续表

引用集部文献总次数(降序)	作者(注本中各种称谓)	著作或单篇次数(注本中标出篇名，却不标明作者之处)
1	庾成师	《远期篇》
1	邓鉴	《闺怨》
1	—	《魏许昌碑表》
1	吴质	《答太子笺》
1	祢衡	《鹦鹉赋》
1	—	《古白鸿颂》
1	苏轼	《苏东坡诗话》

《分类补注李太白诗》中引用集部文献总计 5828 次。台湾庄美芳所写《李太白诗用书考》曾对李白诗句出处做过统计，集部情况为：

> 楚辞、文选、别集(鲍照、谢灵运、江淹、谢朓、曹植、陆机、陶渊明、沈约、吴均、颜延之、陈子昂)……计 1490 则。……以四部来论，集部居官，以单册排行，则《文选》1117 则夺魁。①

在这里庄美芳的统计主要以王琦注本为底本，用书数量大致与王注征引书目的数量相同。那么，杨、萧所引是王氏四倍左右。笔者将先秦至梁的诗人单独列出，位列前十位的依次是：鲍照、江淹、曹植、谢灵运、陆机、陶潜、张衡、扬雄、班固、郭璞。这部分中有不少是引自《文选》的，综合起来，其数

① 引自杨文雄：《李白诗歌接受史》，台北：五南图书出版公司，2000 年，第 393—394 页，第 483 页。

量超过《楚辞》。而《分类》所征引《楚辞》，若并入单列出来的屈原、宋玉等人作品，数量也是庞大的。

表格中除去有篇名的单篇，其余均是杨、萧在征引中直接以诗人名号标出的作品。以三首诗为例：

表 2　直接以诗人名号标出的作品

<table>
<tr><th colspan="2">李诗原句</th><th>杨注</th><th>萧注</th><th>出处</th></tr>
<tr><td rowspan="7">《南阳送客》</td><td>斗酒勿为薄</td><td>—</td><td>陶潜诗：斗酒聚比邻。</td><td>《陶渊明集》卷四《杂诗·其一》</td></tr>
<tr><td rowspan="2">寸心贵不忘</td><td>谢灵运诗：寸心若不亮。</td><td>—</td><td>《文选》卷二十六谢灵运《初发石首城》</td></tr>
<tr><td>—</td><td>沈休文诗：所愿从之游，寸心于此足。</td><td>《文选》卷二十二沈休文(约)《钟山诗应西阳王教》</td></tr>
<tr><td>坐惜故人去</td><td>—</td><td>谢朓诗：坐惜红妆变。</td><td>《文选》卷三十谢玄晖(朓)《和王主簿怨情》</td></tr>
<tr><td rowspan="2">偏令游子伤</td><td rowspan="2">李少卿诗：游子暮何之。</td><td>—</td><td>《文选》卷二十九李少卿(陵)《与苏武诗三首·其三》</td></tr>
<tr><td>曹植诗：子好忘(讹，当作芳)草，岂忘尔贻。</td><td>《曹子建集》卷五《朔风》</td></tr>
<tr><td>挥手再三别</td><td>刘越石歌曰：挥手长相谢。</td><td>—</td><td>文选注，卷二八，刘越石(琨)《扶风歌》</td></tr>
</table>

续表

李诗原句		杨注	萧注	出处
《送张舍人之江东》	白日行欲暮	曹子建诗：白日忽西匿。	—	《曹子建集》卷五《赠白马王彪》
	吴洲如见月，千里幸相思。	谢庄《月赋》：隔千里兮共明月。	—	《文选》卷十三谢希逸（庄）《月赋》
《送王屋山人魏万还王屋》	挥笔如振绮	—	陆机诗：挥手如振素。	《文选》卷三十，陆士衡（机）《拟古诗十二首·拟迢迢牵牛星》
	朅来游嵩峰	—	张载诗：朅来戒不虞。	《文选》卷二十九张景阳（载）《杂诗十首·朝登鲁阳关》
	飘摇浙江汜	陆士衡诗：愿假归鸿翼，翻飞浙江汜。	—	《文选》卷二十四陆士衡（机）《为顾彦先赠妇二首·其一》
		—	曹植诗：转蓬随（讹，当作离）本根，飘摇随长风。	《文选》卷二十九曹子建《杂诗六首·其二》

续表

<table>
<tr><th colspan="2">李诗原句</th><th>杨注</th><th>萧注</th><th>出处</th></tr>
<tr><td rowspan="7">《送王屋山人魏万还王屋》</td><td>涛卷海门石，云横天际山。白雪走素车，雷奔骇心颜。</td><td>梅乘《七发》曰：将以八月之望，观涛乎广陵之曲江。浩浩溰溰，如素车白马，帷盖之张。又曰：混混庉庉（徒本切），声如雷鼓。海门潮所起处，望之有三山。</td><td>—</td><td>《文选》卷三十四枚叔（乘）《七发八首》</td></tr>
<tr><td>此中久延伫</td><td>陆机诗：延伫望城郭。</td><td>—</td><td>《文选》卷二十八乐府下陆士衡（机）《君子有所思行》</td></tr>
<tr><td>沉吟黄娟语</td><td>—</td><td>曹孟德歌云：沉吟至今。</td><td>《文选》卷二十七魏武帝（曹操）《短歌行》</td></tr>
<tr><td>钓台碧云中</td><td>—</td><td>江淹诗：日暮碧云合。</td><td>《江文通集》卷四《休上人怨别》</td></tr>
<tr><td>茫然使心悲</td><td>—</td><td>曹植诗：咄嗟令心悲。</td><td>《曹子建集》卷五《赠白马王彪》</td></tr>
<tr><td rowspan="2">白首长相思</td><td rowspan="2">—</td><td>潘岳诗：白首同所归。</td><td>《文选》卷二十潘安仁（岳）《金谷集作》</td></tr>
<tr><td>苏武诗：生当复来归，死当长相思。</td><td>《文选》卷二十九苏子卿《古诗四首·其三》</td></tr>
</table>

二、征引过程中的疏漏与谬误

在征引过程中，杨、萧注出现不少疏漏谬误，以卷十六为例（包括其他三部的文献）：

表 3 征引过程中的疏漏与谬误

李白原句		杨注	萧注	纠谬
《送王屋山人魏万还王屋》	鬼谷上窈窕，龙潭下奔潨。	—	曹子建诗：窈窕山道深。	《文选》卷二十二谢灵运《于南山往北山经湖中瞻眺》："侧径既窈窕，环洲亦玲珑。"李善注曰："曹摅《赠石荆州诗》曰：轣轲石行难，窈窕山道深。"（按：《文选》卷二十九曹颜远《思友人》《感旧诗》，《文选》未录其《赠石荆州诗》，李善注中仅此二句，萧以为曹植所写。）
	逸兴满吴云，飘摇浙（一作游）江汜。	—	曹植诗：转蓬随本根，飘摇随长风。	《文选》卷二十九曹子建《杂诗六首·其二》："转蓬离本根，飘摇随长风。"
	秀色不可名，清辉满江城。	谢玄晖诗：山水含清晖。	—	《文选》卷二十二谢灵运《石壁精舍还湖中》："昏旦变气候，山水含清晖。"
	此中久延伫，入剡寻王许。	《楚辞》：结幽兰而凝伫。	—	宋朱熹集注《楚辞集注》卷一离骚经第一："时暧暧其将罢兮，结幽兰而延伫。"

续表

李白原句		杨注	萧注	纠谬
《送王屋山人魏万还王屋》	天台连四明，日入向国清。	《天台赋》云："过灵溪而二跃。"	—	《文选》卷十一孙兴公《游天台山赋》："过灵溪而一濯，疏烦想于心胸。"
	云卷天地开	—	《选·江赋》：黴如地裂豁天开。	《文选》卷十二郭景纯《江赋》："黴如地裂，豁若天开。"
	波连浙西大	—	《海赋》：波则洪连蹴蹐。	《文选》卷十二木玄虚《海赋》："噏波则洪涟踧蹜，吹涝则百川倒流。"
	相逢乐无限，水石日在眼。	—	谢灵运诗：相见山阿人，薜萝若在眼。	《文选》卷二十二谢灵运《从斤竹涧越岭溪行》："想见山阿人，薜萝若在眼。"
	我苦惜远别，茫然使心悲。	—	《庄子》：子贡茫然自失。	周列御寇撰，晋张湛注，唐殷敬慎释文：《列子》卷四仲尼第四："出告子贡，子贡茫然自失。"
		—	曹植诗：咄嗟令心悲。	魏曹植撰，曹子建集，卷五《赠白马王彪》："自顾非金石，咄唶令心悲。"

续表

李白原句		杨注	萧注	纠谬
《送王屋山人魏万还王屋》	我苦惜远别，茫然使心悲。	—	《晋》：卫洗马曰："见此茫然，不觉百端交集。"	宋刘义庆撰，梁刘孝标注《世说新语》卷上之上："卫洗马初欲渡江，形神惨悴，语左右云：'见此芒芒，不觉百端交集。苟未免有情，亦复谁能遣此。'"
《送当涂少府之长芦》	摇扇对酒楼，持袂把蟹螯。	《世说》：毕卓云："一手持蟹螯，一手持酒杯，拍浮酒船中，便足了一生。"	—	《世说新语》任诞第二十三："毕茂世云：'一手持蟹螯，一手持酒杯，拍浮酒池中，便足了一生。'"《晋书》卷四十九列传第十九："卓尝谓人曰：'得酒满数百斛船，四时甘味置两头，右手持酒杯，左手持蟹螯，拍浮酒船中，便足了一生矣。'"（按：杨注为二者合一，与《世说新语》《晋书》所记略有不同。）
《送族弟凝之滁求婚崔氏》	玉台挂宝镜，持此意何如。	《说苑》：温峤丧妻。从姑刘氏家有女，甚貌。姑属峤觅婿，峤曰："佳婿难得，但以峤比，何如？"姑曰："何敢比汝！"数	—	《世说新语》卷下之下假谲第二十七："温公丧妇。从姑刘氏家值乱离散，唯有一女，甚有姿慧。姑以属公觅婚，公密有自婚意，答曰：'佳婿难得，但如峤比云何？'姑云：'丧败之余，乞粗存活便足慰吾余年，何敢希汝比。'却后少日，公报姑云：'已觅得婚

续表

李白原句		杨注	萧注	纠谬
《送族弟凝之滁求婚崔氏》	玉台挂宝镜，持此意何如。	日，下玉镜台一枚。姑大喜。交礼，刘氏笑曰："我疑是老奴，果如卜。"	—	处，门地粗可，壻身名宦尽不减峤。'因下玉镜台一枚，姑大喜。既婚交礼，女以手披纱扇，抚掌大笑曰：'我固疑是老奴，果如所卜。'玉镜台是公为刘越石长史北征刘聪所得。"(按：此典不可能出于汉刘向《说苑》。)
《送友人游梅湖》	有使寄我来，无令红芳歇。	—	陆机与范晔相善，自江南寄梅花一枝诣长安与晔，诗曰：折梅逢驿使，寄与陇头人。江南无所有，聊赠一枝春。	宋李昉等撰《太平御览》卷九百七十果部七："《荆州记》曰：陆凯与范晔相善，自江南寄梅一枝诣长安与晔。并赠诗曰：折花逢驿使，寄与陇头人。江南无所有，聊赠一枝春。" (按：与范晔相善者为陆凯，非陆机。)
《送杨山人归天台》	涛落浙江秋，沙明浦阳月。	郦长善《水经注》云：浦阳江水，导源乌阳县而经上虞县。	—	北魏郦道元《水经注》卷四十："浦阳江，导源乌伤县，东迳诸暨，与泄溪合，东回北转。……东迳上虞县，南至王莽之会稽，地名虞宾。" (按：萧注作"乌阳"，考原典，当作"乌伤"。)

续表

李白原句		杨注	萧注	纠谬
《送杨山人归天台》	诗人多见重，官烛未曾然。	谢承《汉书》：巴祗为扬州刺史，在官不迎妻子，夜与士对坐暗中，不然官烛。	—	清姚之骃撰《后汉书补逸》卷十谢承后汉书第二："巴祗，字敬祖，为扬州刺史。禄俸不使有余。帻毁坏不复改易，以水澡胶墨傅之。夜与士对坐，处暝暗之中，不然官烛。"（按：引文当出自谢承《后汉书》。"
《送温处士归黄山白鹅峰旧居》	独往今相逢	—	江淹诗：凝神任独往。	《文选》卷三十一江文通（江淹）《杂体诗三十首·许征君询》："遣此弱丧情，资神任独往。"
《送韩准裴政孔巢父还山鲁中》	峻节凌远松	—	颜延年诗：峻节凌秋霜。	《文选》卷二十一颜延年（颜延之）《秋胡诗》："峻节贯秋霜，明艳侔朝日。"
	同衾卧盘石	—	曹植诗：何必同衾裯，然后展殷勤。	《曹子建集》卷五《赠白马王彪》："何必同衾帱，然后展殷勤。"
《鲁郡尧祠送窦明府薄华还西京》	昨夜秋声阊阖来，洞庭木落骚人哀。	《淮南子》：徘阊阖，沦天门。注：阊阖，始升天之门。	—	《淮南子》卷一《原道训》："经纪山川，蹈腾昆仑，排阊阖，钥天门。"汉高诱注曰："昆仑，山名，在西北，其高万九千里，河之所出。排，斥；钥，入也。阊阖，始升天之门也。"

续表

<table>
<tr><th colspan="2">李白原句</th><th>杨注</th><th>萧注</th><th>纠谬</th></tr>
<tr><td rowspan="2">《鲁郡尧祠送窦明府薄华还西京》</td><td rowspan="2">昨夜秋声阊阖来，洞庭木落骚人哀。</td><td>—</td><td>《地形训》曰：皋陶，阊阖风之所生也。</td><td>《淮南子》卷四《墬形训》："皋稽，阊阖风之所生也。"注曰："皋稽，天神也；兑为阊阖风。"</td></tr>
<tr><td>—</td><td>《左传》：舞所以节八音而行八风。注云：西方曰阊阖风。</td><td>《春秋左传注疏》卷二："夫舞所以节八音而行八风。"唐陆德明音义："西方阊阖风，西北不周风。"
（按：注文非杜预注，而是陆德明音义。）</td></tr>
</table>

三、征引中未注明的引文及其出处

杨、萧注中还有不少未注明引文出处的地方，仍以十六卷为例(包括其他三部文献在内)：

表 4　征引中未注明的引文及其出处

<table>
<tr><th colspan="2">李白诗句</th><th>杨注</th><th>萧注</th><th>出处</th></tr>
<tr><td>《送王屋山人魏万还王屋》</td><td>眷然思永嘉，不惮海路赊。挂席历海峤，回瞻赤城霞。赤城渐微没，孤屿前峣兀。</td><td>谢灵运出为永嘉守，郡有名山水，肆意游遨，遍历诸县，所至辄为诗咏以致其意。</td><td>—</td><td>梁沈约撰《宋书》卷六十七列传第二十七谢灵运："谢灵运……出为永嘉太守。郡有名山水，灵运素所爱好。出守既不得志，遂肆意游遨，遍历诸县，动逾旬朔，民间听讼不复关怀。所至辄为诗咏，以致其意焉。"</td></tr>
</table>

续表

李白诗句		杨注	萧注	出处
《送王屋山人魏万还王屋》	却思恶溪去，宁惧恶溪恶。	丽水县东十里有恶溪，多水怪。	—	清蒋维钧辑录，何焯校正《义门读书记》卷三十五：“《唐书·地理志》：处州丽水县东十里有恶溪，多水怪。”
	落帆金华岸，赤松若可招。	婺州金华县有金华山，金华有赤松涧，人见赤松子、安期先生于此。	—	宋乐史撰《太平寰宇记》卷九十七江南东道九：“赤松涧，赤松子游金华山以火自烧而化。故山上有赤松之祠，涧自山而出故曰赤松。”
	钓台碧云中，邈与苍岭对。	—	苍岭在台州仙居县西北五十里，高五千丈。	宋王象之《舆地纪胜》卷十二《两浙东路·台州景物上》苍岭：“在仙居县西北九十里，高五千丈，周围八十里……”
《送当涂少府之长芦》	至长芦，目送烟云高。	梅福为南昌尉，弃官去，人传以为得仙。	—	汉班固撰《汉书》卷六十七杨胡朱梅云传第三十七：“梅福，字子真，九江寿春人也。少学长安，明《尚书》《谷梁春秋》，为郡文学，补南昌尉。……福一朝弃妻子去九江，至今传以为仙。”

续表

李白诗句		杨注	萧注	出处
《送当涂少府之长芦》	至长芦，目送烟云高。	真州六合县有长芦寺达摩遗迹。	—	清赵宏恩等监修《江南通志》卷四十三《舆地志》："长芦寺在六合县南二十五里，宋天圣中建。"
《送族弟凝之滁求婚崔氏》	坦腹东床下，由来志气疎。	太尉郗鉴使门生求女壻于王导，导令就东厢遍观子弟。门生归，谓鉴曰："王氏诸少并佳，然闻信至，咸自矜持。唯一人在东床坦腹，独若不闻。"鉴曰："此真佳壻邪！"访之，乃羲之也，以女妻之。	—	《晋书》卷八十列传第五十王羲之："时太尉郗鉴使门生求女壻于导，导令就东厢遍观子弟。门生归谓鉴曰：'王氏诸少并佳，然闻信至，咸自矜持，唯一人在东床坦腹食，独若不闻。'鉴曰：'正此佳壻邪?'访之，乃羲之也，遂以女妻之。"
	遥知向前路，掷果定盈车。	潘安仁至美，每行，老妪以果掷之满车；张孟阳至丑，小儿以瓦石投之，亦满车。	—	宋李昉等撰《太平御览》卷七百七十三车部二："《语林》曰：潘安貌美，每行，老妪以果掷之，常满车中；张孟阳至丑，每行，儿以瓦砾掷之，亦满车。"

续表

李白诗句		杨注	萧注	出处
《送友人游梅湖》		越使诸发执一梅遗梁王，韩君谓左右曰："恶有以一枝梅以遗列国之君者乎？请为二三子惭之。"	—	汉刘向撰《说苑》卷十二奉使："越使诸发执一枝梅遗梁王，梁王之臣曰韩子顾谓左右曰：'恶有以一枝梅以遗列国之君者乎？请为二三子惭之。'"
	有使寄我来，无令红芳歇。	—	陆机（当作凯）与范晔相善，自江南寄梅花一枝诣长安与晔，诗曰：折梅逢驿使，寄与陇头人。江南无所有，聊赠一枝春。	宋李昉等撰《太平御览》卷九百七十果部七："《荆州记》曰：陆凯与范晔相善，自江南寄梅一枝诣长安与晔。并赠诗曰：折花逢驿使，寄与陇头人。江南无所有，聊赠一枝春。"
	兴引登山屐	谢灵运寻山涉岭，必造幽峻，岩嶂数十里，莫不备尽登蹑。尝着木屐，上山则去其前齿，下山则去其后齿，有《游赤石进帆海诗》。	—	梁沈约《宋书》卷六十七列传第二十七谢灵运："寻山陟岭，必造幽峻，岩障千重，莫不备尽登蹑。常着木履，上山则去前齿，下山则去后齿。……有《游赤石进帆海诗》。"

续表

李白诗句		杨注	萧注	出处
《送友人游梅湖》	情催泛海船	谢安与孙兴公诸人泛海戏。风起浪涌，吟啸自若。	—	《晋书》卷七十九列传第四十九谢安：“谢安，字安石。……尝与孙绰等泛海，风起浪涌，诸人并惧，安吟啸自若。”
《送温处士归黄山白鹅峰旧居》	伊昔升绝顶，下窥天目松。	天目山在临安西五十里，高三千九百丈，周回八百里，乃神仙所居，有三十六洞。	—	宋潜说友纂修《咸淳临安志》卷二十五山川四“临安县”条：“天目山，在县西五十里，高三千九百丈，周八百里，有三十六洞，为仙灵所居。”
	凤吹我时来，云车尔当整。	白鹅岭，在黄山。丘希范诗：驰道闻凤吹。汉武帝时，忽一人乘云车驾白鹿，从天而下。问之，曰：“我中山卫叔卿也。”	—	宋李昉奉勅监修《太平广记》卷四神仙四：“汉仪凤二年八月壬辰，武皇帝闲居殿上，忽有一人乘云车驾白鹿从天而下，来集殿前。其人年可三十许，色如童子，羽衣星冠。帝乃惊问，曰：‘为谁?’答曰：‘吾中山卫叔卿也。’”
《送杨少府赴选》：“尔见山吏部，当应无陆沉。”		山涛为吏部所甄拔人物，各为题目，时称“山公启事”。	—	《晋书》卷四十三列传第十三山涛：“涛所奏甄拔人物，各为题目，时称‘山公启事’。”

续表

李白诗句		杨注	萧注	出处
《对雪奉饯任城六父秩满归京》	季父有英风，白眉超常伦。	马良眉间有白毫，于兄弟中最良者，时人语曰："白眉最良。"	—	晋陈寿撰，南朝宋裴松之注《三国志·蜀志》卷九："马良，字季常，襄阳宜城人也。兄弟五人，并有才名。乡里为之谚曰：'马氏五常，白眉最良。'良眉中有白毛，故以称之。"
《对雪奉饯任城六父秩满归京》	何时竹林下，更与步兵邻。	嵇康所与神交者，阮籍、山涛、向秀、刘伶、籍兄子咸、王戎为竹林之游，世所谓"竹林七贤"。籍闻步兵厨营人善酿，有贮酒三百斛，乃求为步兵校尉，遗落世事。	—	《晋书》卷四十九《阮籍嵇康向秀列传》："籍闻步兵厨营人善酿有贮酒三百斛乃求为步兵校尉遗落世事……（嵇康）所与神交者，唯陈留阮籍、河内山涛，豫其流者，河内向秀、沛国刘伶、籍兄子咸、琅邪王戎，遂为竹林之游。世所谓竹林七贤也。"

续表

李白诗句		杨注	萧注	出处
《鲁郡尧祠送窦明府薄华还西京时》	强扶愁疾向何处，角巾微服尧祠南。	王导曰：元规若来，吾便角巾还第。孔子微服而过宋。子路宿于石门。	—	《晋书》卷六十五列传第三十五王导：“导曰：‘吾与元规休戚是同，悠悠之谈，宜绝智者之口。则加君言，元规若来，吾便角巾还第。’”《孟子注疏》卷九下《万章》：“孔子不悦于鲁卫，遭宋桓司马将要而杀之，微服而过宋，是时孔子当阨。”《论语注疏》卷十四宪问第十四：“子路宿于石门。晨门曰：‘奚自?’子路曰：‘自孔氏。’”
	君不见绿珠潭水流东海，绿珠红粉沉光彩。绿珠楼下花满园，今日曾无一枝在。	石崇有别馆，在河阳之金谷，一名梓泽。有妓曰绿珠，善吹笛。孙秀使人求之。崇不许，秀怒，劝赵王伦诛崇。伦矫诏收崇，崇正宴楼上，谓绿珠曰：	—	《晋书》卷三十三《石崇传》：“崇有别馆，在河阳之金谷，一名梓泽；送者倾都，帐饮于此焉。……因自投于楼下而死。”

续表

李白诗句		杨注	萧注	出处
《鲁郡尧祠送窦明府薄华还西京时》		"我今为尔得罪。"绿珠泣曰："当效死于官前。"因自投楼下而死。	—	
	长风吹月度海来	宗悫：愿乘长风破万里浪。	—	梁沈约撰《宋书》卷七十六列传第三十六朱修之宗悫王玄谟："悫曰：'愿乘长风破万里浪。'"
	遥劝仙人一杯酒	孝武云：长星劝汝一杯酒。	—	《晋书》卷九帝纪第九晋孝武帝："末年，长星见，帝心甚恶之，于华林园举酒祝之曰：'长星劝汝一杯酒，自古何有万岁天子邪。'"
	何不令皋繇拥篲横八极	驺衍如燕，昭王拥篲先驱。	—	《史记》卷七十四孟子荀卿列传第十四："是以驺子重于齐。适梁，梁惠王郊迎，执宾主之礼。适赵，平原君侧行襒席。如燕，昭王拥彗先驱，请列弟子之座……"

续表

李白诗句		杨注	萧注	出处
《鲁郡尧祠送窦明府薄华还西京时》	高阳小饮真琐琐，山公酩酊何如我。	山简镇襄阳，习氏有大池，简时出，醉其上，名曰高阳池。儿童歌曰：山公出何许，往往高阳池。日夕倒载归，酩酊无所知。	—	《晋书》卷四十三列传第十三“山涛”：“简优游卒岁，唯酒是耽。诸习氏荆土豪族，有佳园池。简每出游嬉，多之池上，置酒辄醉，名之曰高阳池。时有童儿歌曰：‘山公出何许，往至高阳池。日夕倒载归，酩酊无所知。时时能骑马，倒着白接篱。举鞭向葛彊，何如并州儿。’”
	蓝田太白若可期，为余扫洒石上月。	太白山在武功县南，去长安三百里。	—	宋乐史撰《太平寰宇记》卷三十关西道六：“太白山在县东南五十里。辛氏三秦记云：太白山在武功县南，去长安三百里，不知高几许。”

致　谢

当年在考古队实习时，我在宿舍抽屉里发现前任队员留下来的《李太白全集》。顺手翻了翻，看到“岑夫子，丹丘生，将进酒，杯莫停。与君歌一曲，请君为我倾耳听！”顿有灵魂飞升之感，心底里涌出无边羡慕——同样行走在天地之间，我竟不能拥有这样摇曳摆荡、豪情恣肆的人生！少时反复吟诵的诗句，撞上此刻迷茫的心境，竟把压抑许久的热情给唤了出来。接下来的日子，我不仅读诗，也开始创作，简直一发不可收拾。从考古队回来，我告诉家人和朋友自己要考中文系的博士。父亲问：“你有把握？”我把诗稿交给他看，他很意外，立即同意我大胆的想法。揣着一腔盲目自信，我辗转在北京与西安之间，初试、复试、寄送材料直到拿到录取通知书。

入学之后，立即发现单纯的热爱根本不足以支撑起深沉的研究。在磨炼学术素养，积累学术经验的过程中频频遇挫，心理落差也在不断加大。进入毕业论文写作阶段，更有腐毫惊梦、力不从心之感。幸而遇见詹老师，对我这样半路出家、情绪不稳定的学生极有耐心，不仅指导论文开题、监督写作进度，还要不停地鼓励和劝导。今年三月初，詹老师在病房把批改完的初稿交给我，叮咛回去要仔仔细细修改。回来的路上百感交集，觉得自己应该更加努力，少给老师添麻烦。细想起来，我大概是找老师最勤的一个学生，让他最为费心。感激之语，当面难以说出，心里念叨无数。此外，还要感谢所有给我带过课、评审过毕业论文的老师。你们的批评与鼓励，启发与引导，是值得我一生珍藏的宝贵财富！

这三年中得到父母及男友的有力支持。他们受到的压力不比我小，父母经常被同事问道："姑娘读那么多书，给家里挣过几分钱？"虽是闲言碎语，听者心痛可想而知——身为人子，不能速报生养之劬劳，真真情何以堪！父母倒极力宽慰，说不要受他人干扰，做学问要平心静气，急功近利乃俗人眼界。男友随我一同来京，自己辛苦打拼之余，还要悉心照顾我。相识至今，八载寒暑，始终不离不弃。古人云"易求无价宝，难得有情郎"，亦不过如此。

最令人喜出望外的是，在这个学业"各自为战"的阶段，还能结识许多好友。班长柳迎春气度雍容，温柔和缓，做事有始有终。我在本、硕阶段都不了了之的入党问题，在她的帮助下得到圆满解决。王春晓同学辩才滔滔，热情可爱，毕业阶段我二人结成互助小组，互通有无，保证处理好各道手续。李小华、熊伟、刘光婷、罗小凤同学数次帮我领取邮件、递交材料；遇见其他麻烦事，也慷慨伸出援手。师姐杨玉珍、陆平，师妹杨冬晓、邓田田，师弟刘浩在我开题、预答辩、答辩时忙前忙后，把后勤工作做得井井有条。同学张晓庆与我有患难之谊，三年中彼此照顾，互相鼓励，承诺对方要做一辈子的好友！

在毕业之际，深深地向大家说一声谢谢。唯愿老师们身体健康，万事顺意；唯愿亲人们每天都过得开开心心；唯愿好友们都能拥有远大前程、美满人生！

张　佩

2011 年 5 月 4 日